k.

NICOLAS REMIN

Sophies TAGEBUCH

ROMAN

KINDLER

1. Auflage November 2018 — Copyright © 2018 by Rowohlt Verlag GmbH, Reinbek bei Hamburg — Redaktion Silke Jellinghaus — Satz Pinkuin Satz und Datentechnik, Berlin — Druck und Bindung CPI books GmbH, Leck, Germany — ISBN 978 3 463 40695 4

PROLOG

Donnerstag, 2. Mai 1945

Es gab keine bessere Stelle im Garten, um den Toten verschwinden zu lassen. Die britische Fliegerbombe, die vor sechs Wochen das Haus verfehlt hatte, war nicht explodiert, aber sie hatte sich tief in den Gartenboden gebohrt, und nachdem sie abtransportiert war, blieben ein paar Kubikmeter lockerer Gartenerde zurück. Er hätte nicht länger als eine Stunde für die Grube gebraucht, aber kurz nach Mitternacht hatte es angefangen zu regnen, und jetzt wurde es immer schwerer, die durchweichte Erde auf dem Spaten mit einem Schwung an den Rand der Grube zu befördern. Er war von oben bis unten mit Schlamm bedeckt und würde mindestens drei Eimer von dem kostbaren Wasser verbrauchen müssen, um sich nachher bei Kerzenlicht in der Küche zu reinigen.

Die laute Musik und das Gejohle, das den ganzen Abend von der Grundschule am Ende der Straße zu ihm herübergeschallt war, hatte mit dem Einsetzen des Regens plötzlich aufgehört. Seitdem sich dort vor vier Tagen eine russische Pioniereinheit einquartiert hatte, standen zwei Gulaschkanonen, ein Pferdewagen und ein halbes Dutzend schwarz-weiß gefleckter Kühe auf dem Schulhof. Jetzt war die Grundschule auch der Ausgangspunkt von Beutezügen. Russische Soldaten kamen zu jeder Tageszeit, meist in kleinen Gruppen, selten allein, und waren auf der Suche nach Alkohol, Frauen, Schmuck, Uhren, Radios, Nähmaschinen und Grammophonen. Da er anderthalb Jahre an der Ostfront verbracht hatte, war er unfähig, sie für das zu hassen, was sie taten. Ihm hatten sie siebenmal

einen Besuch abgestattet, dreimal tagsüber und viermal in der Nacht. Beim letzten Besuch hatten sie die Waschbecken zerschlagen und sämtliche Armaturen in der Küche und in den Badezimmern abgeschraubt. Doch bis jetzt war er glimpflich davongekommen. Eine Garbe mit dem Maschinengewehr hätte gereicht, um den Bechstein zu zerstören, aber sie hatten den Flügel jedes Mal unberührt gelassen. Auch die Porträts an den Wänden, perfekte Zielscheiben, hatten sie nicht interessiert. Die Uniform hatte er rechtzeitig im Heizungskeller verbrannt, seine Walther PPK so versteckt, dass sie notfalls schnell zur Hand war. Umlaufenden Gerüchten zufolge würden die Russen die südwestlichen Bezirke Berlins Anfang Juli den Amerikanern überlassen. Aber bis dahin waren es noch acht Wochen, in denen alles Mögliche passieren konnte.

Im März 1943 hatte er an einem wunderbaren Vorfrühlingstag an einem Fenster am Quai d'Orléans gestanden und die Entschärfung einer britischen Zweitausend-Pfund-Fliegerbombe beobachtet, die vom Steuerschwanz bis zum Sprengkopf zwei Meter lang war und deren Spitze drei Meter unter dem Pflaster steckte. Pioniere hatten um die Bombe eine Grube ausgehoben und die Wände mit Holzbrettern verschalt. Eigentlich hätte er wie alle anderen Anlieger das Haus verlassen müssen, aber er hatte den zuständigen Leutnant mit der Autorität seiner Majorsuniform und des Ritterkreuzes verscheucht. Er sah nur den Rand der Grube, wusste aber, dass der Spezialist dort unten zuerst mit Malerkitt einen Napf um den Zünder formen würde, um dann flüssigen Sauerstoff hineinzugießen und zu warten, bis die Batterietemperatur des Zünders so weit gesunken war, dass er den Zündkopf mit einer Zange abschrauben konnte. Die Entschärfung war reibungslos verlaufen. Am nächsten Tag hatte er bei Jeanne Lanvin ein dunkelblaues Kostüm gekauft und es nach Lichterfelde geschickt.

Im März 1945, als die Rote Armee Küstrin erreicht hatte und der Sturm auf Berlin nur noch eine Frage der Zeit war, machte man es sich einfacher. Man nahm Kriegsgefangene, die für ein paar zusätzliche Rationen die Blindgänger freilegten, ausgruben und auf Lastwagen verluden. Niemand überlebte diese Arbeit länger als zwei Wochen. Im März waren es sechs russische Kriegsgefangene gewesen, die einen schmalen Graben um die Bombe in seinem Garten geschaufelt und sie dann über ein paar Holzplanken auf einen Leiterwagen geschoben hatten, der neben der Grube stand. Eine SS-Einheit hatte die angrenzenden Häuser räumen lassen, aber auch diesmal hatte er sich geweigert, das Haus zu verlassen und sich mit einem Feldstecher an ein Fenster im ersten Stock gestellt. Wäre die Bombe hochgegangen, hätte er eine halbe Sekunde Zeit gehabt, sich zu ducken. Die Mauern hätten standgehalten, doch vermutlich hätte der Luftdruck einen Teil des Daches abgedeckt. Aber die Fliegerbombe war nicht explodiert, und er hatte den Rest des Tages damit verbracht, die ausgehobene Erde in die Grube zurückzuschaufeln.

Nun stand er an derselben Stelle und hatte eine Grube von einem guten halben Meter ausgehoben. Auf dem Grund hatte sich eine tiefe Pfütze gebildet, doch er wollte vorsichtshalber noch ein wenig weitergraben. Es war unwahrscheinlich, dass zu dieser Uhrzeit noch ein Russe auftauchen würde, aber man konnte nie wissen. Überhaupt wusste man im Augenblick vieles nicht. Gab es im Stadtzentrum noch Widerstandsnester? War es ein bloßes Gerücht, dass Einheiten der Wehrmacht im Osten noch gegen die Rote Armee kämpften? Kein Gerücht war jedenfalls die Nachricht vom Tod des Führers, die er heute Vormittag im Reichsfunk gehört hatte: *An der Spitze der heldenmütigen Verteidiger der Reichshauptstadt ist der Führer gefallen. Von dem Willen beseelt, sein Volk*

und Europa vor der Vernichtung durch den Bolschewismus zu retten, hat er sein Leben geopfert.

Das mit der *Spitze der heldenmütigen Verteidiger* war natürlich Quatsch. Er tippte auf Zyankali und auf einen Tod im Führerbunker, zwanzig Meter unter der Reichskanzlei. Glasampullen mit Zyankali waren in den letzten Apriltagen in höheren Kreisen so freigiebig verteilt worden wie Hustenbonbons. Auch kein Gerücht war, dass die russischen Feldjäger mit Leuten, die sich während der nächtlichen Ausgangssperre außerhalb ihrer Häuser oder Wohnungen aufhielten, kurzen Prozess machten. Wenn die Russen ihn nach Mitternacht dabei erwischten, wie er eine Leiche vergrub, würde es ein *sehr* kurzer Prozess werden.

Jetzt reichte ihm das Wasser in der Pfütze bis zu den Knöcheln, und er beschloss, dass die Grube tief genug war. Der schwierigste Teil des Unternehmens stand ihm ohnehin noch bevor. Er musste den Toten aus dem Keller holen und ihn über eine ehemals gepflegte Rasenfläche schleppen, die jetzt von unzähligen Granateinschlägen durchfurcht war. Ihm war inzwischen jedes Zeitgefühl abhandengekommen, schätzungsweise war der Mann seit ungefähr drei Stunden tot. Nachdem er begriffen hatte, was geschehen war, hatte er zuerst ein Taschentuch über die immer noch geöffneten Augen des Toten gelegt, die Augenlider mit seinen Händen nach unten zu streifen, hatte er nicht fertiggebracht. Dann war er mit weichen Knien in den ersten Stock gelaufen, hatte den Täbris aus seinem Schlafzimmer in den Keller hinabgetragen und den Toten darin eingewickelt. Den Teppich hatte er anschließend mit einer Wäscheleine verschnürt, zwei leere Kartoffelsäcke darübergeworfen und ihn auf dem Boden des Luftschutzkellers zurückgelassen.

Als er den Toten auf seine Schultern heben wollte, stellte er fest, dass er es nicht schaffte. Er würde gezwungen sein,

ihn Stufe für Stufe nach oben ins Vestibül des Hauses zu ziehen und ihn dann durch den Garten zu schleifen. Im Freien kam plötzlich ein starker Wind auf, der die Regentropfen auf sein Gesicht peitschte. Rückwärts und laut keuchend zog er den Toten Schritt für Schritt über das Gras. Einmal stolperte er, fiel rücklings der Länge nach hin und schlug mit dem Kopf auf den zerfurchten Gartenboden. Quälende Minuten später hatte er den Toten an den Rand der Grube geschleift. Mit den Handflächen rieb er sich über das Gesicht und stellte überrascht Blut darauf fest, offenbar war er bei seinem Sturz auf einen Granatsplitter gefallen und hatte sich eine Platzwunde zugezogen. Schließlich ließ er den Toten langsam in die Pfütze auf dem Grund der Grube gleiten.

Dass jemand hinter ihn getreten war, merkte er erst, als ein Lichtschein über die aufgehäufte Erde am Rand der Grube huschte. Er fuhr herum, und der Lichtkegel traf direkt auf sein Gesicht. Den Mann, der die Lampe hielt, konnte er nicht erkennen, was er sagte, wurde vom Heulen des Windes verschluckt. Dann ging alles rasend schnell – sein Versuch, dem Lichtkegel der Taschenlampe durch eine schnelle Drehung des Oberkörpers zu entkommen, sein Abrutschen am Rand der Grube, der Sturz und das dumpfe Geräusch, mit dem er auf dem Toten landete.

1

Montag, 2. Oktober 1989

Der Anruf erreicht mich in der Stunde nach der großen Pause. Ich erkläre einer gelangweilten Klasse gerade das *conditionnel passé*, als die Schulsekretärin anklopft und mich ins Sekretariat bittet. Eine Frau Kehl sei am Telefon und müsse mich unbedingt sprechen. Roswitha Kehl ist seit dreißig Jahren die Haushälterin meines Vaters. Wenn sie mich aus dem Unterricht ans Telefon holen lässt, ist etwas vorgefallen.

Unsere Schule ist ein riesiger Kasten aus gelblichem Backstein mit langen melancholischen Fluren, einem asphaltierten Pausenhof und einer in den sechziger Jahren angebauten Turnhalle. Ich bin Französischlehrerin. Unter den Kollegen gelte ich als «überqualifiziert». Dieses Adjektiv hat mir mein geschiedener Mann Detlev angehängt, den ich einmal im Streit «geistig unterqualifiziert» genannt habe. Detlev ist Sportlehrer an unserer Schule. Wir gehen uns aus dem Weg, und vermutlich ist ihm unsere Ehe im Rückblick genauso peinlich wie mir. Mit meinen dicken Brillengläsern sehe ich nicht besonders sportlich aus, aber ich bin leider stark kurzsichtig und vertrage keine Kontaktlinsen. Anders als die meisten Kolleginnen und Kollegen lege ich keinen Wert darauf, jung und dynamisch auszusehen. In der Schule kleide ich mich bewusst praktisch – feste Schuhe, Blusen und Blazer aus waschbaren Stoffen. Im Kollegium und in den Klassen bin ich «die Linde». Mein Unterricht gilt als effektiv, denn bei mir herrscht Disziplin in den Klassen. Dass es über meine Beliebtheit an der Schule unterschiedliche Ansichten

gibt, weiß ich. Aber wenigstens können meine Klassen nach zwei Jahren leidlich Französisch.

Als ich das Sekretariat betrete, ist es auf der Wanduhr über der Tür kurz vor elf. Ich greife nach dem Hörer, der auf dem Tisch liegt, und räuspere mich.

«Erika?»

«Am Apparat», sage ich.

«Ihrem Vater scheint es nicht gutzugehen.»

Ich kenne die normale Telefonstimme der Kehl. Jetzt klingt sie hoch und gepresst.

Die Kehl hat nach dem Tod meiner Mutter den Haushalt meines Vaters übernommen. Seither kommt sie jeden Wochentag um neun und geht um vier. Sie bereitet meinem Vater das Frühstück, kocht das Mittagessen, putzt das Haus und kümmert sich um seine Wäsche.

«Was ist los mit ihm?»

«Das kann ich Ihnen jetzt nicht erklären», sagt sie. «Könnten Sie sofort kommen?»

Besonders häufig sehe ich meinen Vater nicht. Wenn er nicht darauf bestehen würde, sich hin und wieder zu treffen, würden wir uns kaum sehen. Jetzt besuche ich ihn jeden vierten Sonntag. Dann kocht die Kehl für uns, und wir sitzen an dem großen Esstisch, benutzen das Meißen und die Servietten mit dem eingestickten Familienwappen und führen stockende Unterhaltungen über das Essen oder den Garten. Über Persönliches reden wir nie. Manchmal versinken wir auch in minutenlangem Schweigen. Mein Vater war nie sehr gesprächig. Auch mit meiner Mutter hat er nie viel geredet.

Als er mich nach ihrem Tod im Sommer 1959 auf ein Internat schickte, habe ich ihn regelrecht gehasst. Heute verstehe ich ihn. Er schrieb damals an seinem Kriegsroman und brauchte absolute Ruhe im Haus. Der Roman, der 1961 erschienen ist, hat meinen Vater über Nacht berühmt ge-

macht, und ein paar Jahre lang war er eine öffentliche Person. Er reiste zu Lesungen, gab Radiointerviews und trat im – damals noch schwarzweißen – Fernsehen auf. Warum er sich im Sommer 1965 von einem Tag zum anderen aus der Öffentlichkeit zurückgezogen hat, weiß ich nicht. Ich war in diesem Jahr zum Studium in Frankreich und hatte ganz andere Sachen im Kopf. Als ich wieder in Berlin lebte, haben wir uns zwei Jahre lang überhaupt nicht gesehen. Aber dann rief er mich irgendwann an und machte den Vorschlag, sich zum Essen zu treffen. Manchmal denke ich, dass mein Vater wegen des Internats ein schlechtes Gewissen hatte.

Jetzt ist er achtundsiebzig – ein höflicher älterer Herr, der zehn Jahre jünger aussieht, als er tatsächlich ist. Anders als in perfekt gebügelten Hemden und mit dezent gemusterten Krawatten habe ich ihn nie gesehen. Früher hätte man ihn eine «tadellose Erscheinung» genannt, und vermutlich hat die Kehl eine Zeitlang gehofft, die Nachfolge meiner Mutter anzutreten. Aber mein Vater hat in ihr wohl nie etwas anderes gesehen als die Haushälterin. Warum sich mein Vater damals für sie entschieden hat, als er eine Haushälterin suchte, kann ich nicht sagen. Die Kehl hat eine gewisse Ähnlichkeit mit meiner Mutter, dasselbe längliche Oval des Gesichts, eine hohe Stirn und blaue Augen. Allerdings war meine Mutter eine bildschöne Frau, und das war die Kehl nie.

Auf der kurzen Fahrt zum Haus meines Vaters frage ich mich, was passiert sein könnte. Ein Herzinfarkt? Ein Unfall? Aber dann hätte die Kehl die Feuerwehr geholt und nicht in der Schule angerufen, um mich aus dem Klassenzimmer holen zu lassen. Als sie mir die Tür öffnet, ist sie außer Atem, so als hätte ich sie bei einer anstrengenden Tätigkeit unterbrochen.

«Was ist passiert?»

«Ihr Vater ist ...» Den Rest des Satzes kann ich nicht verstehen.

«Was ist mit ihm? Hat er Ihnen gesagt, dass Sie mich anrufen sollen? Wo ist er jetzt?»

Die Kehl deutet über ihre Schulter. «In seinem Arbeitszimmer.»

Das Arbeitszimmer ohne Aufforderung zu betreten, ist streng verboten. Anklopfen, auf das «Herein» warten, dann eintreten und das Anliegen zügig vortragen – diese Prozedur ist immer einzuhalten. Jetzt steht die Tür des Arbeitszimmers eine Handbreit auf, vom Flur aus kann ich einen Teil des bis an die Decke reichenden Bücherregals erkennen. Vor der Schwelle bleibe ich stehen, klopfe vorsichtig und warte, während sich ein mulmiges Gefühl in meiner Magengrube ausbreitet. Erst als ich nach dem zweiten Klopfen kein «Herein» gehört habe, trete ich ein.

Mein Vater hat immer bei geschlossenen Vorhängen und künstlichem Licht gearbeitet. Auch jetzt sind die Vorhänge zugezogen, nur die Schreibtischlampe mit dem grünen Glasschirm verbreitet ein geheimnisvolles Licht, das mich als Kind immer fasziniert hat. Ich sehe den Rücken meines Vaters, der immer noch nicht reagiert hat. Er sitzt nicht aufrecht, sondern sein Oberkörper ruht auf der Tischplatte, so als hätte ihn bei der Arbeit der Schlaf oder eine Ohnmacht übermannt. Erst als ich auf die andere Seite des Schreibtischs trete, sehe ich die Pistole, die seine Hand immer noch umklammert hält.

Blut ist an seiner Wange herabgelaufen und hat einen Fleck von der Form Afrikas gebildet. Als ich das Einschussloch über dem rechten Ohr entdecke, frage ich mich, ob dies alles nicht ein Albtraum ist. Ich taumele einen Schritt zurück, presse die Hand auf meine Rippen, spüre den rasenden Herzschlag darunter. Plötzlich ist mir schlecht. Ich drehe mich um, schiebe die Kehl zur Seite, die an der Tür stehen geblieben ist, und renne in die Küche. Dort beuge ich mich über die

Spüle, und ein Teil meines Mageninhaltes ergießt sich in das Spülbecken, der andere läuft über mein Kinn auf die Bluse herab. Irgendwann nehme ich benommen das Küchenhandtuch, das neben der Spüle hängt, und wische mir das Gesicht und die Bluse ab. Mein Atem und mein Herzschlag beruhigen sich allmählich. Ich richte mich auf, kann aber noch immer nicht ganz begreifen, was passiert ist.

Was hat meinen Vater dazu gebracht, sich umzubringen? Er hatte weder gesundheitliche noch finanzielle Probleme, und die Vorstellung, dass er ein obskures Doppelleben geführt haben könnte, von dem niemand wusste, ist albern. Oder war es ein Unfall? Mein Vater hat seine Offizierspistole in der untersten Schublade des Schreibtischs aufbewahrt. Hat er in einer schlaflosen Nacht beschlossen, sie zu reinigen und beim Ausprobieren der Mechanik, beim Betätigen des Abzugs vergessen, dass die Waffe geladen war? Hat er dabei den Lauf der Waffe zufällig auf seine Schläfe gerichtet? War es vielleicht gar kein Selbstmord, sondern nur ein Unfall? Diese Möglichkeit beruhigt mich ein wenig.

Vom Vestibül aus rufe ich die Polizei an. Das Telefon steht dort auf einem abgewetzten Konsoltisch. Mein Vater hat es immer abgelehnt, es in sein Arbeitszimmer verlegen zu lassen oder selber ans Telefon zu gehen. Der Polizei nenne ich meinen Namen und die Adresse des Lichterfelder Hauses. Ich sage, dass es einen tödlichen Unfall beim Reinigen einer Waffe gegeben hat.

Als ich in die Küche komme, sitzt die Kehl am Küchentisch und raucht. Vor ihr steht ein Glas mit einer hellbraunen Flüssigkeit. Sie macht eine einladende Geste, aber ich schüttele den Kopf.

«Ich hab die Polizei angerufen und einen tödlichen Unfall gemeldet», sage ich. Das Wort *Unfall* spreche ich mit erhobener Stimme aus, so als würde ich in der Klasse die Aus-

sprache einer neuen Vokabel demonstrieren. «Wann haben Sie meinen Vater gefunden?»

«Gegen halb elf. Ich kam um halb zehn und dachte, er würde noch schlafen.»

Mein Vater ist immer spätestens um sieben Uhr aufgestanden. «Warum sollte er noch schlafen?»

«Er lag seit vier Tagen im Bett. Er hat nichts gegessen und nur Kamillentee getrunken. Ich wollte Sie schon anrufen, aber Ihr Vater war dagegen. Als ich heute in die Küche kam, sah ich, dass er die Kaffeemaschine benutzt hatte. Dann habe ich ihm Frühstück gemacht und kurz vor zehn an seine Tür geklopft, aber er hat nicht reagiert. Zehn Minuten später habe ich noch einmal geklopft. Als er sich immer noch nicht gerührt hat, habe ich die Tür aufgemacht. Das Bett war leer, also bin ich zum Arbeitszimmer gegangen. Zuerst dachte ich, er wäre an seinem Schreibtisch eingeschlafen. Bis ich die Pistole sah und die Wunde an der Schläfe. Ich hätte sofort die Polizei holen können, aber ich wollte zuerst Sie anrufen, damit Sie ...»

Als sie den Fleck auf meiner Bluse sieht, bricht sie ab. Vielleicht wollte sie sagen: *Damit Sie sich in aller Stille von Ihrem Vater verabschieden können*, fand den Satz dann aber unpassend. Stattdessen sagt sie: «Ich dachte, Sie würden Ihren Vater noch einmal ohne Polizisten und den ganzen Trubel sehen wollen.»

Ohne den ganzen Trubel – da könnte sie recht haben. Bei einem *tödlichen Unfall mit einer Waffe* rückt die Polizei wahrscheinlich mit einer ganzen Mannschaft an.

Inzwischen habe ich mich wieder unter Kontrolle. «Ist in den letzten Tagen etwas Ungewöhnliches geschehen? Hatte mein Vater Besuch, oder gab es einen Anruf?»

Die Kehl denkt einen Moment nach. «Vor vier Tagen kam ein Brief aus Amerika. Irgendetwas an dem Brief scheint

Ihren Vater irritiert zu haben. Er ist sofort ins Schlafzimmer gegangen, nachdem er ihn gelesen hatte. Und danach blieb er vier Tage im Bett.»

«Hat er nichts darüber gesagt?»

Die Frage trägt mir einen resignierten Blick ein. Mein Vater hätte mit der Kehl nie über private Angelegenheiten geredet.

«Existiert der Brief noch?»

Die Kehl zeigt zur Decke. «Ihr Vater hat ihn mit nach oben genommen.»

Ein geheimnisvoller Brief also, der jetzt wie in schlechten Romanen verschwunden ist, der vielleicht nie wieder auftaucht, weil mein Vater ihn vernichtet hat. Allerdings könnte das Eintreffen dieses Briefes auch rein zufällig mit einer Magenverstimmung meines Vaters zusammengefallen sein.

2

Vom Fenster aus sehe ich die Polizeiwagen kommen, ohne Sirene, aber mit rotierendem Blaulicht auf dem Dach. Aus dem ersten Wagen steigen ein Beamter in Zivil und ein uniformierter Polizist. Dann hält ein zweiter Wagen mit zwei weiteren Beamten. Einer von ihnen trägt einen Overall, der andere schleppt einen großen Koffer. Vielleicht ist einer ein Sanitäter und der andere von der Spurensicherung. Ich spiele kurz mit dem Gedanken, ins Arbeitszimmer zu gehen, um nach einem Abschiedsbrief zu suchen, den ich vielleicht übersehen habe. Aber wenn der Tod meines Vaters ein Unfall war, kann es einen solchen Brief nicht geben. Als die Beamten sich der Gartenpforte nähern, gehe ich zur Haustür und öffne, bevor es klingelt.

Da die meisten Gewaltverbrechen innerhalb der Familie stattfinden, gibt mir der Kommissar (der Mann in Zivil aus dem ersten Wagen) nur kühl die Hand, ohne zu kondolieren. Vielleicht irritieren ihn auch meine dicken Brillengläser, die meine Augen verkleinern. Mein Exmann hatte immer behauptet, dass mich das hinterhältig aussehen lässt.

In der Küche nimmt der Kommissar meine Personalien und die der Kehl auf. Dann fragt er mich, wo er mit der Kehl in Ruhe reden kann, und ich schlage das Esszimmer vor. Was die Kehl dem Kommissar sagen wird, kann ich nicht wissen. Aber sie wird ihm wohl dasselbe berichten, was ich vorhin von ihr gehört habe. Ob sie dabei den Brief aus Amerika erwähnt oder nicht, dürfte keine Rolle spielen.

Eine Stunde später schickt mich der uniformierte Polizist zu seinem Chef ins Esszimmer. Der Kommissar sitzt an unserem großen Esstisch, auf dem Stuhl, auf dem mein Vater immer gesessen hat. Ich setze mich auf den Platz, auf dem ich alle sechs Wochen gesessen habe, um mit meinem Vater über Belanglosigkeiten zu reden. Diese gemeinsamen Essen waren für mich immer eine lästige Pflicht, aber jetzt vermisse ich sie bereits. Ich muss mich zusammennehmen, um nicht in Tränen auszubrechen. Das gute Französisch meines Vaters fällt mir ein, seine altmodische Höflichkeit und dass wir beide Alphonse Daudet mochten.

Der Kommissar auf dem Stuhl meines toten Vaters trägt einen zerknitterten Anzug, ein Polohemd und ungeputzte Adidas-Sportschuhe. Ich schätze ihn auf Mitte fünfzig. Er riecht nach Schweiß und Rasierwasser. Vor ihm liegt ein Clipboard, in der Hand hält er einen Kugelschreiber. Er sieht mich an, und ich starre wütend zurück. Auf einmal hasse ich ihn dafür, wie er sich dort auf dem Stuhl meines Vaters breitmacht, einem Stuhl, der ihm nicht gehört, der jetzt mir gehört wie das ganze Haus – falls mein Vater nicht einen Teil seines Vermögens der Kehl vermacht hat. Das kann ich mir nicht vorstellen, aber auszuschließen ist es nicht.

«Ich glaube», sagt er, nachdem er (vielleicht nur, um meinem Blick auszuweichen) seine Notizen konsultiert hat, «dass wir ein Fremdverschulden ausschließen können. Es gibt keinen Hinweis auf einen Einbruch, und ein Kampf scheint auch nicht stattgefunden zu haben.»

Er benutzt das Wort *Fremdverschulden*, das ich nur aus dem Fernsehen kenne und das ich nicht ins Französische übersetzen könnte, vermutlich braucht die französische Sprache zwei oder drei Wörter für das deutsche Wort *Fremdverschulden.* Ich gehe davon aus, dass seine Mannschaft inzwischen Fenster und Türen nach Einbruchsspuren über-

prüft und nichts gefunden hat. Wahrscheinlich spielt es für die Polizei auch keine Rolle, ob der Tod meines Vaters ein Selbstmord oder ein Unfall war, solange es keinen Hinweis auf ein *Fremdverschulden* gibt.

Der Kommissar blickt wieder auf sein Clipboard. Offenbar benutzt er eine Art Formular.

«Ist irgendetwas im Zimmer von Ihnen berührt worden?»

«Ich war höchstens drei Minuten im Raum und habe nichts angefasst», sage ich. «Es war offensichtlich, dass mein Vater tot war.»

«Warum hat Frau Kehl Sie aus der Schule geholt und nicht sofort die Polizei angerufen?»

«Sie wollte mir die Möglichkeit geben, mich in Ruhe von meinem Vater zu verabschieden.»

«Was hat sie Ihnen am Telefon gesagt?»

«Dass etwas mit meinem Vater wäre und ich sofort kommen müsste.»

«Hatte Ihr Vater gesundheitliche Probleme?»

«Wenn, dann wusste ich jedenfalls nichts davon.»

«Wann haben Sie Ihren Vater das letzte Mal gesehen?» Seine Fragen kommen schnell und routiniert.

«Vor vier Wochen», sage ich. «Wir haben zusammen an diesem Tisch gegessen. Es ging ihm gut.»

«Hat er Psychopharmaka genommen? Drogen?»

Ich schüttele den Kopf, und er macht wieder ein Kreuz auf seinem Formular.

«Hatte Ihr Vater eine psychiatrische Vorgeschichte?»

Wieder schüttele ich den Kopf.

«Hatte Ihr Vater Grund, sich Sorgen zu machen? Litt er unter Depressionen?»

«Mein Vater war kein Mensch, der über seine Sorgen gesprochen hätte», sage ich. Dann frage ich etwas Unsinniges. «Was war die Todesursache?»

Vermutlich kommt es öfter vor, dass Angehörige in solchen Situationen wirres Zeug reden. Der Kommissar sieht mich mitleidig an. «Ein Schuss in die Schläfe. Der Tod ist zwischen acht und neun Uhr morgens eingetreten.»

Er streift sich dünne Handschuhe über, wie sie an der Wursttheke benutzt werden, dann zieht er eine Pistole aus der Plastiktüte, die neben dem Clipboard auf dem Tisch liegt. Die Pistole hat einen kurzen Lauf und ist aus dunklem und hellem Metall zusammengesetzt. Er wiegt die Waffe vorsichtig in der Hand, als wäre sie geladen und entsichert.

«Eine Walther PPK aus dem Krieg», sagt er. «Solche Pistolen haben nur Offiziere gehabt. Als die Russen nach Berlin kamen, wird Ihr Vater die Waffe versteckt haben. Er muss einen Grund gehabt haben, sie wieder aus dem Versteck zu holen.»

Der Kommissar sieht mich an. Was in seinem Kopf vorgeht, weiß ich nicht. Was in meinem Kopf vorgeht, weiß ich auch nicht. Ich kann immer noch nicht ganz glauben, dass ich dies alles nicht träume. Während eine Mischung aus Schweiß und Rasierwasser über den Tisch weht, überlege ich, ob Unfälle bei der Polizei beliebter sein könnten als Selbstmorde, einfach deshalb, weil sie weniger Papierkram nach sich ziehen. Aber vermutlich ist es dem Kommissar auch egal, wo er sein Kreuz macht, solange kein *Fremdverschulden* vorliegt.

«Mein Vater könnte die Pistole gereinigt haben, und dabei ist etwas schiefgegangen», sage ich.

Der Kommissar überlegt einen Moment, während sein Kugelschreiber auf dem Clipboard hin und her wandert. Dann spricht er, ohne mich dabei anzusehen.

«Ihr Vater könnte auch vergessen haben, dass die Waffe geladen und entsichert war, als er den Abzug ausprobiert hat», sagt er schließlich. Und dann: «Es wäre nicht das erste Mal, dass sich beim Reinigen einer Waffe versehentlich ein Schuss löst.»

3

Sonntag, 8. Oktober 1989

Am Tag der Beerdigung ist es nach ein paar kühlen Regentagen spätsommerlich warm. Gestern haben Honecker und Gorbatschow an der Karl-Marx-Allee eine Militärparade zum 40. Jahrestag der Gründung der DDR abgenommen. Als sich ein paar tausend Personen protestierend auf den Weg zum Palast der Republik gemacht haben, wurden sie an der Spreebrücke von einer Polizeikette abgefangen. All dies geschah, während ich mir auf der anderen Seite der Mauer einen dunkelblauen Mantel kaufte. Ich besitze nur Parkas, und so will ich nicht zur Beerdigung gehen. Mein Vater hat meinen legeren Stil immer missbilligt.

Um halb elf bin ich mit der Kehl am Eingang des Friedhofs verabredet. Es dauert einen Moment, bis ich sie erkenne, denn anders als in ihrer geblümten Kittelschürze habe ich die Kehl noch nie gesehen. Sie trägt einen dunkelgrauen Mantel mit kleinem Pelzkragen und ist sorgfältig geschminkt. Wieder frage ich mich, ob sie – das ist ja mein Albtraum – womöglich im Testament meines Vaters berücksichtigt worden ist.

Der Notar ist Anfang nächster Woche wieder in Berlin, erst dann werde ich es erfahren. Mit seiner Sekretärin habe ich für nächsten Dienstag einen Termin vereinbart. Ich selber fühle mich in meinem ungewohnten Aufzug unbehaglich. Der Stoff meines gestern gekauften Mantels ist so steif, dass er nicht weich von den Schultern herabfällt, sondern brettartig absteht. Auch die Entscheidung, ein Kleid zu tragen, er-

weist sich als unglücklich, denn meine schwarzen Strümpfe betonen meine großen Füße.

Ein ansteigender, von niedrigen Hecken eingefasster Weg führt vom Eingang des Friedhofs zur Kapelle hinauf. Da mein Vater weder Bekannte noch Freunde hatte, bin ich davon überzeugt, dass die Kehl und ich die einzigen Trauergäste sein werden. Doch vor dem Eingang steht ein Dutzend älterer Herren mit ihren Gattinnen, und als ich mich umblicke, sehe ich, dass weitere Trauergäste im Anmarsch sind. Den Pfarrer erkenne ich schon von weitem, er trägt die Dienstkleidung protestantischer Pastoren, einen schwarzen Anzug und einen schwarzen Pullover mit rundem Ausschnitt, aus dem weiße Kragenecken ragen. Wir stehen noch zehn Minuten in der Sonne neben der Kapellentür, und während gelbe Blätter auf uns herabwehen, berichte ich den Umstehenden vom Herzinfarkt meines Vaters. Das ist die Version, auf die ich mich mit der Kehl geeinigt habe, die offizielle Version. Ein technischer Unfall würde zu Nachfragen führen, ein emotionaler Unfall zu noch mehr Nachfragen.

Als wir um elf unsere Plätze in der ersten Reihe der Kapelle einnehmen, sind alle Bänke besetzt. Der Sarg meines Vaters ist aus dunklem, fast schwarzem Eichenholz und üppig mit weißen und roten Nelken bedeckt. Das gibt der Dekoration einen nationalen Einschlag. Der Pfarrer spricht von der Herkunft meines Vaters aus einem «alten Soldatengeschlecht», von seiner Potsdamer Kadettenzeit und seinen Kriegsjahren, die er «mit reinem Schild» absolviert habe. Er erwähnt auch die Nachkriegszeit und sein «jahrelanges Ringen» um sein Werk. Ein «grausamer Schicksalsschlag» habe ihn aus der «Blüte des Lebens» gerissen und seine Tochter und seine Freunde in tiefer Trauer zurückgelassen.

Als ich nach dem Ende der Beerdigung mit der Kehl zum Ausgang des Friedhofs laufe, rollt ein Mann in einem Roll-

stuhl langsam auf uns zu. Auf beiden Seiten des Stuhls verlaufen ein halbes Dutzend Räder aus Gummi, vermutlich jedes mit einer unabhängigen Aufhängung, sodass er erschütterungsfrei über unebenes Gelände fahren kann. Auf der linken Seite ist ein Sauerstoffzylinder festgezurrt, ein Schlauch führt zu einer Sauerstoffmaske, die auf dem Schoß des Mannes liegt. Der Rollstuhl gibt beim Rollen ein seidiges Flüstern von sich, so als würde sich ein fliegender Teppich nähern.

Dem Rollstuhl folgt eine Frau mit slawischen Gesichtszügen, die einen teuren Pelz trägt. Ich schätze, dass sie mindestens zwanzig Jahre älter ist als ich. Ihren Gesichtsausdruck kann ich nicht deuten. Ich habe den Eindruck, dass sie das Manöver ihres Mannes missbilligt. Zwei Schritte hinter ihr, in respektvollem Abstand, steht ein jüngerer Mann mit einer Art Uniformmütze auf dem Kopf, vielleicht handelt es sich um den Chauffeur.

Obwohl der Mann im Rollstuhl einen dicken Mantel trägt, sehe ich, dass er spindeldürr ist. Er hat bläuliche Lippen und eine gelbliche, von schuppigen Flecken übersäte Haut. Ein paar spärliche Haare kleben an seinem kahlen Schädel. Bevor sein Rollstuhl vor mir anhält, presst er sich die Sauerstoffmaske an den Mund. Zur Beerdigung meines Vaters zu kommen muss ihn eine beträchtliche Anstrengung gekostet haben. Aber als er spricht, ist seine Stimme nicht das heisere Krächzen eines alten Mannes, sondern ein kräftiger und sanfter Bariton.

«Das tut mir leid mit Ihrem Vater», sagt er.

Anders als bei den meisten Menschen bleibt sein Blick nicht an meiner klobigen Brille hängen, sondern er betrachtet mein Gesicht. Seine grauen Augen sind hellwach.

Einen Moment lang bin ich verwirrt. «Sie kannten meinen Vater?»

Er lächelt amüsiert. «Das ist lange her.»

«Aus dem Krieg?»

Ich weiß nicht, warum ich «Krieg» sage. Vielleicht weil mir viele der älteren Herren, die zusammen mit ihren Ehefrauen auf die Beerdigung gekommen sind, wie ehemalige Kameraden meines Vaters vorkommen.

Über diese Frage muss der Mann nachdenken. «Mehr oder weniger», sagt er vage. «Wir haben uns später aus den Augen verloren.» *Aus den Augen verloren* hört sich fast so an, als hätten er und mein Vater sich irgendwann einmal gut gekannt. Dann fügt er etwas hinzu, das ich nicht verstehe. «Sie haben eine erstaunliche Ähnlichkeit mit Ihrem Vater.»

Mein Vater war dunkelhaarig, untersetzt und ein wenig korpulent. Ich hingegen bin blond und war immer schlank. Auch unsere Gesichter sahen sich nie ähnlich. Ich kam eher nach meiner Mutter, allerdings ohne ihre Schönheit geerbt zu haben.

Vielleicht ist die Hand, welche die Frau jetzt ihrem Mann auf die Schulter legt, eine Warnung, das Thema nicht zu vertiefen – was immer das für ein Thema sein mag. Doch dann ist das Gespräch bereits beendet, denn der Mann greift nach seiner Atemmaske, die Frau dreht sich um und wechselt mit dem Chauffeur einen schnellen Blick. Das flüsternde Surren des Motors ist wieder zu hören, und der perfekt gefederte Rollstuhl bewegt sich zum Ausgang des Friedhofs. Auf dem Parkplatz werden die Frau und der Chauffeur den Mann und seinen Rollstuhl vermutlich in eine luxuriöse Limousine verfrachten.

Im Auto sitzt die Kehl schweigend neben mir. Sie hat sich vor dem Rückspiegel die Lippen nachgezogen, eine Spitze mir gegenüber, denn ich benutze nie Lippenstift. Der Tod meines Vaters hat uns nicht «in Trauer vereint». Ich werde

sie ebenso wenig wiedersehen wie meinen Vater. Wir wollen gleich gemeinsam einen Gang durch alle Räume des Hauses unternehmen. Danach wird die Kehl mir die Schlüssel geben, und wir werden uns voneinander verabschieden. Als wir vor dem Haus parken, teilt sie mir mit, dass sich der Brief aus Amerika angefunden hat.

Er liegt auf dem Küchentisch, ein hellblauer Umschlag, auf dem zwei rosa Briefmarken mit dem Porträt Washingtons kleben. Absender ist ein gewisser Paul Singer aus Los Angeles. Der Name sagt mir nichts. Paul Singer hat den Brief in leicht fehlerhaftem Deutsch geschrieben, eine amerikanische Schreibmaschine benutzt und die fehlenden Pünktchen über den Umlauten nachträglich hinzugefügt.

> Sehr geehrter Herr zur Linde!
> Ich bin der Sohn von Anna Singer, geborene Auerbach. Meine Mutter ging im März 1940 nach Shanghai. Ihr Bruder, Felix Auerbach, blieb in Berlin und wurde später deportiert. Die Geschwister schrieben sich Briefe bis in den Herbst 1942. Daher weiß ich dass Sie meinem Onkel damals geholfen haben.
> In der letzten Woche bin ich einer Frau begegnet, die meinen Onkel noch im Oktober 1943 gesehen hat. Sie heißt Dr. Sarah Spielrein, und wohnt in Berlin-Dahlem. Sie haben 1947 meiner Mutter auf die Frage nach ihrem Bruders geantwortet, dass er Februar 1943 deportiert wurde. Ich glaube mein Onkel wurde NICHT deportiert! Vielleicht hat er nachdem

```
er ist untergetaucht den Kontakt mit
Ihnen gebrochen um Sie nicht in Gefahr zu
bringen.
Ich würde gerne jemand sprechen, der meinen
Onkel persönlich gekannt hat. Kann ich Sie
besuchen? Ich bin in November in Berlin.
Yours, Paul Singer
```

Ich lese den Brief zum zweiten Mal, langsam, Wort für Wort, wie einen komplizierten Text in altem Französisch. Da fragt jemand nach seinem Onkel. Von dem hatte man gedacht, er wäre im Februar 1943 aus Berlin deportiert worden, doch eine gewisse Sarah Spielrein hatte ihn noch im Oktober 1943 getroffen. Singer schreibt: *den Kontakt mit Ihnen gebrochen um Sie nicht in Gefahr zu bringen.* Das kann nur bedeuten, dass es einen Kontakt zwischen meinem Vater und diesem Felix Auerbach gegeben hat. Aber in welchem Verhältnis standen die beiden?

Und bei Sarah Spielrein handelt es sich offenbar um eine Jüdin, die den Krieg im Untergrund überlebt hat und jetzt in Dahlem wohnt. Ich könnte sie anrufen und sie fragen, wer dieser Felix Auerbach war und auf welche Weise mein Vater ihm geholfen hat.

Über das Leben meines Vaters in diesen Jahren weiß ich nur wenig. Es hat mich auch nie interessiert. Selbst sein Buch über den Krieg habe ich nie gelesen. Als Berufsoffizier wird er nach dem Ausbruch des Krieges im September 1939 nur noch selten in Berlin gewesen sein. Wie konnte er da einem Juden geholfen haben? Und warum wurde dieser Felix Auerbach nie erwähnt? Dass mein Vater jüdische Freunde hatte, höre ich zum ersten Mal.

«Der Brief war oben in der Schublade des Nachttischs», sagt die Kehl.

Erst jetzt fällt mir auf, dass der Brief fleckig und zerknittert ist, so als hätte ihn jemand (der nur mein Vater gewesen sein kann) immer wieder zur Hand genommen und gelesen. Aber die Vorstellung, dass mein Vater vier Tage lang im Bett gelegen und ständig diesen kurzen Brief gelesen hat, ist genauso absurd wie die Vorstellung, dass der Brief etwas mit seinem Tod zu tun haben könnte, der ein Unfall war, ein emotionaler vielleicht, aber ein Unfall.

«Werden Sie diesen Singer treffen, wenn er in Berlin ist?», will die Kehl wissen. Offenbar hat sie den Brief gelesen. Einen Rest Neugierde bringt sie also noch für uns auf.

Ich schüttele den Kopf. «Ich werde ihm schreiben, dass mein Vater, kurz nachdem er den Brief bekommen hat, verstorben ist.» Natürlich werde ich Singer treffen, wenn er nach Berlin kommt.

Die Kehl ist aufgestanden und wirft mir einen ungeduldigen Blick zu. Sie will den Rundgang durch das Haus hinter sich bringen.

Man braucht Fingerspitzengefühl, um unser Haus zu reinigen. Zu viel Druck mit dem Putzlappen, und schon löst sich das Furnier der Möbel, oder die Vergoldung der Bilderrahmen blättert ab. Eine falsche Staubsaugerdüse kann den mürben Samt der Polstermöbel ruinieren. Das ist der Kehl nie passiert, und ich bedanke mich bei ihr für all die Jahre, in denen sie hier gearbeitet hat. Ich versuche, herzlich zu klingen, aber ich rede genauso steif mit ihr wie mein Vater.

Im oberen Flur stehen die Türen eine Handbreit auf, und alles ist so wie früher: der rote Kokosläufer, die Stiche von märkischen Gutshäusern an den Wänden, die Deckenlampe mit der gelblichen Alabasterschale. Links liegen das Bügelzimmer, das Gästezimmer und das Schlafzimmer meines Vaters. Am Ende des Flurs ist das Bad, rechts mein altes Zimmer und das Zimmer meiner Mutter. Mein alter Schreibtisch ist

noch da, ein ehemaliger Frisiertisch, der früher der Mutter meines Vaters gehört hat.

Auf einmal will ich nur noch von hier verschwinden. Ich habe genug von diesem Tag, von dem Begräbnis, dem Brief, dem Haus und von mir selber. Deshalb frage ich auch nicht, warum das Zimmer meiner Mutter abgeschlossen ist. Die Kehl hat gesagt, dass ich den Schlüssel im Schreibtisch meines Vaters finde. Das reicht mir für heute.

Als wir uns zum Abschied die Hand geben, überlege ich, ob ich der Kehl anbieten soll, sie nach Haus zu fahren, denn es hat inzwischen angefangen zu regnen. Aber ich frage sie nicht, wahrscheinlich hätte sie mein Angebot auch abgelehnt. Dann rauche ich noch eine Zigarette aus der Schachtel, die sie auf dem Küchentisch vergessen hat.

Als ich eine Stunde später meine Wohnungstür aufschließe, bin ich auf einmal hungrig. Ich schiebe eine Lasagne in die Mikrowelle, und beim Essen stelle ich fest, dass ich nichts von dem verstehe, was in den letzten zehn Tagen passiert ist. Der Tod meines Vaters war ein Selbstmord. Es hat keinen Sinn, sich etwas anderes einzureden. Aber warum hat er sich erschossen? Wegen alter Geschichten, die sich vor mehr als vierzig Jahren im Krieg abgespielt haben? Und warum hat der Mann im Rollstuhl behauptet, ich hätte eine erstaunliche Ähnlichkeit mit meinem Vater? Was hätte er mir noch gesagt, wenn ihn seine Frau nicht daran gehindert hätte?

Ich schiebe den Teller beiseite und frage mich, was mich morgen in der Kanzlei von Elst erwartet, wenn das Testament meines Vaters eröffnet wird. Über seine finanziellen Verhältnisse weiß ich praktisch nichts. Werde ich reich sein? Oder wird mir der Notar erst kondolieren und danach mit betretener Miene mitteilen, dass mein Vater Schulden hatte und nach dem Verkauf des Hauses gerade noch genug übrig bleibt,

um die Anwaltskosten zu bezahlen? Auszuschließen ist es nicht. Mit diesen unangenehmen Gedanken gehe ich ins Bett und schlafe irgendwann ein.

4

Dienstag, 10. Oktober 1989

Die Sekretärin, die mich in der Kanzlei von Dr. Elst empfängt, hat so lange Fingernägel, dass ich mich frage, wie sie damit eine Schreibmaschine bedient. Ich bin direkt nach der Schule hergekommen und trage meinen Parka und meine Cordhose. Die Sekretärin taxiert mich skeptisch. Mandantinnen von Dr. Elst pflegen keine Cordhosen zu tragen.

«Erika zur Linde», sage ich. «Ich habe einen Termin bei Dr. Elst. Wir haben telefoniert.»

Elst residiert in einer Zwölf-Zimmer-Wohnung am oberen Ende des Kurfürstendamms. Das Haus ist ein Altbau mit pompösem Eingang und einem Jugendstilaufzug mit herausklappbaren Plüschsitzen. Die Büroetage hat spiegelglatte Parkettböden und hohe Stuckdecken. Ich bin nervös, weil ich das Mittagessen ausgelassen und stattdessen ein halbes Dutzend Tassen Kaffee getrunken habe.

Im Wartezimmer überfliege ich die erste Seite einer Tageszeitung. Gestern ist es in Leipzig zur größten Protestdemonstration gekommen, die es seit dem 17. Juni 1953 in der DDR gegeben hat. Siebzigtausend Demonstranten sind durch die Innenstadt marschiert. Offenbar hielt die SED-Führung die Lage für hochgefährlich, denn es ist medizinisches Personal für die Spätschicht zwangsverpflichtet worden, ganze Krankenhausstationen wurden geräumt, und zusätzliche Blutkonserven standen bereit. Man befürchtete eine «chinesische Lösung» wie auf dem Platz des Himmlischen Friedens in Peking. Doch nicht einmal solche Nachrichten können

mich von meinem Brüten über das Testament und den Brief von Paul Singer ablenken. Mein Vater und Elst seien «alte Freunde», hat die Kehl gesagt. Der Brief steckt in meiner Handtasche, vielleicht kann Elst etwas dazu sagen.

Seitdem mein Vater sich Mitte der sechziger Jahre plötzlich aus der Öffentlichkeit zurückgezogen hat, sind alle Kontakte mit der Außenwelt über die Kanzlei von Elst gelaufen. Elst hat die Finanzen meines Vaters verwaltet und den Kontakt zu seinem Verlag gehalten.

Elst holt mich persönlich aus dem Wartezimmer. Er ist sonnengebräunt, zwei Meter groß, um die siebzig und hat den Ausdruck von jemandem, der auf einem Pferd sitzt und auf den Rest der Welt herabblickt, der im Straßengraben herumkrabbelt.

«Es tut mir leid, dass ich nicht zur Beerdigung Ihres Vaters kommen konnte», sagt er zu Begrüßung.

Sein Schreibtisch ist riesig und reinstes Empire. Ein solches Möbelstück habe ich einmal im Schloss Malmaison gesehen, es hat Napoleon gehört. Bis auf eine Tischuhr, eine Schale mit Füllfederhaltern und ein schmales Konvolut ist die Tischplatte leer. Elst hat es nicht mehr nötig, Akten zu wälzen.

«Es sind mehr Leute zur Beerdigung meines Vaters gekommen, als ich dachte», sage ich.

«Freunde Ihres Vaters?»

«Vermutlich Kriegskameraden. Ich habe niemanden gekannt. Freunde hatte mein Vater nicht. Aber es hat mich ein Mann angesprochen, mit dem er befreundet gewesen sein könnte. Der Mann sagte, er kannte meinen Vater von früher und sie hätten sich aus den Augen verloren.»

«Hat er Ihnen seinen Namen genannt?»

«Nein, wir haben nur ganz kurz miteinander gesprochen. Es schien ihm nicht gutzugehen. Er saß in einem Rollstuhl und wurde von seiner Frau und einem Chauffeur begleitet.»

«Wie alt war der Mann?»

«So alt wie mein Vater. Mitte siebzig oder auch älter.»

«Können Sie ihn beschreiben?»

«Klein, kahlköpfig, spindeldürr. Er hat behauptet, ich hätte eine erstaunliche Ähnlichkeit mit meinem Vater.»

Elst sieht mich an, diesmal länger als nur eine kurze Sekunde. Das hat er bisher vermieden wie die meisten Männer, die meinem bebrillten Blick ausweichen und meine Nasenwurzel fixieren, wenn sie mit mir reden. Dann zieht er die Schultern nach oben, was alles bedeuten kann oder auch nichts. Schließlich sagt er: «Sie haben Ähnlichkeiten mit Ihrer Mutter.»

Das könnte als Kompliment gemeint sein, denn meine Mutter war bildschön. Rein theoretisch hat er recht mit seinem Vergleich. Ich habe dieselbe Figur wie meine Mutter, und wir ähneln uns im Profil. Das sieht man allerdings nur, wenn man sich meine klobige Brille wegdenkt.

«Das hat Ihr Vater einmal über Sie gesagt», fügt Elst noch hinzu, vielleicht um seiner Bemerkung Glaubwürdigkeit zu verleihen. Dass mein Vater mich – die graue Maus – überhaupt einmal in einem Gespräch mit Elst erwähnt hat, überrascht mich.

«Wann hat er das gesagt?»

«Das ist lange her. Ich weiß es nicht.»

«Haben Sie meinen Vater oft gesehen?»

Elst schüttelt den Kopf. «Wir haben hin und wieder miteinander telefoniert. Das letzte Mal war er im März hier in der Kanzlei. Hatte Ihr Vater gesundheitliche Probleme?»

«Jedenfalls hat er nicht darüber gesprochen. Sein Tod kam völlig überraschend.»

«Woran ist er gestorben?»

Die Frage hatte ich erwartet. Elst kann ich nicht das Märchen vom Herzinfarkt erzählen. Vermutlich würde ihn auch

die Version eines emotionalen Unfalls nicht überzeugen. «Die Polizei meint, es war ein Unfall», sage ich.

Bei dem Wort *Polizei* hebt Elst den Kopf. «Warum war die Polizei da?»

«Mein Vater ist an einer Schussverletzung gestorben. Er hat seine Pistole gereinigt, und dabei hat sich ein Schuss gelöst.»

«Er hat eine geladene Waffe gereinigt? Eine *entsicherte* Waffe?»

«Offenbar.»

«Hat er eine Arterie erwischt und ist verblutet?»

Jetzt kann ich es nicht länger vermeiden, über Einzelheiten zu sprechen. «Die Kugel ging in die rechte Schläfe. Frau Kehl hat ihn an seinem Schreibtisch gefunden, als sie ihm das Frühstück bringen wollte.»

«In die rechte Schläfe», wiederholt Elst langsam. «Ihr Vater hat die Waffe gereinigt, sie geladen, den Sicherungshebel umgelegt, und als er dann den Lauf an seine Schläfe richtete, hat sich zufällig ein Schuss gelöst.» Er schließt die Augen und öffnet sie wieder. «Denken Sie wirklich, dass es ein Unfall war?»

«Ich habe meinen Vater nicht besonders gut gekannt», antworte ich. Das entspricht der Wahrheit, ist aber keine Antwort auf seine Frage. «Wir haben uns auch nicht sehr oft gesehen.»

Elst nickt. «Ich weiß.» Dann sagt er etwas Unerwartetes: «Was Ihr Vater übrigens immer bedauert hat.»

Ich bin so überrascht, dass ich einen Moment lang sprachlos bin. «Er hat bedauert, dass wir uns so selten gesehen haben? Hat er das so direkt gesagt?»

«Nicht direkt, aber es war klar, was er meinte. Er hatte immer den Eindruck, dass Sie auf einen näheren Kontakt mit ihm keinen Wert gelegt haben.»

«Das habe ich auch von ihm gedacht. Wann hat mein Vater Ihnen das erzählt?»

«Irgendwann in diesem Frühjahr. Wir haben eigentlich nie über persönliche Angelegenheiten gesprochen. Wann haben Sie ihn zum letzten Mal gesehen?»

«Vier Wochen vor seinem Tod.»

«Ist Ihnen nichts aufgefallen?»

«Er war so wie immer.»

«Gab es irgendeinen Vorfall?»

Ich finde, *Vorfall* ist nicht das richtige Wort für einen Brief, in dem sich jemand nach einer Geschichte erkundigt, die sich vor fast einem halben Jahrhundert abgespielt hat.

«Es kam ein Brief aus Amerika», sage ich, «der meinen Vater sehr irritiert hat. Ein Paul Singer erkundigt sich darin nach seinem Onkel, der mit meinem Vater bekannt war. Von dem dachte man immer, er wäre 1943 deportiert worden.»

«Ein Jude?»

Ich nicke. «Es sieht ganz danach aus. Singers Mutter konnte nach Amerika emigrieren, und mein Vater schrieb ihr nach dem Krieg, dass ihr Bruder im Februar 1943 verhaftet wurde. Aber Singer hat kürzlich mit einer Frau gesprochen, die den Mann im Herbst 1943 getroffen hat. Der Mann hieß Auerbach. Er konnte offenbar untertauchen und hatte danach keinen Kontakt mehr zu meinem Vater.»

«Was wollte Singer von Ihrem Vater?»

«Ihn sprechen. Er kommt Anfang November nach Berlin.»

Ich lege Singers Brief auf den Schreibtisch. Elst streicht ihn glatt, dann liest er ihn zweimal und danach ein drittes Mal. Der Brief ist weder lang noch kompliziert.

Schließlich faltet er das Blatt zusammen. «Hat Ihr Vater nie über diesen Auerbach gesprochen?»

Wieder schüttle ich den Kopf. «Dass es in seinem Bekanntenkreis Juden gab, wusste ich nicht.»

«Werden Sie Singer antworten?»

«Ich werde ihm schreiben, dass mein Vater verstorben ist

und wir uns treffen können, wenn er in Berlin ist. Außerdem will ich versuchen, Sarah Spielrein zu erreichen.»

Einen Moment lang bin ich überzeugt davon, dass Elst mir gleich raten wird, die Angelegenheit auf sich beruhen zu lassen. Aber dann greift er nach dem Ordner mit dem Testament, der vor ihm liegt, und schlägt ihn auf.

Das Testament ist nur fünf Seiten lang. Elst liest langsam, er betont jedes einzelne Wort, und obwohl ich ihn deutlich verstehe, habe ich Schwierigkeiten, seinen Worten zu folgen. Im Testament gibt es weder komplizierte Klauseln noch Legate. Ich bin die einzige Erbin, und ich erbe weit mehr, als ich erwartet habe. Elst liest mir die Summen vor. Anleihen, Festgeld, Aktien. Seine Sekretärin hat die Kurse für ihn notiert. Zweimal frage ich nach. Ich will sicher sein, dass ich mich nicht verhört habe.

Was ich anschließend unterschreibe, weiß ich nicht. Ich bin nicht ganz bei mir. Es geht wohl um mein Einverständnis damit, dass Elst sich weiter um die Finanzen meines Vaters kümmert, die jetzt meine Finanzen sind. Beim Aufstehen wird mir schwindlig. Elst gibt mir noch einen Ordner mit Kopien der wichtigsten Unterlagen mit. Als er mich zur Tür begleitet, muss ich aufpassen, nicht auf dem glatten Parkett auszugleiten. Im Fahrstuhl sehe ich mich im Spiegel der Kabine und frage mich, was mich dazu gebracht hat, diesen mausgrauen Parka zu kaufen.

Mein Golf steht auf der anderen Seite des Kurfürstendamms, und ich muss warten, bis ich den Fahrdamm überqueren kann. Ein Porsche fährt so dicht an mir vorbei, dass ich erschrocken einen Schritt zurücktrete. Theoretisch kann ich mir jetzt auch einen Porsche leisten. Als ich im Auto sitze und den Zündschlüssel umdrehe, geht das Radio an und die *Cavatina* aus dem B-Dur-Quartett von Beethoven erfüllt den Wagen. Plötzlich steigen mir Tränen in die Augen, und dann

heule ich. Ich heule, weil ich reich bin, weil mein Vater tot ist und weil es auf der Welt so etwas Schönes gibt wie diese *Cavatina*.

Ein paar Minuten später bin ich wieder in der Lage zu fahren und lasse den Motor an. Auf der Kreuzung am Roseneck nimmt mir ein weißer Opel die Vorfahrt. Ich hupe wütend, schreie irgendetwas und fange wieder an zu heulen. Genauso habe ich mich damals gefühlt, als ich sechs Wochen nach dem Tod meiner Mutter im Zug nach Marburg saß. Mein Vater hat es damals für besser gehalten, mich in einem Internat unterzubringen. Habe ich in der Bahn geheult? Ja, ganz bestimmt. Den Sommer, in dem meine Mutter starb, sehe ich immer noch wie durch einen dichten Schleier, an ihre Beerdigung erinnere ich mich kaum. Ich weiß nur noch, dass es an diesem Tag brütend heiß war und dass ich *nicht* geheult habe. In Gegenwart meines Vaters musste ich mich immer zusammenreißen.

Als meine Taschentücher verbraucht sind, wische ich mir die Augen mit den Handrücken ab. In Dahlem überfahre ich beinahe eine rote Ampel, weil ich kaum etwas erkennen kann. Elst hat vorhin gesagt, mein Vater hätte bedauert, dass wir uns nicht öfter gesehen haben. Aber hat mein Vater das wirklich gesagt? Und hat *Elst* das wirklich gesagt? Oder bilde ich mir das nur ein? Wieder habe ich das Gefühl, in einen verrückten Traum verstrickt zu sein. Als ich eine Viertelstunde später das Auto abschließe und zu meiner Wohnung laufe, will ich an alles das nicht mehr denken. Der Tod meiner Mutter ist lange her. Irgendwann wird auch der Tod meines Vaters lange her sein.

Bevor ich ins Bett gehe, schreibe ich Singer, dass mein Vater an einem Herzinfarkt verstorben ist und ich noch nie etwas von einem Felix Auerbach gehört habe. Und dass wir uns treffen können, wenn er in Berlin ist.

5

Ende September 1989, Los Angeles

Das *Memphis* am Venice Beach hatte ein Dutzend Tische im Gastraum und ein weiteres Dutzend Tische auf der Terrasse davor. Singer saß draußen und sah zu, wie sich die Leute am Strand Frisbees zuwarfen. Von einer Strandbar mit einem Schilfdach, die von Surfern und Mädchen in Bikinis umlagert wurde, kam laute Musik. Es waren immer noch knapp dreißig Grad.

Das Eis in seinem Martini schmolz in der Hitze, während er auf Harry Pendel wartete, um seine Geschichte loszuwerden. Pendel war jemand, der genau zuhörte und die richtigen Fragen stellte. Vor zwei Jahren war Pendel sein Scheidungsanwalt gewesen. Als sie entdeckt hatten, dass sie beide als Kinder deutscher Juden in Shanghai zur Welt gekommen waren, hatte sich eine Art Freundschaft zwischen ihnen entwickelt.

Pendel kam kurz vor sieben. Er war klein und dick, sein blond gefärbtes Haar trug er straff zurückgekämmt und zu einem Pferdeschwanz zusammengerafft. Seine Mandanten arbeiteten in Hollywood für die Filmindustrie. Singer hatte ihn das letzte Mal auf der Beerdigung seiner Mutter gesehen.

Nach ihrem Tod vor sechs Wochen hatte er ihr kleines Haus verkauft und von dem Erlös ihre Hypothek abbezahlt. Außer einer Kaffeetasse mit einem Blumenmuster, die er aus sentimentalen Gründen aufgehoben hatte, war von seinem Erbe nichts übrig geblieben. Ihr Schließfach enthielt lediglich alte Fotos und ein paar Briefe des Bruders seiner Mutter.

Der war im Frühjahr 1940 in Berlin zurückgeblieben, als seine Eltern aus Berlin nach Shanghai geflohen waren.

«Warum er damals in Berlin geblieben ist», sagte Singer, «hat meine Mutter nie verstanden. Irgendetwas hielt ihn in Deutschland fest.»

«Was weißt du über deinen Onkel?», fragte Pendel.

«Er war Journalist wie ich, und mein Vater hat ihn gehasst, weil er ihn für einen Nazi hielt. Das alles hat mich nie interessiert, aber jetzt würde ich gerne ein paar Sachen genauer wissen. Ich habe zwei Briefe gefunden, die meine Mutter nach dem Krieg an einen Freund ihres Bruders geschrieben hat, an einen gewissen Ulrich zur Linde. Im ersten Brief aus dem Frühjahr 1946 hat sie sich nach dem Schicksal ihres Bruders erkundigt. Sie hatte zum letzten Mal im Herbst 1942 von ihm gehört. Daraufhin hat ihr dieser Ulrich zur Linde geschrieben, dass ihr Bruder im Februar 1943 deportiert wurde. Und im Sommer 1965 hat sie sich nach dem Manuskript eines Kriegsromans erkundigt, das ihr Bruder bei diesem Ulrich zur Linde deponiert hatte.»

«Ihr Bruder hat tatsächlich einen *Kriegsroman* geschrieben? Ein *Jude*?»

Singer nickte. «Das stand in einem seiner Briefe an meine Mutter. Als 1965 die amerikanische Übersetzung des Kriegsromans erschienen war, den zur Linde geschrieben hatte, sind ihr die Briefe ihres Bruders wieder eingefallen. Dieser zur Linde hatte ihr durch einen Anwalt mitteilen lassen, dass er nie ein Manuskript bekommen habe. Sie hat zwei Jahrzehnte kein Wort darüber gesagt, nur in den letzten beiden Wochen im Krankenhaus hat sie immer öfter von ihrem Bruder gesprochen. Ich hielt das alles für ein Hirngespinst.»

Singer hatte seine Mutter behandelt wie eine senile Person. Inzwischen hasste er sich dafür. Als er nach ihrem Tod die Briefe gefunden hatte, war sein schlechtes Gewissen so

überwältigend gewesen, dass er sich geschworen hatte, der Sache nachzugehen.

«Was hast du jetzt vor?», fragte Pendel.

«Ich habe Ulrich zur Linde einen Brief geschrieben. Diesmal wird er sich nicht damit begnügen können, einen Rechtsanwalt antworten zu lassen.»

«Warum bist du dir da so sicher?»

«Ich war vor zwei Wochen für einen Artikel im Ambassador-Hotel und hatte ein interessantes Gespräch mit einer älteren Dame. Sie hat mich im Foyer um Feuer gebeten, und da sie einen deutschen Akzent hatte, haben wir Deutsch gesprochen. Ich sagte ihr, dass meine Familie aus Berlin stammt. Als ich den Mädchennamen meiner Mutter erwähnte, wollte sie wissen, ob meine Mutter mit einem Felix Auerbach verwandt gewesen sei. Ich sagte ihr, dass Felix Auerbach der Bruder meiner Mutter war. Da erzählte sie mir, dass sie als junge Frau mit meinem Onkel zusammen in einer ‹Judenwohnung› gewohnt hatte.»

Singer hielt es für angebracht, an dieser Stelle eine bedeutungsvolle Pause zu machen.

«Im Frühjahr 1943», fuhr er fort, «war sie in den Untergrund abgetaucht. Und dann hat sie meinen Onkel im Herbst 1943 auf der Straße getroffen.»

Pendel hatte sofort begriffen. «Also kann er nicht im Februar 1943 deportiert worden sein. Wusste dieser zur Linde nicht, dass sein jüdischer Freund untertauchen konnte, oder hatte er gelogen? Was weißt du über diesen Mann?»

«Sein Kriegsroman ist in Amerika bereits in der sechsten Auflage erschienen.»

Pendel zog die Augenbrauen in die Höhe. «Dann muss er glänzend daran verdient haben.»

Einen Moment lang starrte er auf die Strandbar mit dem Schilfdach. Er hatte seine Olive aus dem Martini gefischt und

begann, sie mit kreisenden Bewegungen seines Unterkiefers zu verspeisen.

«Man hat den Juden damals *alles* abgenommen», fuhr Pendel nachdenklich fort. «Immobilien, Geld, Möbel, Pelze, Musikinstrumente, Gemälde. Warum nicht auch ein Manuskript? Dieser Ulrich zur Linde könnte das Manuskript unterschlagen und für seinen eigenen Roman benutzt haben.» Er schwenkte sein Glas, und die Eiswürfel darin klimperten wie winzige Goldstücke.

Singer musste daran denken, dass Pendel im letzten Jahr einen Drehbuchautor in einem Plagiatsprozess vertreten und den Prozess gewonnen hatte. Danach war ein Haufen Geld an den Drehbuchautor geflossen.

«Was hast du dem Mann geschrieben?», wollte Pendel wissen.

«Dass ich zufällig eine ältere Dame gesprochen habe», sagte Singer, «die meinen Onkel noch im Herbst 1943 getroffen hat. Und ich habe ihm meinen Besuch angekündigt.»

«Du fliegst nach Berlin?»

Singer nickte. «Meine Redaktion will, dass ich über die Ereignisse in Ostdeutschland berichte. Wenn ich diesen zur Linde treffe, werde ich ihm sagen, dass ich nach dem Tod meiner Mutter auf Briefe gestoßen bin, die mein Onkel ihr nach Shanghai geschrieben hat und in denen von seinem Kriegsroman die Rede ist. Und dann habe ich noch etwas.» Er zog ein Foto aus der Innentasche seines Jacketts. «Der Mann auf dem Foto ist mein Onkel.»

Pendel nahm das Bild in die Hand und betrachtete es mit zusammengekniffenen Augen. Das Bild zeigte einen gutaussehenden Mann und eine attraktive junge Frau auf einer Gartenbank. Die Frau, eine Blondine, trug eine enge weiße Bluse. Auf dem Kopf hatte sie eine Offiziersmütze mit einem Reichsadler und einem Hakenkreuz auf dem Schirm. Sie drehte

den Kopf zur Seite und warf Singers Onkel einen neckischen Blick zu.

«Wer ist diese Frau?»

«Auf der Rückseite steht Sophie z. L.», antwortete Singer.

«Sophie zur Linde?»

«Vielleicht», sagte Singer.

«Ich weiß weder etwas über diese Frau», meinte Pendel, «noch etwas über deinen Onkel oder diesen Ulrich zur Linde. Aber ich bin seit langer Zeit im Scheidungsgeschäft, und ich hatte immer einen guten Instinkt für das, was sich zwischen zwei Leuten abspielt. Und manchmal reicht es schon, sich ein Foto näher anzusehen.»

«Und was sagt dir dein Instinkt?»

«Dass es zwischen dieser Frau und deinem Onkel knistert. Und dass diese Frau ein kleines Biest ist», sagte Pendel. «Vielleicht kannst du herausfinden, ob sie die Frau von diesem Ulrich zur Linde ist.»

«Und ob sie noch lebt», ergänzte Singer.

«Wann fliegst du nach Berlin?»

«Spätestens in vier Wochen», sagte Singer.

Er schloss die Augen und murmelte mehrmals das Wort «Plagiat» vor sich hin: *Plagiat, Plagiat, Plagiat.* Ein Wort ohne harte Konsonanten und unangenehme Zischlaute, ein ausgesprochen wohlklingendes Wort, das sich nach Geld anhörte.

6

Donnerstag, 12. Oktober 1989

Zwei Tage nach der Testamentseröffnung ruft mich Elst an, um mir mitzuteilen, dass sich der Verlag meines Vaters wegen des literarischen Nachlasses gemeldet hat. Er hat für mich einen Termin mit einer Verlagsmitarbeiterin in der Lobby eines Hotels am Kurfürstendamm verabredet. Ich fahre direkt von der Schule in die Stadt und trage meine übliche Schulkleidung, Cordjeans, robuste Schnürschuhe, grauer Parka. Das Hotel gilt hier in Westberlin als elegant: dicker Teppichboden im Foyer, übergewichtige Sessel, Spiegel an den Pfeilern, kitschige Lüster an der Decke.

Die Dame vom Verlag trägt enge schwarze Hosen, schwarze hohe Schuhe und darüber einen hellblauen, flauschigen Mohair-Pullover mit silbernen Fäden, die im Licht der Lüster glitzern. Nachdem sie mir zum Tod meines Vaters kondoliert hat, nehmen wir Platz.

«Ihr Vater», sagt sie, «ist nicht ganz so in Vergessenheit geraten, wie wir dachten. Ein paar Nachrufe sind kritisch, aber die meisten Reaktionen auf den Tod Ihres Vaters sind positiv.»

Sie kann sich offenbar nicht richtig ausdrücken.

«Wir fragen uns», fährt sie fort, «ob es noch unveröffentlichtes Material gibt. Der Roman Ihres Vaters ist 1961 erschienen. Er hatte mehr als fünfundzwanzig Jahre Zeit, um etwas Neues zu schreiben.»

Von der Kehl weiß ich, dass mein Vater einen streng geregelten Tagesablauf hatte. Etwas *muss* er also wohl zustande gebracht haben.

«Ich könnte seinen Nachlass durchsehen», sage ich lahm. Die Vorstellung, in den Manuskriptschränken meines Vaters herumzuwühlen, ist nicht sonderlich attraktiv. Notfalls stecke ich alle Manuskripte in einen Karton und schicke sie an den Verlag.

Das Gespräch zwischen mir und der Verlagsdame dümpelt noch ein wenig vor sich hin, es geht um eine Vertragsverlängerung – aber solche Dinge soll Elst für mich erledigen. Da nimmt eine Frau von vielleicht vierzig Jahren ein paar Schritte von uns entfernt Platz.

Sie trägt keine bräunlichen Cordhosen wie ich, sondern gutsitzende Jeans und eine kurze, taillierte Jacke aus gelbem Bouclé-Stoff. Ihre blonden Haare fallen in Wellen auf ihre Schultern herab und werden nicht wie meine eigenen von einem Gummiband zusammengehalten. Mir fällt auf, dass wir eine ganze Anzahl biometrischer Daten teilen: die Körpergröße, die Haarfarbe, die minimal nach oben gebogene Nase à la Lauren Bacall, der ein wenig katzenhaft-schleichende Gang, *agile et noble.* Erst denke ich (der Gedanke kommt mir so), wenn sie sich so kleiden würde wie ich, würde sie so aussehen wie ich. Dann denke ich, wenn ich mich so kleiden würde wie sie, würde ich so aussehen wie sie.

Gegen Ende meines Gespräches mit der Verlagsdame lässt die Unbekannte ihre Zeitschrift sinken und erhebt sich lächelnd. Sie hat offenbar auf jemanden gewartet. Ein sportlicher Jüngling kommt auf sie zu und begrüßt sie mit einem Kuss auf die Wange. Sie gehen zum Fahrstuhl, und meine weiblichen Instinkte sagen mir, dass der junge Mann *nicht* ihr Sohn ist.

Auf dem Rückweg mache ich zum ersten Mal hemmungslos von meinem neuen Reichtum Gebrauch. Ich kaufe ein Paar Loafers aus Wildleder, schwarze Pumps, einen Schal von Hermès, ein Paar *gutsitzende* Jeans, ein halbes Dutzend

sündhaft teure Lippenstifte, drei Modezeitschriften und zwei Flaschen Veuve Clicquot.

7

Heute Nacht habe ich vom Lichterfelder Haus geträumt. In meinem Traum ging einiges durcheinander, die Zeit, der Ort, die Menschen. Ich stand im Vestibül, unter mir die zerbrochenen Marmorfliesen, über mir an der hohen Decke die orientalische Lampe mit dem grünen Glas. Die Tür zum Flur öffnete sich, und meine Mutter betrat das Vestibül zusammen mit einem Mann, dessen Gesicht ich nicht erkennen konnte. Meine Mutter machte einen Schritt auf mich zu, ich wollte ihr etwas sagen, aber in dem Augenblick erfüllte das Brummen anfliegender Flugzeuge den Himmel. Dann liefen meine Mutter und der Mann an mir vorbei zur Haustür hinaus, aber als ich hinter ihnen ins Freie stürzte, waren sie verschwunden. Der Traum war so intensiv, dass es nach dem Aufwachen eine Weile dauerte, bis ich begriff, dass ich mich nicht in meinem Kinderzimmer befand, sondern im Schlafzimmer meiner Wohnung.

Als ich nach meiner Scheidung schnell etwas Neues finden musste, bin ich vor sieben Jahren in diese Wohnung gezogen – drei Zimmer im ersten Stock eines Gebäudes aus den sechziger Jahren. Direkt unter mir ist ein Aldi-Markt, vor dem Haus eine Straße mit drei Buslinien und lautem Verkehr. Das einzige ruhige Zimmer ist das Schlafzimmer, die beiden Räume zur Straße, das Arbeits- und das Wohnzimmer, kann ich nur bei geschlossenen Fenstern benutzen. Eigentlich hasse ich diese Wohnung voller Ikea-Möbel mit ihrer eierschalenfarbenen Raufasertapete. Aber sich an etwas zu gewöhnen,

das man eigentlich furchtbar findet, geht schneller, als man denkt. So gesehen war es eine beachtliche Leistung, dass ich mich nach nur einem Jahr von Detlev getrennt habe.

Heute ist Sonnabend. Ich muss nicht in die Schule, und beim Frühstück spiele ich mit dem Gedanken, die Suche nach den Manuskripten auf nächste Woche zu verschieben und stattdessen in die Stadt zu fahren, um meinen Einkaufscoup vom Vortag zu wiederholen. Ich brauche unbedingt etwas, das zu meinen neuen Jeans passt, meine Sweatshirts und langweiligen Blusen will ich nicht mehr tragen. Ich vertrödele den Tag vor dem Fernseher (auf der anderen Seite der Mauer scheint sich etwas zusammenzubrauen) und mit dem Durchblättern der Modezeitschriften. Als ich schließlich zum Haus fahre, um nach den Manuskripten zu suchen, ist es vier.

Kein Mensch weiß, womit mein Vater die letzten zwanzig Jahre seines Lebens verbracht hat. Mit mir hat er nicht darüber gesprochen, und wahrscheinlich könnte auch die Kehl nichts dazu sagen. Ich weiß nur, dass er jeden Vormittag in seinem Arbeitszimmer war, um sofort nach dem Mittagessen wieder dorthin zu verschwinden. Hat mein Vater auch an seinem Roman weitergearbeitet, nachdem die Kehl um vier das Haus verlassen hatte? Oder hat er sich einen verspäteten Mittagsschlaf gegönnt? Hat er abends gelesen oder vor dem Fernseher gesessen? Alles das weiß ich nicht. Aber er hat gute zwanzig Jahre lang jeden Tag an einem neuen Roman gearbeitet. Insofern hat die Frau vom Verlag recht, irgendwo im Haus müssen sich Manuskripte befinden.

Auf dem Weg hat sich der Himmel bezogen, und in dem Moment, in dem ich die Haustür aufschließe, setzt ein heftiger Regen ein. An solchen Tagen musste meine Mutter immer das Regenwasser zwischen den Doppelfenstern aufwischen. Da ein paar Tage lang niemand die Fenster geöffnet hat, ist

auf einmal der Geruch meiner Kindheit wieder da, ein modriger Kellergeruch. Im Flur fallen mir die Spuren der Zeit an dem nie renovierten Haus auf, die Wasserflecken auf der Tapete, die abgeblätterte Farbe an den Scheuerleisten und der schmutzige Elfenbeinton der Türen, die irgendwann einmal weiß gewesen sind.

Im Arbeitszimmer meines Vaters stehen an zwei Wänden hohe, fast bis zur Decke reichende Bücherregale mit einem Sockel aus kniehohen Manuskriptschränken. Ich beginne meine Suche in den Schränken auf der linken Seite, öffne jede einzelne Tür, aber bis auf Stapel alter Zeitungsausschnitte sind sie leer. Die Schränke auf der gegenüberliegenden Seite des Zimmers sind vollgestopft mit allen möglichen Ausgaben des Romans meines Vaters, sorgfältig nach Erscheinungsjahr und Sprachen geordnet, aber die Manuskripte, nach denen ich suche, sind nicht dabei. Entweder hat mein Vater sie alle vernichtet oder irgendwo anders im Haus untergebracht. Die Kehl hatte, bevor sie mir nach der Beerdigung die Hausschlüssel übergeben hat, nicht nur jedes Zimmer gründlich gesaugt und gewischt, sondern auch jede einzelne Kommode und jeden Schrank durchgesehen und geputzt. Wäre sie auf Manuskripte gestoßen, hätte sie mir das gesagt. Allerdings ist sie nicht im abgeschlossenen Zimmer meiner Mutter gewesen.

Den Schlüssel zu dem Zimmer finde ich tatsächlich im Schreibtisch meines Vaters, und während ich die Treppe nach oben steige, denke ich darüber nach, warum es nach ihrem Tod immer abgeschlossen geblieben ist. Ich weiß kaum etwas über das Verhältnis meiner Eltern zueinander. Wie sehr hat ihr Tod meinen Vater getroffen? Gehörte er zu den Witwern, die unfähig sind, irgendetwas aus dem Besitz ihrer verstorbenen Frauen wegzuwerfen, und einen regelrechten Kult mit ihrer Hinterlassenschaft treiben? Hat er das Zimmer meiner Mutter verschlossen gehalten, um so viel wie möglich

von ihr zu konservieren? Betrete ich gleich einen Raum, der immer noch so aussieht wie im Sommer 1959?

Mein erster Versuch, die Tür aufzuschließen, misslingt. Nach einer halben Umdrehung sitzt der Schüssel fest, doch dann lässt er sich knirschend nach links drehen, und ich stoße die Tür auf. Die Luft im Raum ist stickig, die Vorhänge vor den beiden Fenstern zur Straße sind geschlossen, auf den Fensterbrettern und den Möbeln liegt feiner, grauer Staub. Es ist lange her, dass ich das Zimmer meiner Mutter betreten habe.

Und dann erkenne ich alles wieder. Mein Vater scheint nichts verändert zu haben, unter einer grauen Staubschicht ist alles noch an seinem alten Platz. Da ist das Bett mit der braunen, filzigen Tagesdecke, auf der meine Mutter immer rauchend gelesen hat, selbst ihren Aschbecher hat mein Vater auf dem Nachttisch gelassen. Zwischen den Fenstern steht noch der Sekretär aus Kirschholz mit der herunterklappbaren Schreibfläche. Darüber hängt das Bild, das wir «Winterbild» nannten und das eine russische Jagdgesellschaft zeigt. Auch den Aktenschrank und den Kleiderschrank mit den Spiegeln auf den Türen gibt es noch.

Nur an die drei schwarzweißen Fotografien, die in altmodischen, silbernen Rahmen auf dem Sekretär stehen, kann ich mich nicht erinnern. Vielleicht hat mein Vater sie nach dem Tod meiner Mutter dorthin gestellt. Auf dem ersten Bild erkenne ich mich wieder, mit unsicherem Grinsen und einer Zahnlücke, großen, ängstlichen Augen und einer riesigen Schultüte im Arm auf dem Hof meiner Grundschule. Das zweite Foto zeigt meine Mutter als junge Frau. Sie steht neben dem Bechstein im Wohnzimmer und trägt eines der Kostüme, die mein Vater ihr aus dem besetzten Paris geschickt hat. Für den heutigen Geschmack wäre ihr Gesicht mit den großen, seelenvollen Augen und dem träumerischen Aus-

druck zu schön, zu makellos. Aber es ist das typische Vierziger-Jahre-Filmstargesicht, und ich verstehe, warum meine Mutter immer als «bildschön» galt.

Das dritte Foto, das kurz nach meiner Geburt im Juni 1944 aufgenommen worden sein muss, zeigt mich als Baby in einem langen Taufkleid auf dem Arm meiner Mutter. Ebenfalls auf dem Foto zu sehen sind mein Vater und ein unbekannter Mann. An meiner Mutter sind die Kriegsjahre nicht spurlos vorübergegangen. Ihre Lippen sind zusammengekniffen, neben ihren Mundwinkeln sind feine Linien zu erkennen. Sie trägt ein schlichtes Kleid, und ihre Haare sind zu einem biederen Dutt zusammengebunden. Mein Vater trägt seine Majorsuniform, um den Hals hat er das Ritterkreuz. Man sieht, er weiß, dass der Krieg verloren ist, und bemüht sich um Haltung. Nur dem unbekannten Mann, einem auffällig gutaussehenden Offizier mit dem Ordensband des Eisernen Kreuzes, scheint die militärische Lage nicht die Laune verdorben zu haben. Ich habe nicht die geringste Ahnung, wer dieser Mann sein könnte. Einen flüchtigen Augenblick lang denke ich an den Unbekannten im Rollstuhl, der mich auf der Beerdigung meines Vaters angesprochen hat.

Unter der Schreibfläche des Sekretärs finden sich keine Manuskripte, da steht nur ein gläserner Flakon, von dem ein schwacher Geruch ausgeht. Auf dem Etikett lese ich: *L'Heure Bleue.* Das ist das Parfüm, das meine Mutter benutzt hat. Die Schubladen unter der Schreibfläche sind ebenfalls leer. Bleiben also noch der Kleiderschrank und der Aktenschrank. In den Fächern des Kleiderschranks liegen weiße und cremefarbene Blusen, jede einzeln in Seidenpapier eingeschlagen. Auf der Kleiderstange hängen vier Kostüme, zwei mit Pepita-Muster, ein dunkelblaues aus Kammgarn und ein mittelgraues aus weichem Flanell. Alle Jacken sind tailliert geschnitten und haben die für die vierziger Jahre typischen Schulterpols-

ter; es kann sich nur um die Kostüme handeln, die mein Vater damals in Paris gekauft hat. Dass es sie noch gibt, überrascht mich. Als ich eine der Jacken anziehe, sitzt sie perfekt und passt gut zu meinen Jeans. Aber im Spiegel der Schranktüren sehe ich auch meine klobige Brille und die grauen Strähnen in meinen Haaren und denke, wie atemberaubend meine Mutter, die keine Brille brauchte und blonde Haare hatte, in diesen Kostümen ausgesehen haben muss.

Im Aktenschrank stehen zwei Pappkartons. Im ersten befinden sich Manuskripte von Zeitungsartikeln meiner Mutter aus den Kriegsjahren: «Der Damenmantel im zweiten Kriegswinter» und «Die deutsche Frau als Kamerad – Hose oder Rock?» oder «Verdunkelt und doch gemütlich». Der andere Karton ist mit allem möglichen Krimskrams vollgestopft: Reichsfettkarten aus dem Oktober 1943, ein Faltblatt mit der Überschrift «Was tun bei Phosphor?» und eine Gebrauchsanweisung für die Benutzung von Gasmasken. Schließlich kippe ich den ganzen Inhalt auf den Boden. Zwei Fächer aus schwarzen Federn fallen heraus, eine Bernsteinkette und ein locker mit einer dicken Paketschnur zusammengeknüpftes Bündel von Schulheften. Auf dem obersten Heft steht in dicker, roter Frakturschrift: MEINE REZEPTE. Als ich das Bündel öffne und durchsehe, sehe ich, dass es sich um zwanzig Hefte handelt, die meine Mutter mit einem dicken Zimmermannsbleistift durchnummeriert hat. Viele Hefte wellen sich, sie scheinen nass geworden zu sein, bei einigen ist der Umschlag halb abgerissen, über viele ist eine bräunliche Flüssigkeit geflossen. Die Hefte riechen nach Moder, so als hätte sich der Kellergeruch des Hauses in ihnen konzentriert, vielleicht hat meine Mutter sie ja auch eine Zeitlang im Keller aufbewahrt. Ich frage mich, welche Rezepte sie (die das Kochen immer gehasst hat) in diesen Kladden notiert hat. Über jedem Rezept steht ein Datum. Die Ziffern sind gut lesbar,

allerdings hat meine Mutter die Rezepte selber in Sütterlinschrift geschrieben. Das war damals noch üblich, aber ich kann Sütterlin kaum lesen.

Die Datierung der Rezepte beginnt mit dem 20. April 1939, der letzte Eintrag im zwanzigsten Heft ist am 24. Juli 1945 geschrieben worden. Das erste Rezept ist drei Seiten lang. Aber die Vorstellung, dass meine Mutter ein dermaßen langes Rezept verwendet haben könnte, ist absurd, und dass sie während des Krieges seitenlange Kochrezepte aufgeschrieben hat, halte ich für ausgeschlossen.

Ich beginne mit der Entzifferung des ersten Satzes, der über eine ganze Zeile geht. Meine Mutter hat einen Füllfederhalter benutzt, und die Schrift ist relativ sauber. Aber es dauert eine Weile, bis ich kapiert habe, dass es sich bei dem Buchstaben mit den langgezogenen Schlaufen oberhalb und unterhalb der Linie um ein kleines «h» handelt, dass das kleine «s» ein langer schräger Strich ist und der Buchstabe mit der großen Schlaufe und dem kleinen Kringel rechts oben (bevor die Feder wieder nach unten geht) ein «N». Schließlich habe ich in der ersten Zeile die Wörter *Führer* und *Nähe* und *gesehen* entziffert, und nach weiteren zehn Minuten kann ich den ersten Satz zusammensetzen, der nicht das Geringste mit einem Rezept zu tun hat: *Heute habe ich den Führer zum ersten Mal aus der Nähe gesehen.* Dann springe ich zum Anfang des zweiten Absatzes und entziffere als Erstes die Wörter *Parade* und *Panzer.* Offenbar schreibt meine Mutter darüber, dass sie am 20. April 1939 eine Militärparade besucht hat und Hitler, den sie den *Führer* nennt, *aus der Nähe gesehen* hat. Schließlich dämmert mir, dass ich auf die Tagebücher meiner Mutter gestoßen bin.

Als ich das Heft aus der Hand lege, klopft mein Herz. Fremde Tagebücher zu lesen, gehört sich nicht. Und ein Tagebuch zu lesen, das die eigene Mutter oder der eigene Vater

geschrieben hat, gehört sich erst recht nicht. Außerdem kann man leicht auf Wahrheiten stoßen, die besser verborgen geblieben wären. Ich weiß so wenig über meine Mutter. Nah waren wir uns eigentlich nie, geredet wurde immer nur über Belangloses. Als sie starb, war ich knapp sechzehn und viel zu jung für ein richtiges Gespräch mit ihr. Vielleicht sind ihre Tagebücher die letzte Gelegenheit, sie kennenzulernen.

Ich blättere in dem ersten Heft ein paar Seiten nach hinten und sehe ein Wort, das ganz oben auf einer Seite steht. Meine Mutter hat es korrigiert, indem sie einen in Kursivschrift notierten Namen durchgestrichen und den richtigen in Druckbuchstaben darübergeschrieben hat: *DR. AUERBACH.* Ich kann den Satz nicht auf Anhieb entziffern, aber mir reicht ein anderes Wort, das ich lesen kann: *kennengelernt.* Offenbar hat meine Mutter am 20. April 1939 den Mann kennengelernt, nach dem sich sein Neffe, Paul Singer, ein halbes Jahrhundert später bei meinem Vater erkundigt hat. Ich schnüre die Hefte wieder zusammen, verstaue sie unten in der Küche in einer Plastiktüte und fahre zurück in meine Wohnung.

Um die ersten beiden Eintragungen meiner Mutter zu entziffern, brauche ich fast den ganzen nächsten Tag, einen Sonntag. Ihre Sütterlinschrift (eine ziemlich eigenwillige Version, wie sich herausstellt) ist gewöhnungsbedürftiger, als ich dachte. Sie ist einigermaßen lesbar, wenn meine Mutter mit einem Füllfederhalter geschrieben hat, doch in den letzten Heften hat sie immer öfter einen dicken Bleistift benutzt, vielleicht wollte sie Unbefugten das Lesen erschweren. Mein Vater wäre zwar nie so indiskret gewesen, die Tagebücher seiner Frau zu lesen, aber meine Mutter könnte Gründe gehabt haben, sich nicht darauf zu verlassen.

Ist es ein Zufall, dass die Eintragungen ausgerechnet an dem Tag beginnen, als sie die Bekanntschaft von Felix Auerbach macht? Nein, das ist unwahrscheinlich. Meine Mutter

wird schon vorher ein Tagebuch geführt haben, und am 20. April 1939 hat sie einfach ein neues Heft begonnen. Was sich aus dieser Begegnung ergeben würde (ich habe das Gefühl, dass sich eine ganze Menge daraus ergibt), konnte sie am 20. April 1939 unmöglich wissen, ebenso wenig wie ich jetzt. Vorläufig weiß ich nur, dass Felix Auerbach irgendwann unter unklaren Umständen ums Leben gekommen ist.

Ist es auch ein Zufall, dass ich auf das Tagebuch gestoßen bin? Das glaube ich nicht. Mein Vater hat die Hinterlassenschaften meiner Mutter nach ihrem Tod durchgesehen, dabei werden ihm die Hefte nicht entgangen sein. Er hätte sie vernichten können, aber er hat es nicht getan. Wollte mein Vater, dass ich die Aufzeichnungen meiner Mutter eines Tages finde und lese?

---

20. April 1939

Heute habe ich den Führer zum ersten Mal aus der Nähe gesehen. Wir saßen auf der Offizierstribüne, die nur dreißig Schritte vom Platz des Führers entfernt war.
Der Führer kam um elf in seinem schwarzen Mercedes, grüßte nach allen Seiten und nahm Platz. Neben ihm saßen Göring und Feldmarschall Keitel. Papa und Horst haben gesagt, wenn man den Führer aus der Nähe sieht, dann kribbelt es in der Magengrube, aber ich habe nichts davon gemerkt, wahrscheinlich waren wir nicht nah genug.
Die Parade mit Panzern, Militärkapellen, Infanteriekolonnen und Überflügen der Luftwaffe dauerte vier

Stunden. Ulrich war restlos begeistert. Dass meine Begeisterung für Militärparaden sich in Grenzen hält, weiß er natürlich. Aber ich bin trotzdem auf meine Kosten gekommen, denn mein Auftritt war ein großer Erfolg. Ich will nicht sagen, dass ich Furore gemacht habe, aber auf jeden Fall habe ich nicht so langweilig und bieder ausgesehen wie die anderen Offiziersfrauen, die ihre Männer begleitet haben. Ich hatte auch Glück, denn das Wetter hat mitgespielt. Ich konnte meinen taillierten, grünen Wollmantel mit den großen, roten Knöpfen tragen, dazu das fesche Hütchen mit der Feder. Das alles hatte einen Einschlag ins Militärische, es passte zur Parade, sah zugleich aber auch «sehr weiblich» aus, wie Ulrich bemerkte. Mit dem Lippenstift habe ich wohl das richtige Maß getroffen. Natürlich darf eine Offiziersfrau nicht wie ein «Kurfürstendamm-Mädchen» (ein Ausdruck von Ulrich) aussehen, aber es gab auch keinen Grund, völlig auf Schminke zu verzichten. Schließlich ist Emmi Göring auch immer geschminkt. Angeblich gibt sie ein Vermögen für Kosmetik aus und benutzt nur französische Produkte.
Ich habe nicht gezählt, wie viele Kameraden und Vorgesetzte von Ulrich zu uns gekommen sind, um uns zu begrüßen. Ulrich meinte, viele seien nur gekommen, um einen Blick auf mich zu werfen, ich hätte die Kameraden angezogen «wie das Licht die Motten». Ein paar ältere Herren mit Orden aus dem Krieg trugen ein Monokel, und ich habe jedes Mal darüber gestaunt, wie sie es fertigbrachten, sich über meine Hand zu beugen, ohne dass ihnen dabei das Monokel aus dem Auge fiel. Der Handkuss ist ja momentan in Mode, vielleicht weil der Führer dafür bekannt ist, den Damen die Hand zu küssen. Mir gefällt auch, dass viele ältere Offiziere noch ein Monokel tragen. Ulrich meint, ein Monokel wäre in der heutigen Zeit albern.

Aber das sehe ich anders. Ich finde, zum Frack und zu einer gutgeschnittenen Uniform passt keine Brille.
Ein paar seiner Kameraden (die blonden, hochgewachsenen) haben mir gefallen. Ulrich selber (ich muss es leider niederschreiben, es hat keinen Sinn, in einem Tagebuch zu lügen) macht ja nicht viel her. Ihm fehlen ein paar Zentimeter, er ist kein ausgesprochen athletischer Typ, und seine dünnen Haare lichten sich bereits, obwohl er erst neunundzwanzig ist.
Das alles ist mir nicht so sehr aufgefallen, als ich Ulrich auf dem Ball der Leibstandarte kennengelernt habe. Aber als ich ihn dann zum ersten Mal in Zivil gesehen habe, war ich fast ein wenig enttäuscht. Man kann sagen, was man will, eine Uniform gleicht bei Männern viel aus, und die Leutnantsuniform steht Ulrich wirklich gut, obwohl ihm natürlich ein paar Orden fehlen. Aber für Orden braucht man einen Krieg, und der ist momentan nicht in Sicht. Das ist bedauerlich, denn ich glaube, dass die Wehrmacht jeden Feind in kurzer Zeit besiegen würde. Die Tschechen haben ja im März regelrecht vor uns gekuscht. Wie schlagkräftig wir sind, hat man heute wieder gesehen. Der Führer hat allen Grund, auf die Wehrmacht stolz zu sein.

21. April 1939

Gestern habe ich beschlossen, den blauen Leinenband auszurangieren, auf dem auch noch in goldenen Lettern «TAGEBUCH» geprägt ist und den ich seit meiner Hochzeit im Januar benutzt habe. Ich hatte mir vorgenommen, ein richtig «sorgfältiges» Tagebuch zu schreiben, aber das hat dann dazu geführt, dass ich viel zu «sorgfältig» formulieren wollte und ganze Viertelstunden über einem Absatz gebrütet habe. Von nun an will ich einfach notieren, was

mir in den Sinn kommt, ohne lange über Formulierungen nachzudenken. Außerdem sind diese Aufzeichnungen ja nur für mich bestimmt. Ich glaube zwar nicht, dass Ulrich auf den Gedanken käme, in meinem Tagebuch zu schnüffeln, auch wenn es offen herumliegen würde. Aber ich muss ihn ja nicht in Versuchung führen.

Ich nehme also diese Hefte, die Mama mir geschenkt hat, um meine eigenen Rezepte einzutragen. Damit hat sie Rezepte gemeint, die ich mir selber ausdenke. Aber ich habe keine «eigenen Rezepte», ich will mir auch keine ausdenken, ich koche außerdem nur am Wochenende. Unter der Woche esse ich in der Kantine der Jungen Dame und Ulrich in der Kriegsakademie. Wenn ich am Wochenende koche, ist es mehr oder weniger immer das gleiche Essen (Salzkartoffeln mit Fleisch), und besonders gut ist es auch nicht. Aber Ulrich hat sich noch nie darüber beschwert. Manchmal ist er mir dabei behilflich, das Geschirr abzutrocknen.

Ulrich macht überhaupt meistens, was ich will. Hätte ich ihn nicht geheiratet, dann würde ich immer noch in meinem Pflichtdienst festhängen. Ich hätte nach dem Pflichtdienst wieder zu meinen Eltern ziehen müssen, und mein Vater wäre strikt dagegen gewesen, mich ein Volontariat bei der Jungen Dame machen zu lassen. Dass ein «deutsches Mädel» Journalistin werden will, hat er nie verstanden. Ulrich hingegen hat mich sofort unterstützt. Ich glaube, er hätte mich auch unterstützt, wenn ich die Absicht gehabt hätte, Schlangenbeschwörerin zu werden. Er wollte mich ja um jeden Preis heiraten. Und so führen wir jetzt zumindest eine Zeitlang eine «moderne Ehe». So haben wir das genannt. Eine «moderne Ehe» ist eine Ehe, in der beide Partner einem Beruf nachgehen. Natürlich ist mir klar, dass das nicht auf immer und ewig so weiterge-

hen kann. Aber ich habe Ulrich schon vor unserer Heirat klargemacht, dass ich nicht die Absicht habe, dem Führer sofort Kinder zu schenken.

Ulrich fährt jetzt jeden Morgen in seine Kriegsakademie nach Moabit und ich zum Tirpitz-Ufer in die Redaktion der Jungen Dame. Mein Volontariat endet im Mai. Ich bin mir ziemlich sicher, dass sie mich übernehmen, wenn ich die Schriftleiterprüfung bestehe. Allerdings bin ich kein Parteimitglied, und das könnte zum Problem werden. Dass ich nicht schon längst in der Partei bin, versteht Ulrich nicht. Wahrscheinlich denkt er, dass die Tochter eines Ortsgruppenleiters (und die Schwester eines SA-Mannes) automatisch in die Partei eintritt, sobald sie das entsprechende Alter erreicht hat. Aber über Politik reden wir eigentlich nie. Ich weiß auch nicht, wie er mich politisch einschätzt. Er jedenfalls ist nicht in der Partei. Das sei in seinem Regiment «nicht üblich», hat er mal zu Papa gesagt, der natürlich verschnupft reagiert hat. Seitdem werden politische Gespräche vorsichtshalber vermieden, wenn wir meine Eltern besuchen. Meinen Bruder Horst kann Ulrich jedenfalls nicht ausstehen. Die SA war ja bei der Wehrmacht nie sonderlich beliebt.

Und jetzt sitze ich hier an meinem Sekretär, den mir Papa zur Hochzeit geschenkt hat. Das Möbelstück hat er günstig kaufen können, als unsere Nachbarn, die Aschrotts, im letzten Herbst nach England gezogen sind. Ulrich ist schon im Bett und wartet vermutlich auf mich. Das gehört auch zu meiner Ehe. Aber das habe ich vorher gewusst.

Ich muss noch nachtragen, dass ich nach der Parade, als wir auf dem Weg zum Bahnhof Zoo waren, einen alten Freund von Ulrich kennengelernt haben, einen Dr. Auerbach. Wir trafen am Steinplatz aufeinander, inmitten von SA-Leuten, Hitler-Jungen, BDM-Mädchen, die alle

kleine Hakenkreuzwimpel in der Hand hielten. Ulrichs Schulfreund war mit seiner Schwester unterwegs. Beide sind groß und hellblond, und ich musste an das Bild in meinem rassekundlichen Schulbuch denken, unter dem «nordische Rasse» stand. Die Schwester ist Sekretärin bei einem Kunsthändler, was der Bruder macht, habe ich nicht erfahren können. Aber er hat mir die Hand geküsst, als wir uns verabschiedet haben. Von Ulrich hat er sich mit einem angedeuteten militärischen Gruß verabschiedet. Vermutlich war er früher beim Militär. Er ist nicht verheiratet (das hatte ich durch eine geschickte Frage herausgefunden) und geht im nächsten Jahr mit seiner Schwester ins Ausland. Ich vermute, er ist im Auswärtigen Amt, vielleicht ein Legationsrat.

23. April 1939

Auf der Schule hatte ich eine Freundin, die jeden Eintrag in ihr Tagebuch mit dem Satz «Liebes Tagebuch» begonnen hat. Damals fand ich das zum Lachen, heute verstehe ich sie. Jeder Mensch sollte jemanden haben, dem er seine Sorgen anvertrauen kann, und wenn er niemanden hat (so wie ich), muss das Tagebuch als Ersatz dienen.
Heute Morgen kam Ulrich im Schlafanzug (in dem er wirklich keine gute Figur macht) in die Küche und küsste mich auf den Nacken. Ich weiß, was das bedeutet! Es ist Sonntag, er muss nicht in die Kriegsakademie und ich nicht in die Redaktion. Wir haben also den Tag für uns, wie man so schön sagt. Nach dem Kuss auf den Nacken ging die Küsserei weiter. Aber ich hasse das Röhren, das er dann dabei ausstößt. Vermutlich merkt Ulrich es gar nicht, und wenn er es wüsste, würde er sich tausend Mal dafür entschuldigen. Solche Dinge haben Männer nicht unter Kontrolle.

Ich habe eben die entsprechende Stelle bei van de Velde nachgelesen. – Meist ist alles in zehn Minuten erledigt. Van de Velde schreibt, dass solche Dinge ihre Zeit brauchen und dass der Appetit beim Essen kommt. Aber mein Appetit will sich einfach nicht einstellen. Da nützen auch Schnaps und Champagner nicht viel, ich habe beides probiert.
Dann hat Ulrich mir, als wir noch im Bett lagen und eine Zigarette rauchten, ein Geheimnis anvertraut. Offenbar hatte er befürchtet, dass ich schockiert sein würde, sonst hätte er es mir schon früher erzählt. Die Auerbach-Geschwister sind Juden! Zuerst dachte ich, Ulrich macht einen Witz oder ich hätte mich verhört. Ulrich sagt, er hätte wegen meiner Familie Bedenken gehabt, mir die Wahrheit über die beiden zu erzählen. Aber dass Papa Ortsgruppenleiter ist, bedeutet nicht, dass ich keine eigene Meinung habe. Juden, die aussehen wie Schweden, sind für mich keine Juden.
Komisch, dass es so viele Leute gibt, die nicht so aussehen, wie es ihrer Rasse entspricht. Auf dem Lyzeum hatten wir einen Geschichtslehrer mit Plattfüßen und einer krummen Nase. Er sah aus wie die Juden im Stürmer, *und es gab immer wieder Getuschel. Schließlich hat er eine Fotografie seines Ahnenpasses an das schwarze Brett am Schuleingang gehängt. Die einzigen Juden, die ich kenne, sind die Aschrotts, die bei uns im Haus gewohnt haben, und die sahen nicht besondern jüdisch aus. Frau Aschrott hatte sogar blonde Haare, allerdings konnten die gefärbt gewesen sein.*
Jetzt sitzen die Auerbachs wohl auf gepackten Koffern. Das Ausland, in das sie gehen werden, ist Amerika. Ulrich sagt, da wären noch viele Formalitäten zu erledigen. Ich glaube, die Auerbachs müssen sogar eine Art Steuer entrichten, wenn sie Deutschland verlassen. Ulrich hat mir noch

erzählt, dass sein Freund Journalist ist, er hat aber in den letzten Jahren nur unter verschiedenen Pseudonymen veröffentlichen können.
Zu Mittag hat mich Ulrich dann zum Essen eingeladen. An vielen Häusern war immer noch wegen des Führergeburtstages geflaggt. Das ist eigentlich nicht statthaft, die Fahnen hätten abgenommen werden müssen, denn die Beflaggung sollte besonderen Tagen vorbehalten sein. Bei Huster in der Schloßstraße gab es Hühnerleber mit Reisrand und da Ulrich in Uniform war, hat der Kellner ihn mit «Herr Leutnant» angeredet. Die Wehrmacht hat ja überall ein großes Ansehen, was zweifellos dem Führer zu verdanken ist. Eigentlich sieht Ulrich gar nicht so schlecht aus, wenn er seine Uniform trägt, obwohl er wirklich ein wenig zu klein ist.
Dann hat mich Ulrich noch gefragt, ob ich etwas dagegen hätte, wenn wir die Auerbachs hin und wieder treffen würden, bevor sie im Herbst nach Amerika gehen. Ich habe keine Einwände gehabt, denn die beiden haben mir gut gefallen. Falls es Ärger gibt, kann ich immer noch behaupten, ich hätte nicht gewusst, dass die Auerbachs Juden sind. Man sieht denen das ja nun wirklich nicht an.

Felix Auerbach – ein Jude, der so aussieht wie ein blonder Schwede. Das hätte die Tochter eines Ortsgruppenleiters verwirren müssen. Aber meine Mutter ist nicht verwirrt. Sie ist auch nicht amüsiert. Die Ironie der Geschichte entgeht ihr. Juden, die so aussehen wie Schweden, sind für sie keine Juden. Vielleicht spielt es auch nach der Begegnung mit Felix

Auerbach keine Rolle mehr. Ich blättere zurück zum Eintrag vom 21. April 1939. Warum will meine Mutter wissen, ob Auerbach verheiratet ist? Ich lese auch den Eintrag vom selben Tag über die *blonden, hochgewachsenen* Kameraden meines Vaters, die ihr gefallen. Dann notiert meine Mutter noch, dass mein Vater «nicht viel hermacht».

Plötzlich habe ich ein ungutes Gefühl. Wer ist der gutaussehende, blonde Offizier, der auf dem Foto aus dem Juli 1944 neben meiner Mutter steht? Handelt es sich womöglich um Felix Auerbach? Aber wie kommt Auerbach zu einer Wehrmachtsuniform? Was für eine Geschichte wird im Tagebuch meiner Mutter erzählt?

Kurz nach Mitternacht habe ich die Eintragungen vom 21. bis zum 23. April 1939 in einen Collegeblock übertragen, doch meine Handschrift ist zum Schluss kaum lesbarer als die Sütterlinschrift meiner Mutter. In Zukunft will ich jede Tagebuchseite sauber abtippen. Wie lange ich dafür brauchen werde, ist schwer zu sagen.

Ich habe Schwierigkeiten, meine Mutter mit der jungen Offiziersfrau zusammenzubringen, die im April 1939 vor der Militärparade zu Hitlers fünfzigstem Geburtstag überlegt, wie viel Schminke sie auflegen kann, ohne «nach Kurfürstendamm» auszusehen. Ich krame in meinen Erinnerungen und stelle fest, dass erschreckend wenige Bilder meiner Mutter in meinem Gedächtnis zurückgeblieben sind. Die ersten vier Jahre meines Lebens, unser Aufenthalt in Marburg, verlieren sich im Nebel. Ich habe nur undeutliche Erinnerungen an Männer in Uniformen und an eine lange Bahnfahrt durch endlose Ruinenfelder. In meinen frühesten Berliner Erinnerungen stehe ich im Garten des Lichterfelder Hauses unter der Fontäne des Springbrunnens, doch das kann nicht sein. Der Springbrunnen hat schon vor dem Krieg nicht mehr funktioniert. Hat meine Mutter nach dem Krieg noch Lip-

penstift oder Rouge benutzt? Hat sie noch die Kostüme angezogen, die ich in ihrem Kleiderschrank gefunden habe? In meiner Erinnerung trägt sie immer Pullover und wadenlange Röcke in gedeckten, bräunlichen Farben. Aber aus welchem Grund hat sie ihre Kostüme dann aufgehoben? Und warum hat mein Vater sie nach ihrem Tod nicht weggegeben?

Dass mein Großvater und meine Großmutter bei einem Luftangriff umgekommen sind, wusste ich. Dass mein Großvater Ortsgruppenleiter der NSDAP war, wusste ich nicht. Von der Parteimitgliedschaft meiner Mutter habe ich erst durch den Fund ihres Parteiausweises erfahren. Ein Ortsgruppenleiter war kein hohes Tier. Er rangierte zwischen seinem Gauleiter (für meinen Großvater war das Goebbels) und den Blockwarten. Aber offenbar ergab sich für meinen Großvater hin und wieder eine Gelegenheit, für wenig Geld an schöne Dinge zu kommen – und geräumige Wohnungen von emigrierten Juden zu beziehen. Dass der Biedermeiersekretär meiner Mutter aus jüdischem Besitz stammt, war mir nicht bekannt. Ich frage mich, was im Lichterfelder Haus noch alles Juden gehört hat. Und mein Onkel Horst, der SA-Mann, der den *Stürmer* liest? Ich weiß noch nicht einmal, ob er noch lebt. Ich erinnere mich nur noch dunkel daran, dass mein Vater einmal sagte, er wäre nach dem Krieg «zum Ulbricht» gegangen.

Aber warum sind die Auerbachs im Sommer 1939 überhaupt noch in Berlin gewesen? Hatten sie sich selbst nach der Pogromnacht im November 1938 noch eingeredet, die Lage der Juden würde sich wieder beruhigen? Und Felix Auerbach? Warum sieht sich ein Jude die Militärparade zu Hitlers fünfzigstem Geburtstag an? War dieser Auerbach mutig oder einfach nur naiv?

Das Buch, das meine Mutter erwähnt, van de Veldes *Vollkommene Ehe*, habe ich im Sommer 1958 im Bücherschrank

meines Vaters entdeckt. Heute vermute ich (ich habe zuvor nie darüber nachgedacht), dass ich das Buch finden sollte, weil es meiner Mutter ersparte, mich über den Vorgang der menschlichen Fortpflanzung aufzuklären. In meinem Brockhaus steht, dass *Die vollkommene Ehe* im Jahre 1932 die zweiundvierzigste Auflage erreicht hatte und noch in den sechziger Jahren als pornographisch und ungeeignet für junge Leser betrachtet wurde.

8

15. Oktober 1989, Los Angeles

Singer hatte den Brief von Erika zur Linde am Mittag in der Post gefunden. Dieser Ulrich zur Linde war tot. Das hatte ihm seine Tochter geschrieben, und es stimmte. Nach einer halben Stunde Recherche hatte er herausgefunden, dass ein kurzer Nachruf in der *New York Times* erschienen war. Ulrich zur Linde schien immer noch ein bekannter Mann zu sein. Immerhin stand die Übersetzung der *Verlorenen* in den sechziger Jahren auch in den USA ein paar Wochen lang auf der Bestsellerliste.

Singer erwischte seinen Anwalt nach mehreren vergeblichen Versuchen schließlich am späten Nachmittag zwischen zwei Terminen.

«Sie hat geschrieben», sagte er, ohne sich mit seinem Namen zu melden.

«Wer hat geschrieben?» Pendel klang etwas undeutlich. Offenbar verspeiste er gerade etwas.

«Die Tochter von Ulrich zur Linde. Ihr Vater ist tot. Es gab einen Nachruf in der *New York Times.*»

«Was ist mit der Mutter?»

«Ich weiß es nicht. Vielleicht lebt sie nicht mehr. Die Tochter will sich mit mir treffen, wenn ich in Berlin bin.»

«Hat sie sich zu deinem Onkel geäußert? Und zu deiner Begegnung im Ambassador-Hotel?»

«Sie hat nur geschrieben, dass mein Onkel weder von ihrem Vater noch von ihrer Mutter jemals erwähnt wurde.»

«Glaubst du ihr das?»

«Meine Eltern haben auch kaum über diese Zeit gesprochen.»

«Aber wenn dieser Ulrich zur Linde deinem Onkel damals geholfen hat und die beiden befreundet waren – warum hätte man das verschweigen sollen? Es sei denn, dieser zur Linde hat das Manuskript deines Onkels benutzt und es anschließend vernichtet. Dann könnte er es für besser gehalten haben, deinen Onkel nicht zu erwähnen.» Schluckgeräusche am anderen Ende der Leitung, dann das Klicken eines Feuerzeuges. «Oder sie ist ahnungslos», fuhr Pendel fort, «und hat *nicht* gelogen und nie etwas von einem Felix Auerbach gehört.»

«Oder», ergänzte Singer, «ihr Vater hat ihr alles erzählt, und sie kennt die Geschichte. Dann werde ich kaum etwas von ihr erfahren.»

Singer hörte Pendel lachen. «Nehmen wir an, sie ist ungefähr in deinem Alter oder jünger und nicht gerade eine Schönheit. Sie lebt allein und ist einem kleinen Abenteuer nicht abgeneigt. Der Typ Frau, der Kontaktanzeigen aufgibt, jedes Mal enttäuscht wird, es aber immer wieder versucht.»

«Du meinst, ich soll ihr Avancen machen, um die Wahrheit zu erfahren?»

Pendel lachte wieder. «Wie lange bleibst du in Berlin?»

«Ich weiß es nicht», sagte Singer. «Höchstens zwei Wochen.»

«Dann bist du die Frau automatisch los», sagte Pendel im sachlichen Ton eines Anwalts. «Sie wird dir ja kaum nach Amerika folgen.»

«Vielleicht ist sie ja glücklich verheiratet und braucht meine Zuwendung nicht. Sie könnte auch lesbisch sein und Männer hassen.»

Pendel räusperte sich ungeduldig. «Was hast du vor? Willst du auf ihren Brief antworten?»

«Ich schicke ihr eine Kopie der beiden Briefwechsel», sag-

te Singer. «Den Brief meiner Mutter an ihren Vater aus dem Jahr 1946 und den aus dem Sommer 1965, zusammen mit den Antworten.»

«Ob dieser Anwalt noch lebt, der deiner Mutter damals geschrieben hat, es gäbe keine Manuskripte?», erkundigte sich Pendel.

«Ja, offenbar. Ich habe die deutsche Telefonauskunft angerufen. Es gibt einen Rechtsanwalt namens Friedrich Elst mit einer Berliner Telefonnummer.»

«Dann könntest du mit ihm Kontakt aufnehmen. Immerhin geht es um deinen Onkel und die Unterschlagung eines jüdischen Manuskripts. Bei solchen Geschichten sind die Deutschen meist kooperativ.»

«Zuerst rede ich mit dieser Sarah Spielrein», sagte Singer. «Wir hatten im Hotel keine Zeit, uns richtig zu unterhalten. Wenn sie tatsächlich damals mit meinem Onkel zusammengewohnt hat, könnte sie wissen, in welchem Verhältnis mein Onkel zu diesem Ulrich zur Linde gestanden hat und was mit dem Manuskript passiert ist.»

«Also triffst du Erika zur Linde erst danach?»

«Das ist der Plan», sagte Singer. «Ich frage mich, wie sie reagieren wird, wenn ich sie auf das verschwundene Manuskript anspreche.»

Singer legte auf. Als er ans Fenster trat, fiel sein Blick auf den ungepflegten Rasen und die überquellenden Mülltonnen daneben. Sein winziges Apartment war sechs Blocks vom Strand entfernt, aber hier waren die Mieten erschwinglich. Ein Apartment mit Blick aufs Meer konnte er sich nicht leisten. Während er überlegte, ob er noch einen großzügigen Schuss Amaretto in seinen Cafè Latte geben sollte, um sich für den Rest des Tages in Schwung zu bringen, dachte er an das Foto seines Onkels mit der jungen Frau, die vielleicht die Mutter dieser Erika zur Linde war.

Die junge Frau sah äußerst attraktiv aus, und wenn es stimmte, dass Töchter nach ihren Müttern kommen, könnte diese Erika zur Linde ebenfalls eine attraktive Frau sein. Allerdings könnte sie auch – wie hatte Pendel gesagt? – ein *kleines Biest* sein.

9

Montag, 16. Oktober 1989

Eigentlich wollte ich mich am nächsten Morgen sofort an das Tagebuch meiner Mutter setzen, die Hefte liegen noch auf dem Küchentisch. Doch stattdessen denke ich beim Frühstück darüber nach, seit wann ich unförmige Parkas und Wanderschuhe trage. Fing das während meiner kurzen Ehe an, oder erst danach? Meine Scheidung liegt neun Jahre zurück, und ich denke kaum noch an meine Ehe, auch wenn ich Detlev jeden Tag in der Schule sehe. Ich glaube, er war es, der mich damals gedrängt hat, *sportliche Schuhe* und *praktische Anoraks* zu tragen. Nach der Scheidung habe ich das Zeug einfach weiter getragen, ohne dass es mir aufgefallen wäre. Ob Detlev gemerkt hat, dass er sich in den letzten Jahren zehn Kilo angefuttert hat und jetzt in keine Hose mehr passt? Ich halte immer noch meine zweiundfünfzig Kilo. Wenn ich mich morgens ohne Brille im Spiegel betrachte, finde ich manchmal, dass ich gar nicht so schlecht aussehe. Doch mit Brille ist die alte Linde wieder da – die strenge Lehrerin, nach der kein Mann den Kopf dreht. Ich hatte mich daran gewöhnt, aber seit dem Tod meines Vaters ist etwas mit mir passiert. Ich bin fünfundvierzig Jahre alt. Ich könnte dieses Leben bis zu meiner Pensionierung weiterführen, aber das will ich nicht.

Heute bin ich eine halbe Stunde früher aufgestanden, um die Kombination meiner Jeans mit der Kostümjacke meiner Mutter noch einmal zu überprüfen. Die Jacke sitzt auch bei Tageslicht erstaunlich gut, sie betont meine Figur, und ich beschließe, beides in die Schule anzuziehen. Eigentlich

hätte ich damit auffallen müssen, doch der Einzige, der eine Bemerkung dazu macht, ist Detlev, mein geschiedener Mann. Der steht kurz vor dem Ende der großen Pause plötzlich neben mir. Im Lehrerzimmer ist das Rauchen verboten. Deshalb versammeln sich die Raucher auf einer geräumigen Loggia vor dem Lehrerzimmer im ersten Stock. Ein paar Gartenstühle gibt es da und einen Tisch mit Aschbechern. Auf einem der Stühle sitze ich und rauche, als Detlev neben mir auftaucht und sich eine Zigarette ansteckt.

«Secondhand?» Er wirft einen abschätzigen Blick auf meine Kostümjacke.

Ich zucke die Achseln. «Man spart, wo man kann.»

«Das hast du doch nicht mehr nötig», sagt er.

Detlev weiß, dass mein Vater gestorben ist und ich geerbt habe. Er kennt auch das Lichterfelder Haus, denn mein Vater (der nicht zur Hochzeit gekommen ist), hat uns zweimal dorthin zum Essen eingeladen. Verstanden haben sich die beiden von Anfang an nicht, zu einer dritten Einladung ist es nie gekommen. Was im Testament meines Vaters steht, weiß Detlev nicht. Aber er kann sich ausrechnen, was ein riesiges Haus in guter Lage wert ist.

«Du unterschätzt die Kosten für das Haus», entgegne ich. «Mein Vater hat jahrzehntelang nur kosmetisch renoviert. Und reich war er nie.»

Er sieht mich misstrauisch an. «Machst du hier weiter?»

Ich habe die Beine übereinandergeschlagen, und Detlevs Blick streift meine Oberschenkel. Der Satz «Geld macht Frauen schön» kommt mir in den Sinn. Vielleicht gilt das ja auch für mich.

Ob ich «weitermache», weiß ich noch nicht. Aber Detlev ist der Letzte, mit dem ich darüber reden würde. Der hat seine Zigarette ausgedrückt und ist bereits auf dem Weg zur Tür. Meine Antwort interessiert ihn nicht. Wir sprechen ohnehin

nur miteinander, damit die Kollegen denken, wir hätten uns «in aller Freundschaft» getrennt.

Gegen zwei bin ich zu Hause, schiebe eine Lasagne in die Mikrowelle und schalte den Fernseher ein. Heute hat sich die Lage im Osten weiter zugespitzt. Am Wochenende sind wieder dreitausend DDR-Bürger über Ungarn und Österreich nach Westdeutschland geflüchtet. In der deutschen Botschaft in Warschau halten sich immer mehr Ausreisewillige auf. In Halle sind zwanzigtausend Leute auf die Straße gegangen, und kein Mensch weiß, wie heute Abend die Montagsdemonstrationen in Leipzig ablaufen werden.

Beim Essen denke ich an Paul Singers Gespräch mit Sarah Spielrein in Los Angeles. Was hat sie über ihre Begegnung mit Auerbach im Herbst 1943 erzählt? Wusste sie, ob es damals noch einen Kontakt zwischen Auerbach und meinen Eltern gab? Nach dem Essen schlage ich Sarah Spielrein im Telefonbuch nach. Ich wähle die Nummer, und nachdem es fünfmal geklingelt hat, schaltet sich der Anrufbeantworter ein. Eine weibliche Stimme fordert mich auf, nach dem Piepton eine Nachricht zu hinterlassen. Aber als ich gerade meinen Namen nenne und den Grund meines Anrufs erläutern will, wird abgenommen. Eine Stimme sagt: «Sarah Spielrein.»

Ich bin so überrascht, dass ich nicht sofort sprechen kann. «Ich bin die Tochter von Ulrich zur Linde», sage ich schließlich. «Ein Paul Singer hat meinem Vater geschrieben, er hätte Sie in Los Angeles gesprochen. Daraufhin hat sich Paul Singer bei meinem Vater nach seinem Onkel Felix Auerbach erkundigt. Mein Vater konnte den Brief nicht beantworten, weil er ...»

Sie unterbricht mich höflich, so wie man jemanden unterbricht, um ihm zu ersparen, etwas Unangenehmes auszusprechen. «Ich habe die Anzeige gelesen. Es tut mir leid, dass Ihr Vater gestorben ist.»

Ihre Stimme ist ein angenehmer, ein wenig rauchiger Alt. Einen Moment lang sehe ich sie als junges Mädchen vor mir. Sie steht vor einer schwelenden Ruine in irgendeiner Berliner Straße und hat kaum eine Chance, den Krieg zu überleben. Dann sehe ich eine gepflegte ältere Dame, die dezent geschminkt und sorgfältig frisiert immer noch jeden Tag Patienten empfängt. Im Telefonbuch steht, dass sie Psychoanalytikerin ist.

«Mein Vater», sage ich, «hätte die Anfrage von Paul Singer gerne beantwortet, aber ich weiß eigentlich nicht, worum es dabei geht. Im Moment bin ich dabei, den Nachlass durchzusehen.»

Dass mein Vater die Anfrage von Paul Singer gerne beantwortet hätte, bezweifle ich.

«Paul Singer», fahre ich fort, «hat meinem Vater geschrieben, dass Sie Felix Auerbach noch 1943 in Berlin begegnet sind. Von einem Felix Auerbach hatte ich vorher noch nie etwas gehört. Ich würde gerne wissen, was Sie Herrn Singer erzählt haben und was mein Vater damit zu tun hat.»

Sarah Spielrein schweigt einen Moment. Dann räuspert sie sich. «Könnten Sie in meine Praxis kommen?»

«Wann immer Sie wollen. Nur vormittags nicht. Da muss ich arbeiten.»

«Was machen Sie?»

«Ich unterrichte Französisch an einer Oberschule.»

Ich höre das leise Rascheln der Blätter eines Terminkalenders auf der anderen Seite der Leitung. «Wäre Ihnen morgen Abend recht? Gegen sieben?»

4. Mai 1939

Vor drei Tagen bin ich in die Partei eingetreten, und gestern habe ich die Schriftleiterprüfung der Reichsschrifttumskammer bestanden. Das verdanke ich Horst und Dr. Auerbach. Horst hatte mir geraten, der Kommission etwas Besonderes zu bieten, zum Beispiel die Namen der dreiundzwanzig Blutzeugen, die beim Marsch des Führers auf die Feldherrenhalle gestorben sind. Wir haben dann die Namen so lange geprobt, bis ich sie im Schlaf aufsagen konnte. Bei der Prüfung habe ich sie regelrecht heruntergerattert.

Der andere Ratschlag kam von Dr. Auerbach. Der hielt es für einen guten Schachzug, noch vor der Prüfung in die Partei einzutreten. Dass ausgerechnet ein Jude mir dazu rät, hat mich überrascht. Aber dann fiel mir ein, was Papa über die Juden sagt. Nämlich, dass die sich immer durchwursteln, während der deutsche Mensch ehrlich und aufrichtig sei. Papa habe ich nicht gesagt, wer mir dazu geraten hat. Er und Horst wissen natürlich nichts von der Freundschaft zwischen Ulrich und Dr. Auerbach.

Ich hatte lange überlegt, was ich zur Prüfung anziehen sollte, und mich dann für einen dunkelblauen Rock mit einer Kellerfalte entschieden, kombiniert mit einer weißen Bluse und einem Halstuch, das von einer ledernen Schlaufe zusammengehalten wurde. Das sollte an die BDM-Kluft erinnern, die ich immer sehr fesch fand. Die Länge kann ich bei diesem Rock auch leicht variieren, falls ich mal etwas mehr Bein zeigen möchte.

Heute Nachmittag habe ich mich zum ersten Mal mit Dr. Auerbach unterhalten, ohne dass Ulrich dabei war. Wir hatten uns alle im Haus verabredet, aber Ulrich verspätete sich in der Kriegsakademie, sodass ich fast eine

Stunde lang mit Dr. Auerbach im Garten gesessen habe. Er hat mich gefragt, ob ich etwas dagegen hätte, wenn er seinen Bechstein bei uns unterstellt. Er könne ihn ja nicht nach Amerika mitnehmen, und ein Verkauf lohne sich nicht. Die Juden könnten ihre Sachen nur weit unter dem tatsächlichen Wert verkaufen, und das wolle er nicht. Mir fiel mein schöner Biedermeier-Sekretär ein, der ja von den Aschrotts stammt, und ich hatte kurz ein schlechtes Gewissen. Dr. Auerbach sagt immer «die Juden» und nie «wir». Es hört sich fast so an, als würde er sich selber nicht dazurechnen. Das kann ich verstehen. Jedes Mal, wenn er in den Spiegel guckt, sieht er einen blonden Siegfried wie aus dem Bilderbuch.
Seine Schwester, sagt Dr. Auerbach, könne es gar nicht erwarten, Deutschland zu verlassen. Er selber hingegen sehe das alles nicht so dramatisch. Nichts könne etwas daran ändern, dass er immer noch (seine Worte) «deutsch fühle». Dann sprachen wir noch ein wenig über Mode, denn ich hatte ihm erzählt, dass ich gerade an einem Artikel über die Frage «Rock oder Hose» schreibe. Dr. Auerbach hat für den Rock plädiert und meinen Einwand, dass die Frau heutzutage ein Kamerad des Mannes ist, nicht gelten lassen. Einig waren wir uns darüber, dass Männer in Uniform am besten aussehen. Er selber, sagte er mit einem resignierten Schulterzucken, werde wohl nie eine Uniform tragen dürfen. Sein Kinderwunsch sei immer gewesen, Offizier zu werden. Das läge daran, dass sein Vater im Krieg Oberstabsarzt gewesen sei und er ihn in seiner prächtigen Uniform mit dem Eisernen Kreuz immer bewundert habe. Schließlich hat er mir noch, kurz bevor Ulrich kam, ein Kompliment wegen meines Rockes gemacht. Den habe ich heute so kurz getragen, dass er knapp über dem Knie endete. Ich glaube, Dr. Auerbach findet mich attraktiv.

Nachdem er gegangen ist, habe ich Ulrich gefragt, ob er eine Freundin hat. Ulrich sagte, er wisse es nicht.

10. Mai 1939

Das Haus ist viel zu groß für zwei Personen. Wohnzimmer und Esszimmer sind riesig, der Garten hinter dem Haus ist fast ein kleiner Park. Wie wir die hohen Räume im ersten Stock im Winter heizen sollen, ist mir ein Rätsel. Ulrich hat zugegeben, dass sie sich früher (nach dem Krieg, die Vorkriegszeit hat er ja nicht erlebt) im Winter meist in der Küche aufgehalten haben.
Eine Perle, die einmal in der Woche putzt, können wir uns nicht leisten, und so geht es bei uns ein wenig «bohemehaft» zu. Ulrich nennt das so, ich kannte das Wort gar nicht. Als ich gestern Abend eine Bemerkung über die Größe des Hauses gemacht habe, hat Ulrich gelacht und gesagt, unsere Familie sei ja noch nicht komplett. Wir hatten uns zwar darauf geeinigt, vorerst keine Kinder zu haben, aber er fängt immer wieder damit an.
Ulrich hat mir ein Buch des französischen Autors Gustave Flaubert empfohlen. Das Buch heißt Frau Bovary. *Es soll sich um eine Ehebruchsgeschichte handeln. Papa hat mal gesagt, dass es bei den Franzosen oft zu Ehebrüchen kommt.*

21. Mai 1939

Jetzt hat es endlich mit dem Ausflug zu dritt geklappt. Dr. Auerbach, Ulrich und ich haben den Dampfer von Wannsee nach Kladow genommen und dort Fahrräder gemietet. Dann haben wir nach einer Tour, die uns fast bis nach Potsdam führte, Kaffee getrunken. Zweimal habe ich

dabei mein altes Fahrradspiel aus der Kindheit gespielt: die Augen fest schließen, die Beine von den Pedalen nehmen, und mindestens bis fünf zählen. Ich weiß natürlich, wie gefährlich das ist, aber das Glücksgefühl, das mich als Kind dabei immer durchflutet hat, war auch heute wieder da. Vielleicht gibt es ja kein Glück ohne Risiko.

Ich habe jetzt ein wenig mehr über Dr. Auerbach erfahren. Die Ausreise zu organisieren, scheint gar nicht einfach zu sein. Ich habe auch immer das Gefühl, dass Dr. Auerbach am liebsten in Deutschland bleiben würde. Ein schlechtes Wort über den Führer habe ich bisher aus seinem Mund noch nicht gehört. Aber vielleicht spricht er ja aus Taktgefühl vieles nicht aus. Ein wenig beneide ich ihn. Davon, mit einem großen Passagierschiff nach Amerika zu reisen, kann ich nur träumen.

Zu dem Ausflug entschied ich mich für einen grauen Pullover und meine alte BDM-Bluse, die inzwischen über dem Busen spannt. Dazu habe ich meinen blauen Rock angezogen. Natürlich habe ich lange darüber nachgedacht, wie ich mich an einem solchen Tag schminken soll. Zurückhaltung war angesagt, schließlich handelte es sich nicht um einen Opernbesuch. Aber als ich, kurz bevor ich ging, noch einen Blick in den Spiegel im Vestibül geworfen habe, sah ich, dass ich zu viel Lippenstift aufgetragen hatte. Ich sah fast ein bisschen «verrucht» aus. Das hatte ich nicht beabsichtigt, nur war es zu spät, um etwas zu ändern.

Vorsichtshalber trage ich jetzt immer mein Parteiabzeichen. Heute habe ich es mir wie ein Schmuckstück auf den Kragen der BDM-Bluse geheftet. Es kommt jetzt immer öfter vor, dass Leute, die verdächtig aussehen, überprüft werden und ihre Ausweise herzeigen müssen. Ich glaube, auf den Ausweis von Dr. Auerbach ist eine großes, rotes «J» für

«Jude» gestempelt. Wir müssen also darauf achten, dass niemand auf den Gedanken kommt, uns zu kontrollieren, was ich allerdings für unwahrscheinlich halte. Einen Leutnant, eine blonde Parteigenossin und jemanden, der aussieht wie ein blonder Schwede, überprüft man nicht.

Ulrich hatte sich (nachdem er vermutlich lange darüber nachgedacht hatte) dann doch dazu durchgerungen, seine Uniform zu tragen. Da kann er zwar die Jacke, wenn es ihm zu warm wird, nicht einfach aufknöpfen, aber er weiß genau, dass er in Uniform immer noch am besten aussieht. Ich habe ihm auch gesagt, wie gut ihm die Uniform steht. Solche Komplimente tun ihm immer gut.

«Dir fehlen nur noch ein paar Orden», habe ich noch hinzugefügt.

Erst hat Ulrich ein betretenes Gesicht gemacht, aber dann hat er gelacht. «Unverhofft kommt oft», hat er gesagt. Was er damit gemeint hat, weiß ich nicht. Ohne einen Krieg gibt es keine Orden, und wegen Danzig fängt der Führer keinen Krieg an.

Auf der Fähre nach Kladow saßen viele Leute in Parteiuniform, und mir fiel ein, wie Ulrich gesagt hatte, Parteiuniformen wären keine richtigen Uniformen, sondern eher wie Uniformen der Reichsbahn. Ich glaube, Papa spürt ganz genau, was sein Schwiegersohn von seiner Parteiuniform hält. Dr. Auerbach kam mit offenem Kragen und sah sehr sportlich aus, so wie ein guter Tennisspieler.

Es war dann auf der anderen Seite der Havel so warm, dass ich gleich meinen Pullover ausziehen konnte.

Dr. Auerbach hat mir sofort angeboten, ihn zu tragen, was ich plausibel fand, denn ein Leutnant kann schlecht mit einem Damenpullover unter dem Arm herumlaufen. Der Kellner im Café sprach Ulrich mit «Herr Leutnant» an

und das noch in der dritten Person. «Haben Herr Leutnant noch einen Wunsch?» Das ging Ulrich herunter wie Butter, und Dr. Auerbach (bilde ich mir jedenfalls ein) sah in diesem Moment ein bisschen neidisch aus. Beim Kaffee erfuhr ich dann, dass er noch im letzten Jahr unter verschiedenen falschen Namen Artikel veröffentlicht hat. Keine kleinen Artikelchen wie ich über Mode und Freizeitgestaltung, sondern ernsthafte Artikel über Bücher.

Den Roman Frau Bovary *kannte er. Es handelt sich wohl um einen vielgelesenen Roman. Der Autor, sagte Dr. Auerbach, hätte damals einen Gerichtsprozess wegen «Obszönität» am Hals gehabt. Will Ulrich, dass ich einen obszönen Roman lese?*

Dass die Auerbachs noch gar kein Visum für Amerika haben und im Moment lediglich der Antrag bearbeitet wird, wusste ich bislang nicht. Da gibt es wohl so eine Art Warteliste. Dr. Auerbach sagte, sie hätten sich nach dem Tod ihrer Mutter und nach der Reichskristallnacht im letzten November dazu entschlossen, Deutschland zu verlassen. Ich hatte das alles (zerbrochene Schaufensterscheiben am Kurfürstendamm) nur am Rand registriert, auch weil ich damals meine ersten Verabredungen mit Ulrich hatte und an ganz andere Sachen dachte.

Dass Dr. Auerbach Deutschland verlassen will, könnte heißen, dass er keine feste Freundin hat. Vielleicht hat er stattdessen wechselnde Bekanntschaften, womöglich trifft er sich heimlich mit verheirateten Frauen. Dr. Auerbach macht keinen flatterhaften Eindruck auf mich, aber stille Wasser sind oft tief. Ich glaube, dass ihm meine kesse Bluse gefallen hat.

12. Juni 1939 (abends)

Wir haben heute den ganzen Tag mit Dr. Auerbach im Strandbad Wannsee verbracht. Zuerst wollte Ulrich nicht ins Strandbad, ich habe ihn aber daran erinnert, dass dies vielleicht für lange Zeit der letzte Sommer von Dr. Auerbach in Berlin sein könnte. Es war schon morgens ziemlich heiß und die S-Bahn zum Bahnhof Wannsee hoffnungslos überfüllt, obwohl wir sehr früh losgefahren sind, um noch einen Strandkorb zu bekommen. Im Abteil waren viele Eltern mit kleinen Kindern, die Ulrich alle besonders süß fand, was ich von mir nicht behaupten kann. Ich finde die kleinen Bälger ganz schön anstrengend. Die Vorstellung, selber einmal mehrere von dieser Sorte zu haben, ist nicht gerade verlockend. Zum Mutterkreuz werde ich es wohl nie bringen.

Dr. Auerbach, der am Bahnhof auf uns gewartet hatte, war ganz in Weiß gekleidet und sah todschick aus. Er hatte sich den Völkischen Beobachter *unter den Arm geklemmt, als Vorsichtsmaßnahme, obwohl bei seinem Aussehen niemand auf den Gedanken kommen würde, dass mit seinem Ahnenpass etwas nicht in Ordnung ist. Am Eingang, wo wir die Karten lösen mussten, war auf einen großen Schild zu lesen: «Eintritt für Juden untersagt». Mir war das Schild regelrecht peinlich, so als hätte ich es persönlich angebracht. Als Parteimitglied müsste ich solche Verbotsschilder begrüßen, aber das kann ich schon deshalb nicht, weil sie völlig überflüssig sind. Als ob nicht schon alle Juden wüssten, dass das Strandbad Wannsee für sie gesperrt ist. Da war wohl ein übereifriger Ortsgruppenleiter am Werk.*

In diesem Jahr ist der Berliner Bär auf den kleinen Fahnen, die man an gemieteten Strandkörben befestigen muss,

durch das Hakenkreuz ersetzt worden, was sich vor dem blauen Himmel sehr hübsch macht. Dr. Auerbach sagte dazu, es sähe «prägnanter» aus als der Berliner Bär. Ich finde, er betrachtet das alles ziemlich gelassen, so als ob er schon in Amerika wäre. Aber die Auerbachs rechnen nicht damit, ihr Visum sehr bald zu bekommen, Dr. Auerbach hat also noch reichlich Gelegenheit, «interessante Beobachtungen zu machen», wie er sich ausdrückt.

Der Sand war dann bald so heiß, dass man auf dem Weg ins Wasser fast rennen musste. Dr. Auerbach hat eine dunkelblaue Badehose mit einem weißen Gürtel getragen, Ulrich seine etwas zu große graue Badehose. Dann hat er auch noch diese weißen, haarlosen Beine, die hier natürlich besonders auffallen. Ulrich ist einfach kein Strandtyp, kein Wunder, dass er keine Lust hatte, an den Wannsee zu fahren. Fast hatte ich ein schlechtes Gewissen. Gut, dass ich mir schon im Mai einen schwarzen Badeanzug im KaDeWe gekauft habe, der meine blonden Haare gut zur Geltung bringt.

Ich fand es wunderbar im Wasser, ich schwimme und tauche gerne. Ulrich schwimmt ein wenig zaghaft, er paddelt eher, so als würde er sich im Wasser nicht wohl fühlen. Dr. Auerbach dagegen ist sofort bis zu den Bojen gekrault. Der Wannsee war voller weißer Segel. Wenn wir reich wären, könnten wir uns auch ein Segelboot leisten. Aber wir haben nur dieses viel zu große Haus und einen Haufen alter Möbel, die nichts wert sind.

Dann ist noch etwas Komisches passiert, das ich aufschreiben muss. Als es mittags am heißesten war, bin ich mit Ulrich zum Getränkestand gelaufen, um ein paar kalte Coca-Colas zu kaufen. Die Schlange war lang, und als wir die Flaschen schließlich hatten und zurück zum Strandkorb wollten, tauchte plötzlich ein Herr in einem

altmodischen Badeanzug vor uns auf. Ulrich stand sofort stramm und grüßte militärisch, was etwas schwierig war, weil er in der linken Hand die Tasche mit den Cola-Flaschen hielt. Der Oberst (ein von So-und-so), der ein kleines Mädchen (vermutlich seine Enkelin), an der Hand hielt, schien aber die ganze Angelegenheit amüsant zu finden. Ulrich hat mich ihm vorgestellt, und wir haben kurz geplaudert. Mir hat der Oberst zweimal die Hand geküsst, einmal zur Begrüßung und dann zum Abschied. Ich bin mir ziemlich sicher, dass der Handkuss unterbleibt, wenn der Herr und die Dame sich in Badekleidung begegnen. Später sagte Ulrich, dass es für höhere Offiziere absolut unüblich ist, eine öffentliche Badeanstalt zu besuchen. Dafür gäbe es Militäreinrichtungen, und außerdem wolle man vermeiden, dass es zu Situationen kommt, für die es keine Dienstvorschriften gibt. Ein Oberst in Badehose ist einfach nicht vorgesehen.

Mit dem Roman Frau Bovary *habe ich heute im Strandkorb begonnen, und ich muss sagen, dass der Anfang ausgesprochen langweilig ist. Frau Bovary kommt auf den ersten Seiten noch gar nicht vor. Da geht es nur um einen gewissen Karl Bovary, der in der Schule ein rechter Streber zu sein scheint. Der Roman spielt in Rouen, einer Stadt in Nordfrankreich, die wie Paris an der Seine liegt und die wir im letzten Krieg besetzt haben, wie Dr. Auerbach sagte. Jedenfalls ist der Anfang des Romans überhaupt nicht «obszön». Aber ich will ihn bis zum Ende durchlesen, schon weil mich Dr. Auerbach danach fragen könnte.*

16. Juli 1939

Ulrich sagt, dies sei der schönste Sommer, den er jemals erlebt habe. Vermutlich war das als Kompliment gemeint, aber er könnte auch das Wetter gemeint haben. Seit drei oder vier Wochen haben wir Temperaturen zwischen fünfundzwanzig und dreißig Grad, dabei ist es nie schwül und drückend, die Luft ist fast immer klar und trocken, und die gelegentlichen, kräftigen Regengüsse stören niemanden – im Gegenteil.

Gestern in der Redaktion haben wir in der Kantine alle zusammen die Führerrede gehört. Drei im Raum verteilte Volksempfänger waren gleichzeitig eingeschaltet, sodass man jedes Wort gut verstehen konnte. Unsere Hauptschriftleiterin sorgt jedes Mal für eine feierliche Atmosphäre, wenn der Führer im Rundfunk zu uns spricht. Dann darf weder gegessen, getrunken, noch geraucht werden, und selbstverständlich sind Tuscheleien strengstens verboten. Angeblich macht sie das nur, weil ihr Bruder wegen einer politischen Sache sitzt und sie selber nicht unter Beschuss geraten will. Ich weiß jedenfalls, dass sie erst im letzten Jahr in die Partei eingetreten ist, das habe ich von Papa, der ihre Akte kennt. Der Führer sprach über das Danzig-Problem und dass die Sache mit dem Korridor unhaltbar ist. Es ist schon ein komischer Gedanke, dass im selben Augenblick Hunderttausende im ganzen Reich dem Führer zuhören. Der Reichsfunk Berlin ist sogar im Ausland zu empfangen.

Gestern sind wir wieder bei Mama und Papa zum Mittagessen gewesen. Es gab Rotkohl und Gulasch mit Salzkartoffeln, die (wie immer) in der Mitte noch hart waren. Der Ärger fing damit an, dass Ulrich es sich nicht verkneifen konnte, eine Bemerkung über den kleinen Schnurrbart zu

machen, den Horst sich hat wachsen lassen. Horst hat sich jetzt auch angewöhnt, das «R» so zu rollen wie der Führer, aber das hört sich dann so an, als würde sich jemand über den Führer lustig machen. Ulrich und ich mussten lachen, und selbst Papa fing zu lachen an, sodass Horst für den Rest des Essens beleidigt geschwiegen hat.

Ulrich hat jetzt zum zweiten Mal für ein Essen bei meinen Eltern darauf verzichtet, seine Uniform zu tragen. Das liegt daran, dass Papa und Horst immer Uniform tragen, Papa seine Parteiuniform und Horst seine SA-Uniform. Ulrich findet, dass er mit seiner richtigen Uniform diese falschen Uniformen aufwertet. Ich glaube, so kann man es ausdrücken. Und deshalb trägt er jetzt demonstrativ Zivil, obwohl er genau weiß, dass ihm seine Zivilkleidung ebenso wenig steht wie seine Badehose. Das gefällt mir, und ich rechne es Ulrich hoch an.

In der Polenfrage waren wir uns alle einig. Dass man als Deutscher in eine deutsche Stadt nur fahren kann, wenn man fremdes Territorium durchquert und außerdem dabei noch die Vorhänge vor den Zugfenstern schließen muss, ist ein unhaltbarer Zustand. Wir sind alle davon überzeugt, dass der Führer einen Weg finden wird, das Problem zu lösen.

Das Meißen, das Papa den Aschrotts vor ihrer Abreise nach England abgekauft hat, ist wirklich wunderschön. Vielleicht ergibt sich ja mal wieder eine Gelegenheit für Papa, schönes Porzellan aus einem Nachlass zu kaufen, und vielleicht überlässt er es dann mir. Er hatte mir ja ein Geschenk zum Parteieintritt versprochen, das ich bisher noch nicht bekommen habe. Manchmal wundere ich mich über mich selbst. Es ist merkwürdig, dass ich so viel für schönes Essgeschirr übrig habe, obwohl mir das Kochen so überhaupt nicht liegt.

10. August 1939

Dieser Sommer ist so heiß, dass die Blätter schon im Juli ihr sattes Grün verlieren. An das große Haus habe ich mich noch nicht ganz gewöhnt, aber den riesigen Garten mit den alten Bäumen finde ich immer schöner. Dass die Wasserleitung zu dem runden Marmorbecken in der Mitte des Rasens nicht mehr funktioniert, ist schade. Ulrich hat versprochen, sich darum zu kümmern.
Er geht nächste Woche für unbestimmte Zeit zu seinem Regiment nach Potsdam. Da seine Ausbildung zum Stabsoffizier an der Kriegsakademie erst im Sommer nächsten Jahres beendet ist, nehmen wir an, dass der Aufenthalt in Potsdam nur befristet ist. Angeblich ist eine Einsatzübung in Schlesien vorgesehen. Das Wort «Einsatzübung» hat uns nervös gemacht. Geht es in Wahrheit um eine Truppenverlegung? Sind die Polen kurz davor, über uns herzufallen? Vielleicht mit Rückendeckung Englands?
Wie soll ich die heutige Schlagzeile in der BZ verstehen: WARSCHAU DROHT MIT BOMBARDIERUNG VON DANZIG.
Manchmal glaube ich, dass Ulrich ein Krieg mit den Polen nicht ungelegen käme. Im Krieg wird man befördert, und es gibt Orden. Aber der Führer will keinen Krieg.
Horst, den ich zufällig auf der Schloßstraße traf, sieht das alles ganz anders. Er meint, der Führer warte nur darauf, dass die Polen sich mit uns anlegten. Dann würde man nicht nur den Danziger Korridor beseitigen, sondern gleich ganz Polen kassieren, den Engländern sei Danzig doch egal. Als ich ihn darauf hingewiesen habe, dass der Führer sich dem Frieden verpflichtet fühlt und dies ja auch ständig betont, hat er nur gelacht.
Der teure Staubsauger, den mir Papa zur Hochzeit geschenkt hat, ist kaputtgegangen. Laut Rechnung ist er

im November 1938 gekauft worden und läuft noch unter Garantie. Im Laden musste ich dann allerdings erfahren, dass die Garantie nur für den Erstbesitzer gilt, einen gewissen Siegfried Feinstein. Dass der Staubsauger nicht neu war, hatte mir Papa verschwiegen. Ich muss jetzt für die Reparatur bezahlen und vorläufig Handfeger und Besen nehmen.
Ich überlege, mir einen zweiten schwarzen Badeanzug im KaDeWe zu kaufen. Der Badeanzug, den ich im Strandbad getragen habe (und der Dr. Auerbach so gefallen hat) leiert jetzt schon aus. Und das ist ja nicht der Sinn der Sache.

24. August 1939

Vorgestern Nacht um elf hat der Reichsfunk sein Musikprogramm unterbrochen, und eine Stimme verlas die Meldung, dass wir mit den Russen einen Nichtangriffspakt abschließen werden. Warum das eine wichtige Meldung war, hat mir Dr. Auerbach erklärt, mit dem ich am nächsten Tag telefoniert habe. Er meint, dass die Polen jetzt, wo sie zwischen uns und den Russen eingezwängt sind, in der Danzig-Frage nachgeben werden.
In der Redaktion herrschte heute eine gewisse Aufregung. Ein paar hundert Meter weiter auf dem Dach des Oberkommandos der Wehrmacht sind Luftabwehrgeschütze installiert worden, aber von der Straße aus habe ich nichts erkennen können. Ich finde die Vorstellung, dass die Polen das Oberkommando der Wehrmacht bombardieren könnten, ziemlich abwegig. Wir haben nachmittags noch den Luftschutzbunker im Keller besichtigt. In den nächsten Tagen sollen Luftschutzübungen durchgeführt werden, obwohl niemand sagen kann, was man darunter versteht.

Wo Ulrich im Moment ist, weiß ich nicht. Aber ich rechne damit, dass er bald wieder zurück ist. Dann werde ich ihn an sein Versprechen erinnern, die Wasserleitung im Garten zu erneuern.
Frau Bovary *finde ich langweilig. Bei guten Büchern kann man sich in die Figuren hineinversetzen wie in Scarlett O'Hara aus* Vom Winde verweht. *Aber diese Emma ist nicht mein Fall. Ich will den Roman trotzdem bis zum Ende lesen. Als Dr. Auerbach wissen wollte, wie weit ich gekommen bin, konnte ich ihm nur ausweichend antworten. Wir wollen uns morgen in der Stadt treffen.*

Inzwischen lese ich die Sütterlinschrift meiner Mutter fast mühelos und bin heute gut vorangekommen.

Im August 1939 hat Felix Auerbach meiner Mutter also geraten, in die NSDAP einzutreten. Wer war dieser Felix Auerbach? Ein skrupelloser Opportunist, der mit einem anderen Ahnenpass und seinen blonden Haaren im Dritten Reich Karriere gemacht hätte? Hat er wirklich, wie meine Mutter schreibt, *bedauert, dass er Jude ist*? Oder war es meine Mutter, die bedauert hat, dass ihr blonder Held kein Arier war? Im Sommer 1939 rechneten meine Eltern damit, dass die Auerbachs Deutschland im Winter verlassen würden. Meine Mutter dachte wohl, dass ein kleiner Flirt mit Felix Auerbach keine Folgen haben würde, weil die Auerbachs bereits auf gepackten Koffern saßen.

Während der Sudetenkrise im Oktober 1938 hatten die Deutschen Angst vor einem neuen Krieg, doch davon ist im Sommer 1939 nichts zu spüren. Auch Felix Auerbach war

davon überzeugt, *dass der Führer das Problem mit den Polen ohne Krieg lösen wird.* Als das Regiment meines Vaters im August an die polnische Grenze verlegt wurde, glaubte meine Mutter ernsthaft, dass dies nur geschah, *um den Polen einen Schrecken einzujagen.*

Ich staune immer wieder darüber, wie naiv meine Mutter damals war. Allerdings war sie damals noch schrecklich jung – nicht einmal halb so alt, wie ich es jetzt bin. So unbeschwert und fröhlich, wie sie in diesem Sommer des Jahres 1939 trotz allem gewesen ist, habe ich sie nach dem Krieg nie erlebt.

10

Dienstag, 17. Oktober 1989

Sarah Spielrein trägt ein fliederfarbenes Twinset, einen grauen Wollrock und flache Wildlederschuhe. Sie hat ein offenes, freundliches Gesicht und graue, halblange Haare mit weißen Strähnen, was sie nicht älter erscheinen lässt, sondern eher jünger, so als wären die weißen Strähnen das Werk eines raffinierten Friseurs. Ich selber trage meine Jeans und eine der Kostümjacken (die dunkelblaue mit den Nadelstreifen) meiner Mutter. Dass ich jahrelang in unförmigen Sweatshirts herumgelaufen bin, kommt mir immer absurder vor. Sarah Spielrein blickt, als wir uns die Hand geben, durch meine dicken Brillengläser hindurch in meine Augen, sie fixiert nicht mein Kinn oder meine Nase. Ich mag sie sofort.

Ihr Wohnzimmer ist voller Bücher und alter Möbel, und wir setzen uns in zwei Sessel am Fenster. An der gegenüberliegenden Wand steht eine Chaiselongue, über die eine orientalisch aussehende Decke gebreitet ist. Sie erinnert mich an Bilder von Freuds Sofa, und es sieht so aus, als würde Sarah Spielrein hier ihre Patienten empfangen. Sie betreibt ihr Geschäft offenbar auf altmodische Art und Weise.

Ich schätze sie auf Mitte sechzig. Als sie Felix Auerbach im Herbst 1943 begegnet ist, kann sie höchstens achtzehn Jahre alt gewesen sein und musste sich allein im Untergrund durchgeschlagen haben. Bei der «Fabrik-Aktion», die Ende Februar 1943 in Berliner Zwangsarbeiterlagern, Firmen und Betrieben durchgeführt wurde, sind achttausend Juden verhaftet worden. Viertausend konnten rechtzeitig untertau-

chen, und von denen schaffte es (glaube ich) ein Drittel, den Krieg zu überleben. Wie konnte Sarah Spielrein untertauchen? Wer hatte sie rechtzeitig gewarnt? Wo hat sie gewohnt? Wie hat sie sich ernährt? Und warum ist sie nach dem Krieg in Deutschland geblieben? Alles das würde ich gerne wissen.

«Es war ein reiner Zufall», sagt sie, nachdem sie uns Tee gemacht hat, «dass ich Paul Singer begegnet bin. Er ist Journalist und wollte einen Artikel über den Kongress schreiben. Als ich ihn um Feuer bat, kamen wir ins Gespräch, und er sagte mir, dass seine Familie aus Berlin stamme, aber 1940 nach Shanghai emigriert ist. Nur sein Onkel blieb in Berlin hängen. Als er mir den Namen Auerbach nannte, stellte sich heraus, dass ich ihn kannte. Wir mussten im März 1942 mit zwölf anderen Leuten in eine Judenwohnung ziehen.»

Ich überlege kurz, Sarah Spielrein vom Tagebuch meiner Mutter zu erzählen, entscheide mich dann aber dagegen. Solange ich nicht weiß, wie die Geschichte ausgeht, sollte das Tagebuch mein Geheimnis bleiben.

«Ihre Familie und Sie?»

«Mein Vater und ich. Meine Mutter ist 1936 gestorben. Vier Wochen nach Stalingrad hat in Berlin eine große Razzia stattgefunden. Ich habe damals in einem Charlottenburger Betrieb gearbeitet und konnte noch im letzten Augenblick untertauchen. Aber mein Vater wurde verhaftet und ist sechs Monate später in Theresienstadt umgekommen. Ich dachte, sie hätten Auerbach ebenfalls erwischt. Als ich ihn im Oktober 1943 zufällig auf dem Anhalter Bahnhof traf, war ich völlig überrascht. Er hat damals mit falschen Papieren bei Siemens in Spandau gearbeitet. Dass er Jude war, hätte niemand vermutet. Auerbach sah ausgesprochen arisch aus. Und ausgesprochen gut.»

Die Selbstverständlichkeit, mit der Sarah Spielrein das Wort *arisch* benutzt, irritiert mich. Und mir fällt das Foto

mit dem gutaussehenden Unbekannten aus dem Juli 1944 ein. Könnte der blonde Leutnant neben meiner Mutter Felix Auerbach gewesen sein?

«Sie sagten, Auerbach sei in Berlin *hängengeblieben*. Wollte er nicht emigrieren? Oder durfte er Deutschland nicht verlassen?»

«Er hat einmal erwähnt, dass er im März 1940 seine Ausreise verschoben hat. Ursprünglich wollte er wohl zusammen mit seiner Schwester über Italien ausreisen, und das war ein paar Monate später nach dem Kriegseintritt Italiens nicht mehr möglich. Warum er es dann nicht auf einem anderen Weg versucht hat, kann ich Ihnen nicht sagen. Wir haben darüber nie gesprochen. Ich glaube, er hatte seine Lage falsch eingeschätzt.» Sarah Spielrein überlegt einen Moment, bevor sie weiterspricht. «Auerbach war immer zu optimistisch.»

«Auerbachs Schwester», sage ich, «hat sich kurz nach dem Krieg bei meinem Vater nach dem Schicksal ihres Bruders erkundigt. Mein Vater hatte ihr damals geschrieben, er wisse nur, dass Auerbach im Februar 1943 deportiert worden sei. Die Nachricht, dass er im Herbst 1943 noch gelebt hat, scheint meinen Vater irritiert zu haben. Er hat sich danach vier Tage ins Bett gelegt.»

Ich ziehe Singers Brief aus meiner Handtasche. Sarah Spielrein liest ihn genauso aufmerksam wie Elst.

«Auerbach kannte eine Offiziersfamilie aus Lichterfelde», sagt sie schließlich. Und dann nach einer kleinen Pause: «Irgendjemand muss ihm damals falsche Papiere besorgt haben, nachdem er untergetaucht war.»

«Hat Auerbach den Namen der Familie nie erwähnt?»

«Nein, natürlich nicht. Haben Ihre Eltern nie von Felix Auerbach gesprochen?»

Ich schüttle den Kopf. «Ein alter Bekannter meines Vaters sagte mir, er habe keine jüdischen Freunde gehabt. Aber das

scheint nicht zu stimmen. Wie gut kannten Sie Felix Auerbach?»

Einen Moment lang wirkt Sarah Spielrein, als hätte ich an etwas gerührt, über das sie nicht sprechen möchte. «Wir haben hin und wieder miteinander geredet. Und ich habe ihm seine Knöpfe angenäht. Nach der Arbeit ist er meist sofort in seinem Zimmer verschwunden.»

Könnte sie Auerbach genauso attraktiv gefunden haben wie meine Mutter? Ohne nachzudenken frage ich: «Wie sieht dieser Paul Singer eigentlich aus?»

Sarah Spielrein lacht. «Wie sein Onkel. Groß, blond und attraktiv. Wir treffen uns, wenn er nach Berlin kommt. Ich habe noch etwas, das ich ihm geben möchte. Es hat seinem Onkel gehört.»

Sie geht zu ihrem Schreibtisch und kommt mit einem kleinen Stück Stoff zurück. Der Stoff besteht aus locker gewebtem, dunkelgelbem Leinen und hat die Form eines Sterns. Erst, als ich das hebräisch-stilisierte Wort lese, begreife ich, was ich in der Hand halte.

«Auerbach hat mich damals gebeten, den Stern an sein Jackett zu nähen», sagt Sarah Spielrein. «Die Sterne mussten fest angenäht sein. Aber dann kam ich vor der Razzia nicht mehr dazu. Ich habe den Stern aufgehoben.»

«Momentan sehe ich den Nachlass meiner Eltern durch», sage ich. «Vielleicht findet sich darin ja ein Hinweis auf Auerbach. Ich habe Singer geschrieben, dass mein Vater verstorben ist. Er wird sich bei mir melden, wenn er in Berlin ist.»

Singers Brief liegt immer noch auf dem Couchtisch. Sarah Spielrein nimmt ihn zur Hand und liest ihn zum zweiten Mal durch. Dann legt sie ihn zurück und sieht mich an. «Haben Sie eine Vermutung, warum Ihr Vater Anna Singer nicht die Wahrheit geschrieben haben könnte?»

Ich schüttle den Kopf. «Vielleicht wusste er nicht, dass

Auerbach im Herbst 1943 noch gelebt hat.» Wenn ich Sarah Spielreins Gesichtsausdruck richtig deute, scheint sie daran zu zweifeln.

Ich sage ihr nicht, dass sich mein Vater vier Tage, nachdem er Singers Brief erhalten hat, an seinem Schreibtisch erschossen hat. Ich sage ihr auch nicht, dass es im Tagebuch meiner Mutter reichlich Hinweise darauf gibt, dass meine Mutter Auerbach sehr attraktiv fand.

Als ich wieder im Auto sitze, stelle ich fest, dass ich Singers Brief in Sarah Spielreins Wohnung vergessen habe. Also werde ich auf jeden Fall ein zweites Mal bei ihr vorbeikommen müssen. Das ist keine unangenehme Vorstellung. Vielleicht habe ich den Brief ja absichtlich vergessen.

Dann versuche ich alles das, was ich eben gehört habe, in eine gewisse Ordnung zu bringen. Wusste Sarah Spielrein über Auerbachs Verwandlung in einen Wehrmachtsoffizier Bescheid? Und wenn – warum hat sie mir nichts davon gesagt? Warum hat mein Vater es für besser gehalten, Auerbachs Schwester nach dem Krieg mitzuteilen, ihr Bruder wäre im Februar 1943 verhaftet und deportiert worden?

11

Auf dem Rückweg zu meiner Wohnung mache ich einen Umweg durch die Straße, in der meine Großeltern ausgebombt worden sind. Heute befindet sich dort ein hässlicher Neubau aus den sechziger Jahren, aber auf der gegenüberliegenden Straßenseite stehen immer noch die Kasernen der Leibstandarte Adolf Hitler, die heute von der *Berlin Brigade* der Amerikaner benutzt werden. Kurz bevor ich an den beiden Wachhäuschen mit der amerikanischen Flagge vorbeikomme, bremse ich ab, um einen Jeep auf die Straße zu lassen. Ein Jeep war das erste Auto, in dem ich damals in Marburg gesessen habe, und ich muss plötzlich wieder an die endlose Fahrt zurück nach Berlin denken.

Ich war sechs Jahre alt, als wir im Juni 1950 am Bahnhof Zoo ankamen. Die Fahrt von Marburg aus in überfüllten Zügen hatte nicht zehn Stunden gedauert, wie wir dachten, sondern zwei Tage. Hinter Kassel war ein Blindgänger neben den Gleisen explodiert, und wir mussten vier Stunden bei glühender Hitze auf die Weiterfahrt warten. In Hannover verpassten wir den Anschluss. Wir übernachteten im Wartesaal und waren erst am Nachmittag des nächsten Tages in Berlin.

Die Marburger Ruinen kannte ich. Die Berliner Ruinen sahen nicht anders aus, aber sie schienen kein Ende zu nehmen. Als wir die ersten Vororte passiert hatten, verlangsamte der Zug sein Tempo, und in den nächsten anderthalb Stunden fuhren wir an zerbombten Industrieanlagen, zerstörten Brücken und ausgebrannten Mietskasernen vorbei.

Im Taxi war ich kurz davor zu heulen. Ich beruhigte mich erst, als wir in Lichterfelde ein paar Jeeps sahen, auf denen «USA» stand. Die Marburger *Colonels* meiner Mutter hatten Jeeps gehabt, und ich hatte sie geliebt, weil sie mir immer *candy bars* mitbrachten.

Dass etwas zwischen meinen Eltern nicht stimmte, fiel mir lange Zeit nicht auf. Ich habe mich auch nie gefragt, warum sich mein Vater nie über das Essen beschwert hat. In Marburg hatte unsere Vermieterin, Frau Teuchert, für uns gekocht. Meine Mutter, die im PX der Amerikaner arbeitete, hatte für die Zutaten gesorgt und Frau Teuchert für die Zubereitung. In Berlin musste meine Mutter selber kochen, was zur Folge hatte, dass wir jeden Tag dasselbe serviert bekamen: aufgewärmte Konserven, gekörnte Brühe mit Einlage und Kartoffeln mit Quark.

Nur ein einziges Mal hatten meine Eltern in meiner Gegenwart Streit miteinander, wobei das Wort «Streit» nicht ganz passt, denn es war nicht mehr als ein kurzer Wortwechsel. Es geschah im zweiten Sommer nach unserer Ankunft in Berlin. An diesem Tag waren die Kartoffeln wieder lauwarm, denn meine Mutter ließ die Teller vor dem Servieren oft zu lange in der Küche stehen. Nach ein paar sehr heißen Wochen waren die Temperaturen plötzlich um zehn Grad gefallen, und die Räume im Erdgeschoss kühlten immer schnell ab, vielleicht war meinem Vater kalt. Ich sah, wie er die Kartoffeln auf dem Teller mit der Gabel hin und her schob.

«Die Kartoffeln sind lauwarm», sagte er schließlich. «Gestern waren sie beinahe kalt.»

Der anschließende Wortwechsel zwischen meinen Eltern endete damit, dass sich mein Vater entschuldigte. Aber die Kartoffeln waren definitiv lauwarm, und auf einmal hatte ich das Gefühl, dass mein Vater sich in Wahrheit für etwas ganz anderes entschuldigte.

Dieser Streit im Esszimmer war eine Ausnahme, weil meine Eltern es normalerweise vermieden, überhaupt miteinander zu reden. Auch ich wurde angewiesen, meinen Vater nicht unnötig anzusprechen, denn er sei immer «in Gedanken» und das hinge mit seinem Roman zusammen. Der Roman war der Grund, aus dem mein Vater jeden Morgen hinter der Tür seines Arbeitszimmers verschwand.

Der Krieg, über den er schrieb, wurde nie erwähnt, obwohl damals auf undurchsichtige Weise alles damit zusammenhing. Aber ich wäre nie auf den Gedanken gekommen, meinen Eltern Fragen zum Krieg zu stellen.

Um halb acht bin ich wieder zu Hause, mache mir eine Dose Ravioli heiß und sehe beim Essen die Tagesschau. Gestern Abend sind in Leipzig hundertfünfzigtausend Leute auf die Straße gegangen. Das war die größte Protestkundgebung, die jemals in der DDR stattgefunden hat. In der *Aktuellen Kamera* spricht sich Kurt Hager für die Wahl von Egon Krenz zum neuen Staatsratsvorsitzenden aus, «um die Wende zu sichern». Heute Morgen wurde Krenz von der Volkskammer zum Staatsratsvorsitzenden gewählt, und ein paar Stunden später demonstrierten zwölftausend Leute in Ostberlin vor dem Gebäude der Volkskammer gegen seine Wahl. Als Westberlinerin müsste mich eine politische Umwälzung (ich habe das Gefühl, dass es auf etwas Ähnliches hinausläuft) vor meiner Haustür eigentlich interessieren. Aber ich bin mit dem Kopf nicht im Herbst 1989, sondern im Sommer 1939, und was sich damals zwischen meiner Mutter, meinem Vater und Felix Auerbach abspielte, finde ich im Augenblick spannender.

Nach dem Essen setze ich mich an das Tagebuch meiner Mutter und arbeite bis zum Morgengrauen. Ich trinke Unmengen von Kaffee, rauche ein halbes Päckchen Zigaretten, schlafe morgens zwei Stunden und rufe dann um halb acht in der Schule an, um mich zum ersten Mal seit vielen Jahren krankzumelden. In dieser Nacht komme ich bis zum Dezember 1939, das ergibt elf getippte Seiten. Ich will so schnell wie möglich wissen, was damals passiert ist.

---

27. August 1939 (spätabends)

Das Essen wird rationiert. Man braucht jetzt Reichslebensmittelkarten. Pro Woche gibt es 700 Gramm Fleisch, 280 Gramm Zucker, 110 Gramm Marmelade sowie ein Achtel Pfund Kaffee oder Kaffee-Ersatz. An Seife wird pro Person für die nächsten vier Wochen 125 Gramm ausgegeben.
Letzte Woche habe ich unseren Luftschutzkeller aufgeräumt. Ein richtiger Luftschutzkeller ist es nicht (sagt Papa), weil die Decke zu dünn ist, aber er genügt den Vorschriften. Ich habe gefegt, alles Brennbare in den Kellerraum nebenan geschleppt, vier Gasmasken griffbereit auf ein Regal gelegt und das Merkblatt mit Verhaltensanweisungen an der Wand befestigt. Luftschutzwart Fabeck aus dem Nebenhaus klingelte gegen elf, um unseren Bunker zu überprüfen. Er glaubt nicht an einen Krieg mit Polen.
Da bei einer Luftwarnung Verdunkelung vorgeschrieben ist, habe ich mich in der letzten Woche mit Kerzen einge-

deckt. Was ich von alledem halten soll, weiß ich nicht. Ob jetzt die Visa-Anträge schneller bearbeitet werden, sodass Dr. Auerbach vielleicht schon im Dezember nach Amerika aufbricht und nicht erst Anfang nächsten Jahres? Manchmal denke ich, dass es vielleicht besser wäre. Meine Gedanken geraten immer wieder auf Abwege, wenn ich an Dr. Auerbach denke.

2. September 1939

Die Wehrmacht ist in Polen einmarschiert. Die Nachricht kam gestern im Reichsfunk Berlin. Wir hatten ja keine Wahl, nachdem der Pole den Krieg mit einem Angriff auf eine deutsche Rundfunkstation an der Grenze eröffnet hat. Auf der Ost-West-Achse ist Flak aufgestellt worden, um den Führer bei seiner Ansprache im Reichstag zu beschützen. Erst hatte ich Angst, aber in der S-Bahn auf dem Weg zur Redaktion waren alle völlig ruhig, und niemand schien sich Sorgen zu machen.
Gestern habe ich zum ersten Mal meinen schwarzen Hut mit dem Ozelotstreifen getragen. Vielleicht bekommt ja die Hutmode bald einen Einschlag ins Militärische. Gut kann ich mir ein schwarzes «Schiffchen» vorstellen, schräg aufgesetzt. Ob man dann das Parteiabzeichen daran befestigen darf?
Am späten Nachmittag kam Dr. Auerbach mit einem Ölgemälde vorbei, das eine winterliche Landschaft mit Jägern und Hunden zeigt. Da das Bild vermutlich längere Zeit im Haus bleiben wird, haben wir es über meinem Sekretär aufgehängt. Dr. Auerbach findet, dass der Führer auf den polnischen Angriff richtig reagiert hat. Er meint, dass die Franzosen und die Engländer den Teufel tun werden (seine Worte), einen Krieg mit Deutschland anzufangen. Er glaubt,

dass die Polen den Korridor an das Reich zurückgeben und die Angelegenheit damit erledigt ist.
Kurz nachdem sich Dr. Auerbach verabschiedet hatte, waren plötzlich Sirenen zu hören, es gab den ersten Fliegeralarm, und die Straßenlaternen gingen aus. In den Luftschutzkeller zu gehen erschien mir übertrieben, also blieb ich oben und hörte Radio. Jetzt müssen wegen der Brandgefahr während eines Luftangriffs alle Dachböden von Gerümpel befreit werden. Dafür ist die Hilfe der Hitlerjugend vorgesehen.

3. September 1939

Heute Mittag kam im Reichsfunk die Nachricht, dass die Engländer und Franzosen uns den Krieg erklärt haben. Damit hatte niemand gerechnet, wohl auch der Führer selber nicht. Jetzt besteht die Gefahr, dass man uns im Westen angreift. Wir müssen also so schnell wie möglich mit den Polen fertigwerden. Um Ulrich mache ich mir keine Sorgen, vielleicht fehlt mir einfach die Phantasie. Ich kann mir weder vorstellen, dass er verwundet wird, noch dass er einen Orden bekommt. Aber wenn Englands und Frankreichs Kriegserklärung ernst gemeint ist, geht der Krieg ja weiter, und Ulrich kommt vielleicht doch noch zu seinem Eisernen Kreuz. Am Ende muss er womöglich noch in Frankreich kämpfen oder sogar am Rhein, wenn es dem Feind gelingen sollte, die Reichsgrenze zu überschreiten.
Abends zum Essen bei Mama und Papa. Ich dachte, Papa würde sich Sorgen machen, aber er sagte, die Engländer und Franzosen hätten uns den Krieg nur erklärt, um das Gesicht zu wahren, das hätte keine praktischen Folgen. Horst kam etwas später zum Essen und betrat das Zimmer

mit dem Deutschen Gruß. Sich innerhalb der Familie mit «Heil Hitler» zu begrüßen, finde ich übertrieben.
Auf dem Weg nach Hause brannte keine einzige Straßenlaterne, und auch die Fenster der Häuser waren vorschriftsmäßig verdunkelt. Aber der Mond schien, und über der Stadt war ein Sternenhimmel, wie ich ihn nie zuvor gesehen habe. Wie man sich bei Verdunkelung auf der Straße zurechtfinden soll, wenn Wolken über der Stadt hängen, ist mir ein Rätsel. Angeblich soll es kleine Phosphorleuchten geben, die man sich an die Kleidung heften kann, um nicht in der Dunkelheit mit jemandem zusammenzustoßen.

9. September 1939

Ulrich ist in Polen verwundet worden und liegt jetzt in Hohenlychen hundert Kilometer nördlich von Berlin. Er hat eine Knieverletzung, die kann dort am besten behandelt werden. Das erfuhr ich kurz vor sechs durch den Anruf eines Stabsarztes, der mir sagte, ich könne Ulrich jederzeit besuchen. Ihm gehe es gut und ich solle mir keine Sorgen machen. Es hat Ulrich also erwischt, bevor er zu seinem Orden gekommen ist.
Gestern Abend wurde das Programm des Reichsfunks durch eine Sondermeldung unterbrochen. Unsere Truppen haben Warschau erreicht. Der Krieg mit Polen kann also nicht mehr lange dauern. Angeblich werden bereits Divisionen aus Polen an die Westgrenze des Reiches verlegt, falls die Engländer und Franzosen uns doch noch angreifen sollten. Papa glaubt das nicht, aber der hatte auch nicht geglaubt, dass sie uns den Krieg erklären würden.
Eben hat Dr. Auerbach angerufen. Er ist stolz auf unseren Sieg, aber es schmerzt ihn, ein bloßer Zuschauer zu sein. In dieser historischen Stunde (seine Worte) hätte er gerne

Uniform getragen. Als ich ihm sagte, dass ich Ulrich morgen in Hohenlychen besuche, hat er darauf bestanden, mich zu begleiten. Wir sind für acht Uhr am Bahnhof Botanischer Garten verabredet. Über den Stand der Visumsangelegenheit haben wir seit längerem nicht mehr gesprochen. Ich traue mich nicht, danach zu fragen, vielleicht, weil ich Angst vor der Antwort habe.
Ich sollte noch aufschreiben, dass ich Papa in der letzten Woche über die Lage der Juden ausgefragt habe. Natürlich weiß er nichts von Dr. Auerbach, der selbst nie über solche Dinge spricht, es ist ja auch alles ein wenig peinlich. Ich wusste also nicht, dass die Juden schon seit März keine öffentlichen Bibliotheken mehr benutzen dürfen, dass es eine Reichsvereinigung der Juden gibt, in der alle Juden automatisch Mitglieder sind, und deren Ziel die Auswanderung ist. Angeblich soll es auch bald eine Verordnung geben, die den Juden den Besitz von Rundfunkempfängern verbietet. Ich frage mich, ob der Führer das alles weiß. Da geschieht wohl vieles hinter seinem Rücken.

10. September 1939 (nachts)

Heute Morgen habe ich eine Stunde vor dem Spiegel verbracht, weil ich nicht wusste, wie man sich für einen Besuch in einem Militärkrankenhaus schminkt. Sollte ich mich eher zurückhalten oder mich so schminken, wie es Ulrich immer gefallen hat, also ruhig ein bisschen kess? Ich habe schließlich beschlossen, nicht so aufzutreten wie eine farblose Frauenschaftsführerin und kräftig Lippenstift und Rouge benutzt. Es ist ja der Sinn eines Krankenbesuchs, den Patienten aufzuheitern.
Ich glaube, Dr. Auerbach hat anerkennend die Augenbrauen gehoben, als wir uns begrüßt haben. Ein richtiges

Kompliment hat er mir noch nie gemacht, geschweige denn, ernsthaft mit mir geflirtet, obwohl ein kleiner Flirt selbstverständlich folgenlos wäre. Erstens bin ich die Frau eines Offiziers, zweitens ist Dr. Auerbach Ulrichs bester Freund, und drittens sitzt er praktisch auf gepackten Koffern.

In der Bahn hat mir Dr. Auerbach erklärt, dass Hohenlychen nicht irgendein großes Militärkrankenhaus ist, wie ich dachte, sondern eine ganze Ansammlung von Pavillons, die alle idyllisch im Wald stehen, es gibt sogar ein Hallenbad. Hohenlychen ist auch dafür bekannt, dass viele Parteigrößen dorthin zur Erholung kommen. Angeblich ist der Reichsführer der SS, Heinrich Himmler, ziemlich oft da.

«Dann wimmelt es auf dem ganzen Gelände von SS-Uniformen», sagte Dr. Auerbach.

«Und man hält Sie womöglich für einen SS-Mann in Zivil», sagte ich.

Diese Vorstellung schien Dr. Auerbach zu gefallen. «Hoffentlich, denn dann will garantiert niemand meinen Ausweis sehen.»

Daraufhin sagte ich scherzhaft: «Sie könnten sich auch noch mein Parteiabzeichen anstecken.»

Ich dachte, Dr. Auerbach würde über meinen albernen Vorschlag lachen, aber er zog nur die Augenbrauen hoch und schwieg einen Moment. Dann sagte er nachdenklich: «Ein Parteiabzeichen am Revers wäre eine gute Idee. Damit wäre die Tarnung perfekt.»

Ich glaube nicht, dass er das wirklich ernst gemeint hat. Papa meint, Juden haben einen ganz eigenen Humor, den arische Menschen nie begreifen werden.

Einen gutaussehenden Mann an seiner Seite zu haben ist ein angenehmes Gefühl, auch wenn der Mann nicht der eigene ist. Dr. Auerbach sieht mit seinen blonden Haaren, seinen blauen Augen und seinem energischen Kinn so

extrem nordisch aus, dass es fast zum Lachen ist. Wir sind auch entsprechend zuvorkommend behandelt worden, als wir uns zu Ulrichs Gebäude durchgefragt haben. Es waren tatsächlich viele SS-Uniformen auf dem Gelände zu sehen, vielleicht hält sich ja der Reichsführer gerade wieder in Hohenlychen auf. Die ganze Anlage ist wunderschön, fast waldartig, mit Kiefern und Birken zwischen den Gebäuden. Ich kann verstehen, dass überarbeitete Parteigenossen gerne zur Erholung hierherkommen.

Ulrich geht es den Umständen entsprechend gut, er wird aber noch mindestens zwei Wochen in Hohenlychen bleiben. Er teilt sich das Zimmer mit einem reizenden Standartenführer der Waffen-SS, der ebenfalls eine Knieverletzung hat. Ulrich hatte am sechsten Kriegstag südlich von Danzig seine erste Feindbegegnung, die darin bestand, dass ihn Granatsplitter am Knie und am Kopf getroffen haben. Der polnische Angriff kam völlig überraschend aus einem Waldstück heraus, Ulrich hatte den Feind noch nicht einmal gesehen. Er stand ins Gespräch mit einem Stabsfeldwebel vertieft neben einer Gulaschkanone, als die Mörsergranate einen Kübelwagen neben ihnen traf und Splitter durch die Gegend flogen. Granatsplitter sind sehr heiß und scharf wie Rasiermesser. Ulrich ist sofort ohnmächtig geworden und erst am nächsten Morgen in einem Feldlazarett wieder zu sich gekommen. Dass es ihn nicht im Kampf erwischt hat, sondern beim Essenfassen, wurmt Ulrich, und das kann ich verstehen.

Dann hat er mir und Dr. Auerbach noch verraten, dass er sich vom ersten Tag des Krieges an Aufzeichnungen für eine Erzählung über seine Kriegserlebnisse gemacht hat. Umso ärgerlicher ist es jetzt, dass der Krieg für ihn schon nach ein paar Tagen beendet war und er nun «ohne Stoff» (seine Worte) dasteht. Dr. Auerbach hat Ulrich angeboten,

ihm beim Schreiben behilflich zu sein. Der Krieg ist ja ein Thema, das ihn selber stark interessiert.
Ich hatte nur einmal die Gelegenheit, Ulrich unter vier Augen zu sprechen, als ich ihn zum Badezimmer begleitet habe. Da hat er mich gefragt, wie es mit dem Visum für Dr. Auerbach steht, darüber konnten wir ja in Gegenwart des Standartenführers nicht sprechen. Dass die Angelegenheit nicht recht vorankommt, gefällt ihm überhaupt nicht. Ulrich ist rührend um Dr. Auerbach besorgt. Ich habe ihm nicht gesagt, dass Dr. Auerbach es nicht besonders eilig zu haben scheint, Deutschland zu verlassen, und dass ich selber nicht unglücklich darüber bin. Dann hat mir Ulrich aufgetragen, mich um Dr. Auerbach zu kümmern, solange der noch in Deutschland ist.
Erst gegen sechs nahmen wir den Zug zurück nach Berlin. Als wir uns am Bahnhof Botanischer Garten verabschiedeten, fiel mir ein, dass Juden jetzt immer um acht zu Hause sein müssen und dass auf den Ausweis von Dr. Auerbach ein großes rotes «J» gedruckt ist. Sollte er in eine Kontrolle geraten, kann er froh sein, wenn sie ihn überhaupt noch ausreisen lassen. Ich weiß wirklich nicht, woher er die Gewissheit nimmt, dass er sich mit seinem schwedischen Aussehen überall durchmogeln kann. Manchmal denke ich, dass ihn ein gewisses Risiko regelrecht reizt, so wie der Besuch in Hohenlychen. Inzwischen kann ich mir sogar vorstellen, dass Dr. Auerbach mich irgendwann fragen wird, ob ich ihm ein Parteiabzeichen für sein Revers besorgen kann.

23. Oktober 1939

Meine Periode ist vor zwei Tagen in der Redaktion gekommen. Ich habe die Chefin gebeten, wegen starker Kopf-

schmerzen nach Hause gehen zu dürfen. Ich glaube, sie wusste, was los war, aber sie hat natürlich nichts gesagt. In Lichterfelde habe ich sofort ein heißes Bad genommen und mich so gut gefühlt wie lange nicht mehr. Ich weiß, dass Ulrich sich ein Kind wünscht, und er weiß, dass ich mir kein Kind wünsche – jedenfalls nicht im Moment. Also haben wir uns darauf geeinigt, dass ich verhüte. Ich habe ihm erklärt, dass ich ein Pessar benutzen werde. Das Gespräch darüber war uns beiden ziemlich peinlich, aber es ließ sich nicht vermeiden. Bei dieser Methode liegt die Schwangerschaftsrate bei drei Prozent. Es gibt also immer noch eine kleine Chance, ein Kind zu zeugen. Damit ist Ulrich offenbar zufrieden, was ich rührend finde.
Der Schock über seine polnische Verwundung scheint sich gelegt zu haben. Dass er jetzt leicht hinkt, gibt ihm etwas Verwegenes. Er hat auch ein wenig abgenommen, und ich habe fast den Eindruck, dass ihm die paar Tage Krieg gutgetan haben. Ich glaube, er hätte nichts dagegen, wenn der Krieg im Westen weitergeht. Offenbar denkt er, dass wir die Engländer und Franzosen ebenso leicht besiegen können wie die Polen. Das kommt mir unwahrscheinlich vor, aber Ulrich hat die Kriegsakademie besucht und wird es besser wissen als ich. Dr. Auerbach ist mit Ulrich ganz einer Meinung. Manchmal habe ich den Eindruck, dass die Männer sich da etwas schönreden.
Van de Velde schreibt, dass die Frau «in unseren Regionen und in unserer Zeit erst lernen muss, geschlechtliche Lustgefühle zu empfinden». Das beruhigt mich, denn so gesehen scheine ich völlig normal zu sein. Allerdings frage ich mich, wie lange es dauert, bis eine Frau das gelernt hat. Was ist, wenn sich das jahrelang hinzieht und ein Ende nicht abzusehen ist?
Der Eintopfsonntag (Kartoffelsuppe mit Kochfleisch) bei

Mama und Papa war eine Katastrophe. Ulrich hat demonstrativ «Guten Tag» gesagt, als Horst ihn an der Wohnungstür mit dem Deutschen Gruß empfangen hat. Vor der Tür liegt jetzt eine Fußmatte, auf der steht: «Volksgenosse trittst Du ein, soll Dein Gruß Heil Hitler sein.» Ich kann mir nicht vorstellen, dass der Führer solche Fußmatten billigt. Horst bezweifelt, dass die Engländer und die Franzosen das Friedensangebot des Führers akzeptieren werden. Er glaubt, dass der Krieg jetzt im Westen weitergehen wird und wir die Engländer und Franzosen «zu Paaren treiben werden» (seine Worte). Ulrich sieht das genauso, aber er wollte nicht in das Kriegsgeheul von Horst einstimmen.

25. Oktober 1939 (spätnachts)

Ulrich ist gestern vom Lehrter Bahnhof aus abgereist. Der Bahnhof war voller Soldaten, und es waren überall Schilder angebracht, die den Weg zum nächsten Luftschutzbunker anzeigten. Ich kann mir nicht vorstellen, dass wir die jemals brauchen werden. Außerdem glaube ich nicht, dass es wirklich zum Krieg kommt. Für Ulrich wäre es eine Enttäuschung, denn er brennt darauf, die Scharte seiner Verwundung neben der Gulaschkanone auszuwetzen, und natürlich will er mehr denn je einen Orden. Und vor allem, sagt er, braucht er noch «Stoff» für seine Erzählung, denn die scheint ihm sehr am Herzen zu liegen. Er muss zu irgendeinem Kaff in der Eifel, wo sein Regiment jetzt liegt. Heute um sechs kam Dr. Auerbach mit einem Lastwagen, und zwei Leute von der Spedition haben seinen Bechstein ins Wohnzimmer gestellt. Er hätte den Flügel sonst für einen Spottpreis verkaufen müssen. Das Meißen seiner Mutter will er mir jetzt auch zur Aufbewahrung übergeben. Im Grunde sind es ja völlig verrückte Zeiten, in denen wir

leben, man darf gar nicht darüber nachdenken. Mama hat mir vor ein paar Tagen noch sechs Eier überlassen, sodass ich einen Eiersalat machen konnte, auf den sich Dr. Auerbach sofort gestürzt hat. Darüber, welche Rationen er bekommt, haben wir nicht gesprochen. Peinliche Themen vermeiden wir.
Ich rede gerne mit Dr. Auerbach. Er kann tausend Geschichten erzählen und bringt mich ständig zum Lachen. Ich glaube, das ist das Jüdische, das dann bei ihm durchbricht. Ulrich ist ja eher der ernste Typ. Dr. Auerbach ist sofort auf meinen Vorschlag eingegangen, ihn noch ein Stück nach Hause zu begleiten. Dass es für ihn eine Sperrstunde gibt, scheint ihn überhaupt nicht zu kümmern. Ich habe ihn auch nicht daran erinnert, das hätte uns nur die Stimmung verdorben. Die Nacht war wieder sternenklar. Es ist unglaublich, was man da alles am Himmel sieht. Dass wir uns untergehakt haben, ergab sich mehr oder weniger von selbst.
Vor ein paar Tagen sind drei Jugendliche, die in Charlottenburg einer Frau während der Verdunkelung die Handtasche geraubt haben, zum Tode verurteilt worden. Das halte ich für übertrieben. Allerdings ist es auch nicht mir passiert. Wenn zwei Rabauken in der Dunkelheit über mich und Dr. Auerbach herfielen, würde ich vielleicht anders darüber denken. Da Dr. Auerbach kein Arier ist, könnten wir dann ja noch nicht einmal zur Polizei gehen.

21. Dezember 1939 (spätnachts)

Vorhin rief mich Dr. Auerbach an. In absehbarer Zeit ist nicht mit einem Visum für die Vereinigten Staaten zu rechnen. Es sei schwer, ein Land zu finden, das Emigranten aufnimmt. Jetzt wollen viele Juden nach Kuba, Paraguay

oder Chile. Viele gehen auch nach China, weil man da ohne Visum einreisen kann. Mit England sei es ganz schwierig, weil die Engländer befürchten, dass sich deutsche Spione als Juden ausgeben könnten. Dr. Auerbach scheint die neue Situation mit Fassung zu tragen. Im Grunde hat sich ja nichts geändert, außer dass sich seine Ausreise noch ein wenig verzögert. Wir wollen uns in den nächsten Tagen in der Stadt treffen.
Seit Tagen herrschen sibirische Temperaturen. Die Flüsse und Kanäle, auf denen die Kohle transportiert wird, sind zugefroren, und es gibt keinen Nachschub mehr. Auf dem Weg in die Redaktion habe ich dick vermummte Leute gesehen, die Kohlensäcke, die sie irgendwo aufgetrieben hatten, im Kinderwagen nach Hause karrten. Meine Vorräte reichen noch eine Weile, ich heize aber vorsichtshalber nur in der Küche.
In der Redaktion ist über die Kleiderkarten gesprochen worden, die Mitte November ausgegeben worden sind. Die hundert Punkte, die einem jährlich zustehen, sind ein Witz, denn ein Mantel oder ein Anzug kosten bereits sechzig Punkte. Es wird darauf hinauslaufen, dass man alte Vorhänge, Tischdecken und Bettbezüge zu Kleidern umarbeiten muss, und dazu werden unsere Leserinnen Ratschläge erwarten. Ich habe ausgerechnet, was ich vom 1. Dezember bis zum 1. April bekommen könnte: zwei Paar Socken, zwei Taschentücher, einen Schal und ein paar Handschuhe. Das alles ist unerfreulich. Ich kann mir vorstellen, dass es hier und da das Vertrauen in den Führer untergräbt.
Papa kam gestern Abend mit einem großen Karton vorbei, in dem ein neuer Fuchspelz war. Den sollte ich eigentlich erst zu Weihnachten bekommen. Innen auf dem Etikett steht ARON LEWINSKY WARSCHAU, *vermutlich handelt es*

sich um Kriegsbeute, die Papa preiswert erstehen konnte. Das Etikett werde ich heraustrennen und mir für Dr. Auerbach, falls der mir ein Kompliment macht (was ich nicht glaube), eine Geschichte ausdenken. Die Sache hat ja einen gewissen Beigeschmack.

25. Dezember 1939 (nachts)

Die polnische Gans gestern Abend hat gut geschmeckt, aber auf den Rest hätte ich verzichten können. Mama hat sich mit allem wirklich Mühe gegeben, aber Horst musste noch während des Essens wieder damit anfangen, dass Christus ein Jude war und dass der «Deutsche Mensch» in Zukunft lieber die Wintersonnenwende feiern sollte. Papa hatte es dann gleich mit dem Magen, und ich bin früh gegangen. Die Straßen waren vollkommen finster, aber inzwischen sind die Bordsteine weiß angestrichen, was die Orientierung ein wenig erleichtert. Mit den Weihnachtsgeschenken war es in diesem Jahr auch schwierig. Ich wollte Papa eine Schallplatte schenken (den Badenweiler Marsch), aber man kann neue Schallplatten nur kaufen, wenn man alte Platten abliefert.
Ein langer Brief von Ulrich, ohne Adresse, nur mit seiner Feldpostnummer, aber ich weiß, dass sein Regiment immer noch irgendwo in der Eifel liegt. Er schwärmt von dem schönen Leben, das wir nach dem Krieg in Berlin führen werden. Er will Kinder, möglichst zwei. Wir hätten ja genug Platz im Haus. Ich weiß nicht, was ich ihm darauf antworten soll. Dass ich auch nach dem Krieg nicht sofort Kinder bekommen möchte, kann ich ihm schlecht schreiben.
Dr. Auerbach kam vorgestern Abend vorbei und hat mir zu Weihnachten eine große Vase mit einem Drachen geschenkt, die jetzt auf dem Bechstein steht. Ich hatte im

Wohnzimmer geheizt, weil ich ihn nicht in der Küche empfangen wollte. Mit seiner Emigration ist es wohl doch nicht so, wie er sich das vorgestellt hat. Die südamerikanischen Länder haben ebenfalls Quoten, und wenn alle Stricke reißen, muss er mit seiner Schwester nach Shanghai gehen. Er hat den Weihnachtsabend gestern zusammen mit seiner Schwester und ihrem Verlobten verbracht, einem gewissen Siegfried Singer, den er nicht leiden kann. Eine vierte Person (eine weitere Frau?) war offenbar nicht dabei.
Ich weiß nicht, wie Dr. Auerbach es fertigbringt, dass ich in seiner Gegenwart überhaupt nicht nervös bin, obwohl ich eigentlich die ganze Zeit nervös bin. Ich rauche zu viel (1 Päckchen Juno täglich), und bei jedem Fliegeralarm bekomme ich Herzklopfen, obwohl es bisher nur Fehlalarme gegeben hat. Manchmal glaube ich nicht mehr, dass der Krieg wieder «einschlafen» wird, und auch nicht, dass wir mit den Engländern und den Franzosen so schnell fertigwerden wie mit den Polen. Ich bin wohl mittlerweile das geworden, was die Chefin eine «sorgenvolle Person» nennt. Doch das alles ist wie weggeblasen, wenn ich mit Dr. Auerbach spreche. – – – Nein, das stimmt nicht. Dr. Auerbach macht mich auch nervös, aber das ist eine ganz andere Nervosität.
Als wir uns an der Gartenpforte verabschiedeten, hat er mir versprochen, mich noch in diesem Jahr «auszuführen», und mich gefragt, ob ich das Restaurant Horcher kenne. Ich war erst irritiert, aber er hat tatsächlich das Horcher in Schöneberg gemeint, in dem gern auch die Parteiprominenz speist, angeblich ist es Görings Lieblingsrestaurant. Zu Horcher zu gehen, ist natürlich der reinste Wahnsinn. Manchmal denke ich, dass Dr. Auerbach ein bisschen verrückt ist, obwohl er ja äußerlich völlig normal wirkt. Vielleicht bin ich selber verrückt, mich auf solche

Unternehmungen einzulassen. Nur gut, dass ich jetzt diesen schicken Fuchspelz aus Warschau habe. Ich könnte das schwarze Kleid aus Seidenjersey tragen, und dazu das kesse, schwarze Hütchen mit dem Ozelotstreifen unter der Krempe.

Wie ernst war der Vorsatz meiner Mutter, in ihrem Tagebuch nur die Wahrheit zu schreiben und nichts zu verschweigen? Ich denke, es war ihr ernst, allerdings konnte sie nur das niederschreiben, was sie wusste. Sie kannte sich offensichtlich nicht besonders gut, aber manchmal schreibt die Hand nieder, was der Kopf nicht weiß. Am 27. August 1939 notierte sie, dass ihre Gedanken immer wieder *auf Abwege geraten*, wenn sie an Felix Auerbach denkt. Ich stelle mir vor, wie sie ihr Heft zuklappt, ohne darüber nachzudenken, was sie gerade aufgeschrieben hat.

Die Nachricht von der Verwundung meines Vaters nimmt meine Mutter gelassen auf. Sie besucht ihn in Hohenlychen in der Uckermark, doch Felix Auerbach dorthin mitzunehmen, ist der reinste Wahnsinn. Ihr scheint das Ausmaß der Gefahr überhaupt nicht klar gewesen zu sein. Ihm hingegen vermutlich schon, aber die Vorstellung, in Hohenlychen für einen SS-Mann in Zivil gehalten zu werden, *schien Dr. Auerbach zu gefallen.*

Mitte Oktober hat Polen kapituliert, und die im Versailler Vertrag verlorenen Gebiete gingen an das Deutsche Reich zurück. Felix Auerbach, notierte meine Mutter, war *stolz auf unseren Sieg* und hätte *gerne eine Uniform getragen.* Wie bitte? Zuerst dachte ich, ich hätte mich verlesen. Aber das habe ich

nicht. Was ging im Kopf von Felix Auerbach vor? Hat er, aus welchen Gründen auch immer, beschlossen, den Kopf in den Sand zu stecken? Aber *konnte* er das überhaupt? Merkte er nicht jeden Tag, in welcher Situation er sich befand? Selbst meine Mutter, die Unangenehmes gerne ignorierte, befragte ihren Vater, den Ortsgruppenleiter, zu der Lage der Juden und war alarmiert von dem, was sie erfuhr. Auerbachs Situation muss von Monat zu Monat unangenehmer geworden sein, auch wenn sich in meiner Familie im Herbst 1939 noch niemand vorstellen konnte, dass zwei Jahre später die systematische Verhaftung und Deportation der Berliner Juden beginnen würde.

Am Tag der Abreise meines Vaters zu seinem Regiment wurde Auerbachs Bechstein nach Lichterfelde gebracht. Ich dachte immer, der Flügel hätte schon meinem Großvater väterlicherseits gehört. Im Lichterfelder Haus hat sich ja einiges aus jüdischem Besitz angesammelt: der Sekretär meiner Mutter (preiswert erstanden), ihr Fuchspelz (polnische Kriegsbeute), das «Winterbild» und das Meißener Essgeschirr, von dem ich jahrelang gegessen habe.

Als sich Anna Singer nach dem Krieg bei meinem Vater nach dem Schicksal ihres Bruders erkundigte, hätte er ihr schreiben müssen, dass es im Lichterfelder Haus noch einiges gab, das eigentlich den Auerbachs gehörte, aber er hat es nicht getan. Allerdings hatte Anna Singer auch nicht danach gefragt.

Muss ich Singer sagen, dass der Bechstein-Flügel, das Meißen (an dem ich hänge) und das Winterbild eigentlich seiner Familie gehört? Von dem Meißen möchte ich mich auf keinen Fall trennen. Doch damit bin ich selber in die Geschichte verwickelt, und diese Vorstellung gefällt mir gar nicht.

12

Mittwoch, 18. Oktober 1989

Erich Honecker ist als Generalsekretär der SED zurückgetreten und hat Egon Krenz als Nachfolger vorgeschlagen. Das erfahre ich am Abend, als Krenz im DDR-Fernsehen eine Erklärung abgibt. Ohne in die Kamera zu blicken, liest er sie von einem Blatt Papier ab wie eine Gebrauchsanweisung für Staubsauger: «Wir haben die Entwicklung in unserem Land in den letzten Tagen nicht real genug eingeschätzt und nicht rechtzeitig die richtigen Schlussfolgerungen gezogen. Mit der heutigen Tagung werden wir eine Wende einleiten und vor allem die ideologische und politische Offensive wieder erlangen.» Krenz hat (wenn ich mich recht erinnere) noch im Sommer das Massaker auf dem Platz des Himmlischen Friedens in Peking verteidigt.

Wieder stelle ich fest, dass ich kaum Interesse für die Geschehnisse auf der anderen Seite der Mauer aufbringe. Ich verfolge zwar jeden Tag die Nachrichten, aber für mich könnte sich das alles ebenso gut in China abspielen. Vielleicht würde mich das alles mehr interessieren, wenn ich Verwandtschaft auf der anderen Seite der Mauer hätte. Ob es meinen Onkel Horst noch gibt?

Stattdessen denke ich immer öfter über meine eigene Situation nach. Ich glaube, es ist nur eine Frage der Zeit, bis ich den Schuldienst quittiere. Dann gehen mir auch die gutaussehende Blondine und ihr sportlicher Jüngling aus dem Hotel nicht mehr aus dem Kopf. Was hat diese Frau, was ich nicht habe? Ich bin nicht mehr «die Linde» mit den bräun-

lichen Cordjeans. Ich finde, meine Levis und die Kostümjacke meiner Mutter sind ein guter Anfang. Aber warum laufe ich immer noch mit Haaren herum, die die Farbe von Abwaschwasser haben? Ich könnte zum Friseur gehen und mir ein strähniges Blond färben lassen wie die Frau aus dem Hotel. Und meine Brille mit den Gläsern so dick wie Flaschenböden? Vor zehn Jahren habe ich einen Versuch mit Kontaktlinsen gemacht, der kläglich gescheitert ist. Was spricht gegen einen neuen Versuch?

Heute ist ein Brief von Singer gekommen. Er steckte in einem hellblauen Umschlag und berichtet von einem zweiten kurzen Briefwechsel zwischen seiner Mutter und meinem Vater im Sommer 1965. Damals war der Roman meines Vaters in Amerika auf Englisch erschienen. Anna Singer hatte ihn gelesen und sich daran erinnert, dass ihr Bruder Felix ebenfalls an einem Kriegsroman gearbeitet hat. Sie wollte von meinem Vater wissen, ob ihr Bruder ihm damals ein Manuskript zur Aufbewahrung gegeben hat.

Sehr geehrte Frau zur Linde,
dass Ihr Vater verstorben ist, tut mir sehr leid. Es ist freundlich, dass Sie bereit sind, mich in Berlin zu treffen und meine Fragen klären wollen.
Mich wundert, dass Ihr Vater meiner Mutter schrieb, mein Onkel Felix Auerbach ist im Februar 1943 deportiert worden. Frau Spielrein glaubt, dass er und Ihr Vater auch nach seinem Untertauchen Kontakte hatten. Darüber wollte ich mit Ihrem Vater sprechen.
Meine Mutter hatte in Sommer 1965 noch eine kurze Korrespondenz mit Ihrem Vater.

Sein Roman kam in Amerika heraus, und sie erinnerte sich, dass ihr Bruder ebenfalls an ein Kriegsroman arbeitete. Sie hat deswegen gefragt, ob er Ihrem Vater damals Manuskripte gegeben hat. Ihr Vater hat nicht selbst geantwortet, sondern sein Rechtsanwalt Elst. Wenn es dieser Anwalt ist, der Ihnen hat gesagt, dass Ihr Vater keine jüdischen Freunde hatte, dann hat er gelogen.
Meine Eltern sind 1940 nach Shanghai emigriert und 1946 nach Amerika. Warum mein Onkel in Berlin blieb, weiß ich nicht. Ich selbst bin 1944 in Shanghai geboren. Als ich Sarah Spielrein begegnet bin, habe ich mich an die beiden Briefe von Ihrem Vater im Nachlass meiner Mutter erinnert. Und habe bemerkt, dass die Informationen nicht zusammenpassen.
Ich würde Sie gern treffen, wenn ich beruflich (ich bin Journalist) nach Berlin komme. Vermutlich lasst sich alles aufklären. Vielleicht sprechen Sie noch einmal mit Herrn Elst.
Mit herzlichen Grüßen
Paul Singer

In dem Umschlag liegt auch die Kopie des Briefes von Anna Singer und die Antwort von Elst. Am 16. Juli 1965 schrieb Elst an sie:

Sehr geehrte Frau Singer,
mein Mandant, Herr zur Linde, bedauert, Ihre Anfrage nicht persönlich beantworten zu können. Er bat mich daher, Ihnen mitzuteilen, dass er zu keinem Zeitpunkt ein Manuskript Ihres Bruders zur Aufbewahrung erhalten hat.
Mit vorzüglicher Hochachtung,
Friedrich Elst

Unterzeichnete man noch in den sechziger Jahren «mit vorzüglicher Hochachtung»? Ich finde, der Brief liest sich, als würde sich mein Vater durch Anna Singers Anfrage belästigt fühlen. Und dann fällt mir noch etwas auf. Im Sommer 1965 hatte sich mein Vater von einem Tag zum anderen aus der Öffentlichkeit zurückgezogen. Damals war er ein gefragter Mann, und sein Terminkalender war voll mit Lesungen, Vorträgen und Radiointerviews. Das alles hörte im Juni 1965 schlagartig auf, als er alle Termine absagte und sogar die Kommunikation mit seinem Verlag Elst überließ. Hatte der Brief von Anna Singer etwas damit zu tun?

In diesem Sommer war ich zum Studium in Frankreich und als ich Weihnachten 1965 für zwei Tage nach Berlin kam, haben wir über alles das nicht gesprochen. Ich wäre auch nicht im Traum darauf gekommen, meinem Vater Fragen zu stellen. Aber was hat er Elst damals erzählt, als er ihn bat, diesen Brief an Anna Singer zu schreiben? Und warum hat Elst mir verschwiegen, dass er bereits mit den Singers zu tun hatte? Als ich ihn anrufe, ist er nicht in der Kanzlei. Ich sage der Sekretärin, es sei dringend, und lasse mir einen Termin für morgen Nachmittag geben.

Wenn ich mich an das Tagebuch meiner Mutter setze, rechne ich jetzt immer damit, dass sich ihre Schrift in eine

Art Geheimschrift verwandelt. Sie hätte gute Gründe gehabt, ihre Eintragungen zu verschlüsseln. Doch sie füllt weiter Seite um Seite mit ihrer Jungmädchenschrift. Ich beginne um sieben mit der Arbeit am Tagebuch, und kurz nach Mitternacht habe ich den Eintrag vom 10. März 1940 gelesen und abgetippt.

---

2. Januar 1940 (nachmittags)

Papa hat vorhin angerufen, und ich habe ihm gesagt, dass es mir jetzt wieder bessergeht. Das stimmt nicht ganz, denn meine angebliche Grippe war bloß eine Erkältung mit ein wenig Fieber. Ich wollte einfach nur ein paar Tage im Bett liegen und das Haus nicht verlassen. Vor allen Dingen hatte ich keine Lust, am Silvesterabend zu der Parteifeier im Rathaus zu gehen, mir Papas Rede anzuhören und mich womöglich fragen zu lassen, «ob schon etwas unterwegs ist». Mama hat das noch nicht gefragt, aber Horst war vor ein paar Tagen unverschämt genug. «Händchen falten, Köpfchen senken, nur an Adolf Hitler denken», hat er grinsend gesagt und mich gefragt, ob ich schon eine Krippe hätte. Warum erwarten alle, dass eine verheiratete Frau sofort Kinder bekommt?
Das Horcher *ist viel kleiner, als ich dachte. Es gibt nur neun Tische, und für jeden Tisch ein Ober. Ich hatte meine Fettkarten eingesteckt, die in Gaststätten verlangt werden, aber Dr. Auerbach hatte mir schon im Taxi gesagt, dass ich sie nicht brauche. Als ich mich beim Essen nicht entscheiden konnte, hat er für uns beide bestellt. Es gab etwas Himmlisches, das sich Medalon (oder so ähnlich)*

nannte. Dass die Speisekarte nur auf Französisch ist, finde ich ungehörig. Schließlich sind wir mit Frankreich im Krieg.
Ich glaube, Dr. Auerbach war bei Horcher *bekannt. Es hätte mich nicht gewundert, wenn der Ober ihn mit seinem Namen angesprochen hätte. Aber mit wem war er schon bei* Horcher*? Doch wohl mit einer Frau. Hat er sie anschließend nach Hause gebracht, oder sind sie zu ihm gefahren?*
Die Taxifahrt zurück nach Lichterfelde hat dann beinahe eine Stunde gedauert, denn es hatte angefangen zu schneien und der Fahrer musste teilweise im Schritttempo fahren. Von Dr. Auerbachs Ausreiseplänen haben wir nicht gesprochen, das hätte man auch am Nebentisch gehört.
Meine beiden Vorsätze für das neue Jahr: eine Lösung für meine Frisur finden, denn das Haarewaschen wird immer schwieriger und ich kann nicht immer mit fettigen Haaren herumlaufen. Vermutlich muss ich ein paar Zentimeter abschneiden und wieder eine Olympiarolle tragen. Und dann will ich nicht mehr über das nachdenken, was ohnehin nie wahr wird.

12. Februar 1940

Die Entscheidung ist gefallen. Dr. Auerbach und seine Schwester haben eine Schiffspassage gebucht. Sie werden am 15. März in Triest ablegen und mit der «Commodore Tron» nach Shanghai reisen. Dass Dr. Auerbach Deutschland bald verlassen wird, kann mich kaum überraschen, aber es trifft mich trotzdem. Als er mir letzte Woche beim Abschied vor der Tür die Hand gab, hat er mich lange angesehen. Ich dachte schon, er würde mir etwas Wichti-

ges sagen. Aber er hat sich nur für die Leberwurst bedankt, die mir Mama mitgegeben hatte.
Überall liegt hoher Schnee, und es wird nicht mehr richtig geräumt. Da es nicht genug Kohlen gibt, sind viele öffentliche Gebäude geschlossen. Im Haus trage ich immer zwei Pullover übereinander.
Jetzt wird das Benzin knapp. Papa sagte gestern beim Essen, von den siebentausend Taxis in Berlin seien dreihundert stillgelegt worden. Für Privatfahrzeuge soll ein Fahrverbot erlassen werden. Bei Papa und Mama ist es immer herrlich warm. Kein Wunder, dass Horst nicht ausziehen will.

25. Februar 1940

Gestern kam Ulrichs Manuskript, es sind zwanzig Seiten. Er liegt mit seinem Regiment in der Eifel, auch dort herrscht eisige Kälte. Kein Mensch weiß, wie es weitergeht, die Franzosen halten still und wir auch. Ich habe den ganzen Vormittag getippt, damit Dr. Auerbach Ulrichs Kriegsgeschichte durchsehen kann.
Er kam dann um sechs zum Essen. Es gab Bratkartoffeln und Rührei, ich hatte noch eine halbe Eierkarte von Mama. Nach dem Essen hat Dr. Auerbach auf dem durch die Kälte verstimmten Flügel gespielt. Er musste sich vorher die Finger warm reiben.
«Nach dem Krieg», sagte ich, «wird auch der Flügel richtig gestimmt.»
«Wenn er nicht einem Luftangriff zum Opfer fällt», sagte Dr. Auerbach. Aber richtige Luftangriffe hat es bisher noch nicht gegeben.
«Herr Dr. Auerbach», sagte ich, «daran sollten Sie nicht einmal denken.»

Wir sind immer noch sehr förmlich. Wenn Dr. Auerbach «gnädige Frau» zu mir sagt, habe ich das Gefühl, dass er es nicht ernst meint. Männer behaupten ja, Frauen wären ein Rätsel, aber Männer sind genauso rätselhaft.
Es sind noch gute zwei Wochen bis zu seiner Abreise. Die Schiffsreise wird luxuriös sein, denn die Auerbachs haben nur noch Kabinen in der ersten Klasse bekommen. In Shanghai ist dann alles einfacher. Dr. Auerbach sagt, die Chinesen hätten eine alte Kultur, aber der normale Chinese sei ziemlich primitiv.

5. März 1940

Dr. Auerbach fährt vorerst nicht nach Shanghai. Er hat seine Märzpassage gegen eine Passage Mitte Juni eingetauscht. Seine Kabine wird jetzt von seinem zukünftigen Schwager genutzt, einem Herrn Singer. Dr. Auerbach sieht die Verschiebung seiner Abreise gelassen, sonst hätte er nicht eingewilligt. Anna Auerbach und ihr Verlobter bleiben noch ein paar Tage in Triest, bevor das Schiff ablegt. Ich würde auch gerne mal nach Italien reisen, auch wenn Dr. Auerbach sagt, dass die Italiener alle klauen. Manchmal komme ich auf völlig verrückte Ideen. Zum Beispiel auf die Idee, Dr. Auerbach bis Triest zu begleiten und dort ein paar Tage zu bleiben, bis sein Schiff nach Shanghai ablegt. Wie auch immer, ich würde sehr gerne wissen, von wo aus mich Dr. Auerbach angerufen hat. Er hat nicht in einer Telefonzelle telefoniert, das hört man ja immer. Ich weiß praktisch nichts über seinen Bekanntenkreis, aber ich kann mir nicht vorstellen, dass der nur aus Männern besteht.
Ich schreibe dies in der Küche und trage dabei Wollhandschuhe, denn ich war heute Nachmittag zu faul, um zu

heizen. Das Thermometer neben dem Fenster zeigt vier Grad Celsius an, und meine Füße stecken in einem Fußwärmer, den mir Mama im Januar genäht hat. Gestern dachte ich, dass es langsam wärmer wird, aber heute weht von Osten her ein eisiger Wind. Überall liegt noch Schnee auf den Straßen, trotzdem sieht man bei totaler Verdunkelung nachts nicht die Hand vor den Augen. Immer wieder rennen Leute gegen Laternenpfähle und Hydranten und verletzen sich.
Von Ulrich kam vor ein paar Tagen eine Feldpostkarte mit der Anfrage, ob «meine Mutter» (Dr. Auerbach) schon ihre Reise an die Ostsee angetreten hätte. Ich werde ihm schreiben, dass «meine Mutter» die Reise verschoben hat und erst im Juni fahren wird. Und dass ich mich selbstverständlich gut um sie kümmern werde.
Es gibt Gerüchte über eine unmittelbar bevorstehende deutsche Offensive. Truppentransporte fahren durch die Stadt in Richtung Westen, und viele Männer, sagt Blockwart Fabeck, sind zusätzlich eingezogen worden. Die Luftschutzwarte haben die Anweisung erhalten, unbedingt einsatzbereit zu sein. Papa meint, es gäbe eine Truppenkonzentration an der holländischen Grenze.

10. März 1940

Ich höre seit ein paar Tagen Feindsender! Das ist streng verboten, aber offenbar bin ich nicht die Einzige. Angeblich lassen sich nirgendwo in ganz Berlin Kopfhörer auftreiben, und wer danach fragt, macht sich sofort verdächtig. Ich halte mich natürlich an die Regel, nach dem Empfang die Senderskala zu verstellen, die vom BBC-Sprecher am Ende der Sendung wiederholt wird. Aber eigentlich kann mir nichts passieren. Dass unser Nachbar, Blockwart Fabeck,

sich in unseren Garten schleicht, um am Fenster zu lauschen, kann ich wohl ausschließen. Dr. Auerbach, der mich auf die Idee brachte, hat mir gestanden, dass er schon seit längerer Zeit BBC hört und dafür immer zu seinem Nachbarn geht. Er selber musste ja seinen Radioempfänger abgeben. Sein Nachbar ist Sozialdemokrat! Kein Wunder, dass Dr. Auerbach diesen Mann nie erwähnt hat. Dass er mit Bolschewisten verkehrt, hat mich überrascht. Aber ihm gehört offenbar auch der Telefonanschluss, von dem aus mich Dr. Auerbach angerufen hat. Papa sagt, dass die Juden ihr Fähnchen immer nach dem Wind hängen. Ich frage mich jetzt, ob sich Dr. Auerbach mir gegenüber nicht auch verstellt und alles das, was er wirklich über den Führer denkt, für sich behält.
Der kommunistische Nachbar hat ihm von den Eltern eines U-Boot-Offiziers erzählt, die eine offizielle Mitteilung vom Tod ihres Sohnes erhalten hatten und schon eine kirchliche Trauerfeier vorbereiteten. Da erschien am Morgen des Trauergottesdienstes ein Freund, der in der BBC gehört hatte, dass die gesamte Besatzung des U-Boots gefangengenommen worden und am Leben war. Natürlich konnten sie die Trauerfeier nicht absagen, sonst hätte die Polizei erfahren, dass jemand ausländische Sender gehört hatte.
Ich sehe immer furchtbarer aus. Jetzt macht sich der Krieg auch bei mir mit aller Härte bemerkbar. Mein rationiertes Haarwaschmittel reicht gerade mal für eine Wäsche in der Woche, sodass meine Haare immer fettig aussehen, auch wenn ich sie jetzt kürzer trage. Seit die Seife rationiert ist und das Wäschewaschen immer schwieriger wird, tragen die wenigen Herren in unserer Redaktion Papierkragen. Die kosten fünfzig Pfennige, werden zwei Tage beidseitig angezogen und dann weggeworfen. Ich ziehe jetzt Blusen

in dunklen Farben an, weil da nicht so auffällt, wenn sie schmutzig sind.

Ich will nicht mehr über das nachdenken, was ohnehin nie wahr wird, schreibt meine Mutter am 2. Januar 1940, als sie ihre Vorsätze für das neue Jahr notiert. Dabei kann sie eigentlich nur an Felix Auerbach gedacht haben. Sie schreibt es nicht nieder, aber ich kann mir vorstellen, was ihr dabei durch den Kopf ging. Doch was ging im Kopf von Felix Auerbach vor? Hat er seine Emigration womöglich wegen meiner Mutter verschoben? War seine *Gelassenheit*, die meine Mutter erwähnt, nur vorgetäuscht? Ich bezweifle, dass ein Jude im Januar 1940 die Verschiebung seiner Ausreise *gelassen* aufnehmen konnte. Meine Mutter macht sich jedenfalls keine Sorgen. Stattdessen beschäftigt sie die eifersüchtige Frage, von welchem Telefonanschluss Auerbach sie angerufen hat. Offenbar begreift sie nicht, in welche gefährliche Lage sich Auerbach manövriert hat.

13

Donnerstag, 19. Oktober 1989

Normalerweise verbringe ich morgens nie länger als fünf Minuten vor dem Spiegel. Aber seit dem Tod meines Vaters ist alles anders, ich weiß nicht einmal mehr, wie ich wirklich aussehe. Seit einer halben Stunde stehe ich ohne Brille und mit zusammengekniffenen Augen vor dem Spiegel. Manchmal rede ich mir ein, dass ich gar nicht so schlecht aussehe. Aber einreden kann man sich alles Mögliche. Zum Beispiel, dass ich mit Kontaktlinsen, einer anderen Frisur und einer anderen Haarfarbe ein neuer Mensch wäre.

Anstatt mich sofort nach dem Frühstück an das Tagebuch meiner Mutter zu setzen, stopfe ich den größten Teil meiner Garderobe in sechs große Mülltüten. Danach kämpfe ich mich durch die Finanzunterlagen, die Elst mir mitgegeben hat. Kann ich es mir leisten, aus dem Schuldienst auszuscheiden? Ja, so sieht es aus. Elst könnte die Formalien für mich erledigen, und ich könnte die Schule und mein altes Leben endlich hinter mir lassen. Ich befürchte allerdings, dass das erst dann möglich ist, wenn ich das Tagebuch meiner Mutter zu Ende gelesen habe und weiß, warum mein Vater sich erschossen hat.

Als ich am späten Nachmittag auf dem Weg zur Kanzlei von Elst bin, frage ich mich, warum er mir am Tag der Testamentseröffnung verschwiegen hat, dass mein Vater jüdische Bekannte hatte. Hatte er die Korrespondenz über die Manuskripte eines jüdischen Freundes vergessen? Ich kann Elst nicht einschätzen.

Die Sekretärin mit den langen Fingernägeln sieht mich

einen Moment lang irritiert an, als ich ihr meinen Namen nenne. Ich trage Jeans und die Kostümjacke meiner Mutter, habe mich dezent geschminkt, aber meine klobige Brille passt nicht zu meiner neuen Erscheinung. Offenbar kann sie mich nicht einordnen.

«Erika zur Linde», wiederhole ich. «Ich habe einen Termin bei Dr. Elst.»

Ihre Verwirrung dauert noch einen Augenblick an. Ich bewundere ihr perfektes Make-up und frage mich, wie lange sie jeden Morgen vor dem Spiegel dafür braucht. Dann springt sie auf und führt mich in das Büro von Elst.

Wieder wirken der riesige Empireschreibtisch und die hohen Stuckdecken kolossal effizient und seriös auf mich. Vom Verkehr des Kurfürstendamms dringt nichts zu uns herauf, nur das Klappern einer elektrischen Schreibmaschine im Nebenzimmer ist zu hören. Wir setzen uns, und Elst sieht mich erwartungsvoll an. Sein Blick ist freundlich und gelassen. Vermutlich denkt er, dass es um mein Gespräch mit der Verlagsangestellten geht, mit der ich mich getroffen habe. Auf einmal ist mein Misstrauen verflogen. Sein Brief an Anna Singer war nicht länger als vier Zeilen, und das alles ist zwanzig Jahre her. Ich kann mir vorstellen, dass Elst die Angelegenheit einfach vergessen hatte. Denkbar wäre auch, dass mein Vater ihm verschwiegen hat, dass der Freund, um dessen Manuskripte es ging, ein Jude war. Vielleicht kam Elst bei unserem letzten Gespräch der Name Singer bekannt vor, aber er hat ihn nicht mit dem Brief zusammengebracht, den er 1965 für meinen Vater geschrieben hatte.

«Paul Singer hat sich noch einmal gemeldet», sage ich. Und dann ohne Pause weiter: «Es gab offenbar einen zweiten Briefwechsel zwischen meinem Vater und Anna Singer. Diese hatte sich im Juni 1965 nach Manuskripten ihres Bruders erkundigt. Damals haben Sie den Brief beantwortet.»

Ich lege die Kopien der beiden Briefe auf den Schreibtisch. Elst liest sie langsam Wort für Wort. Schließlich hebt er den Kopf.

«Sie erinnern sich?», frage ich.

In der Schule erkenne ich sofort, ob jemand die Wahrheit sagt oder nicht. Aber Elst ist kein Schüler, und seine Miene verrät mir nichts. Er nickt lediglich.

«Ich erinnere mich», sagt er ruhig. «Die Frage nach dem Manuskript, das Ihr Vater damals für diesen Felix Auerbach aufbewahrt haben soll. Das ist lange her. Er hat mich damals deswegen angerufen. Abends und zu Hause.»

Elst scheint sich hauptsächlich aus diesem Grund an den Anruf zu erinnern. Mein Vater hat die Privatsphäre anderer Menschen immer geachtet.

«Warum?»

«Ich sollte gleich am nächsten Tag einen Brief für ihn schreiben. Wir haben damals häufig telefoniert, weil ich für ihn den Vertrag mit seinem Verlag ausgehandelt hatte und alle seine Termine über meine Kanzlei gebucht wurden. Aber es war nicht üblich, dass er mich abends zu Hause anrief.»

«Offenbar hat ihn irgendetwas an dem Brief aus der Fassung gebracht», sage ich.

Elst nickt. «So hat er sich angehört. Und offenbar hatte er Gründe, einen direkten Kontakt mit Frau Singer zu vermeiden. Deshalb musste ich den Brief schreiben. Damals wurde ihm auf einmal alles zu viel, und er wollte sich völlig aus der Öffentlichkeit zurückziehen.»

«Könnte es zwischen dem Brief von Anna Singer und dem Rückzug meines Vaters einen Zusammenhang gegeben haben?»

«Darüber habe ich damals gar nicht nachgedacht.»

«Haben Sie ihn gefragt, ob Felix Auerbach Jude war?»

«Warum sollte ich?»

«Aber warum hat mein Vater so panisch auf die Frage nach einem Manuskript reagiert? Könnte er das Manuskript für sein eigenes Buch benutzt haben?»

Elst zuckt mit den Achseln. «Ich glaube nicht, dass ein Jude Kriegsromane geschrieben hat. Haben Sie mit der Frau gesprochen, die Auerbach im Herbst 1943 auf der Straße getroffen hat?»

Ich nicke. «Sie hat fast zwei Jahre mit ihm in einer Wohnung gewohnt. Die beiden waren mehr oder weniger befreundet.»

«Dann könnte sie wissen, ob Auerbach an einem Kriegsroman gearbeitet hat. Hat sie etwas darüber gesagt?»

Ich schüttle den Kopf.

«Vielleicht reden Sie noch einmal mit ihr. Hat sie etwas über Auerbachs Beziehung zu Ihrem Vater sagen können?»

«Sarah Spielrein glaubt, dass die beiden auch nach Auerbachs Untertauchen in Verbindung standen.»

«Aber warum hat er Anna Singer dann geschrieben, ihr Bruder wäre im Februar 1943 deportiert worden? Und was hat ihn an Paul Singers Brief so irritiert?»

Elst erwartet keine Antwort auf diese Fragen. Er weiß, dass ich sie ebenso wenig habe wie er selber.

Als das Telefon klingelt, nimmt er nach dem zweiten Klingeln ab. Er hört kurz zu und wirft mir einen entschuldigenden Blick zu. Ich stehe auf, und er erhebt sich ebenfalls. Aber da ist noch etwas, was ich wissen möchte.

«Seit wann kennen Sie meinen Vater?»

Wir sind auf dem Weg zur Tür. Das Gesicht von Elst kann ich nicht erkennen, weil er mir einen halben Schritt voraus ist. Doch als er mir antwortet, habe ich auf einmal das Gefühl, dass er lügt.

«Wir haben uns kurz nach dem Krieg kennengelernt», sagt er knapp.

«Hat er nie über den Krieg gesprochen?»

Elst hält mir bereits die Tür auf. Wieder schüttelt er den Kopf. «Das hat er nie. Niemand hat nach 1945 gerne über den Krieg geredet.»

Zwei Stunden später sitze ich an meinem Schreibtisch und trinke eine Tasse starken Filterkaffee nach der anderen. Ich will die nächsten drei Eintragungen meiner Mutter lesen und abtippen. Notfalls arbeite ich die ganze Nacht durch und melde mich morgen früh im Schulsekretariat krank.

Warum hat Felix Auerbach seine Ausreise ein zweites Mal verschoben? War er dazu gezwungen? Und wie geht es mit meiner Mutter und Felix Auerbach weiter? Geht es überhaupt weiter?

---

22. April 1940 (spätnachts)

Dr. Auerbach hat mich gestern Abend angerufen. Er fährt am 22. Juni nach Triest, um das Schiff nach China zu nehmen. Dass er Deutschland verlassen würde, war ja klar, aber jetzt steht das Datum fest. Am Telefon machte er einen bedrückten Eindruck, obwohl er erleichtert sein müsste. Es kann sein, dass es an den Nachrichten aus China liegt. Seine Schwester, die jetzt seit fast drei Monaten dort ist, hat ihm geschrieben, dass die Verhältnisse in Shanghai

grauenhaft sind. Nachdem mir Dr. Auerbach das Abreisedatum mitgeteilt hatte, musste ich mich erstmal setzen. Noch sechzig Tage, dann sehe ich Dr. Auerbach vielleicht nie wieder.

Seit Tagen regnet es ohne Unterbrechung, und wenn mein Gesicht auf der Straße nass wird, verschmieren meine Augen. Der einzige trockene Tag war der Führergeburtstag am 20. April. Da habe ich vor einem Jahr Dr. Auerbach kennengelernt. Danach kam dieser wunderbare Sommer und dann schon der Krieg. Irgendwo habe ich gelesen, dass das Leben der meisten Menschen aus verpassten Gelegenheiten besteht. Vielleicht kann ich immer nur aufschreiben, was nicht passiert ist. Aber ist etwas, das keine Folgen hat und von dem niemand etwas weiß, wirklich passiert? Ist es nicht eher wie ein Traum, aus dem man erwacht, und dann geht das normale Leben weiter?

Am Führergeburtstag war ich mit Dr. Auerbach abends in der Lichtburg. Wir haben die Reise nach Tilsit gesehen, über die ich für die Junge Dame berichten soll. Die Söderbaum, die im Film die Gattin spielt, kann ich nicht leiden. Kein Wunder, dass ihr Gatte schwach wird, sobald eine rassige Polin aufkreuzt. Aber ein deutscher Mann, der eine polnische Frau begehrt, verrät sein Volk. So ähnlich sieht es auch Dr. Auerbach, der vor allem für den Ehebruch kein Verständnis hat. Er hat mir dann beim Abfassen des Artikels geholfen. Das hat er schon öfters getan, und ich staune immer wieder darüber, wie leicht es ihm fällt, einen schlechten Satz in einen guten Satz zu verwandeln. Ich gelte inzwischen als jemand, der «gut schreiben kann» – so die Chefin vor ein paar Tagen. Aber was mache ich, wenn Dr. Auerbach in China ist? Vermutlich stellt sich Ulrich ähnliche Fragen, wenn er sieht, was Dr. Auerbach aus den ersten fünf Seiten seiner Kriegserzählung gemacht hat. Da

war ja einiges zu verbessern. Ich habe die Überarbeitung von Dr. Auerbach abgetippt und an Ulrichs Feldpostadresse geschickt.
Ulrich schreibt, seit einer Woche herrsche ein neuer Zug in der Truppe. Es werde jetzt häufig Gefechtsbereitschaft angeordnet, und es gäbe Inspektionen vom Divisionsstab. Ich dachte immer, solche Schilderungen müssten von der Zensur geschwärzt werden, aber entweder es gibt keine Zensur, oder der neue Zug hat keine Bedeutung. An der Westfront tut sich nichts, auch aus den deutschen Nachrichten der BBC erfährt man wenig. Aber wenn der Krieg nicht weitergeht, kann Ulrich seine Orden vergessen.
Vorhin war ich bei Papa und Mama zum Abendessen. Horst arbeitet jetzt neben seinem Studium in Papas Ortsgruppe. Da muss er nicht Soldat werden, was ihm vermutlich recht ist, obwohl er es nie zugeben würde. Ich habe Grüße von Ulrich ausgerichtet und erwähnt, dass er an einer Erzählung über seinen Einsatz in Polen arbeitet. Horst hat sofort die Augen verdreht, aber Papa meinte, auch der Führer hätte sich in der Festung Landsberg alles vom Leib geschrieben. Horst glaubt, dass die Franzosen und Engländer sich bald auf Friedensverhandlungen einlassen. Nach unseren Erfolgen in Norwegen hätten die Angst vor uns.
Ich frage Papa jetzt immer nach Parteiangelegenheiten, die Dr. Auerbach interessieren könnten. Papa wundert sich schon, und Horst ist misstrauisch. Aber ich bin jetzt ja Parteigenossin. Angeblich wird das Reichssicherheitshauptamt bald anordnen, dass arbeitsfähige Juden nicht mehr ins europäische Ausland und keinesfalls in europäische Feindstaaten emigrieren dürfen. Aber das betrifft Dr. Auerbach ja jetzt nicht mehr. Italien ist ja nur eine Zwischenstation für ihn. Dann sagte Papa noch, dass man bald alle deutschen Schulmädchen dazu auffordern wird, ihre abge-

schnittenen Haare und Locken abzuliefern. Die werden zur Herstellung von Filz benötigt.

16. Juni 1940

Paris ist gefallen, und alle sind völlig aus dem Häuschen. Die Meldung kam gestern um ein Uhr, wir waren gerade in der Kantine. Erst kündigten fünf Minuten Fanfaren an, dass gleich eine wichtige Meldung verlesen wird. Die Chefin hat dann eine kleine Ansprache gehalten, anschließend haben wir das Deutschlandlied gesungen und den Führer hochleben lassen. Da Paris zur «offenen Stadt» erklärt worden ist, wurde die Stadt ohne Gegenwehr eingenommen, sodass kaum etwas beschädigt ist. Das freut mich für Ulrich. Falls es ihn nach Paris verschlagen sollte, kommt er nicht in eine zerstörte Stadt. Auf dem Rückweg nach Lichterfelde sah ich, dass an den meisten Fenstern wie an Führergeburtstagen Fahnen wehten. Selbst die BVG-Busse hatten kleine Wimpel an den Kotflügeln. Ich habe die Fahne auf dem Fahnenmast im Vorgarten gehisst und unsere zweite Flagge am Wohnzimmerfenster zur Straße hinausgehängt.
Dass Frankreich jetzt mehr oder weniger besiegt sein dürfte, ist die eine gute Nachricht. Die zweite gute Nachricht ist eigentlich eine schlechte. Dr. Auerbach hat mich gestern angerufen. Er fährt nicht, wie ursprünglich vorgesehen, am 22. Juni nach Triest, um dort seinen Dampfer nach Shanghai zu nehmen. Als die Italiener sahen, wie gut die Wehrmacht in Frankreich vorankommt, haben sie sich an unseren Krieg drangehängt. Das hat die Folge, dass Juden keine italienischen Häfen mehr benutzen können.
Da ich mir vorgenommen habe, in diesem Tagebuch nicht um die Wahrheit herumzureden, muss ich niederschreiben,

dass mir ein Stein vom Herzen gefallen ist. Natürlich ist das egoistisch, und das weiß ich auch. Aber Dr. Auerbach nimmt das alles sehr gelassen. Ihm stehe ja immer noch der Landweg nach China offen, sagt er. Und außerdem würde er Deutschland «in dieser großen Stunde» (seine Worte) nur ungern verlassen. Wofür sein Vater im letzten Krieg vier Jahre vergeblich gekämpft hat, das sei jetzt in guten vier Wochen erreicht worden. So hätte es auch Papa formulieren können.
Von Ulrich habe ich abgesehen von einer Postkarte vor vierzehn Tagen nichts mehr gehört. Dass der Frankreichfeldzug jetzt so schnell zu Ende geht, wird ihm nicht gefallen, es sei denn, er hat seinen Orden schon. Aber vielleicht geht der Krieg ja weiter, denn noch ist England nicht besiegt. Dann könnte Ulrich sich im Herbst das Eiserne Kreuz bei der Eroberung Londons verdienen.
Vorhin Abendessen bei Papa und Mama. Papa hat mich vor lauter Freude über den Einmarsch in Paris umarmt, was noch nie passiert ist. Ich glaube, er hatte getrunken. Es gab Kassler mit Sauerkraut, danach die Zitronen-Süßspeise, die ich als Kind immer so gerne gegessen habe, weiß der Himmel, wie Mama an Zitronen gekommen ist. Horst nahm sich dreimal von dem Kassler. Dass sich der Führer vegetarisch ernährt, hält er für ein Gerücht. Papa meint, die Engländer würden jetzt bald um Frieden winseln. Horst wäre eine deutsche Invasion lieber. Er will Churchill am Galgen sehen.
Da wir zum Essen immer das schöne Porzellan der Aschrotts benutzen und Mama jedes Mal eine Bemerkung darüber macht, konnte ich das Gespräch unauffällig auf das Thema «Juden» lenken. Papa sagt, dass es jetzt nach dem Sieg über Frankreich Pläne gibt, die europäischen Juden nach dem Ende des Krieges in ehemaligen französi-

schen Kolonien anzusiedeln. Um welche Kolonien es sich handelt und wo die liegen, konnte er allerdings nicht sagen, er vermutet irgendwo in Afrika. Dann erfuhr ich noch, dass sich jetzt alle jüdischen Männer bei der jüdischen Gemeinde für Arbeitseinsätze registrieren lassen müssen. Dabei geht es um Straßenbau und um Arbeit in der Landwirtschaft.
Davon hatte mir Dr. Auerbach nichts gesagt. Vielleicht gilt er ja bereits offiziell als ausgewandert und ist nicht mehr bei der jüdischen Gemeinde gemeldet. Über solche Dinge spricht er nie mit mir, und im Grunde will ich es auch nicht von ihm hören. Wenn wir zusammen sind, möchte ich am liebsten alles um mich herum vergessen. Wenn ich ehrlich bin, kann ich mich noch nicht einmal richtig über die Eroberung von Paris freuen. Das alles ist völlig verrückt, und ich habe niemandem, mit dem ich darüber reden kann.

7. Juli 1940

Ulrich hat das Eiserne Kreuz! Vorgestern Abend kam ein Telegramm aus Lüttich in Belgien. Im Telegramm stand noch das Wort «Maasüberquerung». Ich vermute also, dass Ulrich sich bei der Überquerung der Maas hervorgetan hat, das ist ein belgischer Fluss, den ich nur aus dem Deutschlandlied kannte. Als ich es am nächsten Tag beim Abendessen erzählte, war Papa hocherfreut, aber Horst hat den Mund verzogen. Er gönnt Ulrich das Eiserne Kreuz nicht und macht inzwischen keinen Hehl mehr daraus, dass er ihn nicht ausstehen kann. Ulrich behandelt ihn ja auch immer ein wenig von oben herab. Ich bin stolz auf Ulrich und kann verstehen, dass es Dr. Auerbach schmerzt, in einer solchen Stunde abseits stehen zu müssen.
Gestern ist der Führer aus Frankreich zurückgekehrt. Die

Chefin gab uns allen frei, anstatt mit uns gemeinsam die Rundfunkübertragung der Fahrt vom Anhalter Bahnhof zur Reichskanzlei anzuhören. Wir durften uns also, jeder für sich, an die Strecke stellen, um die Vorbeifahrt der Wagenkolonne zu sehen. Der Führer sollte um elf Uhr an der Siegessäule vorbeikommen, und ich hatte mich mit Dr. Auerbach um halb zehn an einem der kleinen Häuschen verabredet, von denen der Fußgängertunnel zur Siegessäule abgeht, aber es war so voll, dass wir uns nicht sofort gefunden haben. Die gesamte Fahrtstrecke war von Seite an Seite stehenden SA-Männern abgesperrt, damit niemand auf die Straße laufen konnte. Wir warteten dann eingekeilt in einer Menschenmenge, und ich musste mich auf die Zehenspitzen stellen, um den Fahrdamm zu sehen. Als der Führermercedes in Sicht kam, rissen alle den Arm hoch und fingen an zu schreien. Die Begeisterung war noch größer als auf der Militärparade im April 1939, als ich Dr. Auerbach kennenlernte. Der schrie kräftig mit, und ich fragte mich, ob er das nur tat, um nicht aufzufallen, oder aus echter Begeisterung. Aber ich glaube, dass er tatsächlich begeistert war, die Stimmung war ja auch mitreißend. Auf dem Weg zum S-Bahnhof Tiergarten erzählte er mir, dass die Juden jetzt nur noch zwischen vier und fünf Uhr nachmittags einkaufen dürfen. Man kann auch nicht schummeln, weil auf die Lebensmittelkarten der Juden ein dickes, rotes «J» gestempelt ist. Ich frage mich, wie Dr. Auerbach unter diesen Umständen dem Führer zujubeln kann. Ich frage mich auch, warum Dr. Auerbach es auf die leichte Schulter nimmt, dass es mit seiner Ausreise auf dem Landweg nicht geklappt hat. Denn das jüdische Reisebüro hat ihm vor ein paar Tagen mitgeteilt, dass die Züge für die nächsten sechs Monate ausgebucht seien. Dass man seine Emigration bei einem Reisebüro buchen

kann wie eine Gesellschaftsreise, wusste ich nicht. Jetzt hat er noch die Möglichkeit, von Lissabon aus ein Schiff nach Shanghai zu nehmen. Angeblich lassen unsere Behörden versiegelte Flüchtlingszüge direkt nach Lissabon fahren. Dr. Auerbach sagt, in Shanghai würden inzwischen zwanzigtausend deutsche Juden leben. Allerdings schreibt seine Schwester, dass die Verhältnisse dort jeder Beschreibung spotten. Da teilen sich ganze Familien ein einziges Zimmer, Arbeit gibt es keine, und wer kein Geld hat, ist auf die Unterstützung von reichen, in Shanghai ansässigen Juden angewiesen. So gesehen geht es Dr. Auerbach in Berlin noch besser, und es leuchtet ein, dass er seine Ausreise so nachlässig betreibt.
Mein Abendbrot besteht jetzt meistens aus aufgewärmtem Tee, Brötchen und Joghurt. Vom Joghurt verspeise ich riesenhafte Mengen, was daran liegt, dass man Joghurt ohne Lebensmittelkarten bekommt. Das eine Glas Marmelade, das mir im Monat zusteht, ist meist schon nach ein paar Tagen verbraucht. Mama will ich nicht immer um Butter, Eier oder Marmelade bitten, weil sie mir dann vorwirft, ich könne nicht haushalten, was ja auch stimmt. Eigentlich sollte ich jetzt schon damit anfangen, Lebensmittelkarten zu sammeln, damit ich nicht knausern muss, falls Ulrich im Herbst Fronturlaub bekommt. Dann steht ja immer noch unsere Hochzeitsreise an den Bodensee auf dem Programm, um die ich wohl nicht herumkommen werde.

Ob es die Briefe noch gibt, die zwischen Auerbach und seiner Schwester gewechselt wurden? Kannte Anna Auerbach

die politischen Ansichten ihres Bruders? Der wird ihr kaum geschrieben haben, wie er am Tag der Rückkehr Hitlers aus dem Frankreichfeldzug an der Siegessäule gestanden und «Heil» gebrüllt hat, als Hitlers Wagenkolonne vorbeifuhr. Aber ich denke, dass seine Schwester vieles geahnt hat, und aus Sicht meines Vater musste sie vielleicht nicht unbedingt *wissen*, mit welcher Begeisterung Auerbach später eine Wehrmachtsuniform getragen hat. Vielleicht war das der Grund, aus dem er ihr nach dem Krieg geschrieben hat, ihr Bruder wäre 1943 deportiert worden.

Ich lese nach, wie es den Emigranten in Shanghai erging. Auf Auerbach wirkten die Schilderungen seiner Schwester regelrecht abschreckend. Die Juden lebten dort auf engstem Raum in zweistöckigen Bruchbuden, in denen es weder Heizung noch Toiletten gab. Der Bezirk *Hongkew* war ein Slum, ein schmutziges, verlaustes Ghetto. Singer ist dort geboren worden, aber vermutlich wird er sich nicht mehr daran erinnern. Später ist ja über alles das kaum gesprochen worden, das war bei uns nicht anders. Aber dass er einen Onkel hatte, der im Krieg deportiert wurde, war ihm offenbar bekannt.

Trotzdem scheint ihn sein Schicksal erst nach seiner zufälligen Begegnung mit Sarah Spielrein interessiert zu haben. Was wollte er von meinem Vater? Ging es ihm nur um das Manuskript seines Onkels? Oder wollte er auch wissen, wie sein Onkel zu Tode gekommen ist? Paul Singer ist Journalist. Vielleicht hat er nur eine interessante Geschichte gewittert. Ich bin gespannt, was er zu sagen hat, wenn wir uns treffen. Vom Tagebuch meiner Mutter werde ich ihm erst erzählen, wenn ich es zu Ende gelesen habe.

Dass man die Emigration bei einem *Reisebüro buchen* konnte, wie meine Mutter schreibt, kommt mir komisch vor. Aber wenn es so war, verstehe ich Auerbach nicht. Offenbar hatte er genug Geld, um mit meiner Mutter zu *Horcher* zu

gehen. Warum hat er keine Reise gebucht, sondern nur über die *Möglichkeit* geredet, die Ausreise nach Shanghai über Lissabon anzutreten?

14

Freitag, 20. Oktober 1989

Auf der anderen Seite der Mauer braut sich etwas zusammen. Mich interessieren die Nachrichten momentan nicht besonders, aber wenn Paul Singer – der Journalist – nach Berlin kommt, muss ich auf dem Laufenden sein. Vielleicht fragt er mich ja, was ich von der Entwicklung in der DDR halte. Eine Meinung dazu habe ich nicht, umso wichtiger ist es, dass ich weiß, was drüben passiert. Ich nehme also zur Kenntnis, dass gestern Abend fast fünfzigtausend Menschen durch die Dresdner Innenstadt gezogen sind, um freie Wahlen zu fordern, dass die Leute ihre mitgebrachten Kerzen dort vor das Polizeipräsidium gestellt haben und die DDR-Führung jetzt allen Personen, die das Land verlassen haben, die Rückkehr anbietet.

Um mir alles besser merken zu können, habe ich auf einem Zettel ein paar Stichpunkte notiert. Wenn es nach mir ginge, würden die drüben das alles um ein paar Wochen verschieben oder wenigstens so lange warten, bis ich das Tagebuch meiner Mutter zu Ende gelesen habe.

In der Schule bin ich heute nicht gewesen. Ich habe mich um halb acht krankgemeldet und angedeutet, dass ich wahrscheinlich auch in der nächsten Woche ausfallen werde. Dann habe ich mich für ein paar Stunden ins Bett gelegt und nach dem Aufstehen einen Teller Cornflakes in mich hineingelöffelt. Jetzt sitze ich mit meinem Kaffee am Schreibtisch und springe vom Herbst 1989 in den Herbst 1940. Ich will versuchen, heute bis Ende 1940 zu kommen.

8. Oktober 1940

Ulrich ist vor vier Tagen überraschend aus Frankreich zurückgekommen. Kurz nachdem ich verdunkelt hatte, hielt ein Auto vor dem Haus. Dann klingelte es Sturm, und vor der Haustür stand ein Wehrmachtsoffizier, den ich zuerst gar nicht erkannte. Ich hatte Ulrich eine Woche später erwartet, aber da war er nun mit drei großen Koffern, und ich bin ihm spontan um den Hals gefallen. Wir haben uns jetzt ein knappes Jahr lang nicht gesehen. Er ist schlanker geworden, wirkt sportlich, fast so wie Dr. Auerbach. Offenbar hat ihm der Krieg gutgetan. Das Eiserne Kreuz lässt ihn ein paar Zentimeter größer erscheinen.
Nachdem wir eine Stunde geredet und Cognac getrunken hatten, wollte er nach oben, das ungeheizte Schlafzimmer störe ihn nicht. Was sollte ich machen? Ich war überhaupt nicht darauf eingestellt, habe mich aber, glaube ich, wacker geschlagen. Wenn ich gewusst hätte, was auf mich zukommt, hätte ich vorher noch einmal im van de Velde nachgelesen. Am Morgen danach hat mir Ulrich mitgeteilt, dass er mit einem Teil seiner Einheit zwei Wochen in Paris war und dort als Dolmetscher nützlich sein konnte. Der Aufenthalt in Paris erklärt auch die großen, schweren Koffer, die er mitgeschleppt hat. In dem einen sind französische Leckereien und Bücher, der andere ist voll mit Stoffen, die man hier überhaupt nicht bekommt. Er hat auch Schnittmuster und französische Modezeitschriften mitgebracht, unter anderem eine, die Vogue *heißt und mir sehr gut gefällt. Er sagt, alle deutschen Soldaten träumten davon, in Paris stationiert zu werden.*

Der Empfang zu seinen Ehren, den wir zwei Tage nach seiner Ankunft veranstaltet haben, war ein großer Erfolg. Mama hatte mich mit Lebensmittelkarten eingedeckt, sodass ich ein Buffet wie vor dem Krieg aufbauen konnte. Papa wollte mit Ulrich angeben, und es ist ihm auch gelungen. Von den vierzig Gästen hatte Papa die eine Hälfte eingeladen und Ulrich die andere. Ulrichs Gäste waren Kameraden, Papas Gäste Parteigenossen. Dass die sich nicht mit Ulrichs Kameraden verbrüdert haben, hat niemanden überrascht. Die beiden Gruppen standen auch den ganzen Abend auf gegenüberliegenden Seiten des Wohnzimmers, aber der Einzige, der aus der Gruppe der Parteigenossen heraus feindliche Blicke auf Ulrichs Kameraden warf, war Horst. Er war auch der Einzige, der das Wohnzimmer mit dem Deutschen Gruß betrat. Die anderen wussten, dass der Deutsche Gruß in der Wehrmacht nicht üblich ist, und verhielten sich dementsprechend. Dass Horst Ulrich das Eiserne Kreuz nicht gönnt, war schon an seiner verkniffenen Gratulation zu merken. Der Neid tropft ihm aus allen Löchern seiner Parteiuniform. Wenn er je erfahren sollte, dass ich mich mit einem jüdischen Freund von Ulrich treffe, könnte es für Dr. Auerbach gefährlich werden.

Er war einmal bei uns in Lichterfelde, aber Ulrich und er haben sich auch in der Stadt getroffen. Ulrich hat da keine Bedenken. Er hält es für ausgeschlossen, dass jemand auf den Gedanken käme, einen dekorierten Leutnant und einen blonden Herrn zu kontrollieren. Er findet auch nicht, dass sich Dr. Auerbach riskant verhält. Ich sehe das anders. Aber Ulrich meint, es sind immer die Zaghaften und Übervorsichtigen, die es zuerst erwischt. Die beiden reden jetzt praktisch nur noch über den Frankreichfeldzug. Der war wohl eine militärische Glanzleistung. Dr. Auerbach hätte wohl gern mitgekämpft.

Jetzt habe ich den ersten Teil der Erzählung abgetippt, die Ulrich in Frankreich zu Ende geschrieben hat. Es sind zwanzig ziemlich schlampige (finde ich) Seiten. Da wird Dr. Auerbach viel korrigieren müssen. Wie die beiden nach dessen Abreise nach Shanghai weiter zusammenarbeiten wollen, ist mir schleierhaft. Notfalls muss Ulrich ohne die Hilfe von Dr. Auerbach auskommen. Die Ausreise über Portugal hängt noch immer in der Schwebe. Die Reedereien nehmen kein deutsches Geld mehr, und Dr. Auerbach muss wohl wieder seine amerikanische Verwandtschaft einschalten.
Vor drei Tagen begannen kurz vor Mitternacht die Sirenen zu heulen, und wir gingen sofort in den Keller. Da ist es jetzt beinahe gemütlich, denn Papa hat mir aus einer Wohnungsauflösung einen schönen Teppich und ein bequemes Bett besorgt. Eine halbe Stunde später war ein Brummen am Himmel zu hören, und dann fielen Schrapnellgeschosse der Luftabwehr vom Himmel wie Hagel. Wahrscheinlich lag es an dem Bett und dem schummerigen Licht, dass Ulrich die Gelegenheit ergriff. Ich hielt dabei (wie immer) die ganze Zeit die Augen geschlossen und dachte an die schönen Stoffe, die er mir mitgebracht hatte. Aber dann hat das tiefe Brummen der Bomber etwas in mir ausgelöst oder gelockert, sodass es mir einen Moment lang fast gefiel. Ich glaube, der Krieg macht uns alle verrückt und mich auch. Viel ist in dieser Nacht nicht passiert, es hat keine Toten gegeben, nur Gleisanlagen in Zehlendorf wurden getroffen und ein paar Schuppen des Bahnhofs beschädigt. Nach jedem Angriff pilgern die Leute zu den sogenannten «Schadstellen» und bestaunen einen verbrannten Dachgiebel, ein halb eingestürztes Haus oder einen Krater im Straßenpflaster. Es gibt immer mehr Leute, die gleich im Keller schlafen, um sich den hektischen Umzug nach einer

Luftwarnung zu ersparen. Das geht natürlich nicht in Mietshäusern.
In der letzten Woche hat es fast jeden Abend geklingelt, und es standen Pimpfe mit einer Sammelbüchse für das Winterhilfswerk vor der Tür. Für jede Spende gibt es ein Abzeichen, und ich nehme meist eine kleine Holzfigur für zwanzig Pfennig oder auch in Leder gepresste Runen. Oft gucken die Pimpfe wütend, weil ich ihnen nicht mehr abkaufe. Wahrscheinlich denken sie, in einem so großen Haus wohnen reiche Leute, und halten mich für geizig. In der Stadt rasseln sie überall mit ihren roten Büchsen und stehen auch an den Fahrkartenschaltern und auf Bahnsteigen. Es ist mir immer peinlich, nicht jedes Mal etwas zu spenden, zumal ich gut sichtbar mein Parteiabzeichen trage. Außerdem wird mir jetzt jeden Monat eine «freiwillige Spende» für das Winterhilfswerk von meinem Gehalt abgezogen, ohne dass mich jemand gefragt hätte. Wer sich darüber beschwert (was bei uns noch nicht vorgekommen ist), gilt als «Volksverräter». Das alles ärgert mich, und am meisten ärgere ich mich darüber, dass es mich ärgert.
Kein Mensch weiß, wie es jetzt mit dem Krieg weitergeht. Offenbar ist es dem Führer nicht gelungen, die englische Luftwaffe auszuschalten, die Verluste an Flugzeugen sollen gewaltig sein. Also wird die Invasion erstmal verschoben. Über das alles erfährt man fast nichts, wenn man keine Feindsender hört. Ulrichs Kameraden hören hinter dem Rücken ihrer Familien alle BBC, wenn sie Fronturlaub haben. Wir fahren übermorgen für ein paar Tage an den Bodensee. Vom deutschen Ufer kann man angeblich die Schweiz sehen. Da stelle ich mir schneebedeckte Gletscher vor, aber Ulrich sagt, dass es drüben genauso aussieht wie bei uns.

10. Oktober 1940 (spätabends)

Die Reise zum Bodensee ist ausgefallen. Ich hatte gerade die Koffer fertig gepackt, als Dr. Auerbach anrief. Er ist beim jüdischen Arbeitsamt an der Fontanepromenade in Kreuzberg gewesen und wird schon ab morgen für sechs Wochen für Straßenbauarbeiten eingesetzt. Während des Einsatzes wohnt er in einer Baracke. Wo genau, weiß er nicht, aber es ist hier im Bezirk. Arbeitslose Juden werden jetzt zu allen möglichen Arbeiten herangezogen. Das wussten wir, aber wir dachten, es würde nicht für diejenigen Juden gelten, die ihre Ausreisepapiere vollständig beisammenhaben und schon auf gepackten Koffern sitzen. Von seiner Vorladung in die Fontanepromenade hatte Dr. Auerbach uns nichts erzählt. Vielleicht hat er noch gehofft, er könne die Sache an Ort und Stelle klären.
Natürlich stand sofort fest, dass wir unsere kleine Hochzeitsreise unter diesen Umständen verschieben mussten, um irgendetwas für Dr. Auerbach zu unternehmen. Für Ulrich war das ein schwerer Schlag, er hatte sich wahnsinnig darauf gefreut. Wir haben sofort an die Ortsgruppe gedacht, ohne die hier im Bezirk nichts geschieht. Da Papa nicht in Berlin ist, war ich gleich am Nachmittag bei Horst, der ja in Papas Dienststelle arbeitet.
Als ich kam, saß er an seinem Schreibtisch, las den Völkischen Beobachter *und rauchte. Seitdem wir Krieg haben, qualmt er wie ein Frontoffizier.*
Ich sagte vorsichtshalber «Heil Hitler» und hob den rechten Arm zum Deutschen Gruß. Aber Horst sah mich sofort misstrauisch an. «Was willst du *denn hier?»*
Nachdem ich ihm erklärt hatte, warum ich gekommen war, fragte er, ohne von seinem Völkischen Beobachter *aufzusehen: «Was hast du mit Juden zu schaffen?»*

«Dr. Auerbach ist ein Schulfreund von Ulrich», sagte ich. Meine Antwort, die Ulrich mit einem Juden in Verbindung brachte, gefiel Horst. Er klappte seine Zeitung zusammen und sah mich erfreut an.
«Unser Kriegsheld verkehrt also mit Juden», sagte er genüsslich.
Am liebsten hätte ich ihm eine gescheuert. Ich sagte: «Ulrich hat in Polen und in Frankreich seinen Kopf hingehalten und ist vom Führer dekoriert worden.»
Als Horst nur hämisch grinste, platzte mir der Kragen, und ich schrie: «Im Gegensatz zu gewissen anderen Leuten.»
In irgendeinem Roman hatte ich mal gelesen, dass sich jemand unter einem ausgesprochenen Wort «wie ein Wurm krümmt». Horst krümmte sich nicht, aber er sah auf einmal aus wie ein Mann, der sich gerade mit einem Hammer auf den Daumen geschlagen hatte. Er sprang auf, lief rot an und schrie, dass der Führer nach dem Krieg mit allen Juden und allen Judenfreunden gründlich aufräumen werde – und auch, setzte er noch hinzu, mit den verdammten Junkern. Noch während Horst brüllte, ging ich. Aber in seiner Wut ließ er noch fallen, dass es ein Arbeitslager am Teltowkanal gibt. Insofern hat sich mein Besuch doch noch gelohnt.
Am nächsten Tag liefen Ulrich und ich zum Teltowkanal. Die Uferbefestigung wurde erneuert, und hinter einer riesigen Dampframme sahen wir einen Haufen Leute, die mit Schaufeln und Schubkarren hantierten. Dr. Auerbach entdeckten wir beim Beladen einer Schubkarre. Er trug eine abgewetzte, braune Lederjacke, graue Drillichhosen und ein Paar klobiger Schuhe, die ich noch nie an ihm gesehen hatte. Einen größeren Kontrast zu dem eleganten Herrn im Smoking, mit dem ich bei Horcher *essen war,*

konnte man sich gar nicht vorstellen. Es tat mir weh, ihn so zu sehen. Auch Ulrich war sichtlich geschockt.
Als der Aufseher uns auf Dr. Auerbach zugehen sah, grüßte er militärisch und nahm Haltung an. Ulrich war in Uniform und sprach mit dem Mann wie mit einem Feldwebel. Ja, der Herr Leutnant könne mit dem Mann reden.
Dr. Auerbach war erstaunlich gelassen. Er nannte uns den Namen eines ehemaligen Studienfreundes, den Ulrich auch von früher kennt. Der könne ihm vielleicht helfen, er arbeite jetzt im Wirtschaftsverwaltungshauptamt, und sie hätten noch vor einigen Jahren hin und wieder miteinander telefoniert.
Ob der (unleserlich) jetzt bei der SS sei, wollte Ulrich wissen.
«Er ist Standartenführer», sagte Dr. Auerbach knapp.
Als wir auf dem Rückweg nach Lichterfelde waren, fragte ich Ulrich, ob es überhaupt Sinn habe, mit diesem Standartenführer zu sprechen. Aber Ulrich meinte nur, dass wir im Moment keine andere Wahl hätten.
Manchmal wird mir alles zu viel. Ich schreibe diese Zeilen am Küchentisch und werde gleich nach oben gehen. Vielleicht schläft Ulrich schon, vielleicht auch nicht. Auf Luftangriffe kann ich heute Nacht verzichten. Das Wirtschaftsverwaltungshauptamt liegt am Botanischen Garten, dahin können wir zu Fuß gehen. Wir wollen den Standartenführer morgen Vormittag in seinem Büro besuchen.

15. Oktober 1940

Das Thermometer am Küchenfenster zeigte heute Mittag fünfzehn Grad, für Mitte Oktober ist es warm. Ich denke dabei auch an Dr. Auerbach, der in ungeheizten Baracken übernachtet. Ulrich hat ihn vorgestern noch einmal ge-

troffen, um ihn über unseren Besuch bei Standartenführer Axmann zu informieren. Sie haben sich verabschiedet. Niemand kann sagen, wann sie sich wiedersehen, Ulrich ist nur noch drei Tage in Berlin. Über die Emigration haben sie nicht gesprochen. Das Wichtigste ist jetzt, Dr. Auerbach für die Zeit bis zur Ausreise eine andere Stellung zu besorgen. Unsere Hoffnung ruht also ganz auf dem Standartenführer.
Ich dachte immer, die SS wäre eine zackige Truppe, die aus großen, blonden Männern besteht, aber der Standartenführer ist so groß wie Ulrich (also eher klein), und besonders zackig kommt er mir auch nicht vor. Doch er ist guten Willens und hat sich gefreut, Ulrich wiederzusehen. Die beiden haben vor zehn Jahren zusammen Französisch studiert. Zur SS gehören Dutzende von Firmen, und der Standartenführer will versuchen, Dr. Auerbach irgendwo als Korrespondent unterzubringen.
Darüber haben wir gesprochen, aber lange haben wir auch über seine eigenen Probleme geredet. Während seines letzten Urlaubs in Karlsbad hat er eine junge Frau kennengelernt und ist jetzt mit ihr verlobt. Den Fotos nach zu urteilen, ist sie mindestens zehn Jahre jünger. Sie ist keine Sudetendeutsche, sondern Tschechin und außerdem im dritten Monat schwanger. Sie wollen heiraten, aber sie hat keinen Ahnenpass, und jetzt blockiert das Rasse- und Siedlungsamt die Heirat. Der Standartenführer will sich unter Umgehung des Dienstwegs direkt an den Reichsführer wenden und seinem Schreiben ein Foto seiner Verlobten hinzufügen. Sie ist blond, hat aber einen Einschlag ins Slawische.
Dann erzählte er uns noch etwas, das er zufällig in einer anderen Dienststelle gehört hat. Es gab eine Konferenz im Propagandaministerium, auf der Goebbels angekündigt

hat, dass nach dem Krieg alle noch in Berlin lebenden Juden nach Polen gebracht werden. Wir können also froh sein, dass Churchill nicht auf das Friedensangebot des Führers eingegangen ist. Der Standartenführer ist überzeugt, dass die Invasion noch nicht vom Tisch ist und wir im nächsten Jahr auf der englischen Insel selber kämpfen werden.
Papa ist vorgestern Abend überraschend vorbeigekommen und hat uns einen großen Topf Kunsthonig mitgebracht. Als er in die Küche kam, bin ich in Panik geraten, weil wir gerade BBC gehört und die Skala noch nicht verstellt hatten. Aber er hat unseren Volksempfänger überhaupt nicht beachtet. Der Kunsthonig soll in der Heimat auf seine Verwendungsfähigkeit für die Wehrmacht getestet werden. Ulrich meint, er schmeckt furchtbar, aber ich finde, er ist dem echten Honig in Farbe und Geschmack zum Verwechseln ähnlich. Er wird aus Kohle gemacht. Bestimmte bei der Raffinierung anfallende Substanzen lassen sich zur Herstellung künstlichen Honigs verwenden. Papa hat mein Gespräch mit Horst in der Ortsgruppe nicht erwähnt. Ich glaube, Horst hat ihm nichts davon erzählt.
In der letzten Woche gab es keinen einzigen Luftangriff, es hat nicht einmal eine Vorwarnung gegeben, die dann abgeblasen wurde. Ulrich hat trotzdem darauf bestanden, im Luftschutzkeller zu schlafen. «Aus Sicherheitsgründen», hat er gesagt. Er hat auch unser Grammophon im Keller aufgestellt und ein paar Schallplatten (Peter Kreuder und Peter Igelhoff) danebengelegt. Bevor wir nach unten gehen, nehme ich jetzt also jedes Mal einen großen Schluck Cognac und mache unten mit Mosel oder Bier weiter. Es dauert dann nie lange, aber dieses Gefühl, das ich ein einziges Mal hatte, als es Schrapnells regnete und das Brummen am Himmel war, kam nicht wieder.

Ulrich reist übermorgen ab. Sein Regiment liegt jetzt in Ostpreußen an der Memel. Warum seine Einheit in den Osten verlegt wurde, weiß er nicht. Er dachte auch, dass es jetzt gegen England geht. Den ersten Teil seiner Erzählung hat Dr. Auerbach bearbeitet, was aus dem zweiten Teil wird, ist völlig unklar. Aber wenigstens geht der Krieg jetzt weiter, und mit einer Deportation von Dr. Auerbach nach Polen müssen wir vorerst nicht rechnen.

Es ist halb zwei, meine Augen tun mir weh, und es hat angefangen zu regnen. Unter mir auf der Straße hält der Nachtbus und fährt wieder an. Selbst die Imbissbude auf der anderen Straßenseite hat seit einer Stunde geschlossen. Ich habe ein halbes Päckchen Zigaretten geraucht, sieben Tassen Kaffee getrunken, und es kommt mir vor, als würde mein Kopf zehn Zentimeter über meinem Körper schweben.

Das Gebäude, in dem damals das *Wirtschaftsverwaltungshauptamt* (ein sehr deutsches Wort, das vermutlich kein Ausländer aussprechen kann) untergebracht war, hat den Krieg überstanden. Ich komme auf dem Weg zur Schule oft daran vorbei. Es ist ein typischer, ein wenig wuchtiger NS-Bau. Leider schreibt meine Mutter nicht, was Standartenführer Axmann für eine Funktion hatte. Im *Wirtschaftsverwaltungshauptamt* wurden die Konzentrationslager verwaltet, doch zur SS gehörten auch unzählige zivile Betriebe, die mit den Konzentrationslagern nichts zu tun hatten. Wie war Axmann zur SS gekommen? Ein Nazi scheint er nicht gewesen zu sein.

Aber mein Onkel Horst war ein Nazi, wie er im Buche steht. Jetzt verstehe ich, warum meine Eltern nach dem

Krieg nichts mehr mit ihm zu tun haben wollten. Es lag nicht nur daran, dass er *zum Ulbricht gegangen* war. Lebt mein Onkel noch? Wenn er ein paar Jahre älter ist als meine Mutter, muss er heute um die fünfundsiebzig sein. Ist er auf der anderen Seite der Mauer wieder *Parteigenosse* geworden? Vielleicht sogar Funktionär? Gibt es in Ostberlin Telefonbücher? Angeblich sollen nur wenige Leute drüben ein Telefon haben. Aber würde ich meinen Onkel Horst wirklich anrufen, wenn er einen Anschluss hätte? Und was könnte ich ihm sagen, außer, dass mein Vater gestorben ist? Aber vielleicht weiß er ja, was aus Felix Auerbach geworden ist.

Anders als von Goebbels angekündigt wurde mit der Deportation der Berliner Juden bereits *während* des Krieges begonnen, im Oktober 1941. Doch meine Mutter redete sich immer noch ein, dass die Deportationen nach Polen erst *nach* dem Krieg beginnen würden. Sonst hätte Auerbach alles daransetzen müssen, so schnell wie möglich aus Deutschland zu fliehen. Und das war das Letzte, was meine Mutter wollte.

Aber wie konnte Auerbach beim Beladen der Schubkarre *gelassen* wirken? War er ein notorischer Optimist? Ab Sommer 1940 war das jüdische Arbeitsamt auf der Kreuzberger Fontanepromenade (der «Schikanepromenade») für die Organisation der Zwangsarbeit zuständig. Da Juden keine öffentlichen Verkehrsmittel benutzen durften (was Auerbach im Vertrauen auf sein «nordisches» Aussehen ignoriert haben wird), mussten sie zur «Zentraldienststelle der Juden» laufen, um dort stundenlang auf einem finsteren Gang zu warten – oder im Freien, wobei sich bald ein Problem mit den Parkbänken ergab. Nach Beschwerden der Anwohner wurden zwei Bänke gelb gestrichen und mit einem Schild «Nur für Juden» versehen, während alle anderen Bänke «Ariern» vorbehalten waren.

Doch davon wird Auerbach meiner Mutter nichts erzählt

haben. Glaubte er ernsthaft, sich mit seinem nordischen Aussehen und seinen Beziehungen weiterhin durchmogeln zu können? Ich verstehe Auerbach nicht, und meine Mutter verstehe ich ebenso wenig. Warum nannte sie Hitler immer noch den *Führer*? Allerdings war sie nicht die Einzige, die damals im Bann des *Führers* stand. Ich blättere im Tagebuch zurück und lese, wie Auerbach am 6. Juli dem *Führer* zujubelte und meine Mutter den Eindruck hatte, dass er es tatsächlich ernst meinte. Und mein Vater, der Major, der zwei Jahre später das Ritterkreuz bekommen würde? Der war zwar kein Nazi, aber noch machte er mit.

Kein Mensch weiß, wie es jetzt mit dem Krieg weitergeht, notierte meine Mutter am 3. Oktober 1940. Churchill hatte die Friedensangebote Hitlers nach der gescheiterten deutschen Invasion («Unternehmen Seelöwe») zurückgewiesen, aber die allgemeine Erwartung war die, dass es zu einem zweiten Invasionsversuch kommen würde. Dass der Krieg im nächsten Juni mit dem Überfall auf Russland weitergehen würde, konnte sich im Herbst 1940 noch niemand vorstellen.

15

Sonnabend, 21. Oktober 1989

Ich habe die ganze Nacht am Tagebuch meiner Mutter gesessen und bin erst im Morgengrauen ins Bett gegangen. Als ich gegen Mittag aufwache, habe ich das dringende Bedürfnis, mit jemandem zu reden, aber ich weiß nicht, wen ich anrufen könnte. Der Kontakt mit meinen Studienfreundinnen beschränkt sich inzwischen auf Postkarten und gelegentliche Treffen, wenn eine von ihnen in Berlin ist. Kann ich eine von ihnen einfach anrufen und sie mit meinen Problemen überfallen? Jetzt am Wochenende? Nein, das geht nicht.

Ich habe nie darüber nachgedacht, aber heute glaube ich, dass mich nach meiner Scheidung von Detlev Freundschaften nicht mehr interessiert haben. Und ein Blick in den Spiegel verrät, dass ich mich offenbar nicht einmal mehr für mich selber interessiert habe.

Aber was ist mit Sarah Spielrein? Ich gebe mir einen Ruck, und sie ist ein wenig überrascht, als ich sie anrufe und frage, ob ich den vergessenen Brief abholen kann. Eine halbe Stunde später bin ich auf dem Weg zu ihr. Singers zweiten Brief mit den beiden Kopien habe ich mitgenommen. Sarah Spielrein hat damals fast zwei Jahre lang mit Auerbach zusammen in der Judenwohnung gewohnt. Sie könnte etwas über das Manuskript wissen, nach dem sich Anna Singer erkundigt hat. Es ist ein wenig kühl auf der Straße, aber der Himmel ist bis auf ein paar Wolken klar. Ich brauche keinen Mantel und kann nur meine Jeans und eine der Kostümjacken meiner Mutter anziehen.

Als Sarah Spielrein mich im Flur begrüßt, bleibt ihr Blick an meiner dunkelblauen Kostümjacke hängen.

«Ihre Mutter hatte auch so eine Jacke», sagte sie. «Dunkelblau mit Nadelstreifen. Daran erinnere ich mich. Die meisten Frauen haben sich im Krieg weniger elegant gekleidet.»

Ich traue meinen Ohren nicht. «Sie haben meine Mutter gesehen?»

«Nur für ein paar Sekunden auf der Straße.»

«Wann war das?»

«Im Herbst 1942.»

«Und wo?»

«Vor dem Haus, in dem die Judenwohnung war, in der wir damals wohnten. In der Barbarossastraße in Schöneberg. Auerbach, Ihr Vater und Ihre Mutter stiegen aus einem Taxi, ich kam gerade von der Arbeit zurück.»

«War das nicht riskant für alle, zusammen Taxi zu fahren?»

Sarah Spielrein zuckt die Achseln. «Ihr Vater war in Uniform und trug das Ritterkreuz um den Hals. An ihn und an die Personen in seiner Begleitung hätte sich niemand herangewagt.»

Sie streckt die Hand aus und reibt das Revers meiner Kostümjacke zwischen Daumen und Zeigefinger, so als würde sie die Qualität des Stoffes prüfen. Das ist eine überraschend intime Geste. «Woher haben Sie die Jacke?»

Das klingt, als würde sie sich nach dem Geschäft erkundigen, um sich selber eine zu kaufen. Ich muss ein Lachen unterdrücken.

«Aus dem Kleiderschrank meiner Mutter», sage ich. «Die Jacke hat ein wenig nach Mottenkugeln gerochen, aber sie war tadellos erhalten.»

«Sie passt Ihnen wie angegossen. Und sie steht Ihnen gut. Übrigens war Ihre Mutter eine sehr schöne Frau. Sie sah aus wie ein Filmstar.»

Ich nicke. «Es gibt Fotos von ihr aus dieser Zeit. Meine Mutter hat damals für eine Frauenzeitschrift gearbeitet, die *Junge Dame.* Sie hat über Filme und Mode geschrieben.»

Sarah Spielrein hat Tee gemacht und einen Teller mit Baumkuchenecken auf den kleinen Tisch vor die Couch gestellt. Ein großer Strauß gelber Rosen steht daneben. Ob sie den von einem ihrer Patienten bekommen hat? Ich frage mich, wann *mir* zuletzt jemand einen Strauß Rosen geschenkt hat.

«Von Singer ist ein zweiter Brief gekommen», sage ich, und lege den Brief mit den beiden Kopien auf den Couchtisch. «Seine Mutter hat meinem Vater schon 1965 geschrieben. Als sein Roman in Amerika erschien, hat sie sich daran erinnert, dass ihr Bruder auch an einem Roman gearbeitet hat. Sie wollte wissen, ob er meinem Vater damals Manuskripte zur Aufbewahrung gegeben hat. Aber mein Vater hat ihr durch seinen Anwalt mitteilen lassen, er wüsste nichts von einem Manuskript.»

Sarah Spielrein zieht die Stirn kraus. «Warum hat er nicht persönlich geantwortet?»

«Das frage ich mich auch. Ich war damals zum Studium in Frankreich. Von der ganzen Geschichte habe ich nichts mitbekommen.»

«Gibt es diesen Anwalt noch?»

Ich nicke. «Mit dem habe ich bereits gesprochen. Er hat eine ganze Reihe von Briefen für meinen Vater schreiben müssen. Mein Vater hat sich damals von einem Tag zum anderen aus der Öffentlichkeit zurückgezogen, um in Ruhe an seinem neuen Roman zu arbeiten. Sein Anwalt hat haufenweise Absagen für ihn verfasst.»

«Hat sich Ihr Vater zurückgezogen, *nachdem* der Brief von Singers Mutter gekommen war?»

«Sein Anwalt sagt, kurz danach.»

«Sehen Sie da einen Zusammenhang?»

«Die Frage habe ich dem Anwalt auch gestellt», antworte ich. «Aber er hat nichts dazu sagen können. Hatten Sie mir nicht erzählt, Auerbach wäre nach der Arbeit immer in seinem Zimmer verschwunden, um zu schreiben?»

«Das hat er fast jeden Abend getan.»

«Was für ein Roman ist das gewesen?»

«Ein Roman, wie ihn später Ihr Vater veröffentlicht hat, ein Kriegsroman. Auerbach hatte eine Schwäche für deutsche Uniformen und deutsche Orden. Er hat das Manuskript immer portionsweise aus dem Haus geschafft. Vermutlich zu Ihren Eltern.»

Mir fällt das Foto ein, auf dem Felix Auerbach eine Uniform mit dem Eisernen Kreuz trägt.

«Mein Vater könnte das Manuskript vernichtet haben», sage ich.

«Warum sollte er das getan haben?»

«Offenbar hat Felix Auerbach einen Roman aus der Perspektive eines deutschen Offiziers geschrieben. Vielleicht fand mein Vater das unpassend.»

«Weil er ihm damit Konkurrenz gemacht hat? Könnte Ihr Vater den Roman deshalb vernichtet haben?»

Ich nicke. «Ja, vielleicht. Jedenfalls hielt er es wohl für das Beste, wenn Anna Singer nichts davon erfährt.»

Sarah Spielrein schüttelt den Kopf. «Das erklärt noch nicht, warum sich ihr Vater zurückgezogen hat, nachdem er den Brief erhalten hat. Und was hat ihn mehr als zwanzig Jahre später an dem Brief von Paul Singer so irritiert? Sagten Sie nicht, er hätte sich ins Bett gelegt, nachdem der Brief gekommen war?»

«Das stimmt.»

«Könnte der Brief schuld am Herzinfarkt Ihres Vaters gewesen sein?»

«Das kann gut sein», sage ich. «Außerdem ...»

Bisher wissen nur die Polizei, Elst und die Kehl, wie mein Vater wirklich gestorben ist. Ich habe Sarah Spielrein in der letzten Woche zum ersten Mal besucht. Ich mag die gelassene Art, in der sie mit mir redet, und ich vertraue ihr. Einen Moment lang bin ich kurz davor, ihr alles zu erzählen. Vom Tagebuch meiner Mutter, ihrer seltsamen Beziehung zu Felix Auerbach und meiner geheimen Neugier auf Paul Singer, dem Mann, der angeblich aussieht wie sein Onkel. Um ein Haar breche ich in Tränen aus.

Sarah Spielreins sieht mich nicht an, sondern mustert den Aschenbecher auf dem Couchtisch. Sie drängt mich nicht, den Satz zu Ende zu sprechen.

«Mein Vater ist nicht an einem Herzinfarkt gestorben», sage ich leise. «Er hat sich an seinem Schreibtisch erschossen. Es war Selbstmord.»

Einen Moment lang hängt das Wort *Selbstmord* wie eine obszöne Bemerkung im Raum. Dann öffnet Sarah Spielrein das Holzkästchen neben dem Aschenbecher, nimmt sich eine Zigarette und bietet mir auch eine an. Wir rauchen schweigend.

«Vielleicht», sagt sie schließlich, «wollte Ihr Vater eine Begegnung mit Singer um jeden Preis vermeiden. Vielleicht gab es etwas, über das er nicht sprechen wollte.»

«Wenn ich Singer treffe», sage ich, «werde ich ihn fragen, was er von meinem Vater wollte.»

Wir reden noch ein wenig über Singer. Offenbar hat er Sarah Spielrein gut gefallen. Eine halbe Stunde später breche ich auf und komme auf dem Weg zur Tür am Flurspiegel vorbei. Als ich mein Spiegelbild sehe, stören mich plötzlich meine fahlen, glanzlosen Haare. Ich muss unbedingt zum Friseur, bevor Singer in Berlin landet.

An der Wohnungstür mustert Sarah Spielrein noch einmal meine Kostümjacke. Sie steht dicht vor mir und berührt

das Revers der Jacke, und wieder empfinde ich diese halbintime Berührung als angenehm. «Warum hat Ihre Mutter diese Sachen nach dem Krieg nicht mehr getragen? Gab es dafür einen Grund?»

«Vielleicht haben sie die Kostüme zu sehr an den Krieg erinnert», sage ich.

Sarah Spielrein legt auf einmal ihre Hand auf meine Schulter, zieht mich ein wenig zu sich heran und atmet mit geschlossenen Augen tief ein.

«Anis, Bergamotte, ein Hauch pudrige Iris», sagt sie schließlich. Und nach einer kleinen Pause mit immer noch geschlossenen Augen: «*L' Heure Bleue.* Das gab es schon vor dem Krieg.» Sie lächelt. «Ein ziemlich altmodisches Parfüm.»

«Und was wäre ein nicht altmodisches Parfüm?»

Sarah Spielrein überlegt einen Augenblick. «Quietschbunt-fruchtig-süß.»

16

Quietschbunte Kleider, tief ausgeschnitten und knöchelfrei, kombiniert mit neckisch gebundenen Pumps, trug meine Mutter nach dem Krieg in Marburg. Nachdem wir im Sommer 1950 nach Berlin zurückgekehrt waren, bevorzugte sie Röcke in gedeckten Farben, Pullover und geblümte Schürzen. Ihre Haare steckte sie sich mit einem halben Dutzend Haarnadeln auf. Der *New Look* von Dior, die weitschwingenden Röcke in Wadenlänge, die Pumps mit hohen Pfennigabsätzen, die langen Handschuhe – alles, was sie noch zehn Jahre zuvor brennend interessiert hätte, berührte sie nicht mehr. Dabei war sie überhaupt nicht alt – mit dreißig ist man nach heutigen Maßstäben noch jung, aber mit ihrer Jugend konnte sie nichts mehr anfangen.

Meine frühesten Erinnerungen an meine Mutter verbinden sich nicht mit *L'Heure Bleue*, sondern mit dem intensiven Geruch nach Kuhstall und Heu, der das Zimmer erfüllte, wenn sie im Morgengrauen vom Melken zurückkam. In Gisselberg Parfüm aufzulegen wäre albern gewesen, und in Marburg hat sie vermutlich ein *quietschbuntes* Parfüm benutzt, aber daran erinnere ich mich nicht. Das *L'Heure Bleue* trug sie erst wieder gelegentlich in Berlin. Warum und für wen, ist mir schleierhaft. Manchmal bilde ich mir ein, dass sie es für mich getan hat. Seitdem ist *L'Heure Bleue* für mich der Duft meiner Mutter.

Als wir im Februar 1945 in Marburg ankamen, hatte meine Mutter kein einziges ihrer Kostüme im Gepäck. Sie trug braune Hosen aus grobem Stoff und Jacken, die von einer Kordel zusammengehalten wurden. So ging sie im Morgengrauen in den Stall, um zu melken, und tagsüber zur Feldarbeit. In die-

ser Kleidung führte sie auch ihre ersten Gespräche mit amerikanischen Soldaten, die Ende März 1945 bei uns in Gisselberg auftauchten.

Eine andere Erinnerung an Gisselberg ist die in der Lahn treibende Leiche. Am Rand des Dorfes hatte das Ufer der Lahn einen kleinen, sandigen Streifen gebildet, und dort saßen meine (nach Stall riechende) Mutter und ich oft an Sommerabenden. Die Leiche, die eines Abends an uns vorbeitrieb, hatte nichts Furchterregendes. Sie schwamm friedlich auf dem Bauch und mit ausgebreiteten Armen an uns vorbei, drehte sich ein paarmal träge wie ein ausschwingender Propeller und war bald flussabwärts verschwunden. Sie war Teil eines perfekten Sommerabends. Hat meine Mutter eine Bemerkung zu der Leiche gemacht? Das mag sein, aber ich weiß es nicht mehr. Ich weiß nur, dass an diesem Sommertag alles gut war und zusammenpasste. Vielleicht ist das der Grund, aus dem ich die Leiche nicht vergessen habe.

Natürlich war der Anblick von Leichen damals so normal wie die sprechenden Mäuse und Raupen, die ich kennenlernte, als wir von Gisselberg ins nahe Marburg zogen und mir meine Mutter jeden Abend vor dem Einschlafen ein paar Seiten aus *Alice im Wunderland* vorlas. Daran, dass Kaninchen Taschenuhren haben und falsche Suppenschildkröten Tränen vergießen, hatte ich nie den geringsten Zweifel. Das Buch, aus dem meine Mutter mir vorlas, war ein altes, abgegriffenes Exemplar. Ich wünschte, ich hätte es noch, aber es ist wohl in Marburg geblieben. Den Vers am Anfang kann ich immer noch ohne Nachdenken hersagen:

Gemach im goldenen Nachmittag
Gleiten wir leis dahin,
Die kleinen Ärmchen ungeschickt
Sich an den Rudern mühn

Und wenig achten, ob durchs Nass
Einen graden Pfad sie ziehn

In Lichterfelde war alles anders. Ich hatte ein Zimmer für mich allein, das doppelt so groß war wie die Zimmer, die ich mit meiner Mutter in Gisselberg und Marburg zusammen bewohnt hatte. Aber mir fehlten die *Jeeps*, die bunten Kleider meiner Mutter und die *candy bars*, die mir immer irgendjemand zusteckte.

Schon ein paar Tage nach unserer Ankunft in Lichterfelde begann meine Mutter wieder mit dem Vorlesen. Vermutlich hat sie es getan, damit wir uns einbilden konnten, alles wäre so wie früher. Ich glaube, wir sind uns später nie wieder so nahe gewesen wie bei diesem abendlichen Vorlesen. Was hat sie mir vorgelesen? An *Peterchens Mondfahrt* und die *Häschenschule* kann ich mich noch heute gut erinnern.

Doch eines Tages war Schluss mit dem Vorlesen, und es ist typisch für meine Mutter, dass sie sich nicht auf lange Diskussionen mit mir einließ, sondern mir einfach mitteilte, dass ich von nun an selber lesen müsse. Was meine Mutter für sich allein gelesen hat, weiß ich nicht. Als wir in Lichterfelde wohnten, sprach sie kaum noch mit mir. Sie verbrachte ihre Tage nach flüchtiger Erledigung ihrer hausfraulichen Pflichten rauchend auf dem Sofa, neben ihr ein Bücherstapel und ein überquellender Aschenbecher. Sie rauchte filterlose *Juno* und *Overstolz.* Damals wurde viel geraucht, und Filterzigaretten kamen erst später auf. Die Arztbesuche begannen Mitte der fünfziger Jahre, und sie wurden immer häufiger. Irgendwann verließ meine Mutter das Haus nur noch selten, und das Einkaufen blieb mir überlassen. In diesen Jahren habe ich mich schrecklich allein gefühlt.

Heute hat sich in Ostberlin eine Menschenkette formiert, die vom Palast der Republik bis zum Polizeipräsidium in der Keibelstraße reicht. Gefordert wird die Freilassung derjenigen, die bei den Protesten am 7. und 8. Oktober verhaftet wurden. Am 8. Oktober gab mir die Kehl den Brief von Paul Singer, zwei Tage später war ich bei Elst zur Testamentseröffnung. Kein Wunder, dass mich die Nachrichten nicht interessierten.

In der DDR wird immer noch überall demonstriert. In Plauen sind fünfunddreißigtausend Leute auf die Straße gegangen. Demonstrationen gab es auch in Rostock, Dresden, Jena und Potsdam. Die Demonstranten werden jetzt von der Volkspolizei nicht mehr gewaltsam auseinandergetrieben. Vor zwei Wochen war das noch anders. Momentan scheint sich alles im Zeitraffer abzuspielen – auch in meinem Leben.

Ich habe das Foto herausgesucht, das meine Mutter, meinen Vater, mich und den gutaussehenden Offizier zeigt. Handelt es sich womöglich um Standartenführer Axmann? SS-Uniformen hatten Siegrunen auf dem Kragenspiegel, aber die kann ich auf der Uniform nicht erkennen. Ist der Standartenführer später zur Wehrmacht übergewechselt? Sarah Spielrein könnte wissen, ob es sich bei dem Offizier auf dem Bild um Felix Auerbach handelt oder nicht. Aber irgendetwas hält mich davon ab, ihr das Bild zu zeigen. Ich will erst das Tagebuch meiner Mutter zu Ende lesen. Die nächste Eintragung stammt vom Oktober 1940.

---

29. Oktober 1940 (spätabends)

Dr. Auerbach ist glücklich, und ich bin es auch. Er rief mich gestern Abend an, um mir zu sagen, dass er schon morgen (also heute) eine Stellung in einem Betrieb in Lichterfelde-Ost antreten wird, eine Bürotätigkeit. Axmann hat sich wohl kräftig für ihn eingesetzt. Ich habe nach dem Gespräch gleich einen Brief an Ulrich geschrieben, dessen Einheit immer noch in Ostpreußen ist. Dabei muss ich aufpassen, was ich schreibe. In jedem Regiment gibt es einen Offizier und zwei Feldwebel, die die Feldpost der Soldaten lesen.

Vorhin hat mich Dr. Auerbach mit einem Taxi abgeholt. Er sah wieder aus wie aus dem Ei gepellt. Diesmal sind wir zu Habel *am Kurfürstendamm gefahren, das ist auch eines der Restaurants, die sich ein normaler Volksgenosse nicht leisten kann. Das Lokal war voller gutangezogener Herren und Damen, und ich staunte darüber, dass es in Berlin noch Orte gibt, an denen man überhaupt nicht merkt, dass wir im Krieg sind. Am Nebentisch saßen drei junge Fliegeroffiziere, aber uniformierte Männer in Restaurants gab es auch vor dem Krieg. Nach Lebensmittelkarten wurde ebenso wenig gefragt wie bei* Horcher. *Als ich schon am Tisch saß, führte Dr. Auerbach am Durchgang zur Küche ein kurzes Gespräch mit dem Oberkellner. Mit Geld lässt sich offenbar alles regeln. Woher Dr. Auerbach sein Geld hat, traue ich mich nie zu fragen.*

Er hat eine französische Ente für uns bestellt, dazu eine Flasche Champagner. Er fand, wir hätten allen Grund zu feiern. Vorsichtshalber haben wir leise gesprochen, sodass man uns am Nebentisch nicht verstehen konnte. Die Firma in Lichterfelde-Ost heißt Hollerith und macht irgendetwas mit «Lochkarten» (oder so ähnlich). Dr. Auerbach

sagt, es gehe dabei um neue Methoden der Volkszählung. Diese Hollerith-Firma ist ein ziemlich großer Betrieb und arbeitet teilweise eng mit der SS zusammen. Aus diesem Grund konnte Axmann wohl Dr. Auerbach eine Stellung dort besorgen.
Sein neuer Vorgesetzter ist Parteimitglied und trägt das Parteiabzeichen, aber er ist keiner von der unangenehmen Sorte wie Horst. Er hat 1916 bei Arras ein Bein verloren und war, wie sich herausstellte, in derselben Einheit wie Dr. Auerbachs Vater, dem Oberstabsarzt. Dr. Auerbach sagt, er wird in dieser Firma so behandelt wie jeder andere Mitarbeiter auch. Als Jude ist die Kantine für ihn zwar gesperrt, aber er darf sich mittags ein Tablett aus der Küche holen und in einem Abstellraum essen. Der Deutsche Gruß ist in der Hollerith nicht üblich.
Dann sagte er noch, dass es sich bei der Hollerith um einen «wehrwichtigen» Betrieb handelt. Diesen Ausdruck kannte ich nicht. Man genießt als Angestellter dann einen gewissen Schutz, auch wenn man kein Arier ist. Dr. Auerbach hat jetzt auch einen Werksausweis, auf den kein großes, rotes «J» gedruckt ist. Das ist wichtig, falls er mal kontrolliert wird.
Der Rückweg hat fast eine Stunde gedauert. Das Taxi fuhr teilweise im Schritttempo, denn bei bedecktem Himmel und totaler Verdunklung sieht man auf der Straße die Hand vor Augen nicht. Wir haben die ganze Zeit mehr oder weniger geschwiegen. Wichtiges bereden konnten wir ohnehin nicht, weil der Taxifahrer jedes Wort verstanden hätte.
Dr. Auerbach lässt mich nie einfach aus dem Taxi steigen, sondern begleitet mich jedes Mal bis zum Haus. Als wir uns vor der Tür verabschiedeten, dachte ich, er würde sagen, dass er glücklich ist, weil wir uns nun weiterhin sehen können. Aber er hat mir nur die Hand gegeben.

Es ist halb eins. Ich bin ein wenig beschwipst, aber ich kann noch schreiben. Warum habe ich wieder das Gefühl, dass ich Ulrich betrüge? Weil mir Gedanken kommen, die sich für eine verheiratete Frau nicht gehören? Aber in Gedanken sündigen wir alle, auch die Frauen.

15. November 1940

Heute war der erste wirklich kalte Tag in diesem Jahr, ein Vorgeschmack auf den Winter, vor dem ich mich fürchte. Da ich keine Eierbriketts für die Zentralheizung mehr auftreiben kann, habe ich den großen Kachelofen im Wohnzimmer wieder in Betrieb genommen. Ich überlege, wieder im Erdgeschoss zu schlafen. Jetzt muss ich mir unbedingt einen Vorrat an ganz normalen Briketts zulegen. Vielleicht kann Papa mir etwas über die Ortsgruppe organisieren. Gestern Abend habe ich mich mit Dr. Auerbach am Bahnhof Lichterfelde-Ost getroffen, der direkt neben der Hollerith liegt. Er ist zum ersten Mal in seinem Leben ein «normaler Angestellter» (seine Worte) und scheint damit ganz zufrieden zu sein. Am Gemeinschaftsempfang mit den Führerreden in der Kantine nimmt er nicht teil, aber über die Führerreden werde anschließend kaum gesprochen, sagt er, überhaupt sei dort alles völlig unpolitisch. Bei Luftangriffen dürfe er auch mit in den Luftschutzkeller, der in seinem Wohnhaus ja arischen Mietern vorbehalten ist. Obwohl man in der Hollerith viele Parteiabzeichen sieht, hat niemand dagegen protestiert. Es wissen wohl auch nicht alle, dass Dr. Auerbach Jude ist. Da nützt ihm wieder sein arisches Aussehen. Ich kann mir gut vorstellen, wie die Sekretärinnen für ihn schwärmen. Was genau er dort macht, hat er mir nicht erklären können. Er sagte nur, er «redigiere» Texte. Die Hollerith hat ihm jetzt eine Be-

scheinigung ausgestellt, mit der er auch außerhalb der für Juden festgelegten Einkaufszeiten einkaufen kann. Dann erzählte er mir noch eine Geschichte, die er von seinem Vorgesetzten gehört hat. Da es so viele verschiedene Uniformen gibt, kann sie inzwischen kein Mensch mehr unterscheiden. In der Nähe von Köln ist ein britischer Fliegeroffizier mit einem Fallschirm notgelandet und lief in die Stadt, um sich zu ergeben. Er dachte, man würde ihn sofort verhaften, stattdessen grüßte man ihn militärisch. Mit dem Zehnmarkschein, den alle britischen Piloten dabeihaben, ging er in ein Kino, wo ihm die Kassiererin erklärte, dass Soldaten nur die Hälfte bezahlen müssten. Als er sich anschließend auf einem Polizeirevier stellte, berichtete er den Polizisten, wie schwer es für einen britischen Piloten sei, in einer deutschen Großstadt verhaftet zu werden. Das wollten sie ihm nicht glauben und holten die Kassiererin. Die sagte, sie hätte gedacht, die Buchstaben RAF auf der Uniform wären eine Abkürzung für Reichsarbeiterführer (Dr. Auerbach erklärte mir, sie stünden für Royal Air Force*).*
Wir sind dann in der Dunkelheit nach Lichterfelde-West gelaufen. Der Himmel war bedeckt und da wir kaum die Hand vor den Augen erkennen konnten, gingen wir Arm in Arm, aber sehr harmlos und sehr altmodisch, eher so wie Goethe und Schiller auf dem Bild, das in Ulrichs Arbeitszimmer hängt. Dr. Auerbach ist ja immer so korrekt. Manchmal wünsche ich mir, dass Ulrich nicht so sehr an mir hängen würde und dass Dr. Auerbach nicht wüsste, wie sehr Ulrich an mir hängt. Und dass Dr. Auerbach nicht so korrekt wäre.
Morgen will ich nach der Arbeit in der Friedrichstraße Hüte anprobieren. Die Kleiderkarte gilt nicht für Hüte, von denen kann man kaufen, so viel man will. Das weiß ich von der Chefin, die sich schon eingedeckt hat. Sie hat

mir auch von einer neuen Hutmode in Paris und Amerika erzählt, den sogenannten Pill-Box-Hüten. Das sind winzige Hütchen, die gut zu meinen blonden Haaren passen würden. Natürlich darf ich nicht zu kess herumlaufen, wir sind schließlich im Krieg.
Meine Schneiderin am Hausvogteiplatz ist immer noch damit beschäftigt, aus den Pariser Schnittmustern und Stoffen, die mir Ulrich mitgebracht hat, ein Kostüm zu schneidern. Wenn sie den Stoff verdirbt, stehe ich da und kann nur hoffen, dass Ulrich bald wieder nach Paris kommt. Was seine Einheit in Ostpreußen macht, versteht kein Mensch. Von den Russen droht uns keine Gefahr. Die sind ja unsere Verbündeten.
Von Ulrich ist vor ein paar Tagen mit der Feldpost der zweite Teil seiner Erzählung gekommen. Auf dem Umschlag und auf jeder Seite war ein dicker, roter Zensurstempel, aber es ist nichts geschwärzt worden. Das sind noch einmal handschriftliche zehn Seiten, die ich abtippen muss, bevor ich sie Dr. Auerbach zur Korrektur gebe. Der hat versprochen, sich damit zu beeilen, obwohl es im Moment nicht so aussieht, als würde er sich groß um seine Ausreise bemühen. Ich hüte mich, das Gespräch darauf zu bringen. Einerseits wissen wir, dass seine Situation in Deutschland von heute auf morgen wieder unangenehm werden kann, andererseits würde ich ohne ihn in ein tiefes Loch fallen.

16. Februar 1941

Die Schwester von Dr. Auerbach hat geschrieben. Die Japaner haben einen Zaun um das Judenviertel gezogen, es sei jetzt eine Art Ghetto. Dr. Auerbach meint, er wäre froh, dass es mit seiner Ausreise nicht geklappt hat, es ginge ihm

hier eigentlich nicht schlecht. Er habe eine Wohnung, eine Arbeit und in der Kantine eine warme Mahlzeit. Und wenn der Krieg aus ist, dürfte sich alles wieder normalisieren. Ulrich hat aus Ostpreußen geschrieben und sich dafür entschuldigt, dass er mich gar nicht gefragt hat, an welche Namen ich denn für unsere Kinder gedacht hatte. Für ihn ist unsere Heirat immer eine Liebesheirat gewesen. Ich glaube, er weiß ganz genau, dass es für mich ein wenig anders war. Ich fühle mich jedes Mal schlecht, wenn er mir solche Briefe schreibt.
Er hat auch das korrigierte Manuskript seiner Erzählung mitgeschickt. Dr. Auerbach war begeistert, was ich albern fand. Er kannte ja den Text, und Ulrich hatte kaum etwas geändert. Jetzt wird die Erzählung an eine Zeitschrift geschickt, die Inneres Reich *heißt.*

17

Sonntag, 22. Oktober 1989

Wir alle haben Träume, die immer wiederkehren. Viele meiner Träume spielen sich im Lichterfelder Haus ab, und heute Nacht stand ich wieder im Vestibül und hörte das Geräusch von Flugzeugmotoren, das immer lauter und lauter wurde. Ich lief nach oben in mein Zimmer, kroch unter die Bettdecke und wusste zugleich, dass dies nur ein schlechter Traum war. Ich sah ein kleines, schmutziges Kellerfenster, Staub auf den Brettern grob gezimmerter Regale, ein eisernes Bettgestell und ein altmodisches Grammophon. Offenbar stand mein Traumbett gar nicht in meinem Zimmer, sondern in einem Kellerraum. Ich versuchte mich aufzurichten, konnte aber nur einen lauten Schrei ausstoßen, und mit diesem Schrei erwache ich für gewöhnlich. Danach dauert es immer ein paar Augenblicke, bis ich mich vergewissert habe, dass ich nicht in Lichterfelde bin, sondern im Schlafzimmer meiner Wohnung.

Ich schlafe wieder ein, erwache drei Stunden später, stehe auf, gehe ins Bad, wasche mich und verzichte auf Make-up, denn ich habe es eilig. Ich nehme mir keine Zeit für echten Filterkaffee, sondern löse Pulverkaffee in heißem Wasser aus dem Hahn auf. Zehn Minuten später sitze ich im Auto und bin auf dem Weg zum Haus meiner Eltern. Ich will sehen, ob Post gekommen ist und ob die Heizung funktioniert. Erst im Auto wird mir klar, dass mein wahres Ziel etwas mit meinem Traum zu tun hat. Ich bin neugierig, ob es im Luftschutzkeller tatsächlich ein Bettgestell und ein Grammophon gibt.

Im Luftschutzkeller bin ich im Juli 1944 getauft worden. Die Taufe sollte ursprünglich im Wohnzimmer des Hauses stattfinden, musste aber wegen eines Luftangriffs in den Keller verlegt werden. Das ist alles, was ich darüber weiß.

Gelbes Birkenlaub liegt knöcheltief auf dem Weg zwischen der Gartenpforte und der Haustür, es gibt keine Roswitha Kehl mehr, die es wegfegt. Ich schließe die Haustür auf, betrete das Vestibül und gehe dann langsam durch die Räume im Erdgeschoss. Alles sieht jetzt für mich ein wenig anders aus, und das überrascht mich nicht. Inzwischen weiß ich, was in diesem Haus vor meiner Geburt alles passiert ist. In der Küche hat meine Mutter ihr Tagebuch geschrieben, im Wohnzimmer fand im Oktober 1940 der große Empfang zu Ehren meines Vaters statt, da steht auch der Bechstein, der Felix Auerbach gehörte. Und unter mir im Kellergeschoss gibt es einen Raum, in dem meine Mutter beim Brummen der Lancesters zum ersten Mal *auf den Geschmack gekommen* ist.

Die Tür im Vestibül, die zum Keller führt, ist höchstens anderthalb Meter breit, und ich frage mich, wie der Öltank hindurchgepasst hat, als die Heizung 1950 erneuert wurde. Meine Mutter und ich waren da gerade erst wieder nach Berlin zurückgekehrt, und in den ersten Wochen habe ich jeden Winkel des Gartens und des Hauses erforscht. Vermutlich bin ich auch im Luftschutzkeller gewesen und habe dort ein eisernes Bettgestell und ein altes Grammophon gesehen. Jetzt steckt im Schloss der Kellertür ein Schlüssel. Ich drehe ihn um, steige vorsichtig die Stufen hinab und stehe im Halbdunkel am Fuß der Treppe neben dem Lichtschalter.

Hier unten hat die Luft einen Geruch, der mir nicht gefällt. Obwohl der Fußboden aus Beton ist, riecht es säuerlich und irgendwie *alt*. Panik steigt in mir auf, und ein Teil von mir will die Treppe wieder emporsteigen, ein anderer Teil – der vernünftige Teil – gewinnt die Oberhand. Als ich den Schalter

umdrehe, flackert ein Licht an der Decke auf und erlischt sofort wieder. Aber ich habe gesehen, dass vor mir auf dem Boden, neben einer Tür, auf der tatsächlich «Luftschutzkeller» steht, eine Taschenlampe mit langem Griff liegt, die Sorte, die vier Batterien fasst und einen fast blind macht, wenn man sich damit direkt in die Augen leuchtet. Ich bücke mich danach, und als sie mir aus der Hand rutscht, merke ich, dass meine Hände feucht sind, obwohl mir kalt ist.

Ich schalte die Lampe ein und sehe, dass ich in einer Art Flur stehe, von dem drei Türen abgehen. Hinter einer Tür ist der Heizungskeller mit dem Öltank und dem Brenner. Im anderen Kellerraum fällt das Licht meiner Lampe auf eine Waschmaschine, einen Trockner, auf das Fahrrad, das meine Mutter hin und wieder benutzte, und auf ein Regal mit allen möglichen Werkzeugen, die mein Vater garantiert nie in die Hand genommen hat. Beide Türen stehen eine Handbreit auf. Die Tür zum «Luftschutzkeller» ist zu, und als ich die Klinke herabdrücke, stelle ich fest, dass sie abgeschlossen ist.

Die nächste halbe Stunde durchsuche ich sämtliche Schubladen in der Küche nach Schlüsseln. Schließlich stoße ich auf eine Schachtel voller Schlüssel und nehme sie mit in den Keller. Es dauert noch gute zehn Minuten, bis ich einen Schlüssel gefunden habe, der nicht nur ins Schlüsselloch passt, sondern sich auch drehen lässt. Als ich nach dem Lichtschalter taste und ihn auch sofort finde, rechne ich nicht damit, dass die Lampe funktioniert, aber dann geht zu meiner Überraschung eine an der Decke befestige Neonröhre flackernd an, und eiskaltes, bläuliches Licht fällt auf einen großen, vollständig leeren Raum. Ich sehe keine abgestellten Möbel, keinen Karton mit Auerbachs Manuskript, und auch kein eisernes Bettgestell oder altmodisches Grammophon. Der Fußboden ist mit Linoleum bedeckt, die Wände sind hellgrau gestrichen, sie glänzen ein wenig, die Kellerdecke ist

makellos weiß. Hier gibt es keine dicke Staubschicht, keine Spinnweben oder altes Gerümpel. Es riecht immer noch leicht nach Farbe, so als hätte es einen Grund gegeben, auf Wände und Decke eine *richtig dicke Farbschicht* aufzutragen. Ich habe Schwierigkeiten, diesen Raum mit dem Luftschutzkeller in meiner Vorstellung zusammenzubringen.

Ich weiß nicht, ob es an dem leichten Farbgeruch liegt, dass ich auf einmal das Gefühl habe, mein Kopf würde in einem Schraubstock stecken. Als ich mir den Nacken reibe, stelle ich fest, dass die Muskeln dort straff und verspannt sind. Wenn ich Pech habe, liege ich heute Abend mit Migräne im Bett und muss ein halbes Dutzend Aspirin schlucken, um nicht zu sterben. Vor allen Dingen muss ich sofort etwas essen. Allerdings hängen mir die in Plastikfolie eingeschweißten Fertiggerichte aus dem Gefrierfach des Kühlschranks inzwischen zum Hals heraus.

Drei Croissants und einen Milchkaffee später sitze ich an meinem Schreibtisch und lese die Eintragung meiner Mutter vom 20. April 1941. *Heute ist der Führer zweiundfünfzig Jahre alt geworden* – sie schreibt immer noch *Führer*, aber ihre Schrift hat sich inzwischen ein wenig verändert. Ich blättere zurück und stelle fest, dass sie flüchtiger geworden ist – oder weniger leicht lesbar. Wenn sie absichtlich so geschrieben hat, werde ich mich bald Buchstabe für Buchstabe durch das Tagebuch kämpfen müssen.

20. April 1941

Heute ist der Führer zweiundfünfzig Jahre alt geworden, und vor genau zwei Jahren habe ich Dr. Auerbach kennengelernt. Ich habe im Vorgarten die Flagge aufgezogen.
Dienstag letzter Woche rief mich Standartenführer Axmann an, um sich nach Dr. Auerbach zu erkundigen. Er wohnt in der Nähe, und ich sagte, ohne groß nachzudenken, er solle doch mal vorbeikommen, wenn er in der Nähe ist. Daraus ergab sich eine Einladung zum Kaffee gemeinsam mit Dr. Auerbach, denn Standartenführer Axmann wollte ihn gerne wiedersehen.
Ich hatte den Tisch mit dem Streublumen-Meißen gedeckt und unsere Servietten mit dem eingestickten Wappen herausgesucht. Dr. Auerbach war zuerst da, und wir empfingen die Axmanns fast wie ein Ehepaar. Meine Eier-, Fett- und Mehlmarken reichten gerade noch für einen Sandkuchen. Den Bohnenkaffee hatte ich mir von Mama erbettelt.
Frau Axmann ist im achten Monat. Sie hat blonde Haare und ein leicht slawisches, aber sehr apartes Gesicht. Die Geschichte, die uns Standartenführer Axmann an diesem Nachmittag erzählte, hörte sich unglaublich an. Als sich das Rasse- und Siedlungsamt wegen der Heirat weiterhin stur stellte, hat er direkt an den Reichsführer geschrieben und eine Fotografie seiner Braut hinzugefügt. Vier Tage später erhielt er einen Anruf von Himmler persönlich, er möge doch bitte mit seiner Braut in seinem Büro im Hauptamt vorbeikommen. Jetzt dürfen sie heiraten.

14. Mai 1941

Dr. Auerbach und ich waren letzte Woche im Kino, um das Wunschkonzert *zu sehen, eine Liebesgeschichte, die im Krieg spielt. Da wir spät kamen, kriegten wir nur noch schlechte Plätze auf dem Rang. Dort war es so eng, dass sich unsere Schultern die ganze Zeit berührten.*

Ganz zu Anfang des Films war der Führer zu sehen, und es gab stürmischen Beifall. Als Fliegerhauptmann Koch und seine Inge im Lazarett zueinanderfanden, musste ich heulen, und Dr. Auerbach hat meine Hand genommen. Vielleicht sollte ich öfter in seiner Gegenwart heulen.

29. Juni 1941

Die Wehrmacht ist in Russland einmarschiert. Wir hatten ja keine Wahl. Stalin wollte Deutschland überfallen, was der Führer noch rechtzeitig erfahren hat. Das ganze Englandgerede war ein Ablenkungsmanöver. Die Russen sollten glauben, dass es gegen England geht, und sich in Sicherheit wiegen.

Um zehn haben wir alle im großen Redaktionsraum die Rundfunkansprache gehört, die Dr. Goebbels noch im Morgengrauen gehalten hat. Der Führer habe sich dazu entschlossen, «das Schicksal des Reiches wieder in die Hand unserer Soldaten zu legen». Von Begeisterung war bei uns nicht viel zu spüren.

Im Flur, wo das Bild vom Danziger Hafen hing, hat Papa eine Russlandkarte befestigt. Darauf wird mit Stecknadeln unser Vormarsch markiert. Er sagt, so könne man auf den ersten Blick sehen, in welch rasantem Tempo Deutschland sich vergrößert. Das mit den Russen sei wie Taubenschie-

ßen. Horst ärgert sich jetzt über seine Uk-Stellung. Er hätte gerne mitgesiegt.

Vorgestern traf ich mich mit Dr. Auerbach nach Dienstschluss am Bahnhof Lichterfelde-Ost. Er hat vom Einmarsch in Russland erfahren, als am Montagvormittag in der Hollerith die Goebbels-Rede wiederholt wurde. Die Herren dort seien skeptisch. Nur die technischen Zeichnerinnen hätten Beifall geklatscht. Dr. Auerbach selber ist zuversichtlich, was den Russlandfeldzug betrifft. Von den Russen hält er nichts. Der Krieg gegen die wäre ein Klacks mit der Wichsbürste. Das hätte auch Horst sagen können.

Wir aßen im Bahnhofsrestaurant den üblichen «Stamm», das Gericht, das man ohne Marken bekommt, eine dünne Metzelsuppe mit ein paar Kartoffelstücken, waren aber anschließend noch so hungrig, dass ich zwei Fleischmarken für zwei Bockwürste opfern musste. Im nächsten Monat sollen die Fleischkarten um weitere fünfzig Gramm gekürzt werden. Aber Goebbels hat im Reich *geschrieben, dass der Krieg im Osten wieder für einen «vollgedeckten Mittagstisch» sorgen wird. Angst um Ulrich habe ich nicht. Frankreich haben wir in vier Wochen besiegt. Da dürften die Russen kein Problem sein.*

Das zweite Kostüm, das ich mir aus den Pariser Stoffen habe schneidern lassen, ist fertig. Am nächsten Sonntag will ich mich mit Dr. Auerbach am Bahnhof Wannsee treffen, um nach Kladow überzusetzen. Der Sommer ist zu schön, um den Kopf hängen zu lassen. Das neue Kostüm ist aus schwarz-weißem Jersey und passt farblich zum Parteiabzeichen.

Eben habe ich noch einmal das Radio eingeschaltet. Brest-Litowsk ist gefallen! Białystok ist gefallen! Minsk ist gefallen! Wir stehen tief in Russland! Ich will mir jetzt auch eine

Russlandkarte anschaffen, um die Front mit Stecknadeln zu markieren.

24. August 1941

Am Dienstag musste Dr. Auerbach seine Wohnung räumen und in eine Schöneberger Judenwohnung ziehen. Das hat er mir Mittwochabend von einer Telefonzelle aus mitgeteilt, die er als Jude eigentlich nicht benutzen darf.
Er wird versuchen, mich wieder anzurufen. Bis jetzt hat er sich nicht gemeldet.
Ulrichs Briefe werden immer knapper. Ich glaube, er kann nicht so schreiben, wie er möchte. Sein Regiment liegt bei Wjasma. Von dort aus ist es nicht weit bis nach Moskau.
Die Stecknadeln auf der Russlandkarte von Papa rücken immer weiter nach Osten. Der Russe, sagen Horst und Papa, sei kein ernsthafter Gegner, das habe der Führer gewusst.
Seit ein paar Tagen ist es unerträglich heiß. Ich schlafe bei offenem Fenster und muss aufpassen, dass ich nachts, wenn ich aufwache, nicht aus Versehen das Licht anmache. Aber Patrouillen, die wie in der Innenstadt die Verdunklung kontrollieren, gibt es in Lichterfelde nicht.

27. August 1941

Dr. Auerbach wohnt jetzt in der Barbarossastraße in Schöneberg. Die Wohnung hat sechs Zimmer, die er sich mit acht anderen Personen teilen muss. Er hat ein kleines Zimmer auf dem rückwärtigen Flur, der zur Küche führt. Im Haus wohnen auch noch arische Mieter. Sie haben einen scharfen Blockwart, einen ehemaligen SA-Mann. Papa sagt, dass Goebbels die Berliner Juden konzentrieren

will, um einen späteren Zugriff zu erleichtern. Was damit gemeint ist, wusste er nicht so genau, oder er wollte es mir nicht sagen. Das alles hört sich nicht gut an. Ich gehe jetzt mit einer Veronal ins Bett.

Im Mai 1941 fanden die ersten von Speer organisierten «Judenwohnungs-Entmietungsaktionen» statt. Bei der dritten Aktion im August traf es auch Auerbach. Ich wundere mich, mit welcher Sachlichkeit meine Mutter dies aufschreibt. Doch der Hinweis ihres Vaters auf einen «späteren Zugriff» scheint sie irritiert zu haben.

In Goebbels' Tagebüchern steht, er habe Hitler am 18. August 1941 versprochen, die Berliner Juden *so schnell wie möglich, sobald sich die erste Transportmöglichkeit in den Osten bietet, von Berlin in den Osten abzuschieben.* Wenn mein Großvater von den Plänen wusste, hat er sie vorsichtshalber verschwiegen.

18

Mittwoch, 25. Oktober 1989

Der Flüchtlingsstrom von drüben hält unvermindert an. Die Westberliner Aufnahmelager platzen aus allen Nähten, und in den Messehallen am Funkturm sind weitere tausend Betten aufgestellt worden. Am Montag sind in Leipzig dreihunderttausend Menschen auf die Straße gegangen, es war die größte Protestkundgebung, die jemals in der DDR stattgefunden hat. Gestern ist Egon Krenz von der Volkskammer zum Staatsratsvorsitzenden gewählt worden, was sofort zu öffentlichen Protesten geführt hat. Wenige Stunden nach der Abstimmung haben sich mehr als zehntausend Menschen vor dem Staatsratsgebäude versammelt, das von uniformierten Einheiten der Stasi abgesperrt wurde. Die Demonstranten haben Kerzen abgestellt und Parolen gerufen. Darunter waren auch ein paar hübsche Reime, die ich mir für Paul Singer notiert habe: «Wir sind keine Fans von Egon Krenz» oder «Egon Krenz – keine Lizenz».

Heute Nacht habe ich lange und traumlos geschlafen, ein Schlaf ohne anfliegende Bomber und Luftschutzkeller. Geweckt hat mich um zehn ein laut rangierender Laster auf dem Parkplatz hinter dem Haus, der den Aldi-Markt im Erdgeschoss belieferte. Aber die Sonne scheint, und das Thermometer am Fenster zeigt angenehme dreizehn Grad. Viele Tage sind noch schön, dieser Herbst ist ungewöhnlich mild, ein perfektes Wetter für Demonstrationen. Es sind jetzt zwei Wochen vergangen, seit ich mit der Entzifferung des Tagebuchs begonnen habe, und ich kann nicht abschätzen, wie

lange ich noch brauche. Dass ich Sütterlin jetzt problemlos lese, hilft mir wenig, denn inzwischen krakelt meine Mutter regelrecht.

Eigentlich wollte ich nach dem Frühstück sofort weiterlesen, stattdessen vertrödele ich vor dem großen Spiegel im Flur zwei Stunden damit, alle möglichen Kombinationen von Kostümjacken, Blusen und T-Shirts auszuprobieren. Anschließend blättere ich die beiden französischen *Vogue* durch, die ich vor ein paar Tagen gekauft habe. Grammatikfehler finde ich keine, aber auch keine Frisur, die mir gefällt. Ich frage mich, wie die *Vogue* ausgesehen hat, die mein Vater meiner Mutter im Herbst 1940 aus Paris mitgebracht hat. Waren die Hefte damals auch so dick? Gab es auch so viele Anzeigen?

Als ich gegen Mittag die Lasagne in die Mikrowelle schiebe, um nach dem Essen wieder mit dem Tagebuch anzufangen, geschieht etwas, womit ich selbst in meinen wildesten Träumen nicht gerechnet hätte. Das Telefon klingelt, ein Mann meldet sich, und ich brauche ein paar Sekunden, bis mir klarwird, wer mich da anruft. Das liegt nicht nur daran, dass ich den Anrufer für tot gehalten habe, sondern daran, dass die Stimme nichts über sein Alter verrät. Als ich schließlich begriffen habe, wer es ist, habe ich das absurde Gefühl, er wäre direkt aus dem Tagebuch meiner Mutter in die Gegenwart spaziert.

«Hier ist dein Onkel Horst», sagt er mit dieser erstaunlich jungen Stimme. Mit einem leicht ironischen Unterton, der nicht zu dem Bild passt, das ich von ihm habe, fügt er noch hinzu: «Vielleicht haben mich deine Eltern ja mal irgendwann erwähnt.»

Und jetzt sehe ich am anderen Ende der Leitung den Mann, den ich im Tagebuch meiner Mutter kennengelernt habe. Die Hand, die den Hörer hält, ragt aus dem Ärmel einer Parteiuniform, auf der eine Hakenkreuzbinde prangt. Das Telefon

ist ein wuchtiger, schwarzer Apparat mit einer Wählscheibe. Ich sehe sogar die Zigarette vor mir, die er raucht, während er mit mir spricht.

«Ich wusste gar nicht, dass es dich noch gibt», sage ich zu dem Mann in der Parteiuniform.

Er stößt ein kleines, humorvolles Lachen aus. Wieder einmal passt nichts zusammen. «Wir haben uns nach dem Krieg alle aus den Augen verloren», sagt er. Dann wird er ernst. «Das tut mir leid mit deinem Vater. Ich habe es in der Zeitung gelesen.»

«Es ging alles sehr schnell», sage ich. «Sein Herz hat plötzlich versagt. Er ist jetzt neben meiner Mutter begraben.»

«In Lichterfelde?»

«Ja, hier bei uns. Wohnst du in Berlin?»

«Ich wohne drüben. Von euch aus gesehen.»

«In Ostberlin?»

Das ist die geistreichste Frage, die ich jemals gestellt habe. Wieder höre ich, wie er lacht.

«Ich kann das Brandenburger Tor vom Fenster aus erkennen», antwortet er. Und dann geschieht noch etwas völlig Unerwartetes. Er schlägt vor, dass wir uns treffen.

«Soll ich nach drüben kommen?», frage ich.

In diesem Fall müsste ich zweimal zur Passierscheinstelle. Einmal, um den Passierschein zu beantragen, ein zweites Mal, um ihn abzuholen. Aber Horst Bonnet will, dass wir uns in Westberlin treffen. Wir verabreden uns für übermorgen um vier am Bahnhof Zoo unter der Normaluhr. Ich würde ihn an seiner hellbraunen Lederjacke erkennen, sagt er.

Als ich mich eine halbe Stunde später an das Tagebuch meiner Mutter setze, habe ich immer noch sein Lachen im Ohr. Mir fällt ein, dass er mir gar nicht gesagt hat, warum er mich treffen will.

---

1. September 1941

Gestern war die neue Nummer vom Inneren Reich *in der Post. Der Herausgeber Paul Alverdes schreibt, er möchte weitere Beiträge von Ulrich veröffentlichen. Da kommt Arbeit auf Dr. Auerbach zu.*
Horst sagte gestern beim Essen, dass das Reich bald bis zum Ural reichen wird. Zehn Millionen deutsche Bauernhöfe würden dort entstehen. Er hat die ganze Zeit gequasselt. Ich glaube, er nimmt diese Pervitinpillen. Seine Flamme hört ihm immer voller Bewunderung zu. Sie ist Schuhverkäuferin bei Salamander.

28. September 1941

Dr. Auerbach muss seit einer Woche einen gelben Stern tragen, und Deutsche dürfen nicht mehr mit Juden verkehren. Die Gestapo kontrolliert auf der Straße mit einem Bleistift, ob der Stern auch fest angenäht ist. Wenn Dr. Auerbach morgens das Haus verlässt, trägt er den Stern an seinem Staubmantel. Ein paar Straßen weiter geht er in einen Hausflur und nimmt den Mantel über den Arm. Bei seinem Aussehen kommt keiner darauf, dass er Jude ist. In Lichterfelde-Ost geht er auf die Bahnhofstoilette und zieht den Mantel wieder an. So erscheint er mit Stern in der Hollerith.
Inzwischen haben wir eine gewisse Routine entwickelt. Wir treffen uns hinter dem Bahnhof Lichterfelde-Ost, wo ein kleiner Platz mit ein paar Läden ist, und machen einen Spaziergang. Am liebsten gehe ich mit Dr. Auerbach

spazieren, wenn es regnet. Dann spannt er seinen Schirm auf und legt den Arm um meine Schulter. Manchmal stelle ich mir vor, dass es den Krieg nicht gibt und dass es Ulrich nicht gibt. Wenn ich auf solche Gedanken komme, schäme ich mich jedes Mal.
Während ich dies schreibe, kommen Sondermeldungen im Reichsfunk. Wir haben bei Kiew offenbar eine halbe Million Gefangene gemacht. Jetzt kann ich wieder ein paar Stecknadeln nach Osten stecken.

28. Dezember 1941

Der Vormarsch auf Moskau stockt. Der Führer hat dazu aufgerufen, warme Winterbekleidung für unsere Soldaten zu spenden. Ich mache mir Sorgen um Ulrich, der zu Weihnachten nicht geschrieben hat. Er war so ein grundanständiger Mensch.
Dr. Auerbach hat am Dienstag noch gearbeitet, und wir haben uns hinter dem Bahnhof getroffen. Wir gingen wieder Arm in Arm, das machen wir jetzt immer. Ich würde gerne wissen, ob er früher mal ein richtiges Liebesabenteuer hatte. Aber alle meine Versuche, das Gespräch darauf zu lenken, blockt er ab.
Er hat mir beschrieben, wie Judenverschickungen ablaufen. Die Leute bekommen einen Brief von der jüdischen Gemeinde mit der Aufforderung, sich an einem bestimmten Tag in ihrer Wohnung bereitzuhalten. Ältere Leute werden an einen Ort namens «Theresienstadt» gebracht. Als ich Papa danach fragte, sagte er, der Führer hätte dort ein Altersheim für Juden eingerichtet. Theresienstadt liegt im Protektorat.
Ich wohne jetzt unten. Wenn ich nur Küche und Wohnzimmer heize, reichen die Kohlen bis Anfang März. Vielleicht

kommen die Kohlen dann aus der Ukraine, die wir bis dahin erobert haben sollten.
Heiligabend gab es Gans und Klöße so wie im Frieden. Horst sagte wie schon im Vorjahr, Weihnachten habe sich überlebt. Jesus sei schließlich ein Jude, und wir sollten mal darüber nachdenken. Er und seine Flamme wollen heiraten und sich eine eigene Wohnung suchen. In dem alten Haus von Dr. Auerbach sind Wohnungen frei. Wenn ich mir vorstelle, dass Horst in Dr. Auerbachs Wohnung zieht, wird mir schlecht.
Horst meint, das Debakel vor Moskau liege nicht an dem Schnee und den eisigen Temperaturen. Der Grund sei, dass der Armeeführung der nationalsozialistische Kampfgeist fehle. In der Obersten Heeresleitung seien nur feige Junker. Als er anfing, gegen Ulrich zu sticheln, ist Papa der Kragen geplatzt. Er hat Horst zusammengestaucht. Der hat dann mit der Schuhverkäuferin die Wohnung verlassen, und Mama hat angefangen zu heulen.

1. Februar 1942

Da die Militärzensur alles mitliest, kann ich Ulrich nicht schreiben, was letzten Dienstag in der Wohnung von Dr. Auerbach passiert ist. Im Januar mussten die Juden ihre Schreibmaschinen, Fahrräder, Pelze und ihre Wollsachen abliefern. Davon hatte mir Dr. Auerbach nichts gesagt. Letzten Dienstagabend klingelten zwei Leute von der Gestapo und überprüften, ob alles abgegeben wurde. Dr. Auerbach hatte die Lammfelleinlagen in seinen Winterschuhen vergessen. Jetzt hat er ein blaues Auge. Als die Leute von der Gestapo endlich gingen, hatten sie alle Möbel umgeworfen und das Geschirr zerschlagen. Sie haben auch seine Bücher mitgenommen. Er rief mich am nächsten Tag

von der Hollerith in der Redaktion an, und wir konnten uns am Freitag nach Büroschluss sehen. Ich bin immer noch wütend und muss aufpassen, dass ich nichts Unbedachtes anstelle.

Heute Mittag war ich zum Essen bei Mama und Papa. Es gab Kartoffelsuppe mit echten Würstchen wie vor dem Krieg. Horst war nicht dabei. Seitdem er eine eigene Wohnung hat, macht er sich rar. So fallen zum Glück seine Vorträge weg, die selbst Papa zu viel waren.

Ulrichs Briefe werden immer knapper. Er schreibt, dass er sich fleißig Notizen macht, diesmal soll es ein richtiger Roman werden. Dr. Auerbach hatte ihm vorgeschlagen, sich an etwas Größeres zu wagen.

Die Frontlage ist unklar. Papa, der immer gut informiert ist, mich aber nie beunruhigen will, sagt, der Führer hätte die Front zurückgenommen. Standartenführer Axmann, den ich letzte Woche angerufen habe, wusste auch nur, dass eine russische Gegenoffensive jetzt zurückgeschlagen sei.

Da es seit Anfang der Woche mit den Kohlelieferungen an die Junge Dame *nicht mehr klappte, trugen wir in der letzten Redaktionskonferenz alle Schals und Wintermäntel.*

Von Goebbels war ein Rundschreiben gekommen. Auch Frauenzeitschriften dürfen den Krieg jetzt nicht länger ignorieren. Zugleich aber solle die als kriegswichtig betrachtete gute Laune berücksichtigt werden.

Im März beginnt unsere Serie Frohes von der Ostfront.

Mein Artikel «Verdunkelt und doch gemütlich» scheint die Runde gemacht zu haben. Ich unterzeichne immer mit vollem Namen, und jemand hat Papa darauf angesprochen. Jetzt ist er stolz auf mich. Dabei war er immer dagegen, dass ich zur Zeitung gehe.

24. März 1942

In der Wohnung von Dr. Auerbach gab es einen Zuzug. Ein Mann mit seiner Tochter wohnt jetzt im Zimmer neben ihm. Das Mädchen ist siebzehn Jahre alt und musste die Oberschule verlassen. Dr. Auerbach sagt, dass sie viel miteinander reden und spazieren gehen. Sie heißt Sarah Spielrein. Ihr Vater ist Anwalt gewesen.
Wir sehen uns einmal in der Woche nach Dienstschluss am Bahnhof Lichterfelde-Ost. Den Stern an seinem Mantel versteckt Dr. Auerbach unter einem Regenumhang, den er in der Aktentasche hat. Hin und wieder bringt er mir Hemden zum Waschen mit. Ich möchte nicht, dass sich diese Sarah darum kümmert.
Die Heirat von Horst ist geplatzt, weil irgendetwas mit dem Ahnenpass seiner Flamme nicht in Ordnung ist. Sie bleiben aber trotzdem zusammen. Jetzt wollen sie sich verloben, dafür brauchen sie keinen Ahnenpass.
In der Luft ist es ruhig. Einen kleinen Angriff hatten wir noch Ende Januar, da fielen ein paar Bomben, ohne großen Schaden anzurichten. Im Garten sind die ersten Krokusse zu sehen. Hoffentlich ist der Winter jetzt zu Ende.

11. Mai 1942

Ulrich ist Ritterkreuzträger! Das hat mir heute Morgen gleich die Chefin gesagt, als ich in die Redaktion kam. Es stand in der Deutschen Allgemeinen Zeitung *und, wie sich später herausstellte, auch im* Völkischen Beobachter.
Das mit dem Ritterkreuz ist merkwürdig, denn Ulrichs Begeisterung fürs Militärische hatte sich abgekühlt.
Sein letzter Brief klang so, als wäre er für die Zensur verfasst worden. Er hat ihn unterschrieben mit «vorwärts

zum Sieg für Führer und Reich». Hat er etwas Unüberlegtes gesagt und trägt deshalb so dick auf?
Am Abend rief mich Standartenführer Axmann an, um mir zu Ulrichs Ritterkreuz zu gratulieren. Er sagte, Ulrichs Regiment soll im Juni nach Belgien verlegt werden. Dann bekommt Ulrich vorher Fronturlaub, und wir können an den Bodensee fahren.

Mein Onkel Horst nimmt also Pervitin. Ich finde, das passt zu ihm. Diese kleinen, weißen Pillen waren eine Zeitlang in jeder Regimentsapotheke vorhanden. Sie wirkten leistungssteigernd und stimmungsaufhellend. Und natürlich gab es damals einen florierenden Schwarzmarkt für Volksgenossen, die keine Soldaten waren. Hitler selber hielt sich mit Pervitin in Gang und bekam seine täglichen Injektionen von Dr. Morell. Ob auch mein Vater Pervitin geschluckt hat? Darüber steht nichts im Tagebuch.

Meine Mutter scheint sich weder über die Ziele noch über den Zweck der Deportationen im Klaren gewesen zu sein. Im Herbst 1941 gingen die Transporte zunächst in das Ghetto von Łódź, wo zwischen Mitte Oktober und Mitte November mehr als zwanzigtausend Juden eintrafen. Wusste Auerbach, dass Łódź nur ein Durchgangslager war und was danach mit den Juden geschah? Meine Mutter scheint ihrem Vater tatsächlich geglaubt zu haben, dass es sich bei Theresienstadt um ein großes «Altersheim» für Juden handelte. Genaueres wollte sie vielleicht auch nicht erfahren. Dass Ende Oktober ein generelles Ausreiseverbot für Juden in Kraft trat und dass «Arier» nicht mehr mit Juden verkehren durften, hat sie gewusst.

Der Krieg mit Russland schien zunächst so zu verlaufen, wie ihn der Generalstab des Heeres geplant hatte, mit täglichen, riesigen Geländegewinnen. Meine Mutter konnte die Fähnchen auf ihrer Russlandkarte jeden Tag ein Stück weiter nach Osten rücken. Am 3. Oktober verkündete Hitler im Sportpalast, der Gegner sei «bereits gebrochen». Doch Anfang Dezember setzte die Rote Armee kurz vor Moskau zu einer überraschenden Gegenoffensive an. Für das Scheitern vor Moskau machte Hitler seine Generäle verantwortlich.

Die Wannsee-Konferenz im Januar 1942 hatte keine unmittelbaren Folgen für Auerbach. Als Beschäftigter eines «kriegswichtigen» Betriebes konnte ihm vorläufig nichts passieren. Aber Auerbach wird gewusst haben, dass das nicht auf ewig so weitergehen würde.

Im Mai 1942 wurde meinem Vater noch in Russland das Ritterkreuz verliehen, kurz danach erfolgte seine Beförderung zum Major. Das Prestige von Ritterkreuzträgern war damals ungeheuer. Von Sarah Spielrein weiß ich, dass man Ritterkreuzträger nie angehalten, geschweige denn kontrolliert hätte. In Restaurants wurden sie als Erste bedient, in überfüllten Hotels war immer ein Zimmer für sie frei. Wer sich in Begleitung eines Ritterkreuzträgers befand, wurde nicht angetastet. Allerdings scheint das Ritterkreuz meines Vaters meine Mutter nicht sonderlich beeindruckt zu haben. Jedenfalls findet sich im Tagebuch kein entsprechender Eintrag.

Nach Dienstschluss bei der Hollerith liefen meine Mutter und Auerbach oft Arm in Arm durch die verdunkelten Straßen des angrenzenden Villenviertels. Doch allen persönlichen Fragen wich Auerbach hartnäckig aus. Dann notiert meine Mutter noch, dass sie das Gefühl hat, ihr Leben hätte bis jetzt immer nur aus «verpassten Gelegenheiten» bestanden. Das ist ein Gefühl, das ich gut verstehen kann.

19

Freitag, 27. Oktober 1989

Für das Treffen mit meinem Onkel Horst trage ich vorsichtshalber Kleidung, die auch aus einem volkseigenen Betrieb stammen könnte: meinen schlammfarbenen Blazer und eine meiner Polyester-Blusen. Ich parke eine halbe Stunde vor unserer Verabredung auf dem Hardenbergplatz, hole mir einen großen Erdbeer-Shake und behalte den Ausgang des Bahnhofs von der Mittelinsel aus im Auge. Es ist ein schöner Tag wie fast alle Tage in diesem Oktober. Eine Schulklasse steigt aus dem Bus und macht sich auf den Weg zum Eingang des Zoologischen Gartens. Ein Taxi hält vor mir, ein Liebespaar klettert heraus, und sie küssen sich leidenschaftlich, nachdem das Gepäck ausgeladen ist.

Kurz nach vier tritt ein älterer Mann aus dem Bahnhof. Er geht die paar Schritte zur Normaluhr und sieht sich um. Als ich den Fahrdamm überquere und auf ihn zugehe, läuft er mir lächelnd entgegen. Mein Onkel Horst ist ein Mann mit dem Körperbau eines Reihers – spindeldürr und gut einen Meter achtzig groß. Er hat kurzgeschnittene graue Haare und Augen, die tief in den Höhlen liegen. Seine Jacke ist aus hellbraunem Kunststoff, die Schuhe aus demselben Material. An seiner Jacke steckt eine ovale Plakette, auf der zwei ineinandergreifende Hände vor einer roten Fahne zu sehen sind. Onkel Horst ist Parteimitglied der SED und macht keinen Hehl daraus. Das finde ich mutig.

Unsere Familienähnlichkeit ist unübersehbar. Wir haben die gleiche, minimal nach oben gebogene Nase, die gleichen

prominenten Wangenknochen und den gleichen Mund. Wir tragen beide Brillen mit klobigen Gestellen.

«Onkel Horst?»

Meine Frage ist so überflüssig, dass er auflacht. Dabei entblößt er ein auffällig weißes und regelmäßiges Gebiss. Es sitzt ein wenig schief.

Meinen Vorschlag, die paar Schritte bis zum Kurfürstendamm zu gehen, lehnt er ab. Onkel Horst ist zu langen Fußmärschen nicht mehr in der Lage. Er will «ganz in der Nähe» einkehren und ist nicht neugierig auf den «Westen». Also gehen wir in die *Zoo-Terrassen.* Als wir die Treppen zum ersten Stock emporsteigen, keucht er laut.

«Zwei Päckchen pro Tag seit dem Krieg», sagt er, nachdem er in seinen Stuhl gesunken ist. Mit jedem Wort dringt ein pfeifendes Geräusch über den Tisch. «Mit sechzehn angefangen und jeden Tag gequalmt, bis ich die Diagnose bekam. Danach hab ich auf ein halbes Päckchen pro Tag reduziert. Der Arzt meint, es käme nicht mehr darauf an.»

«Sieht deine Frau das genauso?»

«Meine Frau sieht gar nichts mehr.»

Diese Antwort verstehe ich nicht. «Ist sie blind?»

Onkel Horst schüttelt den Kopf. «Sie ist seit zehn Jahren tot. Ich lebe alleine. Bist du verheiratet?»

Ich schüttle ebenfalls den Kopf. «Ich bin seit ein paar Jahren geschieden. Ich lebe auch alleine.»

«Kinder?»

«Keine Kinder. Und du?»

Einen Moment lang ist seine Miene wie versteinert. Offenbar habe ich einen wunden Punkt berührt. «Meine Frau hat nie Kinder gewollt.»

Nach meinem Beruf erkundigt sich Onkel Horst nicht. Vielleicht will er ja vermeiden, dass ich ihm Fragen nach seinem Beruf stelle.

Wir bestellen Essen und Getränke. Die Zoo-Terrassen findet Onkel Horst «piekfein» – weiße Tischdecken und darauf kleine Vasen mit bunten Blümchen, die aussehen, als wären sie aus Kunststoff. Beim Essen warte ich darauf, dass er mit irgendeinem Anliegen herausrückt. Vielleicht braucht er Geld und hält mich nach dem Tod meines Vaters für reich. Aber er will nur erzählen.

An diesem Tag erfahre ich viel über meine Mutter. Mein Onkel Horst erzählt mir, wie verzweifelt sie war, als mein Großvater ihr nach dem Abitur ein Volontariat bei einer Zeitung verbot, und dass mein Vater sie dann vom Fleck weg geheiratet hat.

«Das war nicht die große Liebe», sagt Onkel Horst. «Jedenfalls nicht für deine Mutter. Dein Vater war ganz hingerissen. Aber das waren damals alle Männer von ihr. Sie war einfach bildschön.»

Ich erfahre, dass sich meine Eltern auf einem Casinoball der *Leibstandarte Adolf Hitler* kennengelernt haben. Mein Vater erwarb sich die Gunst meiner Mutter dadurch, dass er Verständnis für ihre journalistischen Ambitionen zeigte. Die *Junge Dame*, für die sie über Filme und Mode geschrieben hat, erläutert mir Onkel Horst, war eine Illustrierte für junge, unverheiratete Frauen. Mit der *Bewegung* hatte meine unpolitische Mutter nie viel im Sinn.

Onkel Horst macht keinen Hehl daraus, dass er damals ein überzeugter Nazi war. «Ich habe noch im April 1945 an den Endsieg geglaubt und dann Ende April am Teltowkanal gekämpft», sagt er. «Das hat mir sieben Jahre Russland eingetragen. Aber die Russen haben mich gut behandelt. Danach wusste ich, wo mein Platz war. Dass ich deine Mutter nie wiedergesehen habe, bedauere ich. Auf ein Wiedersehen mit deinem Vater konnte ich verzichten, der war mir immer zu arrogant.»

Dann beschwert er sich darüber, dass mein Vater keine Gelegenheit ausgelassen habe, ihn wie einen Rekruten zu behandeln. Und dass mein Großvater stolz auf seinen Schwiegersohn gewesen sei, obwohl der es immer strikt abgelehnt habe, in die Partei einzutreten.

«Deine Mutter ist aus reinem Opportunismus eingetreten», fährt Onkel Horst fort. «Als die *Junge Dame* eingestellt wurde, wollte sie bei *Kamerad Frau* weitermachen. Dafür musste sie damals in der Partei sein.»

Sein Verhältnis zu meiner Mutter, meint er dann, sei in die Brüche gegangen, als er sich 1940 geweigert habe, ihr bei einer «Judensache» behilflich zu sein.

Ich spüre, wie sich mein Puls beschleunigt. «Und worum ging es?»

«Deine Mutter hatte einen jüdischen Bekannten, der zum Einsatz im Straßenbau eingezogen wurde. Der Bursche wollte sich drücken.»

«Erinnerst du dich an den Namen?»

«Nein, das ist zu lange her.»

«Könnte er Auerbach geheißen haben?»

«Das weiß ich nicht mehr», sagt er. Und dann, nach einer kurzen Pause: «Ja, vielleicht.» Er sieht mich misstrauisch an. «Warum interessiert dich das?»

«Ich kenne einen Juden, dessen Onkel ein Schulfreund von meinem Vater war», sage ich. «Der Onkel ist irgendwann unter ungeklärten Umständen ums Leben gekommen.»

«Damals sind viele Juden unter ungeklärten Umständen ums Leben gekommen», ist seine knappe Antwort.

Das klingt nicht so, als würde er das bedauern. Auf einmal sehe ich ihn wieder in seiner braunen Parteiuniform vor mir, wie er den Arm zum Deutschen Gruß hebt. Vermutlich hätte er damals nicht gezögert, Auerbach an die Gestapo zu verraten.

Ich wiederhole meine Frage. «Du hast also keine Ahnung, was aus dem Mann geworden ist?»

Nein, das könne er mir nicht sagen. Er erklärt mir nur, dass die meisten Berliner Juden im Februar 1943 verhaftet und deportiert worden sind. Aber das wusste ich bereits.

Nach zwei Stunden ist Onkel Horst müde und will gehen. Ich bezahle die Rechnung und begleite ihn noch bis zum Grenzübergang am Bahnhof Friedrichstraße. Die S-Bahn ist an diesem Freitagnachmittag brechend voll, und vor dem Übergang nach Ostberlin hat sich eine lange Schlange gebildet.

Als wir darauf zugehen, bleibt Onkel Horst plötzlich stehen und sagt: «Es stimmt übrigens nicht, dass wir uns nie gesehen haben.» Und dann nach einer kleinen Pause, so als müsse er mir etwas Kompliziertes erklären: «Jedenfalls habe ich *dich* gesehen. Ich war auf der Beerdigung deiner Mutter.»

Ich bin so überrascht, dass ich nicht weiß, was ich sagen soll.

«Ich habe bisher mit niemandem darüber gesprochen», fährt er fort. «Das durfte ich auch nicht.»

«Du durftest *was* nicht?»

«Nach Westberlin fahren», sagt er schnell. «Ich hätte dafür die Genehmigung meiner Dienststelle einholen müssen.»

«Hast du auf der Beerdigung mit meinem Vater gesprochen?»

Er schüttelt den Kopf. «Ich habe mit niemandem gesprochen. Dein Vater hat mich auch nicht gesehen. Am Tag der Beerdigung hat es stark geregnet, und ich konnte mich hinter meinem Regenschirm verstecken. Aber kommen musste ich. Das war ich deiner Mutter schuldig.» Dann setzt er hinzu, indem er mich von der Seite ansieht: «Ich glaube, du warst damals fünfzehn.»

Da hat er recht. Ich hatte zwei Wochen zuvor meinen fünfzehnten Geburtstag gefeiert. Meine Mutter hatte mir *Bonjour Tristesse* von Françoise Sagan geschenkt.

«An die Beerdigung erinnere ich mich nicht mehr», sage ich. «Und auch nicht mehr so richtig an ihren Tod.»

Aber das stimmt nicht. An den Tod meiner Mutter erinnere ich mich gut. Sie starb an einem sehr heißen Tag im Juli 1959, als sie Ravioli in einer Konservendose aufwärmen wollte – nicht gerade das passende Essen für einen heißen Sommertag, aber problemlos in der Zubereitung. Sie hatte die Dose wie üblich auf den Herd gestellt, um sie in einem Wasserbad langsam zu erwärmen, jedoch versäumt, den Deckel der Dose zu entfernen. Und sie hatte das Gas unter dem Topf zu stark aufgedreht, sodass das Wasser bald anfing zu kochen. Dann war sie zum falschen Zeitpunkt in die Küche zurückgekehrt. Ein paar Minuten später hätte sie nur einen lauten Knall gehört, und den hätte sie überlebt. Was sie nicht überlebt hat, war die Explosion, die erfolgte, als sie ihren Fehler bemerkte und den Topf vom Gas nehmen wollte.

Eine explodierende Konservendose ist keine Handgranate. Meine Mutter hatte keine äußeren Verletzungen. Der Druck hatte die Dose nicht zerrissen, und es waren keine Metallsplitter durch die Küche geflogen. Der Deckel war geplatzt, und der Inhalt der Dose, die Ravioli und die Tomatensoße, wurden fächerförmig nach oben geschleudert. Ein paar Ravioli und ziemlich viel Tomatensoße landeten auf dem Gesicht meiner Mutter, sodass ich zuerst dachte, es wäre Blut.

«Sie war auf der Stelle tot», sagte mein Vater später. «So als hätte ein Blitz eine Eiche gefällt.»

Der Vergleich meiner Mutter mit einer Eiche passte nicht, und für einen Schriftsteller war das Bild bemerkenswert schlecht gewählt. Aber mein Vater hatte recht. Das Herz meiner Mutter muss von einem Augenblick zum anderen still-

gestanden haben. Denn als mein Vater nach der Explosion in die Küche eilte, lag sie bereits tot auf dem Boden.

Ein paar Tage nach der Beerdigung tauchte die Kehl bei uns auf. Sie sagte «Herr Major» zu meinem Vater, was der sich sofort verbat, sie allerdings nicht daran hinderte, ihn weiter wie einen militärischen Vorgesetzten zu behandeln. Die Kehl war damals höchstens fünfunddreißig und vermutlich nicht unattraktiv. Hatte sie es auf meinen Vater abgesehen? Ich weiß es nicht. Bald kam sie täglich zu uns, um zu kochen und sauber zu machen. Sechs Wochen nach der Beerdigung hatte mein Vater ein Internat in Westdeutschland für mich ausgesucht, und damit begann meine Internatszeit, die ich immer gehasst habe.

«Besuch mich mal, wenn du drüben bist», sagt mein Onkel Horst, als wir uns zum Abschied die Hand schütteln. Dann gibt er mir den kleinen Zettel, auf dem er in den Zoo-Terrassen etwas notiert hat. Eine Straße und eine Hausnummer stehen darauf.

«Ist das deine Adresse?»

Onkel Horst nickt.

«Wo ist das drüben?»

«In Mitte. Ich wohne direkt an der Mauer», sagte er. «Ein Neubau.» Und dann nach einer Pause: «Das ist eine Platte.»

Als ich mich noch einmal nach ihm umdrehe, während ich auf meine S-Bahn warte, sehe ich, dass er an der Schlange vorbeigegangen ist, einem Volkspolizisten seinen Ausweis zeigt und der einen militärischen Gruß andeutet.

Es ist acht Uhr, als ich mich wieder an das Tagebuch meiner Mutter setze. Die nächsten vier Stunden bin ich im Sommer 1942. Am 23. Juni taucht Sarah Spielrein auf. *Sehr hübsch, aber eher der dunkle Typ*, notiert meine Mutter. Dafür, dass sie mit ihren Eintragungen auf jeder Seite Hochverrat begeht, ist ihre Schrift diesmal erstaunlich lesbar.

———

19. Juni 1942

Eigentlich will ich es gar nicht aufschreiben. Aber ich muss wohl, sonst kann ich gleich damit aufhören, ein Tagebuch zu führen.
Ulrich ist vor vier Tagen in Tempelhof gelandet. Soldaten reden nicht über ihre Kriegserlebnisse, das wusste ich schon, aber Ulrich war regelrecht verstummt. Jedes Mal wenn das Gespräch auf Russland kam, fiel ein Vorhang. Es hat zwei Tage gedauert, bis er gesprochen hat. Natürlich, sagte er, hätte er das alles schon lange wissen können. Aber in Polen habe er nicht viel mitbekommen, und in Frankreich sei es einigermaßen zivilisiert zugegangen.
Kurz nach dem Beginn des Russlandfeldzugs haben sie in Białystok eine Synagoge angezündet. In ihr sind mindestens tausend Juden verbrannt, auch Frauen und Kinder. Verantwortlich war nicht die Wehrmacht, sondern ein Polizeibataillon. Aber Ulrichs Regiment war noch in Białystok, und sie wussten Bescheid. Wer deportiert wird, kommt nie mehr zurück. Was Papa mir über Theresienstadt erzählt hat, war Unsinn. Weiß Papa es nicht besser, oder hat er mich belogen?
Die Geschichte mit dem Ritterkreuz hat sich auf einem Rückzugsgefecht abgespielt. Militärisch sei die Lage katastrophal, trotz Rommels Erfolgen in Afrika. Wir hätten die Russen völlig unterschätzt.
Ulrichs Aufzeichnungen sind vierzig Seiten reine Stichpunkte. Ich will das so schnell wie möglich abtippen, damit Dr. Auerbach Material hat. Ulrichs Regiment ist bereits in Belgien. Er hofft, dass sie nach Frankreich verlegt werden.

Morgen Abend soll im Titania-Palast der von Papa organisierte «Heldenabend der Ostkämpfer» stattfinden. Das genaue Programm kenne ich nicht. Angeblich soll auch Goebbels eine kurze Rede halten.
Von Dr. Auerbach habe ich seit fünf Tagen nichts gehört. Wahrscheinlich weiß er nicht, dass Ulrich wieder in Berlin ist. Wenn ich ihn nicht erreiche, werde ich nach Dienstschluss vor der Hollerith auf ihn warten. Ulrich meint, es müsse etwas geschehen, er hätte auch schon eine Idee.

21. Juni 1942

Heute Morgen kam eine Sondermeldung im Reichsfunk. Tobruk ist gestern gefallen. Dreißigtausend Engländer sind gefangen genommen worden. Ulrich sagte, damit wäre der Weg nach Kairo und zum Suezkanal frei. Ich dachte, er hätte den Krieg verloren gegeben, aber vielleicht hat er ja nur den Krieg in Russland gemeint.
Beim «Heldenabend der Wehrmacht» im Titania-Palast war der Saal bis auf den letzten Platz gefüllt. Auch Standartenführer Axmann war gekommen und trug seine schicke schwarze Uniform. Ulrich sprach direkt nach Goebbels und redete von deutschem Heldentum und von Opfern, die für Führer, Volk und Reich gebracht werden müssten. Den Beifall hat er sichtlich genossen, was ich irgendwie ärgerlich fand. Aber dann sagte ich mir, je mehr wir mitmachen, desto besser können wir Dr. Auerbach helfen.
Dr. Auerbach hat sich immer noch nicht gemeldet. Ich hatte ihm gleich am Mittwoch eine Postkarte geschickt, das ist die einzige Möglichkeit, mit ihm Kontakt aufzunehmen. Ist die Post unterschlagen worden? Hat man ihn abgeholt?

Wir wollen ihn morgen Nachmittag vor der Hollerith abholen. Ich nehme jetzt zwei Veronal.

23. Juni 1942

Kurz nach fünf kam Dr. Auerbach aus dem Eingang der Hollerith. Er sah erst mich, dann Ulrich, hat aber nur genickt. Ulrich war schockiert, ihn mit dem Stern zu sehen. Wir gingen voraus zum Bahnhof. Dr. Auerbach verschwand auf der Bahnhofstoilette und kam ohne Stern wieder. Dann nahmen wir ein Taxi.
Beim Essen stellte sich heraus, dass Dr. Auerbach mehr über die Deportationen und diese Lager wusste, als er mir erzählt hatte. Ulrich will ihm eine falsche Kennkarte besorgen. Damit könnte er sich nach Süddeutschland durchschlagen und über die grüne Grenze flüchten.
Aber die Vorstellung, dass Dr. Auerbach in die Schweiz geht, gibt mir einen Stich ins Herz. Die beiden Männer entwickelten abenteuerliche Fluchtpläne und lachten dabei, so wie Jungs, die sich Indianerspiele ausdenken.
Wir haben Dr. Auerbach dann nach Schöneberg in seine Wohnung gebracht. Als wir vor der Haustür aus dem Taxi stiegen, wollte gerade ein junges Mädchen das Haus betreten. Sie ist beim Anblick von Ulrichs Uniform regelrecht zusammengeschreckt, aber dann hat sie Dr. Auerbach gesehen und ihm zugelächelt. Das kann nur diese Sarah gewesen sein. Sie trug keinen Stern. Ich glaube, sie ist sehr hübsch, aber eher der dunkle Typ.

Im Juni 1942 hielt mein Vater im Steglitzer Titania-Palast auf dem «Heldenabend der Ostkämpfer» eine linientreue Rede. Einen Tag zuvor hatte er meiner Mutter *alles* erzählt und hinzugefügt, dass er *es hätte schon lange wissen können.* Meine Mutter konnte sich jetzt nicht länger einreden, Auerbach wäre bei der Hollerith in Sicherheit. Er musste Deutschland so schnell wie möglich verlassen und wollte über die grüne Grenze in die Schweiz fliehen.

20

Sonnabend, 28. Oktober 1989

Jetzt gibt es Demonstrationen in Städten, von denen ich vorher noch nie etwas gehört habe: Lauchhammer, Großräschen, Oberhau, Parchim, Senftenberg, Freiberg, Ueckermünde, Greiz. In Plauen versammeln sich vierzigtausend Demonstranten und verlangen die Zulassung des *Neuen Forums.* In der Ostberliner Erlöserkirche treffen sich Künstler, Schriftsteller und Wissenschaftler. Es geht um die Leute, die am 8. Oktober verhaftet worden sind. Die Sicherheitskräfte nehmen neben Fingerabdrücken und Fotos jetzt auch «Geruchskonserven» der Verhafteten – für später, als Suchhilfe für die Spürhunde, wie es heißt. Das ist nicht komisch, aber ich musste trotzdem darüber lachen.

Mich über meinen Geruch aufzuspüren dürfte kein Problem sein. Ich rieche nach *L'Heure Bleue* – so wie damals meine Mutter. Ich dosiere großzügig, denn ich muss viel nachholen. Ich habe Kontaktlinsen bestellt, die ich nächste Woche bekomme, und auch einen Friseurtermin vereinbart. Dann werde ich nicht nur anders riechen, sondern auch anders aussehen.

Am Samstag treibt mich nach dem Frühstück eine Mischung aus Neugierde und Pflichtbewusstsein an den Schreibtisch. Aber nachdem ich eine halbe Stunde gebraucht habe, um einen einzigen Satz meiner Mutter zu entziffern – *Kurz nach fünf kam Dr. Auerbach aus dem Eingang der Hollerith* –, lege ich das Tagebuch wieder weg. Ich sauge mein Schlafzimmer, räume die Küche auf und sehe mir die Nach-

richten an. Die letzten Flüchtlinge aus der Botschaft in Prag dürfen endlich ausreisen. Nach dem Essen fahre ich in die Stadt.

Ich streife durch ein paar Geschäfte und lande schließlich in einem Café am Savignyplatz. Dort läuft altmodischer Jazz, Glenn Miller, die Musik kenne ich aus Marburg. Ich bin nervös, aber es ist eine angenehme Nervosität, nicht mehr wie vor einer wichtigen Prüfung, sondern eher wie vor einem ersten Rendezvous. Während ich bestelle, betritt ein großer blonder Mann in einer Jeansjacke das Café. Für eine Jeansjacke ist er ein wenig zu alt, trotzdem gefällt er mir. Bei Männern habe ich offenbar den denselben Nazigeschmack wie meine Mutter. Als sich unsere Blicke treffen, guckt der Mann sofort weg. Am Nebentisch haben sich eine teigige Brünette mit gequältem Gesichtsausdruck und ein sportlicher Mittvierziger niedergelassen, ein Bankangestellter vielleicht, der auf *cool* macht, denn er trägt ein T-Shirt, eine Sportjacke und Sneakers aus Wildleder. Sie bringen es dann fertig, sich die halbe Stunde, in der ich meine Zeitung lese und meinen Cappuccino trinke, feindselig anzuschweigen. Als der Mann aufsteht, sehe ich einen Hertha BSC-Aufbügler an seiner Sportjacke. Das muss nicht bedeuten, dass er Fußball spielt oder Vereinsmitglied ist. Auerbach war auch kein Mitglied der NSDAP. Aber aus dem Tagebuch meiner Mutter weiß ich, dass er hin und wieder das Parteiabzeichen getragen hat.

---

30. August 1942

Das Wetter ist seit Tagen zum Weinen schön. Ich sitze schon vormittags im Garten und tippe die neuen Aufzeichnungen ab, die Ulrich gemacht hat.
Dr. Auerbach heißt auf seiner Kennkarte «Victor Baum». Ich habe ihn gefragt, was geschehen würde, wenn ihn ein Kollege auf der Straße ohne Stern sieht. Er meinte, das sei unwahrscheinlich, und außerdem würde ihn niemand denunzieren.
Aber dann ist etwas passiert, womit wir nicht gerechnet hatten. Als wir letzten Sonntag aus Wannsee kamen, stieg Horst am S-Bahnhof Sundgauer Straße in unser Abteil, und ich musste ihn mit Dr. Auerbach bekanntmachen. Der hatte mein Parteiabzeichen am Revers, um die Tarnung abzurunden.
Natürlich hat mich Papa heute Mittag auf diese Begegnung angesprochen, denn Horst hatte geplaudert. Wer denn der Parteigenosse gewesen sei, mit dem ich in der S-Bahn gesessen hätte? Das sei ein alter Freund von Ulrich, sagte ich. Beim Nachtisch meinte Papa, die sechste Armee stehe inzwischen kurz vor Stalingrad. Die Stecknadeln auf der Karte im Flur sind wieder nach Osten gerückt.

3. Oktober 1942

Dr. Auerbach verbringt jeden Abend damit, aus Ulrichs Notizen Sätze zu machen, während ihm diese Sarah Tee bringt. Da er keine Schreibmaschine hat, schreibt er alles mit der Hand. Ich tippe es dann ab.
Am Mittwoch kam ein Leutnant Becker aus Ulrichs Einheit vorbei. Er brachte neue Aufzeichnungen von Ulrich mit und zwei schwere Pakete mit Seife, Cognac und Schoko-

lade. Er tat mir leid, als ich daran dachte, wie sehr er sich damit geschleppt haben muss.

Ulrichs Einheit liegt südlich von Calais. Von seinem Quartier hat er nur hundert Meter zum Strand. Momentan ist es noch ruhig, aber bald werden an der ganzen Küste Befestigungen für den Atlantikwall gebaut. Leutnant Becker, der auch in Russland war, meinte, die Kanalküste sei «wie Urlaub». Er redete mich ganz altmodisch in der dritten Person an. «Wenn Frau Major gestatten, dann …» Ich gab ihm mit, was Dr. Auerbach geschrieben hat. Natürlich kann Ulrichs Roman nicht erscheinen, solange es so bleibt, wie es ist.

Gestern war Dr. Auerbach zum Essen bei mir. Ich hatte eine Suppe aus Bratlingspulver mit Kartoffeleinlage gekocht. Als Nachtisch gab es Kartoffelschalen, die ich ohne Fett in der Pfanne geröstet hatte. Dazu habe ich eine eingelegte Gurke serviert. Das ist ein Rezept von Mama aus dem letzten Krieg.

Beim Essen haben wir über die Rede gesprochen, die der Führer am 30. September im Sportpalast gehalten hat und die im Reichsfunk übertragen wurde. Der Fall von Stalingrad stehe unmittelbar bevor, hat der Führer gesagt. Wenn Stalingrad fällt, ist der Weg zu den Ölquellen im Kaukasus frei. Damit wäre der Krieg gewonnen.

Papa hat sich nicht mehr nach dem «Parteigenossen» aus der S-Bahn erkundigt. Im Esszimmer hängt jetzt ein großes Ölgemälde, das Friedrich den Großen vor Schloss Rheinsberg zeigt. Papa hat es auf einer Auktion günstig ersteigert.

3. Februar 1943

Ulrich schreibt, dass er kurzfristig Urlaub beantragen könnte. Aber Fronturlaub in Berlin ist sinnlos, denn inzwischen sind wir hier auch Front. Der Luftangriff in der Nacht vom 29. Januar war der schlimmste, den wir bisher erlebt haben. Die Kaiserallee liegt in Trümmern, der Prager Platz ist eingeäschert worden. Der ganze Kurfürstendamm stand in Flammen, von Halensee bis zum Zoo soll der Himmel rot geleuchtet haben.

Das Nebenhaus von Dr. Auerbach ist abgebrannt. Da Juden nicht in Luftschutzkeller dürfen, drängten sie sich im Treppenflur zusammen. Dort ist es am gefährlichsten, weil man da den Splittern ausgesetzt ist. Den Vater von Sarah hat es wohl übel erwischt.

Um sechs wurde die Niederlage von Stalingrad im Reichsfunk bekannt gegeben. Goebbels hat für die nächsten drei Tage die Schließung aller Kinos, Theater und Varietés zum Zeichen der Landestrauer angeordnet. Die Sendung wurde eingerahmt von Wagner-Musik.

Es mehren sich die Gerüchte, dass die Junge Dame aufgelöst werden soll. Meine Rubrik «Frohes von der Ostfront» ist ja schon im Dezember eingestellt worden. Alle fragen sich, was mit uns geschehen soll, falls das stimmt. Arbeitslos zu werden ist für Journalisten gefährlich. Dann landen die Männer an der Front und die Frauen in Rüstungsbetrieben. Notfalls muss mir Papa einen Posten in der Kreisleitung besorgen.

Herr Fabeck flaggt jetzt jeden Morgen als Zeichen der Solidarität mit den Soldaten, die in Stalingrad in Gefangenschaft geraten sind. Ich werde auch flaggen.

Die Badewanne im ersten Stock ist randvoll gefüllt, es fällt ja immer wieder das Wasser aus. Im Gemüseladen am

Bahnhof konnte ich einen Rotkohl ergattern, und der Mann hat mir außerdem einen Sack Kartoffeln versprochen. Inzwischen ist sogar Salz knapp geworden. Ein Pfund Kaffee kostet zweihundert Mark.
Ulrich werde ich schreiben, dass es keine gute Idee ist, Fronturlaub in Berlin zu nehmen. In seinem französischen Quartier ist es warm, und er hat zu essen.

7. Februar 1943

Angeblich ist das Tagebuch der einzige Ort, an dem man alles sagen kann. Aber was, wenn man nicht weiß, was man überhaupt sagen will? Ich vermeide es, über mich und Dr. Auerbach nachzudenken. Manchmal habe ich das Gefühl, dass ich genau weiß, was ich will. Nur finde ich dann den Mut nicht, es niederzuschreiben.
Dr. Auerbach habe ich gestern nach der Arbeit getroffen. Den Stern nimmt er jetzt nicht mehr ab, obwohl es, wenn wir spazieren gehen, stockdunkel ist. Der Krieg, meint er, sei für Deutschland verloren, aber es würde sich alles noch hinziehen, und ob er das Ende erleben würde, sei fraglich. Der Luftangriff der letzten Woche steckt ihm noch in den Knochen. So deprimiert habe ich ihn noch nie erlebt.
Dann kam eine schlechte Nachricht von Pfarrer Studnitz. Ein paar von den Leuten, die ihre Kennkarten in den Opferstock der Paulus-Kirche geworfen haben, sollen auf der Fahndungsliste stehen. Damit ist die Kennkarte von Dr. Auerbach wertlos. Ohne Veronal schlafe ich schon lange nicht mehr.
Papa hat seinen alten Volksempfänger, der nur Kurzwellensendungen empfangen konnte (also keine ausländische Sender), durch ein neues Grundig-Modell ersetzt, Nuss-

baumgehäuse mit magischem Auge. Das hat er angeblich getan, um die Reden des Führers besser verstehen zu können. Aber der Führer spricht kaum noch im Radio. Ich glaube, dass Papa die deutschsprachigen Nachrichten der BBC empfangen möchte.
Wie üblich gab es Eintopf, und heute war auch Horst zum Essen da. Er kam in Begleitung seiner Flamme, die zugenommen hat. Ich dachte zuerst, sie wäre schwanger. Die beiden leben zusammen, obwohl sie nur verlobt und nicht verheiratet sind. Im Haus halten alle den Mund, weil sie Angst vor Horst haben. Die Flamme sitzt bei Salamander den ganzen Tag nur herum, Schuhe sind ja nicht mehr zu kriegen.
Den meisten Leuten hat Stalingrad einen Dämpfer verpasst. Aber Horst, der Esel, glaubt, dass eine neue Offensive im Sommer die Wende an der Ostfront bringen wird. Die Stecknadeln auf der Karte im Flur sind nicht umgesteckt worden. Offenbar ist Papa ratlos, wie es nach Stalingrad weitergehen soll.

Auerbachs Plan, über die Grüne Grenze in die Schweiz zu verschwinden, wird im Tagebuch nicht wieder erwähnt. Hat er seine Flucht mit demselben Desinteresse betrieben wie seine Ausreise im Sommer 1940? Jedenfalls hatte er zu lange gewartet. Seine Kennkarte konnte er nicht mehr benutzen, weil der Mann, für den sie ausgestellt worden war, jetzt auf einer Fahndungsliste stand. Wieder saß Auerbach fest.

Meinen Vater schien meine Mutter nicht zu vermissen. Sie schrieb ihm, dass es «keine gute Idee» wäre, Fronturlaub

in Berlin zu nehmen. Der fürchterliche Luftangriff, der Ende Januar große Teile des Kurfürstendamms in Schutt und Asche gelegt hatte, ging ihr nicht aus dem Kopf. Und natürlich hatte sie recht, an der Kanalküste war es im Januar 1943 ruhiger als in Berlin. Aber vielleicht war das nicht der einzige Grund, aus dem es meiner Mutter lieber war, dass mein Vater in Frankreich blieb.

21

Montag, 30. Oktober 1989

Es gibt Morgen, an denen ich mich wie durch ein Schlammbad an die Oberfläche kämpfe. Meist ist ein wiederkehrender Traum daran schuld. Ich stehe im Garten des Lichterfelder Hauses, der Himmel hat sich dunkel bezogen, aber was ich höre, ist nicht der Donner eines nahenden Gewitters, sondern das Brummen anfliegender Flugzeuge. Ich renne ins Haus, und jedes Mal bricht der Traum an dieser Stelle ab. Heute brauche ich nach dem Aufwachen wieder ein paar Minuten, bis mir klarwird, dass ich nicht in Lichterfelde bin, sondern in meinem Schlafzimmer. Ich steige automatisch aus dem Bett. Ich dusche, betrachte mich einen Moment lang im Spiegel und ziehe mir immer noch schlaftrunken den Bademantel an. Erst auf dem Weg zur Küche fällt mir ein, dass ich am Nachmittag meine Kontaktlinsen abholen kann.

Jetzt kaufe ich mir jeden Tag zwei oder drei Tageszeitungen, lese sie nur nicht sehr aufmerksam. Der Selbstmord meines Vaters spukt immer noch in meinem Kopf herum. Außerdem bin ich gerade dabei, mich neu zu erfinden. In Leipzig fordert eine viertel Million Menschen freie Wahlen und die Zulassung des *Neuen Forums.* Neu ist, dass die *Aktuelle Kamera* darüber zum ersten Mal live berichtet. Und dann bringt das DDR-Fernsehen die letzte Sendung des *Schwarzen Kanals.* Im Kollegium gab es immer Leute, die Eduard von Schnitzler mit Begeisterung angesehen haben.

Um zehn setze ich mich ans Tagebuch meiner Mutter. Die

Eintragungen, die ich heute entziffern möchte, beginnen mit dem 2. März 1943. *Heute ist Dr. Auerbach bei mir untergetaucht.* Die «Fabrikaktion» hat also stattgefunden. Auerbach ist entkommen und in Lichterfelde eingezogen. Aber bereits im ersten Satz stelle ich fest, dass die Schrift meiner Mutter fast unlesbar ist. Sie hat entweder in großer Eile geschrieben, oder sie wollte es unbefugten Lesern möglichst schwer machen, ihre Notizen zu entziffern. Nach zwei Sätzen gebe ich auf und beschließe, heute Abend weiterzumachen.

Außerdem kann ich mich nicht konzentrieren, weil ich immer an den Termin heute Nachmittag beim Optiker denken muss. In ein paar Stunden werde ich keine Brille mehr tragen. Falls es funktioniert. Bei meinem letzten Versuch mit Kontaktlinsen vor fünfzehn Jahren haben sich meine Augen entzündet, und ich hatte das Gefühl, Sand unter den Lidern zu haben. Diesmal bin ich entschlossen, nicht wieder aufzugeben.

Aber wie viele Veränderungen kann ein Mensch vertragen? Wie viele Veränderungen kann *ich* vertragen? Ich weiß es nicht. Ich habe das Gefühl, mich auf dünnem Eis zu bewegen. Womöglich gibt mir die neue Frisur dann den Rest. Bevor ich das Haus verlasse, ziehe ich vorsichtshalber meine alte Schulkleidung an. Ich brauche ein wenig Normalität. Da ich nicht weiß, ob ich mich mit den Kontaktlinsen sofort ans Steuer setzen kann, nehme ich ein Taxi in die Stadt. Der Optiker ist in einer Seitenstraße des Kurfürstendamms. Ich habe ein flaues Gefühl im Magen.

Zwei Stunden später sitze ich vor einem Spiegel und betrachte mein Gesicht. Hinter mir steht ein zufriedener Optiker. Es habe große Fortschritte in der «Technologie» der Kontaktlinsen gegeben, sagt er. Die seien jetzt nicht mehr aus Glas, sondern aus Kunststoff. Zum ersten Mal seit Jahren sehe ich mich ohne Brille und gefalle mir. Meine alte Brille hat

nicht nur meine Augenpartie verdeckt, sondern mein ganzes Gesicht entstellt. Wie ich mich daran gewöhnen konnte, ist mir ein Rätsel.

Als ich auf die Straße trete, trifft der Wind ungeschützt auf mein Gesicht und meine Augen. Oder es kommt mir nur so vor, denn tatsächlich ist es mild und windstill. Vielleicht habe ich ja den größten Teil meines Lebens hinter zwei Scheiben aus Panzerglas verbracht. Plötzlich im Freien zu stehen, ist ein gutes Gefühl, aber es ist auch ein wenig beängstigend. Ich gehe den Kurfürstendamm langsam in Richtung Halensee hinunter und bleibe vor jedem Schaufenster stehen, um mein Gesicht in der Spiegelung zu betrachten. Ohne das Gewicht der Brille trage ich meinen Kopf höher. Ich warte darauf, dass meine Augen anfangen zu tränen, aber es geschieht nicht. Am Olivaer Platz nehme ich mir ein Taxi. Ich komme mir vor wie nach einer gefährlichen Operation, die erstaunlich gut verlaufen ist.

---

2. März 1943

Dr. Auerbach ist bei mir untergetaucht. Am letzten Sonnabend gab es in allen Berliner Betrieben eine großangelegte Juden-Razzia. Dr. Auerbach ist gleich morgens von seinem Abteilungsleiter gewarnt worden und hat die Hollerith sofort verlassen.
Er stand abends bei mir vor der Tür und schläft jetzt auf dem Sofa im Wohnzimmer. Ich übernachte weiter im Esszimmer. Von den Fenstern bleibt er weg, auf Klingeln reagiert er nicht. Hier ist er sicher. Nur Standartenführer

Axmann weiß, dass es eine Verbindung zwischen uns und Dr. Auerbach gibt.
Ich weiß nicht, was wir machen sollen, und Dr. Auerbach auch nicht. Ulrich habe ich ein Telegramm geschickt. Er soll sofort kommen.

3. März 1943

Von Papa habe ich heute erfahren, dass die Polizei viertausend Juden verhaftet hat. Viele konnten sich wohl noch rechtzeitig absetzen, und nach denen wird jetzt gefahndet. Papa sagt, die ganze Aktion sei vorher durchgesickert. Er wundert sich darüber, dass ich nach solchen Dingen frage. Von Dr. Auerbach ist eine richtige Last abgefallen und von mir auch. Die Verhältnisse in der Schöneberger Judenwohnung waren offenbar fürchterlich. Mir gegenüber hat er ja immer alles schöngeredet. Und ich wollte es auch nie so genau wissen.
Die Anwesenheit von Dr. Auerbach macht mich glücklich und schrecklich nervös zugleich. Aber ich brauche kein Veronal mehr zum Einschlafen.
Ich habe mich noch im Februar mit einem großen Kartoffelvorrat eingedeckt. Wir haben vorläufig genug zu essen.

5. März 1943

Von Ulrich habe ich noch nichts gehört. Die Kanalküste wird im Wehrmachtsbericht nicht erwähnt. Auch aus den deutschen Nachrichten in der BBC ist nichts zu erfahren. Wenn Ulrich sich nicht schnell meldet, werde ich ein zweites Telegramm schicken.
Ein Brief von Dr. Auerbachs Schwester ist überfällig. Er fragt sich, wie er an die Post kommt, die in die Schöneber-

ger Wohnung geschickt wurde. Ich kann schlecht für ihn vorbeigehen und danach fragen. Er sitzt den ganzen Tag am Schreibtisch und tippt.

7. März 1943

Während ich dies notiere, spielt Dr. Auerbach nebenan auf dem Flügel. Da wegen Benzinmangels kaum noch Autos fahren, ist es abends so ruhig wie auf dem Land. Ich traue mich beinahe nicht, es aufzuschreiben, aber ich bin seit ein paar Tagen in Hochstimmung.
Wenn ich in der Redaktion bin, erledigt Dr. Auerbach für mich den Haushalt. Er sitzt viel an der Schreibmaschine und formuliert, streicht und formuliert neu. Ich habe vier neue Farbbänder aus der Redaktion mitgehen lassen. Auch die Papiervorräte müssen aufgestockt werden. Der Roman ist kräftig gewachsen.
Das alles ist natürlich kein Dauerzustand, und irgendetwas wird uns einfallen müssen. Aber darüber können wir immer noch nachdenken, wenn Ulrich wieder in Berlin ist.

9. März 1943

Heute Nachmittag bekam Dr. Auerbach einen höllischen Schreck. Gegen vier hat es Sturm geklingelt, und anschließend wurde laut an die Haustür geklopft. Er dachte natürlich sofort, dass sie ihn jetzt abholen. Es war aber nur der Telegrammbote, der das Telegramm schließlich in den Briefkasten gesteckt hat. Ulrich kommt am Freitag mit der Bahn über Hamburg. Die Ankunftszeit weiß er nicht. Feste Fahrpläne gibt es nicht mehr.
Die Chefin erschien heute mit einer schwarzen Armbinde. Ihr Bruder ist an der Ostfront gefallen. Er war Oberleut-

nant in einer Panzerdivision. Als ich kondolierte, sagte sie, dass sie jetzt die Nase voll habe – so laut, dass es alle gehört haben. Für eine solche Äußerung kann sie in einer Munitionsfabrik landen.
Während des Abendessens fiel das Licht aus, sodass wir bei Kerzenlicht zu Ende essen mussten. Da dachte ich, dass Ulrich ebenso gut eine Woche später kommen könnte, meinetwegen auch zwei Wochen später.

12. März 1943

Ulrich ist wieder da. Kurz vor Mitternacht hielt gestern ein Auto vor der Tür, zwei Leute stiegen aus und klingelten. Dr. Auerbach lief sofort auf den Dachboden, aber es war Ulrich, der mit einem Luftwaffenauto gekommen war. Der Fahrer war uns behilflich, Ulrichs Pakete ins Haus zu schleppen. Ulrich hat in Calais einen Platz in einer Kuriermaschine bekommen, die direkt nach Tempelhof geflogen ist.
Er sieht gut aus, das mache die Ruhe dort, sagte er. Hin und wieder gibt es wohl englische Vorstöße mit leichten Kreuzern, die aber von unseren Küstenbatterien sofort unter Feuer genommen werden. Er hat wieder Aufzeichnungen mitgebracht. In den Paketen waren Stoffe aus Boulogne, Wurst, Leberpastete und Cognac. Er bleibt eine Woche in Berlin.
Wir können das Haus jederzeit bei einem Luftangriff verlieren. Dann müssen wir irgendwo unterkommen, und Dr. Auerbach braucht Papiere. Er könnte sich kurze Zeit mit einem Postausweis durchschlagen, die sind relativ leicht zu besorgen. Aber in der Stadt wird überall kontrolliert. Feldjäger durchkämmen die Verkehrsmittel nach Deserteuren, und die Gestapo arbeitet ihre Fahndungs-

listen ab. Bei einer scharfen Kontrolle nützt Dr. Auerbach ein Postausweis nichts. Wir denken fieberhaft nach.

Manchmal frage ich mich, ob meine Mutter darüber nachgedacht hat, was mit ihr, meinem Vater und mit Auerbach passiert wäre, wenn man ihnen auf die Schliche gekommen wäre. War sie sich sicher, dass das nicht geschehen würde? Immerhin war ihr Vater Kreisleiter, ihr Bruder ein NS-Studentenfunktionär, ihre Mutter in der Frauenschaft, sie selber Parteimitglied und ihr Mann ein Major und Ritterkreuzträger. So gesehen war ihre Tarnung mindestens so perfekt wie Auerbachs blonde Haare und seine blauen Augen. Aber als der vor der Tür stand, hatte meine Mutter ohnehin keine andere Wahl als ihn zu verstecken.

Die Fabrikaktion war die größte Razzia, die jemals in Berlin stattgefunden hat. Hier stimmen die Angaben meiner Mutter nicht ganz. Es sind *mehr* als viertausend Juden verhaftet worden. In Berlin lebten Anfang 1943 noch siebenundzwanzigtausend Juden. Von denen waren elftausend Zwangsarbeiter, wie Felix Auerbach. Am 27. und am 28. Februar wurden neuntausend Juden verhaftet. Viertausend Juden konnten rechtzeitig untertauchen, von denen überlebten eintausendfünfhundert.

Am Abend des 26. Februar, einem Freitag, benachrichtigte die Gestapo die vom Abtransport ihrer Zwangsarbeiter betroffenen Firmen. Daher konnte Auerbach beim Arbeitsantritt von einem wohlmeinenden Vorgesetzten gewarnt werden und noch rechtzeitig verschwinden. Vermutlich hat er die Schöneberger Wohnung nicht wieder betreten, son-

dern den Tag auf der Straße verbracht, ein blonder, gepflegter Herr mit Hut und Mantel, der sich auf wenig belebten Straßen bewegte, bis es dunkel war und er, ohne gesehen zu werden, bei meiner Mutter klingeln konnte.

Vermutlich war Auerbach nicht unglücklich darüber, die Schöneberger «Judenwohnung» verlassen zu müssen. Er wird sich Sorgen um Sarah Spielrein gemacht haben, denn er wusste nicht, was mit ihr geschehen war. Nach den untergetauchten Juden wurde im ganzen Reich gefahndet. Also hütete sich Auerbach, das Haus zu verlassen, und kümmerte sich um den Haushalt meiner Mutter. Ich sehe die beiden an diesem ersten Abend, den sie zusammen allein im Lichterfelder Haus verbrachten, am Küchentisch sitzen und lachen.

22

Dienstag, 31. Oktober 1989

Normalerweise gehe ich in einen Friseursalon, der von zwei schwulen Russen betrieben wird. Der Laden ist klein, es gibt nur vier mit rotem Kunststoff bezogene Friseurstühle, die so aussehen, als wären sie aus Moskau mitgebracht worden. Waschen und Schneiden dauert höchstens eine Dreiviertelstunde.

Der Salon am Kurfürstendamm ist das genaue Gegenteil. Bei den Russen ist nie viel los, hier ist es voll, laut und hektisch. Alle Friseurstühle sind besetzt, Fahrstuhlmusik vermischt sich mit dem Rauschen der Trockenhauben, die Luft riecht nach Parfüm und Haarspray. Die Empfangsdame, die an einem kleinen Tisch neben der Tür sitzt, erinnert mich an die Sekretärin mit den langen Fingernägeln, die mich bei Elst empfangen hat. Sie weist auf eine Sitzecke und bittet mich, einen Moment zu warten. Den Prosecco, den sie mir anbietet, lehne ich ab.

In diesem Salon gibt es drei Klassen wie früher bei der Eisenbahn. Ich habe die erste Klasse gebucht, und das bedeutet, dass sich der Chef persönlich um mich kümmern wird. Er ist Mitte fünfzig und trägt eine Goldrandbrille mit so vielen Reflexen, dass man seine Augen nie richtig sieht. Ich erkläre ihm, was ich will. Ich will so blond werden wie früher. Ich will ein paar helle Strähnen in meinem Blond, und ich will, dass meine Frisur bei Bedarf «leicht verwuschelt» aussehen kann, aber ich möchte die Haare auch «streng» tragen können, wenn mir danach ist.

Die ganze Prozedur dauert gute zwei Stunden. Zuerst lässt er meine Haare waschen, danach schneidet er. Dann werden die Haare gefärbt, und ich komme unter die Trockenhaube. Anschließend setzt man mir eine Gummikappe auf. Die Kappe hat kleine Löcher, aus denen Haarsträhnen gezogen und mit einem Pinsel erneut gefärbt werden. Anschließend komme ich noch einmal unter die Trockenhaube, und am Ende taucht der Chef wieder auf, um der Frisur mit Kamm und Föhn den letzten Schliff zu geben. Als er fertig ist, tritt er einen Schritt zurück und sagt: «Niedlich.» Das soll wahrscheinlich ein Kompliment sein.

Ein leichter Wind ist aufgekommen, als ich kurz nach vier wieder auf die Straße trete. Er verwirbelt die Blätter der Platanen auf dem Bürgersteig des Kurfürstendamms und erinnert mich daran, dass es bereits Ende Oktober ist. Mir ist nicht kalt, aber ich glaube, dass ich einen roten Kopf habe. Sehe ich peinlich aus mit meiner neuen Frisur? Auf dem Weg zu meinem Auto komme ich an dem Café vorüber, in dem ich vor ein paar Tagen gewesen bin, und betrete es kurzentschlossen. Wieder läuft Jazz aus den vierziger Jahren, und wieder sind die Tische nur spärlich besetzt.

Diesmal setze ich mich nicht an einen Tisch, sondern auf einen der Barhocker am Tresen. Als ich einen Cappuccino bestelle, lächelt der Barkeeper mich an, und ich lächele zurück. Für eine Frau, die von Männern lange wie Luft behandelt worden ist, ist das eine neue Erfahrung. Hinter dem Barkeeper befindet sich ein großer Spiegel, der über die gesamte Länge des Tresens geht und in dem ich mich jetzt in aller Ruhe betrachten kann.

Ich schätze die Frau, die mich aus ein paar Metern Entfernung aufmerksam betrachtet, auf Ende dreißig. Sie ist blond. Sie hat gefärbt, sonst wären bereits ein paar graue Strähnen zu sehen. Jetzt steht sie auf, um sich eine Zeitung zu holen, die

ein Gast auf einem der Tische liegen gelassen hat. Im Spiegel sehe ich, wie sie zurückkommt. Sie ist weder groß noch klein, sie ist schlank, aber nicht mager. Der schwarze Rollkragenpullover und die Jeans stehen ihr gut. Als sie wieder am Tresen sitzt und sich eine Zigarette anzünden will, gibt ihr der Barkeeper sofort Feuer. Sie bedankt sich mit einem selbstbewussten Lächeln. Die Frau gefällt mir. Ich finde sie attraktiv.

Ich stelle fest, dass ich kurz davor bin, mit dem Barkeeper zu flirten, der drei Schritte von mir entfernt Gläser poliert. Doch stattdessen bitte ich ihn, mir das Telefon zu geben, das neben der Spüle steht.

«Rufen Sie mich doch einfach an, wenn Sie vorbeikommen möchten», hat Sarah Spielrein gesagt. Und da ich das dringende Bedürfnis habe, mit jemandem zu reden, wähle ich ihre Nummer. Als sie abnimmt, sage ich ohne nachzudenken: «Ich komme gerade vom Friseur.»

Das wollte ich nicht sagen und schon gar nicht so laut, dass mir der Barkeeper einen amüsierten Blick zuwirft. Ich räuspere mich und füge hinzu: «Ich bin auf dem Weg nach Hause, und ich dachte, ich könnte kurz bei Ihnen ...»

Ich höre Sarah Spielrein lachen. Dann sagt sie: «Wann immer Sie wollen. Ich bin noch eine Weile zu Hause.»

Im Auto muss ich an den letzten Tagebucheintrag meiner Mutter denken. Auerbach war in Lichterfelde untergetaucht. Sie sei *glücklich und nervös zugleich*, schrieb meine Mutter. Konnte das gutgehen? Auerbach und meine Mutter ganz allein im Haus? Meine Instinkte sagen mir, dass die Geschichte ein böses Ende nehmen wird. Ich wünschte, ich könnte mit Sarah Spielrein über alles das sprechen. Aber das geht erst, wenn ich das Tagebuch meiner Mutter bis zum Ende entziffert habe.

Irgendwo schreibt meine Mutter, dass Auerbach und Sarah Spielrein viel miteinander reden und spazieren gehen.

Worüber haben sich die beiden unterhalten? Das Tagebuch kann ich nicht erwähnen, aber ich kann Sarah Spielrein von meinem Treffen mit Onkel Horst erzählen. Und dass meine Mutter ihn irgendwann gebeten hat, etwas für einen Juden zu unternehmen. Dann wird mir Sarah Spielrein Fragen zu meiner Familie stellen, und ich kann über einiges sprechen, was im Tagebuch steht, und behaupten, ich hätte es von meinem Onkel Horst erfahren.

Die Wohnungstür geht bereits auf, bevor ich geklingelt habe. Im Flur betrachtet mich Sarah Spielrein von allen Seiten. «Als Sie zum ersten Mal bei mir gewesen sind, haben Sie völlig anders ausgesehen.»

Ich nicke. «Mit Brille, Parka und Wanderschuhen. Das war meine Schulkleidung.»

Sarah Spielrein lacht. Aber dann sagt sie: «Es geht alles ziemlich schnell bei Ihnen. Sie müssen aufpassen.»

Da hat sie recht. Vor vier Wochen ist mein Vater gestorben, und vor zwei Wochen habe ich das Tagebuch meiner Mutter gefunden. Seitdem hat sich alles geändert. Ich bin nicht mehr «die Linde» mit den Wanderschuhen. Wer ich stattdessen bin, weiß ich noch nicht.

Ich sage: «Mir geht es gut.» Das stimmt, wenn auch vielleicht nicht ganz. Aber ich will jetzt wissen, wie sie meine Haare findet.

«Ihre Mutter war auch blond», sagt Sarah Spielrein. Sie zupft ein Haar von meinem Rollkragenpullover, bevor sie sich setzt. «Vielleicht sollten Sie nicht versuchen, wie Ihre Mutter auszusehen. Sie sind nicht Ihre Mutter.»

Ich habe mich immer als eine Frau gesehen, die Persönliches für sich behält. Vor dem Fenster steht die Chaiselongue mit dem orientalischen Überwurf, auf dem ihre Patienten liegen. Jetzt würde ich mich am liebsten auf die Chaiselongue legen und über alles reden.

Nachdem Sarah Spielrein mir Tee eingeschenkt hat, überrascht sie mich mit einer Frage. Ob ich allein lebe, will sie wissen.

Ich könnte ihr jetzt sagen, dass ich zwar allein lebe, aber keineswegs die Absicht habe, es dabei zu belassen. Und dass ich vorhin beinahe mit einem deutlich jüngeren Mann geflirtet habe. Und dass ich die Frau im schwarzen Rollkragenpullover mit den gutsitzenden Jeans im Spiegel hinter dem Tresen ziemlich attraktiv fand. Stattdessen sage ich, dass ich seit ein paar Jahren geschieden bin und momentan allein lebe. Wobei «momentan» alles Mögliche bedeuten kann.

Sarah Spielrein nickt und stellt mir noch eine Frage. «Haben Sie Verwandtschaft?»

«Einen Onkel», antworte ich. «Den Bruder meiner Mutter. Er hat mich vor ein paar Tagen angerufen, und wir haben uns getroffen. Ich wusste gar nicht, dass er noch lebt. Er wohnt in Ostberlin und hatte keinen Kontakt mit meinen Eltern.»

«Gab es einen Grund dafür?»

«Vor dem Krieg war mein Onkel Horst ein Nazi und nach dem Krieg ein Kommunist.»

«Was hat er von Ihnen gewollt?»

«Ich weiß es nicht. Vielleicht wollte er nur reden. Er hat mir viel über meine Familie erzählt. Es gab ein paar Dinge, die ich nicht wusste.»

«Was denn?»

«Zum Beispiel, dass mein Onkel meinen Vater regelrecht gehasst hat. Mein Onkel war ein fanatischer Nazi, der Juden verabscheut hat, das hat er offen zugegeben. Ein Nazi war mein Vater nie. Deshalb konnten sich die beiden nicht ausstehen.»

«Das war der Grund für den Bruch?»

«Nein. Meine Mutter hat ihren Bruder im Herbst 1940 gebeten, etwas für einen Juden zu unternehmen.»

«Für Felix Auerbach?»

«An einen Namen konnte er sich nicht mehr erinnern.»

«Und worum ging es?»

«Um eine Zwangsrekrutierung. Mein Onkel hat in der Ortsgruppe der NSDAP gearbeitet und hätte dem Mann behilflich sein können. Aber er hat sich geweigert, etwas für ihn zu tun.»

Sarah Spielrein runzelt die Stirn. «Felix Auerbach hat 1940 für kurze Zeit im Straßenbau gearbeitet, bis ihm jemand eine Stelle in einem Büro besorgt hat.»

Das weiß ich bereits. Aber ich darf es mir nicht anmerken lassen, also sage ich: «Dann hat ihm meine Mutter vielleicht auf eine andere Weise helfen können. Hat Felix Auerbach nie über sie gesprochen?»

«Nein, das hat er nicht. Werden Sie Ihren Onkel wiedersehen?»

«Wir haben nichts verabredet», sage ich. «Aber ich kann ihn anrufen. Warum fragen Sie?»

«Vielleicht weiß er mehr über die Verbindung zwischen Ihren Eltern und Auerbach, als er Ihnen erzählt hat. Und vielleicht ist er es gewesen, der damals der …» Sie bricht den Satz ab, aber es ist nicht schwer zu erraten, was sie denkt.

«Sie meinen, dass er der Gestapo einen Tipp gegeben hat?»

Sarah Spielrein sieht mich unschlüssig an. «Halten Sie das für denkbar?»

Ich glaube nicht, dass mein Onkel Horst etwas mit Auerbachs Tod zu tun hatte. Aber Menschenkenntnis hat noch nie zu meinen Stärken gehört.

«Wenn er Auerbach verraten hätte», antworte ich, «hätte er mir die Geschichte nicht erzählt. Sind Sie Auerbach noch einmal begegnet, nachdem Sie ihn im Herbst 1943 zufällig wiedergetroffen hatten?»

Einen Moment lang geschieht etwas mit dem Gesicht von

Sarah Spielrein. Es wird ausdruckslos, so als hätte ich irgendetwas Schmerzhaftes berührt. Schließlich schüttelt sie den Kopf. «Nein, wir haben uns nie wiedergesehen.»

Sie schweigt einen Moment, bevor sie weiterspricht. «Ich kann mir jedenfalls vorstellen, dass Singer noch ein paar Sachen weiß, über die er mit Ihrem Vater reden wollte.»

«Könnte mein Vater einen Grund gehabt haben, sich vor diesem Gespräch zu fürchten?»

Sarah Spielrein sieht mich ein paar Sekunden lang stumm an. Dann sagt sie: «Ich weiß es nicht.»

Als wir uns im Flur voneinander verabschieden, verspricht sie, mich anzurufen, sobald Singer sich gemeldet hat – Singer, der so aussehen soll wie Felix Auerbach.

Draußen auf der Straße hat es angefangen zu regnen. Im Auto muss ich an Sarah Spielreins Gesichtsausdruck denken, als ich sie nach Auerbach gefragt habe. Ist sie damals auch in ihn verliebt gewesen? Was hat diesen Felix Auerbach so attraktiv gemacht? Sein gutes Aussehen und sein altmodischer Charme?

Da meine Scheibenwischer nicht richtig funktionieren, muss ich so langsam fahren, dass ich fast zwanzig Minuten nach Hause brauche. Den Plan, mir ein neues Auto anzuschaffen, habe ich vorläufig aufgegeben. Sarah Spielrein hat recht. Es geht alles viel zu schnell.

23

Ich schenke ein, bis das Glas drei viertel voll ist. Es beschlägt sofort mit einem matten Nebel, und aus unsichtbaren Unebenheiten an der Innenseite des Glases steigen feine Perlen an die Oberfläche.

Zur Feier des Tages habe ich eine Flasche *Veuve Clicquot* geöffnet. Jetzt stehe ich vor dem Badezimmerspiegel, um verschiedene Frisuren auszuprobieren. Wie viele Frauen sind frustriert von dem, was sie beim Blick in den Spiegel sehen? Die Hälfte? Mehr als die Hälfte? Ich jedenfalls hasse mein Spiegelbild nicht mehr. Meine Haare sind tatsächlich genauso lang, wie ich es mir gewünscht hatte. Nicht zu lang, aber lang genug, um sie am Hinterkopf straff zurückgekämmt zusammenzubinden. Ich kann meine Haare auch zu einem lasziven Wuschelkopf zerzausen, um *niedlich* auszusehen. Ich komme mir vor wie neugeboren.

Ungefähr dasselbe hat meine Mutter nach ihrem ersten Friseurbesuch im Sommer 1947 in Marburg zu mir gesagt. Ich will nicht beschwören, dass sie dieses Wort benutzt hat, aber darauf lief es hinaus.

Der Friseur, ein Sergeant, dem meine Mutter ihre Wiedergeburt verdankte, war ein dicker Schwarzer. Sein Salon gehörte zum PX der Amerikaner, in dem meine Mutter damals arbeitete. Der Sergeant widmete sich ihr nach Ladenschluss, und bestimmt war er froh darüber, mal etwas anderes schneiden zu dürfen als den üblichen *Crew Cut.* Das Ergebnis war überwältigend. Meine Mutter, die ihre Haare bis dahin zu

einem unscheinbaren Dutt zusammengebunden hatte, trug sie von nun an in offenen Dauerwellen. Bald darauf benutzte sie Make-up und schneiderte sich ein flottes Sommerkleid. Damit begannen ihre wilden Marburger Jahre, von denen sie mir später hin und wieder erzählt hat.

Die Arbeit im Marburger Einkaufszentrum der amerikanischen Truppe wurde ihr von einem Colonel vermittelt, für den sie geputzt hatte. Meine Mutter arbeitete in der Kantine, half aber auch im Lager aus, wo sie Konserven und Tüten in die Regale räumte. Angeschlagene Konservendosen und beschädigte Mehl-, Kakao- und Reistüten durfte sie mitnehmen, sodass sich unser Zimmer bei Frau Teuchert in ein kleines Warenlager verwandelte, wo meine Mutter bald einen florierenden Handel betrieb.

Die Nahrungsmitteltüten tauschte sie gegen Eiserne Kreuze und Parteiabzeichen. Das alles verkaufte sie wieder an Amerikaner, und von den Dollars besorgten ihr wieder andere GIs Lippenstifte, Nagellack, Nylonstrümpfe und Zigaretten. Wer meiner Mutter ein paar Jahre später in Berlin begegnet ist, hätte sie kaum als «kontaktfreudige Person» bezeichnet, aber genau das ist sie in Marburg gewesen. Sie sprach auch bald gut Englisch. Und sie war «scharf» – ein Wort, das Frau Teuchert einmal für sie benutzt hatte, ohne dass ich damals wusste, was sie damit meinte. Der erste amerikanische Freund meiner Mutter war Captain Kelly, ein großer, freundlicher Mann mit weißen Zähnen und kurzen, blonden Haaren. Er konnte seinen Daumen abdrehen und wieder festmachen und Boogie-Woogie auf dem Klavier spielen. Ich weiß nicht, wie weit die Freundschaft der beiden ging, aber sie hatten auf alle Fälle viel Spaß miteinander.

Als der Captain versetzt wurde, war die Bahn für Colonel Parker aus Boston frei. Colonel Parker war älter als Captain Kelly. Er war der Mann mit dem Sears-Katalog, aus dem

meine Mutter sich ein paar Monate lang Kleider und Schuhe bestellte. Colonel Parker holte sie häufig mit seinem Jeep ab. An solchen Tagen nahm sie ein ausgiebiges Bad, wusch sich ihr Gesicht mit Mandelkleie und verbrachte längere Zeit vor dem Spiegel, um Make-up aufzulegen. Danach zog sie ein Kleid an und sah hinreißend aus. Oft sagte sie dann, sie fühle sich jetzt wieder «wie vor dem Krieg».

Als Colonel Parker von der Bildfläche verschwand, ging meine Mutter eine Zeitlang mit wechselnden Männern aus, bis sie wieder einen festen Freund hatte. Er war ebenfalls ein Colonel und hieß David Bialystock. Ihn habe ich am deutlichsten in Erinnerung. Ich meine weniger sein Aussehen (ich glaube, er war groß und blond), als die Art und Weise, wie er die Sachen, mit denen meine Mutter handelte, in die Hand nahm und von allen Seiten sorgfältig betrachtete. Mit ihm nahm ihr Handel noch einmal einen Aufschwung. Das lag an dem großen Interesse, das Colonel Bialystock für die Geschäfte meiner Mutter aufbrachte. Ehrendolche, Eiserne Kreuze, Ritterkreuze und Parteiabzeichen übten eine merkwürdige Faszination auf ihn aus. Er wurde bald der beste Kunde meiner Mutter und schickte seine Ankäufe mit dem *Military Postal Service* weiter nach Amerika.

Der andere Grund für den Aufschwung der Geschäfte war die Mitwirkung von Frau Teuchert, die gute Kontakte zu «gewissen Kreisen» hatte, in denen man alles Mögliche aufbewahrt hatte, jetzt aber genötigt war, sich schweren Herzens davon zu trennen. Der größte Coup meiner Mutter waren vier Hitlerbüsten aus Bronze. Zwei davon wurden sofort von Colonel Bialystock gekauft. Die beiden anderen erwiesen sich als schwer verkäuflich, weil meine Mutter einen zu hohen Preis dafür verlangte. Sie sah sich nicht unter Zeitdruck, aber das war eine Fehleinschätzung.

Im Mai 1950 ging Colonel Bialystock zurück in die Ver-

einigten Staaten, und Anfang Juni gab es einen Streit zwischen meiner Mutter und Frau Teuchert, bei dem es um ihren Anteil an den Geschäften ging. Der Streit endete damit, dass Frau Teuchert meine Mutter anzeigte und zwei Tage später die Militärpolizei auftauchte. Die MP konfiszierte die Hitlerbüsten und sämtliche Ehrendolche und Eisernen Kreuze.

Sie nahm auch das Bild von Obergruppenführer Teuchert mit, das im Flur hing – des Mannes mit dem Totenkopf auf der Uniformmütze und der Siegrune auf den Kragenspiegeln. Darauf bekam Frau Teuchert einen Tobsuchtsanfall und kündigte uns. Als meine Mutter kurz darauf ihren Job im PX verlor, wurde unsere Situation in Marburg unhaltbar. So kam es, dass wir zwei Wochen später im Zug nach Berlin saßen.

Bevor ich mich wieder an das Tagebuch meiner Mutter setze, schalte ich den Fernseher ein. Der 31. Oktober 1989 war ein Tag der Rücktritte. Margot Honecker ist zurückgetreten, ebenso wie Harry Tisch, der Vorsitzende des FDGB. Egon Krenz wird morgen in Moskau erwartet. Vor seiner Abreise hat er in einem Interview mit dem sowjetischen Fernsehen erklärt, dass die sozialistische Gesellschaft der DDR sich nur entwickeln könne, «wenn die Partei an der Spitze steht». In Wittenberg, Weimar, Meißen und Meiningen haben Demonstrationen stattgefunden.

---

13. März 1943

Heute Nachmittag waren wir in Schöneberg. Ulrich wollte die Zerstörungen durch den Luftangriff Ende Januar sehen und auch das Haus, in dem Dr. Auerbach gewohnt hat.

Der Anblick hat ihn sichtlich mitgenommen. Das kannte er bisher nur aus Russland. Als wir die Klingelschilder am Eingang studierten, erschien der Blockwart. Er nahm Haltung an und erklärte stolz, dass es die Judenwohnungen nicht mehr gibt. Vor einem Ritterkreuzträger stehen die Leute automatisch stramm.
Wir wissen immer noch nicht, wie es mit Dr. Auerbach weitergehen soll. Morgen sind wir bei Papa und Mama zum Essen. Ich brauche dringend neue Fettmarken. Ulrich, der auf diese Einladung nicht besonders scharf ist, will diesmal zu Mama besonders charmant sein. Auch Horst wird kommen.
Mit zwei Männern unter einem Dach zu leben, bringt mich völlig durcheinander. Am schlimmsten ist es, wenn ich merke, wie sehr Ulrich an mir hängt.
Jetzt lese ich zum zweiten Mal Vom Winde verweht. Dabei habe ich die kindische Hoffnung, dass die Geschichte zwischen Scarlett und Rhett beim zweiten Lesen anders ausgeht.

15. März 1943

Mama war gestern ganz hingerissen von Ulrichs Charme und seinem Ritterkreuz. Leider hat Horst sofort angefangen zu schwadronieren. Das Heldenopfer von Stalingrad hätte das deutsche Volk tief geläutert und jetzt wäre der Weg zum Endsieg frei. Ulrich hat ihm scharf geantwortet und keinen Hehl daraus gemacht, dass er ihn für einen Drückeberger hält. Horst ist vorzeitig gegangen. Papa war das furchtbar peinlich, und er hat sich bei Ulrich entschuldigt.
Heute Morgen hat uns die Chefin mitgeteilt, dass die Junge Dame eingestellt wird. Wir werden mit der Hanseatin zu

einem Blatt vereinigt, das Kamerad Frau *heißen soll. Wer von uns übernommen wird, ist noch offen. Ich habe gute Aussichten, weil ich in der Partei bin.*

16. März 1943

Wir sind zu einem Entschluss gekommen. Dr. Auerbach wird in Zukunft ein kriegsgeschädigter, deaktivierter Leutnant sein. Ulrich kann ihm die entsprechenden Papiere in seiner Regimentskanzlei ausstellen. Die medizinischen Unterlagen für seine Deaktivierung wird ein Stabsarzt aus Boulogne unterschreiben. Dr. Auerbach hat dann ein Soldbuch, einen Wehrpass und einen Militärführerschein. Er wird sich hier zivile Papiere ausstellen lassen.
Dr. Auerbach wird bei mir als Untermieter einziehen, sagt Ulrich. Mir blieb fast die Luft weg.

25. April 1943

Am Dienstag ist das angekündigte Paket mit der Überraschung von Ulrich gekommen. Das Paket enthielt Seidenstrümpfe, Butter, Leberpastete und zwei Flaschen Champagner. Unter einer Pappe auf dem Boden lagen die neuen Papiere. In einem zweiten Paket befand sich eine Luftwaffenuniform für Dr. Auerbach. Er ist zwar deaktiviert, aber kein Offizier wirft seine Uniform weg.
Mein neuer Untermieter übt im Moment, mit einer Krücke zu laufen. Sein rechtes Bein ist steif, weil er das Knie nicht beugen kann. Er möchte als Fremdsprachenkorrespondent arbeiten.
Vor drei Tagen hatten wir einen heftigen Luftangriff. Der Alarm kam nachts um zwei, und wir gingen sofort

in den Keller. Als die Flak loslegte, bekam ich Angst, und Dr. Auerbach musste meine Hand halten.
Papa und Mama habe ich noch nichts von meinem neuen Untermieter erzählt. Horst hat ein paar Brandwunden, weil er versucht hat, einen abgeworfenen Phosphorkanister unschädlich zu machen.

10. Mai 1943

Ulrich hat geschrieben. Der Stabsarzt aus Boulogne, dessen Unterschrift Ulrich gefälscht hat, ist an einem Herzinfarkt verstorben. Mir wird jetzt erst klar, was für ein Risiko Ulrich für Dr. Auerbach eingegangen ist.
Mama hat sich heute beim Essen wieder nach meinem Untermieter erkundigt. Am liebsten würde sie ihn kennenlernen. Als sie am letzten Freitag abends bei mir klingelte, um mir neue Fettkarten vorbeizubringen (ein Vorwand), ist Dr. Auerbach sofort nach oben verschwunden. Papa hat heute beim Essen (wahrscheinlich auf Drängen von Mama) gesagt, ich solle Leutnant Bredow ruhig am Sonntag mitbringen, es gäbe genug für alle. Woher er das Eiserne Kreuz denn hätte? Frankreich oder Ostfront? Das wäre interessant zu wissen. Abgeschossen über dem Kanal? Wohl auf dem Weg nach England? Dr. Auerbach hinkt jetzt auch im Haus. Er sagt, er kann entweder hinken oder nicht hinken.

Im Frühjahr 1943 hat die Lesbarkeit der Schrift meiner Mutter einen neuen Tiefpunkt erreicht. Ich sitze vor ihren

Eintragungen wie vor chinesischen Schriftzeichen. Wenn das die Absicht meiner Mutter war, kann ich sie verstehen. Diese Zeilen hätten sie den Kopf kosten können. Auerbach brauchte eine neue Identität, und sein alter Wunsch, Offizier zu sein, ging endlich in Erfüllung. Mein Vater hatte die bürokratischen Möglichkeiten seiner Regimentskanzlei benutzt, und Auerbach war von nun an ein kriegsbeschädigter Luftwaffenleutnant.

Das Problem war die Begegnung mit meinem Onkel Horst in der S-Bahn, bei der Auerbach sich das Parteiabzeichen meiner Mutter angesteckt hatte. Ein Zusammentreffen mit meinem Onkel musste unter allen Umständen vermieden werden. Ich frage mich, ob das gelungen ist.

24

Donnerstag, 2. November 1989

Seit Ferienanfang stelle ich mir den Wecker nicht mehr. Ich stehe jeden Tag ein bisschen später auf. Zum Frühstück höre ich die Nachrichten: DDR-Bürger dürfen seit gestern wieder ohne Visum in die ČSSR, und am Abend haben bereits achttausend DDR-Bürger die Grenze passiert. Der Andrang in der Deutschen Botschaft in Prag ist sofort wieder angeschwollen. In Moskau erklärt Krenz nach seinem Antrittsbesuch bei Gorbatschow, die Gründe für die Errichtung der Mauer bestünden weiter. Auf die Lage im eigenen Land angesprochen, sagt er, die Demonstrationen würden das Leben in der DDR «schöner machen». Das hat er tatsächlich gesagt. Wäre ich im Moment nicht so sehr mit mir selber beschäftigt, würde ich darüber nachdenken, wie lange es noch dauert, bis der Laden auf der anderen Seite der Mauer zusammenbricht.

Als ich mich endlich an das Tagebuch setze, kann ich mich nicht konzentrieren. Das liegt auch daran, dass ich ständig ins Badezimmer renne, um mich im Spiegel zu betrachten. Selbst im Licht der Neonröhre über dem Badezimmerspiegel sehe ich mit der neuen Frisur mindestens fünf Jahre jünger aus.

Wenn ich meine Haare straff nach hinten lege und sie zu einem kurzen Pferdeschwanz binde, wirkt auch meine klobige Brille völlig anders. Meine Stirn ist durch die straff zurückgekämmten Haare völlig frei, keine graublonden Haarbüschel hängen mehr auf sie herab. Die freie Stirn betont meine Brille, lässt sie fast modisch aussehen. Der Effekt ist so unerwartet

und erstaunlich, dass ich lachen muss. Ich könnte notfalls hinter mein Panzerglas zurückkriechen, ohne dabei wieder «die Linde» zu werden.

Nach dem Essen miste ich meine Wohnung aus. Ich befördere alles in den Müllcontainer im Hof, was sich im Laufe der Zeit an Unnötigem bei mir angesammelt hat. Dann durchsuche ich meine VHS-Kassetten nach dem Film, in dem Bette Davis zu irgendeiner Behausung «What a dump» sagt, finde den Film aber nicht. Schließlich überlege ich, ob ich die Kehl bitten sollte, zweimal die Woche zu mir zu kommen – zum Saugen und zum Aufräumen. Nein, das wäre keine gute Idee.

Kurz vor vier klingelt das Telefon, und Sarah Spielrein meldet sich. Sie erkundigt sich, wie es mir geht, und dann sagt sie das, worauf ich seit Wochen warte.

«Paul Singer kommt morgen nach Berlin. Er hat mich heute Vormittag angerufen und mich um Ihre Telefonnummer gebeten.»

Mir wird beinahe schlecht. Die Mitteilung trifft mich so, als wäre ich *nicht* darauf vorbereitet gewesen. Das ist beunruhigend. Ich muss aufpassen, dass nicht alles noch komplizierter wird, als es ohnehin schon ist.

«Wissen Sie, wie lange er bleibt?», frage ich.

«Auf jeden Fall länger als nur ein paar Tage. Es wird davon abhängen, was auf der anderen Seite der Mauer passiert. Er wird für seine Zeitung darüber berichten.»

Wenn mich Singer anruft, werde ich ihn treffen müssen, bevor ich weiß, was aus Auerbach geworden ist. Ich habe immer noch die knappe Hälfte des Tagebuchs vor mir, und ich kann nicht sagen, wie lange es noch dauern wird, bis ich fertig bin.

20. Mai 1943

Mir fällt ein Riesenstein vom Herzen, und ich werde Standartenführer Axmann bis zum Ende meines Lebens dankbar sein! Offenbar hat er wieder seine Verbindungen spielen lassen. Dr. Auerbach hat jetzt einen Posten bei Siemens in Spandau! Er bekommt auch eine Monatskarte für die BVG und kann bei Siemens in der Kantine essen. Der einzige Nachteil ist der, dass er jeden Tag ziemlich lange unterwegs ist und die S-Bahn nicht immer zuverlässig verkehrt.

Aber es sind herrliche Tage, und manchmal, wenn kein Einflug feindlicher Bomber gemeldet ist, bin ich regelrecht glücklich. Ich glaube, der Flieder (der ja vom Krieg nichts weiß) hat noch nie so üppig geblüht wie in diesem Mai. Neben dem Strauch steht man in einer regelrechten Duftwolke.

Gestern haben wir ein kleines Festessen veranstaltet. Jetzt sind wir lebensmittelkartenmäßig regelrecht pleite, aber es war wunderbar. Dr. Auerbach habe ich gebeten, seine Uniform zu tragen und das Eiserne Kreuz anzulegen. Ich weiß ja, wie wohl er sich in Uniform fühlt und wie gerne er seinen Orden trägt. Ich selber habe mein ausgeschnittenes Abendkleid aus blauem Samt angezogen, das im Kerzenlicht immer so geheimnisvoll schimmert. Im Keller war noch Champagner, und ich glaube, am Ende des Essens waren wir beide ein wenig beschwipst. Bevor wir zu Bett gingen, hat Dr. Auerbach noch ein Gedicht von Heine zitiert. Den haben wir ja in der Schule nicht durchgenommen, weil er ein Jude ist.

Im wunderschönen Monat Mai,
Als alle Knospen sprangen,

Da ist in meinem Herzen
Die Liebe aufgegangen.

Dr. Auerbach hat dann schelmisch gelächelt und gesagt, das Gedicht ging noch weiter, er könne sich nur momentan nicht daran erinnern. Ich habe dann, als er schon oben war, noch in Ulrichs Bibliothek das Gedicht herausgesucht und die letzten vier Verse gelesen:

Im wunderschönen Monat Mai,
Als alle Vögel sangen,
Da hab ich ihr gestanden
Mein Sehnen und Verlangen.

Was will Dr. Auerbach mir damit sagen? Ich weiß wirklich nicht, was das bedeuten soll, und ich will mir auf keinen Fall etwas vormachen. Trotzdem habe ich, als ich im Bett lag, vor lauter Glück geweint.

26. Mai 1943

Inzwischen haben wir eine eingespielte Tagesroutine. Wir stehen um halb sieben auf, frühstücken und laufen zur S-Bahn. Ich fahre in die Redaktion und Dr. Auerbach weiter zu Siemens. Seine Arbeit als Fremdsprachenkorrespondent ist leicht und die Kollegen angenehm. Niemand fragt ihn nach dem Krieg, obwohl alle wissen, dass er Leutnant bei der Luftwaffe war.
Abends essen wir zusammen, wobei Dr. Auerbach das Kochen übernimmt. Er hält nicht viel von meinen Kochkünsten, und da hat er recht. Er spielt viel Klavier, und ich führe beinahe ein Leben, wie ich es mir gewünscht habe. Lästig, aber nicht wirklich gefährlich sind die Moskitos

der Engländer, die aus Balsaholz gebaut werden. Sie können nur kleine Bomben abwerfen, aber sie rauben uns nachts den Schlaf. Unsere Luftabwehr ist machtlos, weil die Moskitos zu schnell sind und zu hoch fliegen. Dr. Auerbach, als ehemaliger Leutnant der Luftwaffe, spricht gerne darüber. Die Spitfires *der Engländer, meinte er, seien ganz schlimm gewesen, seine ME 109 habe da oft nicht mithalten können. Er kann so richtig in seiner Rolle aufgehen.*
Vor drei Tagen hat das Afrikakorps in Tunis kapituliert. Wir haben dort ebenso viele Soldaten verloren wie in Stalingrad.

19. Juli 1943

Papa hat seinen Schwung verloren. Alles setzt ihm sehr zu, und beim Essen war er ungewohnt schweigsam. Die Kreisleitung hat immer die neusten Frontberichte, und da scheint es nicht gut zu laufen.
Mama hat mich und Leutnant Bredow wieder zum Essen eingeladen. Ich kann die Einladung nicht immer ablehnen, sonst wird sie am Ende misstrauisch und bringt Papa noch dazu, Nachforschungen anzustellen. Wenn Horst nicht dabei ist, spricht nichts dagegen, dass Dr. Auerbach zum Essen mitkommt.
Papa hat mir zwei Karten für ein Furtwängler-Konzert angeboten. Da könne ich mit Leutnant Bredow hingehen, sagt er. Ich überlege, ob wir tatsächlich gehen sollten. Wir haben uns bisher nur in die Hindenburg-Lichtspiele getraut.
Beim Abschied im Flur sah ich, dass auf Papas Karte an der Ostfront viele Stecknadeln fehlen, so als wäre etwas in Bewegung. Große Siege hätte man herausposaunt, es scheint also ein Rückzug in Gang zu sein.

Dr. Auerbach ist jetzt Abteilungsleiter. Die Abteilung besteht allerdings nur aus ihm selbst und einer neu eingestellten Sekretärin. Die sei sehr jung und sehr fleißig. Sie redet ihn immer mit «Herr Leutnant» an.
Vorgestern haben die Amerikaner und die Engländer Messina erreicht. Es scheint, wir verlieren Sizilien. Das kam in den deutschsprachigen Nachrichten der BBC. Die Italiener, sagt Dr. Auerbach, können nicht richtig kämpfen. Von Südländern hält er nicht viel.

30. Juli 1943

Ulrich hat aus Frankreich geschrieben. Seine Division wird nach Süditalien verlegt. Man rechnet jetzt mit einer Invasion auf dem italienischen Festland. Aus Frankreich kam noch ein Paket mit Parfüm, Seidenblusen und Leberpastete.
Ich verschlampe immer mehr, obwohl ich mir wegen Dr. Auerbach die größte Mühe mit meinem Aussehen gebe. Die Haare konnte ich mir schon seit fünf Tagen nicht mehr waschen. Meist trage ich jetzt einen Turban. Es ist furchtbar heiß, und die Luft ist voller Ruß und Staub.
Der Angriff auf Hamburg vor einer Woche macht uns nervös. Die ganze Innenstadt ist eingeäschert worden, und es hat sehr viele Tote gegeben. Alle erwarten einen Großangriff auf Berlin. Überall im Haus stehen Eimer mit Sand wegen der Brandbomben und des Phosphors. Herr Fabeck hat uns erklärt, wie man damit löscht.

16. September 1943

Ulrich wurde gestern in Hohenlychen eingeliefert. Er ist bei Salerno verwundet worden. Ich habe ihn heute besucht. Er hatte einen Granatsplitter im Bauch, und zusätzlich

hat es ihn am Knie erwischt. Er kam mehr oder weniger bewusstlos nach Rom. Dort war er vier Tage im Spital, die Ärzte hatten ihn schon aufgegeben. Frontdienst kommt für ihn nicht mehr in Frage. Er will ein Schreibtischkommando in Paris oder irgendwo anders in Frankreich. «Solange wir Frankreich noch halten können», sagte er. Denn bald gäbe es auch dort eine Invasion.

Hohenlychen ist wunderschön mit seinen Gebäuden zwischen Birken und Kiefern. Luftangriffe gibt es hier nicht. Ich glaube, Ulrich hat Angst vor Berlin. Viele Soldaten sagen, im Luftschutzkeller sei es schlimmer als an der Front. Er hat mir Notizen mitgebracht, die ich abtippen muss.

Gestern Nacht dachten wir, dass es wieder losgehen würde. Gegen halb eins hatten wir Voralarm, aber eine halbe Stunde später gab es schon Entwarnung. Momentan gibt es Luftangriffe nur nachts, aber Dr. Auerbach meint, dass wir früher oder später mit Angriffen rund um die Uhr rechnen müssen. Wir haben nicht genug Jäger, sagt er. Von unserer Flak hält er nichts.

Jetzt bin ich mit Vom Winde verweht *zum zweiten Mal fertig. Das Ende war doch nicht so deprimierend, wie ich es in Erinnerung hatte. Der ganze Ärger, den sich Scarlett einhandelt, kommt daher, dass sie sich in den falschen Mann verliebt hat. Aber dagegen kann eine Frau nichts machen. Ich will unbedingt den Film sehen.*

Draußen ist es beinahe dunkel, als ich im September 1943 angekommen bin. Eine fleißige Tagebuchschreiberin ist meine

Mutter in diesen Monaten nicht gewesen. Sie lebte jetzt mit Auerbach allein im Lichterfelder Haus, während sich um sie herum an allen Fronten die militärischen Katastrophen häuften. Im Mai 1943 kapitulierte die Wehrmacht in Afrika, im Juli landeten die Alliierten in Sizilien, und ebenfalls im Juli ging in Russland die Panzerschlacht von Kursk verloren, was die ganze Ostfront ins Rutschen brachte. Meine Mutter, die jeden Abend BBC hörte, wird das gewusst haben, aber es schien sie nicht groß zu kümmern. Ich frage mich, warum sie ihren Untermieter groteskerweise immer noch als «Dr. Auerbach» bezeichnet. Auf welchen brodelnden Topf presst sie da mit aller Gewalt den Deckel?

Mitte September wurde Vater bei Salerno schwer verwundet. Er überlebte, aber sein Knie blieb steif. Was Auerbach simulierte, war bei ihm echt. Meine Mutter besuchte ihn wieder in Hohenlychen. Warum er sich einen Posten in Frankreich wünschte, verstehe ich nicht. Er hätte jederzeit ein Schreibtischkommando in Berlin bekommen können. Aber meine Mutter schien sich nicht darüber zu wundern.

25

Freitag, 3. November 1989

Singer sitzt achttausend Meter über der Nordsee auf dem Fensterplatz einer Boeing 737 und beobachtet mit wachsender Panik, wie sich die rechte Tragfläche der Maschine gefährlich nach oben wölbt und sofort wieder nach unten biegt. Vor einer Viertelstunde hat der Pilot Turbulenzen angekündigt und zum Anlegen der Gurte aufgefordert. Aber jeder Esel weiß, dass Piloten in solchen Situationen lieber lügen, als eine Panik unter den Passagieren auszulösen. Singer versucht, die Augen zu schließen, was ihm nicht gelingt, obwohl es sinnlos ist, weiter auf die rechte Tragfläche zu starren. Ein winziger Materialfehler könnte dazu führen, dass der verdammte Flügel abbricht und die 737 in die Nordsee stürzt, wie das Flugzeug von Glenn Miller im August 1944.

Kurz nach dem Abflug in Heathrow hat er zwanzig Tropfen Valium in seinen Bourbon geschüttet und das Glas mit einem Zug geleert, aber die Hoffnung, dass seine notorische Flugangst verschwinden würde, hat sich nicht erfüllt. Er überlegt, sich noch einen zweiten *Paul-Singer-Cocktail* zu genehmigen, um den Rest des Fluges zu überstehen, andererseits muss er handlungsfähig sein, wenn er in Berlin aus dem Flugzeug steigt – falls die Flügel der 737 noch so lange halten.

Seinem Vorschlag, vor Ort eine Reihe von *gut recherchierten* und *fundierten* Artikeln über die neusten Entwicklungen in *East Germany* zu schreiben, hat die *Los Angeles Times* sofort zugestimmt. Das hat ihn nicht überrascht. Er spricht fließend Deutsch, kennt Berlin so gut wie Hollywood

(hat er behauptet), und schließlich stammt seine Familie aus Berlin. Dass es für ihn auch private Gründe gibt, nach Berlin zu fliegen, hat er verschwiegen. In Heathrow, als er auf den Anschlussflug nach Berlin warten musste, hat er noch einmal den Brief gelesen, den ihm die Frau geschrieben hat.

> Sehr geehrter Herr Singer,
> mein Vater ist kurz nach Erhalt Ihres Schreibens verstorben. Er kann Ihnen daher nicht mehr persönlich antworten. Ihr Onkel Felix Auerbach ist mir gegenüber weder von meinem Vater noch von meiner Mutter jemals erwähnt worden. Ich bezweifle, dass ich Ihnen behilflich sein kann.
> Mit freundlichen Grüßen
> Erika zur Linde

Die paar Zeilen kommen ihm hölzern und förmlich vor. Er findet den Ton des Briefes zickig. Dass die Eltern von Erika zur Linde nach dem Krieg nie von Felix Auerbach gesprochen haben, glaubt er nicht.

Es ist kurz vor zwölf, als er Land unter der rechten Tragfläche sieht. Um halb eins kann er das winzige, blitzende Band eines Flusses erkennen, vielleicht ist es die Elbe. Danach verliert die Boeing immer mehr an Höhe, und als der Pilot schließlich in den Sinkflug übergeht und die Landung ankündigt, beginnen die Passagiere nach ihren Sachen zu kramen. Ein paar Minuten später hört er unter sich das Poltern, mit dem das Fahrgestell ausgefahren wird, und einen furchtbaren Moment lang zittert die Boeing wie ein Hund mit einer bösen Erkältung.

Das Berliner Zentrum überfliegen sie nicht, sondern kommen von Norden über eine zersiedelte Industrielandschaft

herabgeschwebt, nicht einmal die Mauer kann er ausmachen. Berlin hat er zum ersten Mal in einem Dokumentarfilm über den Krieg gesehen. Das Flugzeug mit dem Kameramann flog so tief, dass man einzelne Passanten auf der Straße erkennen konnte. Aber es waren nur wenige Menschen unterwegs, und Autos gab es keine. Schuttberge lagen an den Straßenrändern, von den Häusern standen nur noch Außenmauern. In einer anderen Sequenz, die vom Boden aus gefilmt wurde, waren hungrige Berliner zu sehen, die sich große Stücke Fleisch aus einem Pferdekadaver herausschnitten. Seine Mutter hat diese Stadt ebenso verabscheut wie Shanghai. Er selber ist noch nie hier gewesen.

Mit einem Ruck setzt das Hauptfahrgestell auf, und sofort geht der Pilot auf vollen Gegenschub. Das Flugzeug bremst ab, und eine Woge der Erleichterung streicht wie eine kühlende Hand über Singer hinweg. Er hat es wieder einmal geschafft. Willkommen in Berlin.

Singer zieht ein blütenweißes Taschentuch aus der rechten Hosentasche und wischt sich den Schweiß von der Stirn. Der Pilot hat eben die Bodentemperatur bekanntgegeben. Es sind achtzehn Grad, nicht schlecht für Anfang November. Es scheint die Sonne. Als sich seine Sitznachbarin endlich aus ihrem Platz gewälzt hat, steht er auf und zieht mit einer schwungvollen Bewegung seinen Aktenkoffer aus der Gepäckablage.

26

Freitag, 3. November 1989

Heute Morgen hat mein Wecker nicht geklingelt. Als ich aufwache, ist es bereits neun, und es dauert einen Moment, bis mir einfällt, dass seit ein paar Tagen Herbstferien sind. Noch auf der Bettkante setze ich die Kontaktlinsen ein. Das kann ich inzwischen ohne Spiegel. Im Badezimmer weiß ich nicht, was ich von mir halten soll. Ich nehme die Kontaktlinsen heraus, binde mir die Haare straff zurück und setze meine Brille auf. Dann löse ich die Haare wieder, nehme die Brille ab und setze die Kontaktlinsen wieder ein. Dabei frage ich mich, wer ich eigentlich bin. Schließlich ziehe ich mich an, gehe in die Küche und mache Kaffee.

Singer landet heute in Tegel und wird mich in den nächsten Tagen anrufen. Ich bin gespannt auf ihn. Wenn er tatsächlich diese erstaunliche Ähnlichkeit mit Auerbach hat, könnte mir das helfen, meine Mutter besser zu verstehen. Vielleicht hilft es mir auch, mich selber zu verstehen.

Bevor ich mich nach dem Frühstück wieder an das Tagebuch setze, schalte ich den Fernseher ein. Im DDR-Fernsehen wird die «Menthol-Story» dementiert. Die «Menthol-Story» war die Erklärung des *Neuen Deutschland* für die Massenflucht von DDR-Bürgern in den Westen. Unter dem Titel «Ich habe erlebt, wie BRD-Bürger gemacht werden» wurde ein Interview mit einem Schlafwagenkoch abgedruckt. Der behauptete, in Budapest von einem Deutschen «mit Leipziger Dialekt» mit Hilfe einer Menthol-Zigarette betäubt worden zu sein. Er sei erst wieder in einem Reisebus «auf dem Wege

in die BRD» erwacht und von seinem Entführer in die Wiener «BRD-Botschaft» verschleppt worden. Dort hätten sich noch viele weitere «verleitete DDR-Bürger» befunden. Sein Entführer habe dann einen «Packen D-Mark-Scheine» als Lohn erhalten. Mit Hilfe der Wiener DDR-Botschaft habe er den «gewissenlosen Schleppern» schließlich entkommen können. Das ist eine wunderbare Geschichte.

Egon Krenz meldet sich überraschend mit einer im Fernsehen und vom Rundfunk übertragenen Erklärung, in der er weitreichende Reformen und den Rücktritt führender Politiker ankündigt. Für morgen ist in Ostberlin eine Demonstration angemeldet, auf der Hunderttausende erwartet werden. Singer hat sich den richtigen Zeitpunkt für seine Reise nach Berlin ausgesucht.

---

4. Oktober 1943

Mitternacht gab es Alarm, eine halbe Stunde war das Brummen der Motoren zu hören, und dann kamen die Bomben, zuerst das Pfeifen, gefolgt von den Einschlägen. Es rumst jedes Mal so, als würde Erde festgestampft. Dann war es direkt über uns.
Ich hatte schreckliche Angst. Felix hat mich in den Arm genommen und festgehalten. Schließlich lagen wir beide auf der Matratze. Als es immer schlimmer wurde, haben wir uns die Decke über den Kopf gezogen, und ich hatte keine Angst mehr.
Entwarnung wurde erst gegen vier Uhr morgens gegeben, mit einer Handsirene auf einem Kübelwagen. Ich bin wohl

eingeschlafen und erst gegen sieben wieder aufgewacht, da war Felix nicht mehr im Keller. Es war dunkel, und zuerst dachte ich, es wäre noch Nacht, aber das lag an der Rauchwolke über der Stadt. Felix stand mit Herrn Fabeck und ein paar anderen Leuten auf der Straße. Neben ihnen lagen drei Leichen, über die man Decken gebreitet hatte. Vom Haus schräg gegenüber standen nur noch die Außenmauern, der Schutt in der Mitte brannte. Gegen acht kam ein Räumtrupp der SS, und wir gingen ins Haus. Wir haben weder Wasser noch Strom, nur das Telefon funktioniert noch. Als ich Papa anrief, ging niemand ran.

5. Oktober 1943

Wasser ist wieder da, aber Strom gibt es immer noch nicht. Das Haus auf der anderen Straßenseite schwelt noch. Angeblich hat es zehn Tote gegeben. Papa habe ich erreicht. Ihr Dachboden hat Feuer gefangen, konnte aber schnell gelöscht werden.
Felix sagte heute unvermittelt, nach dem Krieg könnte alles anders werden. Und ich habe geantwortet, dass es anders werden wird, wenn wir es nur wollen. Ich bin immer noch wie betäubt und kann keinen klaren Gedanken fassen. Im Garten hinter dem Haus blühen späte Rosen. Felix rechnet mit weiteren Luftangriffen in den nächsten Tagen. Ulrich wird übermorgen aus Hohenlychen entlassen und bleibt dann eine knappe Woche in Berlin.

9. Oktober 1943

Ulrich ist seit gestern aus Hohenlychen zurück. Er ist sofort nach oben gegangen und hat sich ins Bett gelegt. Er hat mich noch nicht einmal richtig begrüßt. Ich habe ihn noch

nie so niedergeschlagen gesehen. Felix, der ein Gespräch mit ihm hatte, sagt, dass Ulrich die letzten drei Tage mit einem Obergruppenführer im Zimmer gelegen hat, der ihm von polnischen Lagern erzählt hat. Ich mache mir Sorgen.

16. Oktober 1943

Ulrich fliegt am Mittwoch von Tempelhof aus nach Paris. Was genau er da machen wird, weiß er noch nicht.
Gestern Abend waren wir in der Staatsoper, Tristan. Ulrich sagt, an König Markes Stelle hätte er Tristan sofort einen Kopf kürzer gemacht. War das eine Warnung? Ahnt er etwas? Das hat er nicht nur scherzhaft gesagt. Die Oper war voller Offiziere, ich habe sechs Generäle und vier Ritterkreuzträger gezählt. Alle waren bester Laune, man hätte denken können, wir hätten gerade den Krieg gewonnen.
Ich trug mein knöchellanges Kleid aus dunkelblauem Samt, dazu die Diamantbrosche von Ulrichs Mutter. Das kommt sehr selten vor, und jedes Mal füllen sich Ulrichs Augen mit Tränen, wenn er die Brosche seiner Mutter an mir sieht. Ich glaube, er hat den Unfalltod seiner Eltern im Jahre 1932 nie verwunden. Vielleicht ist das auch der Grund dafür, dass im Haus nichts verändert werden darf.
In der Pause haben wir Sekt getrunken, den es ohne Marken gab. Ich habe geraucht – obwohl ich weiß, dass «die deutsche Frau nicht raucht» – und dabei meine lange Zigarettenspitze benutzt. Die Leute haben natürlich geguckt, aber das war mir egal. Alle waren froh, dass wir an diesem Abend vor feindlichen Einflügen verschont blieben.
Zu Hause haben wir zu dritt eine Flasche Champagner geleert, die ich für besondere Anlässe aufgehoben hatte. Felix ging dann bald nach oben und wir auch.

20. Oktober 1943

Ulrich ist heute Morgen abgeflogen. Für den Rückweg vom Flughafen Tempelhof brauchte ich fast zwei Stunden. Es hatte in der Nacht wieder Angriffe von Moskitos gegeben, und ein paar Strecken waren immer noch gesperrt. Die Flughafenstraße liegt in Trümmern, und am Halleschen Tor hatte die Wehrmacht Gulaschkanonen aufgestellt. An den Pumpen standen in langen Schlangen Leute mit Eimern.
Wenn ich über alles nachdenke, habe ich jedes Mal das Gefühl, verrückt zu werden. Papa sagte gestern beim Essen, die Russen wären jetzt am Dnjepr. Das mit den Stecknadeln auf der Karte im Flur hat er aufgegeben.
Felix hat gestern zufällig die kleine Sarah aus der Judenwohnung getroffen. Ihr Vater ist tot, und sie schlägt sich jetzt mit einem Postausweis durch, was nicht lange gutgehen kann. Felix hat ihr alle Lebensmittelkarten geben, die er bei sich hatte.

Was meine Mutter am 4. Oktober 1943 notiert, muss ich mehrmals lesen, bis ich endlich begreife, wovon die Rede ist. Vielleicht wollte sie es ja gar nicht aufschreiben. Die Lancasters, die um Mitternacht ihre Bomben über Lichterfelde abwerfen, lösen aus, was in dieser Nacht geschieht. Ich verstehe, dass man den Verstand verliert, wenn die Erde bebt und der Tod nur noch ein paar Sekunden entfernt zu sein scheint. Es gab kein Morgen mehr für meine Mutter, und dies war die letzte Gelegenheit. Aber mir tut mein Vater leid.

27

Sonnabend, 4. November 1989

Eigentlich passen weder das Wetter noch die Tageszeit zu dieser speziellen *location*. Es ist kurz vor eins, die Sonne scheint, der Himmel ist blau bis auf ein paar Schäfchenwolken, die Temperatur schätzt Singer auf milde zwölf Grad. Was er sieht, nachdem ihn das Taxi abgesetzt hat, kennt er aus unzähligen Bildern und Fernsehberichten. Da ist die amerikanische Kontrollbaracke mit den Sandsäcken davor, die Soldaten in den Uniformen der *Berlin Brigade*, und ein paar Schritte dahinter die große Hinweistafel, auf der in vier Sprachen mitgeteilt wird, dass man hier den amerikanischen Sektor verlässt. Er weiß auch, dass auf der anderen Seite der Mauer die rote Flagge der Russen wehen müsste, und da ist sie tatsächlich, sie hängt schlaff nach unten, denn es ist fast windstill.

Und die Mauer, die er jetzt zum ersten Mal in Wirklichkeit sieht? Er findet sie fast ein wenig enttäuschend, die Wachtürme auf der anderen Seite sehen weniger bedrohlich aus, als er dachte. Alles ist zu freundlich, zu sonnig und zu friedlich – er vermisst die dramatischen Licht-Schatten-Kontraste eines *film noir*. Er hat erwartet, zweimal scharf kontrolliert zu werden, einmal von den Soldaten der *Nationalen Volksarmee* und von russischen Soldaten. Aber russische Soldaten kann er nirgendwo entdecken, und der Soldat, der ihn in einer kleinen Baracke überprüft, winkt ihn stumm weiter, nachdem er einen kurzen Blick in seinen Pass geworfen hat. Als er die weiße Linie auf dem Asphalt der Friedrichstraße

passiert und den sowjetischen Sektor Berlins betritt, schlägt er seinen Mantelkragen nach oben. Er trägt einen *Macintosh*, wie ihn Richard Burton in *Der Spion, der aus der Kälte kam* getragen hat.

In der Friedrichstraße sind auf den ersten hundert Metern kaum Fußgänger unterwegs, aber es gibt noch Einschusslöcher an den Hausfassaden, obwohl der Krieg mittlerweile ein paar Jahrzehnte her ist. Es riecht hier auch anders als in Westberlin, irgendwie süßlich-angebrannt. Angeblich soll dieser typische Ostberliner Geruch vom verbrannten Öl der Zweitaktmotoren herrühren. Beim Frühstück hat er den Stadtplan studiert, der Alexanderplatz ist nicht weit. Er will bis zur Leipziger Straße laufen und sich dann am Fernsehturm orientieren. Als auf einmal immer mehr Leute auf der Straße auftauchen und die Menschenschar sich in Richtung Fernsehturm bewegt, läuft er einfach mit. Auf dem Weg dorthin schwillt die Menge ständig an, und im Gegenlicht verschmelzen die Umrisse einzelner Silhouetten zu einer großen dunklen Masse. Es sind überraschend viele Kinder dabei. Das beruhigt ihn, offenbar scheint niemand davon auszugehen, dass es heute zu gewaltsamen Zusammenstößen kommt. Dann steht er am Rand des Alexanderplatzes, einer riesigen Fläche voller Demonstranten zwischen einer planlos zusammengewürfelten Randbebauung. Trotz des Unbehagens, das ihn in großen Menschenansammlungen immer überkommt, fasziniert ihn diese riesige Menschenmenge.

Er dreht sich um und sieht, dass der Strom der Leute, die zum Alexanderplatz wollen, immer noch nicht abreißt. Ein rotgesichtiger Mann etwa in seinem Alter kommt ihm entgegen, er trägt eine hellgraue Jacke aus steifem Kunstleder. Als sie aneinander vorübergehen, begegnen sich ihre Blicke, und einen Moment glaubt er sich mit diesem Mann verbunden, als wäre er Teil der Menge und kein amerikanischer

Journalist, der in zwei Wochen wieder nach Los Angeles fliegen wird. Er geht noch ein paar Schritte in die Menge hinein und bleibt dann stehen. Polizei ist nicht zu sehen, stattdessen Leute mit grün-gelben Schärpen, auf denen «Keine Gewalt» steht. Die Demonstration ist genehmigt. Sie wurde von Schauspielern und Mitarbeitern an Ostberliner Theatern organisiert. Die Redner stehen auf einem Holzgerüst, das auf der Ladefläche eines Lastwagens montiert ist. Was aus den Lautsprechern kommt, ist schwer zu verstehen. Aber er hat den Eindruck, dass es nicht so genau darauf ankommt, was gesagt wird. Überall sind Demonstranten mit beschrifteten Papptafeln und Bettlaken. Vieles reimt sich wie in altmodischen Werbeslogans.

SED allein – das darf nicht sein!
Glasnost und nicht Süßmost!
Rücktritt ist Fortschritt!
Visafrei bis Hawaii!

Er steht ganz am Rand der Menge, denn er weiß, wie schnell eine friedliche Demonstration in Gewalt umschlagen kann. Polizei ist nicht zu sehen, aber er ist sich sicher, dass Hundertschaften in der Nähe sind, dass es entsprechende Einsatzpläne für die Volksarmee gibt und die Krankenhäuser der Innenstadt in Alarmbereitschaft versetzt sind. Was genau die Leute wollen, die sich hier versammelt haben, ist ihm nicht ganz klar. Vermutlich wissen sie es selber nicht. Jedenfalls werden sie sich nicht länger mit kosmetischen Zugeständnissen zufriedengeben. Dagegen spricht schon die schiere Zahl der Menschen, die hier erschienen ist.

Plötzlich wird jemand mit Buhrufen begrüßt. Was der Mann sagt, kann er nur undeutlich verstehen. Er hört *Dialog* und *Neuanfang* heraus. Der Rest geht unter. Das Pfeifen und

die Buhrufe übertönen die Stimme aus dem Lautsprecher. Der Mann – ein Genosse Schabowski und offenbar Regierungsmitglied – redet noch ein paar Minuten und verschwindet dann unter Pfiffen von der Tribüne.

Singer hört sich noch drei weitere Reden an und beobachtet dabei die Leute, die den Reden lauschen, die er selber nur zum Teil versteht. Er findet nicht, dass die Leute aggressiv wirken. Sie sind wütend, machen aber nicht den Eindruck, als wollten sie gleich das Staatsratsgebäude in Brand setzen. Sie wollen *visafrei nach Hawaii*, und vielleicht reicht es ja, denkt er, wenn sie weiter massenhaft auf die Straße gehen, um auch ein bisschen Glasnost zu haben, wie das *Sowjetische Brudervolk*. Heute Abend wird er in den Nachrichten erfahren, wie viele Leute auf dem Alexanderplatz gewesen sind.

Als er eine Stunde später auf dem Rückweg zum Checkpoint Charlie ist, weiß er nicht, was er von dieser Revolution halten soll. Was er von Erika zur Linde zu halten hat, weiß er ebenso wenig, er wird sie nachher anrufen. Heute früh hat er sich mit Sarah Spielrein für den nächsten Tag verabredet. Sie hat ihm von Erika zur Lindes Besuch erzählt, und dass sie über Felix Auerbach gesprochen haben. Morgen wird er Sarah Spielrein ein paar Fragen stellen.

Als er zwei Stunden später die Nummer von Erika zur Linde wählt, überlegt er, welchen Treffpunkt er vorschlagen soll, und entscheidet sich für die Lobby seines Hotels. Sollte er ein Erkennungszeichen verabreden? Nein, das ist überflüssig. Sarah Spielrein wird ihm sagen, woran er Erika zur Linde erkennen kann. Nachdem es zehnmal geklingelt hat und er schon auflegen will, wird der Hörer abgenommen. Er hört ein Geräusch, als würde etwas zu Boden fallen, gefolgt von einem unterdrückten Schmerzensschrei.

«Frau zur Linde?»

«Ja?»

«Mein Name ist Paul Singer», sagt er. «Wir haben uns geschrieben. Ich bin der Neffe von ...»

Sie unterbricht ihn in einem etwas barschen Ton, wie er findet. «Von Felix Auerbach. Ich weiß, wer Sie sind.»

«Ich bin in Berlin und würde Sie gerne treffen.»

«Wie lange werden Sie bleiben?»

«Das hängt davon ab, was drüben in Ostberlin passiert», sagt er.

Sie vereinbaren eine Zeit und einen Treffpunkt. In den paar Minuten, die er mit ihr gesprochen hat, ist er zu dem Schluss gekommen, dass er diese Frau nicht mag.

«Dann sehen wir uns also Montag um sechs in Ihrem Hotel», sagt sie am Ende des Gesprächs und legt auf.

Oh, Gott, denkt er, was für eine Zicke.

Die Attacke beginnt kurz nach dem Aufstehen mit einem Druckgefühl im Kopf. Fünf Minuten später sind Teile meines Gesichtsfeldes ausgefallen. Helle Zacken haben sich um die blinden Flecken gebildet, und ich schließe die Vorhänge und gehe wieder ins Bett. Die hellen Zacken gefallen mir immer, aber ich hasse das, was danach kommt, die Übelkeit, den pulsierenden Schmerz in der linken Kopfhälfte. Jetzt hilft nur noch: kein Licht, kein Lärm und keine Bewegung. Das sind die Regeln für die nächsten acht Stunden. Wenn ich gegen sie verstoße, stelle ich garantiert irgendetwas Dämliches an.

So gesehen war es ein Fehler, ans Telefon zu gehen. Aber ich war einfach zu neugierig auf Singer. Ich nahm den Hörer ab, nachdem ich mich mit Mühe aus dem Bett geschleppt hatte. Ein paar Sekunden später hätte er vielleicht aufgelegt.

Während wir miteinander sprachen, war ich kurz davor, mich zu übergeben. Es grenzt an ein Wunder, dass ich mich anschließend noch daran erinnern konnte, dass wir eine Verabredung getroffen hatten. Das andere Wunder ist, dass ich es abends schon wieder schaffe, die nächsten Tagebucheintragungen meiner Mutter zu lesen.

---

23. Oktober 1943

Gestern um acht kam wieder eine Luftwarnung. Eine halbe Stunde später gab es Einflüge von Norden, dem Geräusch nach waren es schwere Liberators. Dann fing die Flak an zu feuern. Wir gingen gleich in den Keller. Die Strecke nach Wannsee ist in dieser Nacht hinter Zehlendorf schwer getroffen worden. Herr Fabeck sagte mir, dass der Sportpalast abgebrannt ist.

26. Oktober 1943

Ich bin schwanger. Ich habe es seit zwei Wochen geahnt und war heute bei Dr. Bültemann. Das Kind kommt im Juni 1944. Eine andere Lösung will ich nicht. Ich kenne auch niemanden, der das machen könnte.
Dr. Bültemann hat mich gründlich untersucht und mir schließlich gratuliert. Ich hatte aber den Eindruck, dass er es für keine gute Idee hält, in diesen Zeiten ein Kind zur Welt zu bringen. Dass er an den Endsieg glaubt, kann ich mir nur schwer vorstellen. Er ist in der Partei, das weiß ich von Papa. Ein Parteiabzeichen trägt er aber nicht. Ich will

gleich Ulrich schreiben, dass ich ein Kind bekomme, und dann muss ich es auch Felix sagen. Ich kann das schöne Parfüm nicht mehr finden, das mir Ulrich aus Paris mitgebracht hat. Manchmal habe ich das Gefühl, dass mein Kopf nicht mehr richtig funktioniert.

5. November 1943

Heute kam Post von Ulrich. Er ist überglücklich. Am liebsten würde er sofort nach Berlin kommen. Ein Junge soll Joachim oder Friedrich heißen, ein Mädchen Erika oder Monika. Mich stört, dass er mich überhaupt nicht fragt, welche Namen ich gerne hätte. Aber er schreibt auch, es sei ihm egal, ob es ein Mädchen oder ein Junge wird. Herr Fabeck erzählte mir, dass jetzt Sträflinge zum Entschärfen der Blindgänger eingesetzt werden. Die Überlebenden bekommen Strafnachlass, aber die meisten überleben nicht.

Eine Schwangerschaft ist vermutlich das Letzte, was meine Mutter damals gewollt hat. Ich verstehe das alles nicht, denn wenn ich mich recht erinnere, schreibt van de Velde auch ausführlich über alle möglichen Verhütungsmaßnahmen, und das Buch besaß meine Mutter ja. Hat sie nun verhütet oder nicht? Das wird sich nie klären lassen. Jedenfalls bin ich jetzt auf dem Weg und werde im Sommer 1944 zur Welt kommen. Dann wird meine Mutter «dem Führer ein Kind schenken». Und das Geschenk bin ich. Eigentlich ein gruseliger Gedanke, aber auch irgendwie zum Lachen.

28

Sonnabend, 4. November 1989

Singer steht am Fenster seines Hotelzimmers und blickt auf einen Parkplatz hinab. Er findet, der Anblick hat etwas beruhigend Triviales und passt nicht zu dem exotischen Bild, das er sich von Westberlin gemacht hat. Überhaupt ist dieses von einer Mauer umschlossene Westberlin normaler, als er dachte. Gestern Abend ist er noch ein paar Schritte auf dem Kurfürstendamm gegangen und hat an einem Imbiss eine sogenannte *Currywurst* gegessen. Er hat sich mit den zwei Männern an seinem Stehtisch kurz unterhalten. Die Leute hören sich hier so an wie seine Eltern, wenn sie Deutsch miteinander geredet haben. Das löst ein sentimentales Gefühl bei ihm aus. Ob sein Onkel auch so geredet hat? Hört er sich selber so an?

Den größten Teil des Vormittags hat er damit verbracht, Notizen über seinen Ausflug zu den Leuten mit den gereimten Spruchbändern auf dem Alexanderplatz anzufertigen. Aus den Nachrichten weiß er inzwischen, dass sich *eine Million Menschen* dort versammelt hatten. Gestern konnte er sich noch vorstellen, dass die ganze Angelegenheit früher oder später im Sande verlaufen würde, sollte die Regierung der DDR mit ein paar Zugeständnissen genug Dampf aus dem Kessel lassen. Heute sieht er das anders. *Eine Million* Leute sind einfach zu viel. Er wird nachher einen Schwung Zeitungen kaufen und dreihundert Wörter zusammenschreiben, um sie an seine Redaktion zu faxen. Er ist zum richtigen Zeitpunkt in Berlin gelandet.

Er greift nach der Fernbedienung, schaltet den Fernseher an und drückt die Stummtaste, denn bis zu den Nachrichten um eins sind es noch ein paar Minuten. Er nimmt sich einen Orangensaft aus der Minibar und fragt sich wieder, ob ihn diese Geschichte, die sich hier vor einem halben Jahrhundert abgespielt hat, im Moment nicht mehr interessiert als die Angelegenheit auf der anderen Seite der Mauer.

Denn viel spannender findet er, was damals mit seinem Onkel geschehen ist. Fest steht nur, dass er im Februar 1943 nicht deportiert wurde und dass er mit diesem Ulrich zur Linde befreundet war. Vermutlich hat der Mann seinem Onkel geholfen unterzutauchen, auf jeden Fall wird er davon gewusst haben. Aber warum hat er dann nach dem Krieg behauptet, Felix Auerbach wäre deportiert worden?

Einer der Briefe seines Onkels an seine Mutter, in dem er seinen Kriegsroman erwähnt, ist im Oktober 1942 geschrieben worden, da hat er noch mit Sarah Spielrein in der Judenwohnung gewohnt. Sie könnte wissen, was aus dem Manuskript geworden ist, und ob sein Onkel es damals Ulrich zur Linde anvertraut hat. Vielleicht kann sie auch etwas zu dem Bild sagen, das seinen Onkel mit dieser jungen Frau – *dem kleinen Biest* – auf der Gartenbank zeigt.

Die Nachrichten beginnen mit Bildern der Menschenmenge, die sich gestern auf dem Alexanderplatz versammelt hat. Es folgen ein paar kurze Ausschnitte aus den Reden, die auf provisorischen Bühnen gehalten wurden, und dann gibt es noch einige Sequenzen, die ein Kameramann auf dem riesigen Platz selber aufgenommen hat. Singer hat plötzlich den kindischen Wunsch, sich selber in der Menge zu entdecken, in seinem Macintosh. Er schaltet den Fernseher aus, rasiert sich noch einmal und klatscht sich Aftershave ins Gesicht. Zehn Minuten später steigt er in eines der Taxis, die vor dem Hotel warten.

Sarah Spielrein wohnt in einem Stadtteil, der *Dahlem* heißt. Dem Plan nach hätte der Taxifahrer auf dem Kurfürstendamm rechts abbiegen müssen, stattdessen nimmt er einen anderen Weg. Zuerst fahren sie durch dicht bebautes, städtisches Gebiet, schließlich nimmt der Verkehr ab, und die Bebauung wird lockerer. Im amerikanischen Sektor (zu dem der Südwesten Berlins gehört) begegnen ihnen zwei Jeeps, und sie passieren ein großes Kasernengelände. *Andrew Barracks* steht auf einem Schild über der Einfahrt. Der Fahrer erklärt ihm, dass dies früher die Kaserne der *Leibstandarte Adolf Hitler* gewesen sei.

Dann hält das Taxi vor einem alten, gepflegten Mietshaus, und Singer steigt aus. Auf der anderen Straßenseite ist ein kleiner Park, ein paar hundert Meter weiter müsste sich der Campus der Westberliner Universität befinden. Dem Stadtplan zufolge ist auch das amerikanische Hauptquartier ganz in der Nähe.

Die Wohnung von Sarah Spielrein liegt im dritten Stock. Singer klingelt, und während er wartet, stellt er fest, dass er Schwierigkeiten hat, sich an ihr Gesicht zu erinnern. Wie lange haben sie vor dem Ambassador-Hotel miteinander geredet? Ihr Gespräch kann höchstens eine halbe Stunde gedauert haben.

Die Tür öffnet sich, und die Frau, die vor ihm steht, ist kleiner, als er sie in Erinnerung hatte. Sie trägt flache Schuhe und ein braunes Wollkleid, das knapp unter dem Knie endet. Die weißen Strähnen in ihrem grauen Haar stehen ihr gut. Er findet, dass sie fast ein wenig zerbrechlich aussieht, was nicht ganz zu einer Frau passt, die es geschafft hat, zwei Jahre lang, vom Frühjahr 1943 bis zum Frühjahr 1945, im Untergrund zu überleben. Wenn jemand hier eine interessante Geschichte zu erzählen hat, dann ist es Sarah Spielrein.

Das Telefon steht neben der Schreibmaschine auf meinem Schreibtisch. Ich lasse es dreimal klingeln, bevor ich abhebe.

«Singer ist eben gegangen», sagt Sarah Spielrein, ohne sich mit ihrem Namen zu melden, und dann ohne Pause: «Er hat mir eine Menge Fragen gestellt.»

Ich räuspere mich. «Was wollte er wissen?»

«Er wollte wissen, ob Auerbach noch Kontakt zu Ihrer Familie hatte, nachdem er untergetaucht war.»

«Und was haben Sie geantwortet?»

«Dass sein Onkel sich gehütet hätte, darüber zu reden, denn das hätte Ihre Eltern in Gefahr gebracht. Aber irgendjemand muss Auerbach geholfen haben, sich eine falsche Identität zuzulegen.»

«Sie meinen, das waren meine Eltern?»

«Ich wüsste niemanden sonst. Wenn sich Ihr Vater nicht um Auerbach kümmern konnte, wird Ihre Mutter eingesprungen sein. Singer hat mir ein Foto aus dem Juni 1939 gezeigt. Da sitzt Auerbach zusammen mit einer jungen Frau auf einer Gartenbank. Singer wollte wissen, ob ich diese Frau kenne.»

«Und?»

«Die Frau war Ihre Mutter. Singer wird Ihnen das Bild zeigen, wenn Sie sich treffen. Und dann hat er mich nach dem Kriegsroman gefragt, den Auerbach damals geschrieben hat. Ich habe ihm gesagt, dass er vermutlich Teile des Romans nach Lichterfelde gebracht hat. Singer bezweifelt, dass das Manuskript einfach verschwunden ist. Er hat den Verdacht, dass Ihr Vater sich beim Schreiben seines eigenen Romans aus Auerbachs Manuskript bedient haben könnte.»

«Wollen Sie damit sagen, dass Singer den Roman meines Vaters für ein Plagiat hält?»

«Das Wort hat er nicht benutzt. Aber er glaubt, dass zumindest Teile des Romans von seinem Onkel geschrieben worden sind und dass Ihr Vater das Manuskript vernichtet hat. Sonst hätten Sie es ja gefunden.»

«Dann könnte ich es theoretisch selber vernichtet haben. Das ist lächerlich. Hat Singer das angedeutet?»

«Nein, das hat er nicht. Aber wenn Ihr Vater Auerbachs Manuskript tatsächlich vernichtet hat, wäre das eine Erklärung dafür, dass er auf den Brief von Singers Mutter so merkwürdig reagiert hat.»

«Haben Sie Singer gesagt, was passiert ist, nachdem mein Vater seinen Brief erhalten hatte?»

«Dass Ihr Vater sich erschossen hat, hätten Sie ihm früher oder später sagen müssen. Es wäre sinnlos gewesen, es zu verschweigen.»

«Hat Singer das kommentiert?»

«Nein.»

«Was hat er jetzt vor?»

«Er fliegt morgen für einen Tag nach München. Mir ist im Gespräch mit ihm noch eingefallen, dass mir Auerbach damals den falschen Namen genannt hat, unter dem er als Ex-Offizier für Siemens gearbeitet hat. Er nannte sich Bredow.»

«Was will Singer in München?»

«In München gibt es ein Siemens-Archiv. Er will sehen, ob er irgendetwas über diesen Bredow herausfinden kann. Vielleicht ist ein ehemaliger Kollege von ihm noch am Leben. Dann will er sich mit der Person in Verbindung setzen.»

Ich weiß nicht, was ich dazu sagen soll und was das für mich bedeutet. Offenbar ist Singer entschlossen, jeden Stein umzudrehen.

«Er hat mir von dem Telefongespräch berichtet, das Sie gestern mit ihm geführt haben. Sie kamen ihm etwas kurz angebunden vor.»

«Das war ich auch. Ich hatte eine Migräne. Ist Singer ...» Ich zögere einen Moment, weil ich nicht weiß, wie ich meine Frage formulieren soll. «Ist Singer in Begleitung gekommen?»

Ich höre, wie Sarah Spielrein leise lacht. «Nein, davon hat er mir nichts erzählt.»

Kurz darauf suche ich die Eintragungen meiner Mutter heraus, in denen vom Roman meines Vaters die Rede ist, und markiere die Stellen mit einem Textmarker. Unter dem Datum vom 19. Juni 1942, als mein Vater aus Russland zurückgekehrt ist, lese ich: *Ulrichs Aufzeichnungen sind vierzig Seiten reine Stichpunkte. Ich will das so schnell wie möglich abtippen, damit Dr. Auerbach Material hat.* Ein paar Monate später, Auerbach wohnt zu dem Zeitpunkt schon in der Schöneberger «Judenwohnung», notiert meine Mutter: *Dr. Auerbach verbringt jeden Abend damit, Sätze aus Ulrichs Notizen zu machen, während ihm diese Sarah Tee bringt. Da er keine Schreibmaschine hat, schreibt er alles mit der Hand. Ich tippe dann alles ab.* Und als Auerbach 1943 im Lichterfelder Haus untergetaucht ist, notiert meine Mutter: *Wenn ich in der Redaktion bin, macht Dr. Auerbach mir den Haushalt. Er sitzt viel an der Schreibmaschine und formuliert, streicht und formuliert neu. Ich habe vier neue Farbbänder aus der Redaktion mitgehen lassen. Auch die Papiervorräte müssen aufgestockt werden. Der Roman ist kräftig gewachsen.*

Aber *welcher* Roman ist kräftig gewachsen? Auerbachs Roman oder der meines Vaters? Ich muss endlich mit dem Tagebuch fertig werden. Mir bleibt nichts anderes übrig, als mich wieder an meinen Schreibtisch zu setzen.

29. März 1944

Das Essen bei Mama und Papa war ein Erfolg. Felix hat die Luftwaffenuniform angezogen. Sein Eisernes Kreuz hat Eindruck gemacht.
Beim Pudding aus gefärbter Kartoffelstärke erklärte Papa, der Führer hätte jetzt die Produktion von Flugzeugen mit Raketenantrieb angeordnet. Ja, sagte Felix, das wären die Strahler. Dann erzählte er von den Spitfires, *die er vom Himmel geholt hätte und von seinem Absturz bei Dünkirchen.*
Papa war schwer beeindruckt und ist immer mehr aufgetaut. Am Bahnhof Zoo, erzählte er uns noch, sei kürzlich ein Soldat festgenommen worden, der einen Kasten mit falschen Dienststempeln bei sich hatte. Die waren besser als die Originale und wurden von der Polizei gleich in Gebrauch genommen. Ein vollständiger Satz falscher Papiere soll angeblich dreißigtausend Reichsmark kosten. Felix hat sich mit einem Handkuss von Mama verabschiedet. Als wir nach Hause liefen, waren am Himmel Leuchtspurgeschosse, und wir dachten, jetzt würden gleich die Sirenen losgehen, doch es blieb ruhig.
Ich sehe so furchtbar aus, dass ich mich jedes Mal überwinden muss, in den Spiegel zu sehen. Die Haare wasche ich mir nur noch einmal in der Woche, es lohnt einfach nicht, und in der Küche ist es immer viel zu kalt. Die Flanellhosen mit dem Marlene-Schnitt kann ich nicht mehr tragen, auch die Kleider und Röcke drücken. Außerdem ist mir ständig schlecht. Aber ich schaffe es, nicht mehr zu trinken und zu rauchen und ohne Veronal einzuschlafen.

9. Juni 1944

Die Geburt war weniger schlimm, als ich dachte. Ich lag fünf Tage im Krankenhaus, davon drei Nächte im Luftschutzkeller, einmal hatten wir einen schweren Angriff. Mein armes kleines Mädchen macht gleich schon viel mit. Erika ist sehr brav und schläft viel, und ich finde sie hübsch, ich meine, sie kommt nach mir. Ich fühle mich ganz wunderlich, ständig ist mir zum Heulen. Manchmal denke ich, dass ich so ein kleines Kind in diesen Zeiten vielleicht nicht durchbekomme. Sie ist so winzig, und so zart.
Mama ist jeden Tag gekommen. Auf der Straße vor dem Krankenhaus war auch nachts ständig Verkehr, denn in der Turnhalle der Schule nebenan werden die Toten aufgebahrt, die man auf der Straße aufgesammelt hat. Weil der Führer Massengräber verboten hat, müssen die Leichen identifiziert werden, aber viele sind völlig verbrannt.
Vor drei Tagen hat die lange erwartete Invasion stattgefunden, nicht wie alle dachten, bei Calais, sondern in der Normandie. Gut, dass Ulrich nicht mehr in Nordfrankreich ist. Er hat Sonderurlaub beantragt und will so schnell wie möglich nach Berlin kommen.
Mit Erika soll ich viel an die frische Luft. Zu Papa und Mama sind es zehn Minuten zu Fuß, und in dem Haus ist ein guter Luftschutzkeller. Wir sind für übermorgen zum Essen verabredet. Mama sagt, ich soll Leutnant Bredow mitbringen.

11. Juni 1944

Horst war beim Essen dabei. Ich war mir ganz sicher, dass er nicht kommen würde, denn ich hatte Mama vorsichtshalber noch einmal gefragt. Natürlich hat Horst Felix sofort erkannt. Uns blieb nichts anderes übrig als abzustreiten, dass Leutnant Bredow und der Parteigenosse in der S-Bahn ein- und dieselbe Person sind. Horst wusste, dass wir logen, hat es aber auf sich beruhen lassen.
Mama und Papa hätten ihm ohnehin nicht geglaubt. Sie halten Horst inzwischen für verrückt, und der hat es gleich bewiesen. Horst meinte, die militärische Lage sei für uns nie besser gewesen als jetzt. Der Führer hätte nämlich die Absicht gehabt, den Feind nach Frankreich hineinzulocken, um ihn dort endgültig zu vernichten.
Papa hat ihm nicht widersprochen. Ich bin mir inzwischen sicher, dass er BBC hört und ihm langsam dämmert, in welcher Lage er sich befindet. Papa sagt, es gäbe einen neuen Parteibefehl. Das Tragen des Parteiabzeichens ist jetzt «Ehrenpflicht».

7. Juli 1944

Ulrich kam kurz vor fünf mit einem Taxi. Er war um zwei am Bahnhof Zoo, aber ein paar Minuten später gab es Vollalarm, sodass er drei Stunden im überfüllten Zoobunker verbringen musste, in den sie ihn ohne sein Ritterkreuz gar nicht hineingelassen hätten. Gegen fünf gab es Entwarnung. Die ganze Gegend um den Bahnhof war völlig verwüstet, überall brannte es, der Himmel war vom Rauch so verdunkelt, dass die paar Autos, die noch fuhren, ihre Scheinwerfer einschalten mussten. Die Kaiser-Wilhelm-

Kirche und das Romanische Café standen in Flammen, das KaDeWe liegt in Trümmern.
Die Fahrt mit dem Taxi dauerte fast zwei Stunden. Sie haben es erst über Schöneberg versucht, kamen da aber wegen der vielen Bombenkrater nicht durch und sind dann über Grunewald gefahren. Dass er überhaupt ein Taxi erwischt hat, sagt Ulrich, grenze an ein Wunder. Er ist vorgestern mit einem Koffer und zwei Paketen in Paris abgereist. Ein Paket mit Stoffen ist ihm in Hannover während eines Alarms gestohlen worden. Im anderen Paket sind vier Flaschen Champagner für die Taufe.
Von Erika konnte sich Ulrich gar nicht losreißen. Sie lag unten im Wohnzimmer in ihrer Wiege und schlief. Zum Glück kriegt sie von alledem nichts mit und wird sich später nicht daran erinnern können. Ulrich meint, sie hätte große Ähnlichkeit mit seiner Mutter.
Felix kam erst gegen neun. Inzwischen dauert die Fahrt von Lichterfelde zur Siemensstadt zwei Stunden, sodass er jeden Tag vier Stunden in der S-Bahn verbringt. Ulrich will sich gleich morgen ansehen, was Felix inzwischen für ihn geschafft hat.
Bei der Taufe in drei Tagen wird Felix seine schicke Uniform anziehen. Das geht gar nicht anders, schon wegen Papa und Mama. Es kommen ein Dutzend Personen, auch Standartenführer Axmann und seine Frau. Pastor Studnitz von der Markuskirche, der Ulrich die Kennkarte für Felix besorgt hat, wird Erika taufen.
Wegen der Temperaturen schlafen wir mit geöffneten Fenstern. Es ist so heiß, dass die Leichen schon nach ein paar Stunden einen bestialischen Gestank verbreiten. Die Leichenberger, zumeist Kriegsgefangene, kommen kaum nach. Über der ganzen Stadt liegt ein süßlicher Geruch.

29

Montag, 6. November 1989

Singer könnte schiefe Zähne oder Mundgeruch haben. Er könnte im Prinzip so aussehen wie sein Onkel, aber eben nur im Prinzip und vielleicht nur für Sarah Spielrein, die Felix Auerbach gekannt hat. Oder er könnte *doch* in Begleitung gekommen sein und wirklich so aussehen wie sein Onkel, der blonde *Herrenmensch* und Schwarm meiner Mutter. Er könnte mir gleich ein paar Fragen nach dem Manuskript stellen und mir sofort ansehen, dass ich kein reines Gewissen habe. Hat es womöglich zwischen Felix Auerbach und meinem Vater eine Art Handel gegeben? Auerbach half meinem Vater, seinen Roman zu schreiben, und der sorgte dafür, dass Auerbach überleben konnte? Ich weiß nicht, was Singer alles von mir wissen will, aber nach unserem Telefongespräch dürfte er mich für eine Zicke halten. Vielleicht geht unsere Begegnung ja fürchterlich schief.

Das sind schwarze Gedanken, und dass sie mir kommen, liegt daran, dass ich schlecht geschlafen und schlecht geträumt habe – diesmal nicht vom Lichterfelder Haus, sondern von meinem Onkel Horst, dem SED-Mitglied, der mir im Traum erklärt hat, was seine *Dienststelle* gegen die Demonstranten unternehmen will. Ich habe weder Toast noch Brot im Haus, also frühstücke ich nicht und trinke bloß einen starken Kaffee nach dem anderen. Gegen elf bin ich so nervös, dass ich kurz davor bin, im Hotel anzurufen, um das Treffen mit Singer zu verschieben.

Stattdessen schalte ich das Radio ein und höre die Nach-

richten. Am Wochenende sind dreiundzwanzigtausend DDR-Bürger über die offene Grenze der ČSSR in die Bundesrepublik gekommen. Die Notaufnahmelager werden von der Flüchtlingswelle überrollt, und die Bundeswehr muss Kasernen räumen, um die Leute unterzubringen. In Hamburg werden Übersiedler in Bordellen auf der Reeperbahn einquartiert. Das neue Reisegesetz, das gestern bekanntgegeben wurde, wäre vor einem halben Jahr noch eine Sensation gewesen, aber inzwischen stößt es auf Ablehnung, denn jede Reise muss einzeln beantragt werden, kann ohne Begründung abgelehnt werden, und die Bearbeitung dauert drei Wochen.

Während die Nachrichten laufen, stehe ich vor dem Flurspiegel und ziehe erst das graue Kostüm an, dann das Pepitakostüm und danach das Nadelstreifenkostüm. Dann probiere ich die Kostümjacken zusammen mit den Jeans an, und entscheide mich schließlich, keine Jeans anzuziehen, sondern das dunkelblaue Nadelstreifenkostüm meiner Mutter, die Haare nicht offen zu tragen, sondern sie straff nach hinten zu binden und meine Brille aufzusetzen. Eigenartigerweise lässt mich die Brille in Kombination mit den blonden, straff zurückgebundenen Haaren auf eine bestimmte Art und Weise interessant wirken. Ich finde, dass ich wie eine strenge, aber attraktive Lehrerin aussehe.

Gegen vier verlasse ich meine Wohnung und komme mir wie eine Frau vor, die einen Mann trifft, den sie über eine Kontaktanzeige kennengelernt hat – *attraktive Akademikerin, kinderlos, Mitte vierzig, aber jünger aussehend.* Ich möchte, dass das Treffen so wirkt, als hätte ich es an einen Einkaufsbummel angehängt. Ich werde daher ein wenig zu spät kommen, mich auf einem der Sessel in der Lobby niederlassen und lässig in einer Einkaufstüte kramen. Ich parke am Savignyplatz, kaufe mir am Kiosk ein paar Zeitungen und

verstaue sie in einer Schultertasche. Als ich mich auf dem Weg zum Hotel in einer Schaufensterscheibe betrachte, lässt die schmutzige Scheibe mein Gesicht jünger erscheinen. In dem altmodischen Kostüm sehe ich beinahe so aus wie meine Mutter mit Brille. Sie war fünfundzwanzig, als der Krieg zu Ende ging.

Die Lobby des Hotels ist überraschend leer. Es ist dasselbe Hotel, in dem ich der Frau mit dem gelben Bouclé-Jäckchen begegnet bin. Ein paar Leute warten vor der Rezeption, die wenigen anderen Gäste verteilen sich auf die Sitzgruppen der Lobby. Auf einem der Sessel neben dem Durchgang zum Café entdecke ich einen Mann meines Alters, der mir einen neugierigen Blick zuwirft. Ich steuere einen Sessel in seiner Nähe an, nehme Platz, schlage die Beine übereinander, krame eine Zeitung heraus und erwische das *Neue Deutschland.* «Fernseh- und Rundfunkansprache von Egon Krenz an die Bürger der DDR» lautet die Schlagzeile der ersten Seite. Während ich mechanisch weiterlese, sehe ich aus den Augenwinkeln, dass der Mann sich erhebt und auf mich zukommt.

«Frau zur Linde?»

Ich hebe den Kopf und versuche, zerstreut und überrascht zugleich zu wirken. Mein Herz klopft wie verrückt, aber das kann auch an den Unmengen von Kaffee liegen. Dann stehe ich auf, und wir geben uns die Hand.

Sollte die Ähnlichkeit zwischen Onkel und Neffe tatsächlich so groß sein, wie Sarah Spielrein behauptet, dann war Felix Auerbach ein ausgesprochen gutaussehender Mann. Singer hat kurze, dunkelblonde Haare, graue Schläfen und ist einen Kopf größer als ich. Auffällig sind seine leuchtend blauen Augen. Einen Augenblick lang stelle ich ihn mir unwillkürlich in der Uniform eines Luftwaffenleutnants vor. Ich muss aufpassen, dass mir nicht alles durcheinandergerät.

Singer macht den Vorschlag, ins Café zu gehen. Dort

sitzen an weißgedeckten Tischen ältere Damen und helfen dem zweiten Stück Sachertorte mit heißer Schokolade hinunter. Wir nehmen am Fenster Platz. Singer kondoliert mir zum Tod meines Vaters. Wir reden ein paar Minuten lang über Belanglosigkeiten. Er berichtet mir, dass er am *Checkpoint Charlie* war und bei der großen Demonstration auf dem Alexanderplatz, wo ihn die Bettlaken mit den gereimten Parolen amüsiert haben. Schließlich zieht er ein Foto aus seiner Brieftasche hervor und reicht es mir. Es ist das Bild, das Sarah Spielrein mir beschrieben hat – ein Foto, auf dem ich Auerbach zum ersten Mal ohne seine Luftwaffenuniform sehe.

Es hat den weißen, gezackten Rand, wie er noch in den fünfziger Jahren üblich war, und ist gestochen scharf. Ich sehe Auerbachs blonde Haare, sein gutgeschnittenes Gesicht und sein markantes Kinn. An diesem Tag muss es heiß gewesen sein, denn er trägt kein Jackett, sondern nur ein helles Hemd. Meine Mutter in ihrer BDM-Bluse hat die Offiziersmütze meines Vaters auf dem Kopf. Hinter der Bank ist der Springbrunnen des Lichterfelder Gartens zu erkennen.

«Meine Mutter», sagt Singer, «hat das Bild mit nach Shanghai genommen und später nach Amerika. Ich habe es nach ihrem Tod unter ihren Papieren gefunden. Frau Spielrein sagt, die Frau wäre Ihre Mutter.»

«Ja», sage ich. «Das ist meine Mutter.»

Mir fällt auf, wie eng die BDM-Bluse meiner Mutter sitzt. Sie hat ihren Kopf gedreht und blickt nicht in die Kamera. Stattdessen sieht sie Auerbach an, und in ihrem Blick liegt etwas, das man nicht übersehen kann, wenn man das Foto ein wenig länger betrachtet. Es ist der Blick einer Frau, die verliebt ist. Oder sehe ich es nur, weil ich weiß, was sich zwischen ihr und Auerbach abgespielt hat? Hat mein Vater von alledem nichts bemerkt? Oder *wollte* er nichts bemerken?

Als ich Singer das Bild zurückgebe, nimmt er es vorsichtig mit zwei Fingern und verstaut es wieder in der Innentasche seines Jacketts. Seine Hände (und vermutlich auch der Rest seines Körpers) haben den satten Goldton, den ich vor langer Zeit in Deauville hatte – in meiner *Bikinizeit.* In seinen Augen bin ich wahrscheinlich blass wie ein Stück Käse. Einen Moment lang versuche ich, mir sein Leben vorzustellen. Hat er massenhaft *Dates*? Stehen Palmen in seinem Garten? Hat sein Haus einen *Pool*? Joggt er am Strand? Für meine Mutter wäre Singer definitiv ein *Strandtyp.*

«Das Foto ist im Juni 1939 gemacht worden», sagt Singer. «Was meinen Sie? Hat Ihr Vater das Bild aufgenommen?»

Ich nicke. «Ja, das kann gut sein.»

«Dann ist mein Onkel offenbar mit Ihren Eltern befreundet gewesen. Ich finde es merkwürdig, dass Ihre Eltern ihn nie erwähnt haben. Einem jüdischen Bekannten geholfen zu haben, hätte man nicht verschweigen müssen. Ihr Vater hat viele Interviews gegeben. Haben Sie eine Erklärung dafür, dass er nie darüber gesprochen hat?»

Ich schüttle den Kopf. «Mein Vater hat nie über das gesprochen, was vor 1945 passiert war. Und schon gar nicht mit mir.»

Jetzt kommen der Milchkaffee und das Gebäckteilchen, das Singer bestellt hat. Die Serviererin bringt es mit einem strahlenden Lächeln. Sie sieht aus, als würde sie ihn am liebsten füttern.

Einen Moment lang betrachtet Singer seinen Teller. Dann sieht er mich an. «Frau Spielrein hat mir gesagt, Ihr Vater hätte sich erschossen.»

Na, bitte. Dass er früher oder später darauf zu sprechen kommen würde, hatte ich erwartet. Ich bringe es fertig, meinen Blick nicht zu senken.

«Ja, das stimmt», sage ich mit belegter Stimme. «Das war

auch der Grund, aus dem ich Sarah Spielrein angerufen habe, nachdem ich den Brief gelesen habe, den Sie meinem Vater geschrieben hatten. Ich habe nichts von dem verstanden, was passiert ist, und dachte, Sarah Spielrein könnte etwas dazu sagen.»

«Halten Sie es für möglich, dass es einen Zusammenhang zwischen meinem Brief und seinem Tod gibt?»

Auch diese Frage überrascht mich nicht. «Ich sehe bisher nur einen zeitlichen Zusammenhang», sage ich.

Das ist keine Antwort auf seine Frage, aber eine bessere habe ich nicht. Vielleicht kann ich die Frage beantworten, wenn ich das Tagebuch zu Ende gelesen habe.

«Sie haben geschrieben», sage ich, «dass Sie meinen Vater sprechen wollten. Was wollten Sie von ihm?»

«Ich wollte ihn fragen, warum er meiner Mutter geschrieben hat, dass Auerbach im Februar 1943 deportiert wurde, obwohl er wusste, dass es nicht stimmt. Und ich wollte wissen, wo das Manuskript geblieben ist, das er für meinen Onkel aufbewahrt hat. Und dann frage ich mich, was aus meinem Onkel geworden ist. Die meisten Juden, die 1943 untertauchen konnten, wurden früher oder später denunziert.»

Ich kneife nervös die Augen zusammen, weil mir automatisch mein Onkel Horst einfällt – Onkel Horst, der Nazi. War er es, der Auerbach damals *denunziert* hat? Überraschen würde es mich nicht. Aber ein gutes Drittel des Tagebuches liegt immer noch vor mir.

Auch die Frage nach Auerbachs Manuskript kann ich Singer nicht beantworten. Im Tagebuch war bisher noch an keiner Stelle davon die Rede, dass Auerbach meinen Vater gebeten hatte, ein Manuskript für ihn aufzuheben.

«Vielleicht», sage ich, «ergibt sich ja etwas im Siemens-Archiv. Ich habe gestern mit Frau Spielrein telefoniert. Sie sagte mir, dass Sie morgen nach München fliegen.»

Singer nickt. «Nur für einen Tag. Wenn ich Glück habe, lebt noch ein ehemaliger Kollege meines Onkels.»

«Oder eine Kollegin», korrigiere ich ihn.

Singer nickt lächelnd. «Oder eine Kollegin.» Dann fragt er plötzlich: «Was hat Ihnen Sarah Spielrein über mich erzählt?»

«Dass Sie 1944 in Shanghai geboren wurden und Journalist sind. Dass Sie vor zwei Monaten zufällig mit ihr in Los Angeles ins Gespräch gekommen sind. Und dass Sie auch in Berlin sind, um zu erfahren, was mit Ihrem Onkel geschehen ist.» Ich mache eine Pause und frage ihn dann: «Und was hat Sarah Spielrein über *mich* erzählt?»

Singer stutzt kurz, dann lacht er. «Dass Sie geschieden sind, allein leben und Französisch unterrichten. Und dass Sie Ähnlichkeit mit Ihrer Mutter haben. Ich finde, da hat sie recht.»

Hat Singer mir eben ein Kompliment gemacht?

Er zieht das Foto von meiner Mutter und Auerbach zum zweiten Mal aus der Tasche und lässt seinen Blick ein paar Mal zwischen dem Bild und mir hin- und herwandern, so als würde er das Original mit der Kopie vergleichen.

«Auf dem Bild trägt Ihre Mutter keine Brille», sagt er schließlich in sachlichem Ton.

«Ich kann die Brille leider nicht abnehmen», sage ich lächelnd. «Ohne meine Gläser bin ich blind.»

Und ohne meine Brille kann ich mich nicht hinter meinen dicken Gläsern verstecken. Vielleicht brauche ich diesen Schutzwall ja noch eine Weile. Aber das muss Singer nicht wissen.

Dann blickt er lächelnd an meinem Kostüm herab und meint: «Ihr Kostüm gefällt mir, es sieht aus wie aus einem alten Hollywoodfilm.»

«Das ist ein Kostüm meiner Mutter», sage ich. «Mein Vater

hat es ihr 1943 aus Paris mitgebracht. Ich habe es nach seinem Tod in ihrem Kleiderschrank gefunden.»

«Wo haben Ihre Eltern gewohnt?»

«In einem Haus in Lichterfelde. Ganz in der Nähe von Sarah Spielrein.»

«War das ein Mietshaus?»

«Das war ein größeres Einfamilienhaus.»

«In dem nur Ihre Eltern gelebt haben?»

Ich nicke. «Ja, sicher. Und als mein Vater an der Front war, hat meine Mutter dort alleine gewohnt.»

Singer zieht die Augenbrauen in die Höhe. «Dann könnte sich mein Onkel eine Zeitlang bei Ihrer Mutter versteckt haben.»

«Ja, das wäre denkbar.»

«Offenbar steht das Haus noch.»

«Ja, es steht noch. Die Bomben haben uns verschont. Das Haus gehört jetzt mir.»

Das scheint ihn zu interessieren. «Werden Sie dort einziehen?»

«Nein, es ist viel zu groß für mich.» Dass das Haus immer nach Keller riecht, so viel man auch lüftet, muss Singer nicht wissen. «Und es ist noch im originalen Zustand», füge ich hinzu.

«Was meinen Sie damit?»

«Dass meine Eltern nach dem Krieg nichts verändert haben. Die meisten Möbel stammen noch von meinen Großeltern.»

«Ein richtiges Museum also.»

Singer sieht mich neugierig an. Vielleicht sage ich deshalb, ohne vorher zu überlegen: «Wenn Sie möchten, können Sie mich dort besuchen.»

Einen Moment lang bin ich überzeugt, dass er meine Einladung ablehnen wird. Doch dann sagt er: «Ich könnte am

Mittwoch bei Ihnen vorbeikommen und Ihnen von meinem Ausflug nach München berichten.»

Singer zieht das Blatt Papier aus seiner Reiseschreibmaschine und legt es auf den Bogen, den er bereits getippt hat. In den letzten drei Stunden hat er in einem Dutzend deutscher und englischer Zeitungen die relevanten Stellen mit einem gelben Stift markiert und zu einem Artikel zusammengeschrieben, den er morgen früh an seine Redaktion faxen wird. Der authentischen Note wegen – immerhin ist er vor Ort – hat er den Artikel mit einer nächtlichen Taxifahrt zu einer der Aussichtsplattformen an der Mauer eingeleitet und die üblichen Klischees serviert: den grell erleuchteten Todesstreifen, die Wachtürme, die Soldaten mit den scharfen Schäferhunden. Wie in *Der Spion, der aus der Kälte kam.* Auf einer Aussichtsplattform ist er nie gewesen.

Er steht auf und schaltet den Fernseher ein. Als die Nachrichtensendung beginnt, sieht er eine riesige Menschenmenge, die sich durch enge Straßen bewegt. Das könnte Leipzig sein, Dresden oder irgendeine andere größere Stadt in der DDR, aber solche Bilder sind nichts Neues mehr. Er geht ins Bad, zieht sich aus, wäscht sich flüchtig die Hände, und als er ins Zimmer zurückkommt, hört er, wie der Nachrichtensprecher verkündet, dass in den nächsten Tagen mit dem Rücktritt der DDR-Regierung gerechnet wird. Dann sieht man irgendeinen DDR-Politiker – Singer hat Schwierigkeiten, sich ihre Namen zu merken – bei einem Studiointerview. Eine Nahaufnahme des Gesichtes wird allmählich zur Nahaufnahme des Mundes, der schließlich den halben Bildschirm ein-

nimmt. Singer hat den Eindruck, dass der Kameramann mit diesem langsamen Zoom auf die Frage reagiert, die alle Zuschauer beschäftigen dürfte: Lügt der Mann, oder sagt er die Wahrheit? Als der Politiker lächelt, fällt Singer ein, dass bei einer Lüge bestimmte Muskelgruppen im Gesicht nicht aktiviert werden. Sie regen sich erst, wenn es um echte Gefühle geht. Doch was ist, wenn der Lügner glaubt, was er sagt? Was geschieht dann mit seinem Gesicht?

Singer stellt den Ton ab und versucht sich an das Gesicht von Erika zur Linde zu erinnern. Hat sie nervös mit den Augenlidern gezuckt, als er sie nach dem verschwundenen Manuskript gefragt hat, oder bildet er sich das bloß ein?

Jedenfalls ist die Frau eine echte Überraschung. Sie ist weder verheiratet noch hässlich. Lesbisch ist sie wahrscheinlich auch nicht. Ob eine solche Frau wirklich allein lebt, wie Sarah Spielrein gesagt hat? Das kann er sich nicht recht vorstellen, aber darüber muss er jetzt nicht nachdenken. Ihm hat ihr altmodisches Kostüm im Stil der vierziger Jahre gefallen, das ihn an Filme mit Bette Davis und Mary Astor erinnert. Offenbar handelt es sich dabei um Kriegsbeute aus Paris. Aber passen solche Kostüme zur Frau eines deutschen Offiziers? Nein, eigentlich nicht. Zur Frau eines deutschen Offiziers passt auch nicht die knappe Bluse und der kokette Blick, den Sophie zur Linde dem jüdischen Freund ihres Mannes zuwirft. War diese Sophie zur Linde vielleicht tatsächlich ein *kleines Biest*, wie Harry Pendel behauptet hatte? Und was ist dann mit der Tochter, die der Mutter so ähnlich sieht? Ist sie womöglich auch ein *kleines Biest*? Ist er hier unversehens in einen *film noir* geraten?

Vielleicht sollte er Erika zur Linde übermorgen ein paar Fragen nach ihrer Mutter stellen. Ihm kommt es vor, als würde sie die Brille mit den dicken Gläsern nur tragen, um ein paar Geheimnisse dahinter zu verstecken. Theoretisch

könnte sie das Manuskript gefunden und festgestellt haben, dass es mit dem Roman ihres Vaters identisch ist. Aber hätte sie das zugegeben? Wieder fällt ihm das nervöse Zucken ihrer Augenlider ein. Andererseits hat sich vieles glaubwürdig angehört, was sie ihm erzählt hat. Mit Kindern über den Krieg zu reden, war nicht üblich. Auch in seiner Familie wurde über die Jahre in Shanghai nie gesprochen, und über die Zeit vor der Emigration erst recht nicht. Aber Erika zur Linde könnte im Nachlass ihres Vaters interessante Entdeckungen gemacht haben – so wie er selbst im Schließfach seiner Mutter.

Er schaltet den Fernseher aus und öffnet das Fenster. Kalte Herbstluft trifft auf seine Haut, aber die Kälte stört ihn nicht. Vom nahe gelegenen Kurfürstendamm ist kaum Verkehrslärm zu hören, für eine Großstadt, findet er, ist dieses Westberlin erstaunlich ruhig. Als er das Fenster schließt, ist er immer noch hellwach – zu viel Kaffee und zu viel Aufregung. Er holt sich zwei kleine Fläschchen Bourbon aus der Minibar, schüttet sie in ein Glas und gibt zehn Tropfen Valium dazu. Dann spült er den *Paul-Singer-Cocktail* mit einem kräftigen Schluck hinunter und nimmt sich vor, beim Einschlafen nicht an den Flug nach München zu denken.

Was Singer von mir hält, und was er will, weiß ich nicht. Als er mich nach dem Manuskript gefragt hat, bin ich einen Augenblick lang nervös geworden. Vielleicht hat er es gemerkt und gedacht, ich wüsste darüber Bescheid. Aber das stimmt nicht. Und was aus Auerbach geworden ist, werde ich vermutlich erst erfahren, wenn ich das Tagebuch zu Ende gelesen habe. Vor ein paar Tagen war mir der Gedanke gekommen, dass es

möglicherweise eine Art Tauschgeschäft zwischen Auerbach und meinem Vater gegeben hat – mein Vater sorgte dafür, dass Auerbach überlebte, und der half ihm bei seinem Roman. Aber vielleicht ging es bei ihrem Handel um mehr. Ist es denkbar, dass Auerbach meinem Vater beim Schreiben des Romans mehr als nur *geholfen* hat? Hat Auerbach den Roman womöglich *geschrieben*?

Handelt es sich bei dem Roman meines Vaters um ein Plagiat? Ist es das, was hinter Singers Fragen steckt? Ist er nach Berlin gekommen, um nach Beweisen dafür zu suchen? Das könnte bedeuten, dass er mich vor Gericht zerrt und ich mein Erbe verliere und am Ende pleite bin. Diese Vorstellung trifft mich wie eine kalte Dusche. Ist Singer in Wahrheit mein Feind? Das hatte ich mir anders vorgestellt. Ich mache mir einen Kaffee und setze mich an das Tagebuch meiner Mutter. Notfalls arbeite ich die Nacht durch.

14. Juli 1944

Vorgestern ist unsere Erika getauft worden. Die Taufe sollte um eins stattfinden, es wurde dann aber halb zwei, bis alle gekommen waren. Pfarrer Studnitz, Ulrich, Felix (in Uniform mit EK), Standartenführer Axmann, Papa, Mama und Horst mit seiner Freundin, schließlich eine Kollegin von Felix, ein dürrer Besen mit Zopfkuchenfrisur, wohl seine Sekretärin, die ihren Luftwaffenleutnant sichtlich anhimmelt. Er hat sie eingeladen, um zu zeigen, dass er auch ein Privatleben hat.
Pfarrer Studnitz stand neben dem Flügel mit der Büste des Führers, was etwas unpassend war. Er hatte gerade angefangen, als Vollalarm kam und alle in den Luftschutzkeller liefen. Pfarrer Studnitz machte sofort weiter. Er hat

alles abgekürzt, was gut war, denn um halb drei ging es los. Zuerst hörten wir das Flakfeuer, danach das Brummen der Flugzeuge und dann Einschläge, die sich näherten. Dann war das Dröhnen der Motoren direkt über dem Haus. Noch nie habe ich das immer lauter werdende Rauschen der Bomben so deutlich gehört, das sich kurz vor dem Einschlag in ein hohes Pfeifen verwandelt. Ich habe sofort meine Hände auf Erikas Ohren gepresst, damit ihre Trommelfelle nicht platzten. Babys schlafen ja immer ein, wenn es anstrengend wird, ich hoffe, sie hat wenig von alldem mitbekommen. Als die Explosion erfolgte, spürte ich einen plötzlichen Druck auf den Lungen, der Boden schwankte wie bei einem Erdbeben, die zur Straße gelegene Kellerwand wölbte sich ein paar Zentimeter in den Raum hinein und zog sich wieder zurück. Putz und Staub rieselten auf uns herab. Die Birne an der Decke flackerte kurz auf, bevor sie erlosch. Ein paar Sekunden war es stockdunkel, dann flammten die ersten Taschenlampen auf. Es blieb gespenstisch leise. Alle haben mit angehaltenem Atem gelauscht, doch ein zweiter Einschlag blieb aus.

Um fünf kam Entwarnung, und die Männer liefen nach oben. Erika schien alles gut überstanden zu haben, es war kaum Staub auf ihrem Gesichtchen, ich hatte ein Tuch darübergelegt. Sie ist erst nach der Entwarnung aufgewacht und hat dann fleißig getrunken. Ich mache mir Sorgen wegen der staubigen Luft. Die ist bestimmt nicht gut für sie.

Eine Stunde später bin ich kurz nach oben gegangen.

Das Haus gegenüber hat einen Volltreffer abbekommen.

Es steht nur noch ein Teil der hinteren Fassade, und aus den Trümmern schlugen meterhohe Flammen. Niemand hat es auf die Straße geschafft. In der Innenstadt sind die Keller der Wohnhäuser mit Mauerdurchbrüchen verbunden. Es gibt kilometerlange Gänge, die irgendwo einen Aus-

gang haben. In Lichterfelde haben die Luftschutzkeller nur einen Eingang und eine Ausstiegsluke. Sind beide Zugänge verschüttet, verbrennt man. Alle, die drüben im Keller waren, müssen tot sein. Auf der Straße stand ein großer See, weil das Hauptwasserrohr getroffen wurde. Papa und Mama sind nach der Entwarnung sofort gegangen. Sie wollten wissen, ob ihr Haus noch steht.
Gegen sieben kam noch einmal Alarm, und wir mussten wieder in den Keller. Aber es waren keine Kampfverbände, sondern nur die Nachtmoskitos, die nie großen Schaden anrichten.
Heute und gestern haben wir den ganzen Tag wie die Verrückten geputzt. Die Ruinen des Hauses gegenüber sind immer noch so heiß, dass man erst in ein paar Tagen mit dem Bergen der Leichen beginnen kann. Das Haus von Mama und Papa steht noch, Ulrich war gestern da.
Erika hat heute Morgen gespuckt, aber dann fleißig getrunken. Da sie eingeschlafen ist, versuche ich jetzt ebenfalls Schlaf zu bekommen. Ulrich und Felix sitzen in der Küche und reden über Ulrichs Roman. Das Telefon funktioniert wieder. Wir hatten auch stundenweise Wasser. Die letzten beiden Tage mussten wir die öffentliche Pumpe an der Ecke benutzen. Im Garten liegt ein Blindgänger.
Ich schreibe wie ein Käfer, der noch weiterkrabbelt, auch wenn ihm der Kopf fehlt. Die Liberators *hätten uns mit einem Volltreffer erwischen sollen. Dann wäre jetzt Ruhe.*
Als mir Pfarrer Studnitz nach der Taufe die Hand gab, hat er gesagt, es wäre ein Wunder Gottes, dass wir noch am Leben sind. Ich bezweifle, dass viele von uns noch an Gott glauben.

21. Juli 1944

Gestern ist ein Attentat auf Hitler verübt worden. Ulrich hat es mir heute Morgen gesagt. Der Führer hat noch nachts im Rundfunk gesprochen, damit alle wissen, dass er lebt. Die Ansprache ist heute Vormittag alle zwei Stunden mit Hilfe einer Magnetton-Aufzeichnung wiederholt worden.
Da ich an die frische Luft wollte, lief ich mit dem Kinderwagen zum Bahnhof, um ein paar Zeitungen zu kaufen. Die Frau vom Kiosk meinte, die Vorsehung hätte die Hand über den Führer gehalten. Papa habe ich in der Kreisleitung nicht erreichen können. Felix ist ganz normal zur Arbeit gefahren.
Erika hat zum ersten Mal durchgeschlafen und in den letzten Wochen auch gut zugenommen. Ich habe auch zugenommen, was daran liegt, dass Mama mich immer gut mit Essen versorgt. Nichts passt mehr, meine ganzen schönen Sachen hängen im Schrank.
Wie es mit Ulrich weitergeht, ist offen. Am liebsten würde er in die Führerreserve versetzt werden. Dann hätte er keine militärischen Pflichten mehr, bekäme aber volle Bezüge. Er stellt jetzt seine Aufzeichnungen aus Paris zusammen, die ich dann abtippe. Ansonsten beschäftigt er sich mit dem Text von Felix. Er nimmt kaum Änderungen vor.

Nach zwei Eintragungen fallen mir die Augen zu. Eine Nachtschicht kann ich vergessen. Vermutlich liegt das nicht nur an der grauenhaften Schrift meiner Mutter, sondern auch an

der Begegnung mit Singer, die mir nicht aus dem Kopf geht. Ich kann mich nicht konzentrieren.

Ich hätte gerne gewusst, was mein Vater und Auerbach über das Attentat auf Hitler gedacht haben. Haben sie darüber gesprochen? Waren sie unterschiedlicher Meinung? Darüber erfahre ich nichts. Für meine Mutter gab es im Juli 1944 vermutlich Wichtigeres als das Attentat auf den «Führer». Sie musste die immer spärlicher bemessenen Lebensmittelkarten einteilen, sich um Kartoffelvorräte für den Winter kümmern und ein immer komplizierter werdendes Verhältnis mit zwei Männern bewältigen. Sie wird auch versucht haben, einigermaßen «auszusehen», was ihr vermutlich nicht immer gelang.

Und sie hatte jetzt mich – ein schreiendes Bündel, das zum falschen Zeitpunkt an einem ungeeigneten Ort zur Welt gekommen war. Reichten die Extrazuteilungen Milch auf der «Reichsmilchkarte» aus, die für Mütter vorgesehen waren, die «dem Führer ein Kind geschenkt» hatten? Wie hat meine Mutter meine Windeln gewaschen? Hat sie sie in dem großen Waschkessel in der Küche gekocht, den sie noch nach dem Krieg für die Unterwäsche benutzt hat? Gab es überhaupt immer Wasser und Gas für den Herd?

Über meinen Vater schreibt sie, er *beschäftigt sich mit dem Text von Felix. Er nimmt kaum Änderungen vor.* Also arbeitet Auerbach ebenfalls an einem Text. Doch was für einen Kriegsroman hätte er verfassen können? *Die Verlorenen* sind Aufzeichnungen, die mein Vater direkt an der Front gemacht und mit Auerbachs Hilfe ein wenig geglättet hat. Und Auerbach? Was war *sein* Krieg? Er fuhr jeden Tag mit der S-Bahn zum Siemens-Kabelwerk und musste dabei hin und wieder in einen Bunker flüchten. Er hätte festhalten können, was ihm *als Jude* widerfahren ist. Aber er hat sich nie als Jude betrachtet. Er wollte über die Front schreiben. Vielleicht ist das

gründlich misslungen, und mein Vater hat das Manuskript dann taktvoll entsorgt. Das konnte er Anna Singer schlecht mitteilen.

Mir fällt noch eine andere Variante ein. Offenbar wollte Auerbach unbedingt einen «Kriegsroman» schreiben, er hatte nur kein Material. Aber das könnte ihm mein Vater geliefert haben, und dann wäre der *Text von Felix*, mit dem er sich *beschäftigt* hat, das, was Auerbach aus seinem Material gemacht hatte. Aber auch das würde bedeuten, dass Auerbach der eigentliche Autor der «Verlorenen» wäre.

Unter welchen Umständen ist Auerbach später umgekommen? Die Frage, wer der Autor der «Verlorenen» war, hat sich nie gestellt. Vielleicht wäre das anders gewesen, wenn Auerbach den Krieg überlebt hätte.

30

Dienstag, 7. November 1989

Nein, ich habe mich nicht in Singer verliebt. Dass ich von ihm geträumt habe, ist Zufall, da spielt mir mein Unterbewusstes einen Streich. Eine ganze Reihe von rationalen Gründen und auch meine persönlichen Erfahrungen sprechen dagegen. Als ich das letzte Mal verliebt war, hat das zu einer überstürzten Ehe geführt. Danach hat es ein ganzes lästiges Jahr gedauert, bis Detlev wieder aus meinem Leben verschwunden war. Seitdem ist Verliebtheit für mich ein anderes Wort für Wahnsinn.

Eine Frau von Mitte vierzig, die kein Faible für schmalzige Liebesromane hat und nie auf den Gedanken käme, sich mit einer kitschigen Romanfigur zu verwechseln, verliebt sich nicht bei der ersten Begegnung in einen Mann, den sie überhaupt nicht kennt und der seinen Charme womöglich nur einsetzt, um ihr Geheimnisse zu entlocken. Eine solche Frau bewahrt ihren kühlen Kopf auch dann, wenn der Mann aussieht wie Robert Redford, einen interessanten Beruf ausübt und über beträchtlichen Charme verfügt. Eine solche Frau bleibt auch dann gelassen, wenn die goldfarben gebräunten Hände des Mannes auf einen bronzefarbenen Körper schließen lassen, seine Stimme ein *sehr* angenehmes Timbre hat und die Art, wie er lächelt, Kellnerinnen kuhäugig werden lässt. Eine erfahrene Frau (wie ich) weiß auch, dass die Schmetterlinge in ihrem Bauch physiologisch bedingt sind und auf übermäßigem Kaffeegenuss beruhen.

Ich verbringe den ganzen Vormittag damit, über das nach-

zudenken, was Singer gestern gesagt hat. Und ich finde, er hat eine ganze Menge *nicht* gesagt. Wenn er tatsächlich vermutet, dass mein Vater Auerbachs Manuskript vernichtet hat, weil er sich für seinen eigenen Roman daraus bedient hat – warum hat er nicht hartnäckiger nach dem Manuskript gefragt? Er hätte nachhaken können, wie gründlich ich den Nachlass meines Vaters durchgesehen habe, um dann meine Reaktion zu beobachten. Das hat er nicht getan, und das könnte heißen, dass er noch dabei ist, Material zu sammeln – *belastendes* Material. Vermutlich wird Singer seine Fragen dann erst stellen, wenn er die Antworten bereits kennt.

Könnte mein Vater Auerbachs Roman ebenso *arisiert* haben wie mein Großvater die Möbel und das Meißen der Aschrotts? Und was ist mit dem Bechstein in Lichterfelde? Dass er Auerbach gehört hat, habe ich erst aus dem Tagebuch erfahren. Soll ich es Singer sagen, wenn er mich besucht? Was ist noch alles aus Auerbachs Wohnung in Lichterfelde gelandet? Bücher? Porzellan? Hat meine Mutter nur die Spitze eines Eisberges notiert? Wird Singer womöglich eine Liste von Auerbachs Sachen im Kopf haben, wenn er mich besucht? Was hat er vor? Wenn es mir nicht Mittwoch im Haus gelingt, ihn zum Reden zu bringen, dann vielleicht bei einem *candlelight dinner.* Ich werde morgen meine Jeans anziehen, mit dem Make-up ein wenig großzügiger verfahren, keine Brille tragen und die Haare offen lassen.

Zum Mittagessen schalte ich den Fernseher ein. Wie lange er noch in Berlin bleibt, hängt von der Entwicklung auf der anderen Seite der Mauer ab, hat Singer am Telefon gesagt. Momentan sieht es so aus, als würden sich dort die Ereignisse überschlagen. Gestern Abend gab es die bis dahin größte Demonstrationswelle in der DDR. In Leipzig sind trotz Regen zweihunderttausend Leute auf die Straße gegangen, die Stimmung wird jetzt immer aggressiver. Hun-

derttausend Leute haben in Dresden demonstriert, in Halle waren es sechzigtausend. Und dabei hält die Flüchtlingswelle unvermindert an. Die Nachrichten enden mit Bildern des Grenzüberganges Schirnding in Bayern, über den ganze Familien in den Westen kommen. Der Reporter sagt, dass stündlich fünfhundert Personen die tschechisch-bayerische Grenze überqueren. Für heute wird auch der Rücktritt der DDR-Regierung erwartet. Ich denke unwillkürlich an meinen Onkel Horst, der jetzt vielleicht dieselben Nachrichten sieht.

Bevor ich mich nach dem Essen wieder an das Tagebuch setze, tupfe ich mir ein wenig *L'Heure Bleue* auf das Handgelenk. Dann mache ich mich an die Entzifferung der Eintragungen vom August bis zum Oktober 1944. Ich bin in guter Stimmung. Auf den ersten Blick macht die Schrift meiner Mutter diesmal einen lesbaren Eindruck.

---

15. August 1944

Horst kam gestern mit sechs Eiern vorbei. Mama hatte ihn wohl aufgefordert, sich mit mir zu versöhnen. Wir haben im Garten gesessen, und er bat mich, Erika auf den Arm nehmen zu dürfen. Dann wollte er wissen, ob Leutnant Bredow ein Berufsoffizier ist. Ich sagte, Leutnant Bredow wäre eigentlich Fremdsprachenkorrespondent. Ansonsten wisse ich nicht viel über ihn, es reiche mir, dass er ein angenehmer Untermieter sei. Ich nehme Horst nicht ab, dass er mich ganz arglos gefragt hat, er hat irgendeinen Verdacht.

Papa hat sich vorgestern beim Essen ebenfalls nach Leutnant Bredow erkundigt, vermutlich hat Horst mit ihm gesprochen. Dann hat er mich gefragt, ob ich mir vorstellen könne, bis zum Ende des Krieges mit Erika aus Berlin wegzugehen. Er hat bei Marburg auf dem Land einen Freund aus der Kampfzeit.
Ulrich war heute Morgen im OKW. Es geht immer noch um die Frage, was aus ihm wird, Schreibtischposten, Deaktivierung oder Führerreserve. Auf dem Flur hat ihn ein General gerüffelt, weil er ganz normal gegrüßt hatte. Nach dem Attentat ist in der Wehrmacht der «Deutsche Gruß» eingeführt worden. Ulrich hat nicht daran gedacht.
Es gibt jetzt immer öfter kein Wasser, was wegen der Windeln schwierig ist. Felix und Ulrich haben im Garten eine Art Toilette gebaut. Gestern Nacht wurde das Goertz-Werk am Teltowkanal getroffen und ist abgebrannt.

27. August 1944

Felix ist vorgestern von der Personalabteilung aufgefordert worden, seinen Wehrpass «zur Abstimmung» mitzubringen. Aber der Wehrpass von Felix ist absolut einwandfrei, und Rückfragen in Boulogne sind nicht mehr möglich, weil dort alle Unterlagen bei einem Luftangriff vernichtet wurden. Außerdem, sagt Ulrich, hätte auch eine Überprüfung nichts ergeben. Ich vermute, dass Horst bei der Sache seine Finger im Spiel hatte. Eine andere Erklärung habe ich nicht.
Uns steckt immer noch der große Luftangriff vor vier Tagen in den Knochen. Der Potsdamer Bahnhof und das Haus Vaterland existieren nicht mehr, auch die Philharmonie in der Bernburger Straße ist ausgebrannt.
Paris ist gefallen. Im Osten stehen die Russen kurz vor der

Weichsel. Ulrich meint, wir können nur hoffen, dass die Amerikaner vor den Russen in Berlin sind.

15. September 1944

Heute hat Felix in Gegenwart von Ulrich aus Versehen «Du» zu mir gesagt. Ulrich scheint es überhört zu haben. Oder er hat nur so getan. Irgendein Chinese hat mal gesagt, dass ein Mann mit zwei Häusern verrückt wird. Eine Frau mit zwei Männern wird ebenfalls verrückt.
Ich habe wieder angefangen zu rauchen. Jetzt kann ich meine Rauchermarken nicht mehr mit Blockwart Fabeck gegen Fettmarken tauschen.
Die Amerikaner haben die Westgrenze überschritten. Ulrich meint, dass es keine zwei Wochen mehr dauern wird, bis sie in Aachen sind.

20. Oktober 1944

Papa kam heute Vormittag überraschend vorbei. Er hat erfahren, dass Horst hinter seinem Rücken bei der Gestapo Erkundigungen über Felix eingezogen hat, ganz offiziell im Namen der Kreisleitung. Er wollte wissen, «was da eigentlich los ist». Ich war wie vor den Kopf geschlagen, und dann habe ich ihm einfach alles erzählt. Dass Ulrich und Dr. Auerbach seit der Grundschule Freunde sind und dass Dr. Auerbach bei mir untergetaucht ist und Ulrich ihm falsche Papiere besorgt hat.
Papa wurde abwechselnd bleich und rot. Zuerst dachte ich, er würde in die Luft gehen, aber er hat nur eine Weile geschwiegen und dabei auf die Büste des Führers gestarrt, die er uns geschenkt hat. Dann war er offenbar zu einem Entschluss gekommen. Er wird Horst zurückpfeifen und

der Gestapo erklären, es habe sich um eine Denunziation gehandelt. Ich soll Leutnant Bredow übermorgen wieder zum Essen mitbringen und Mama kein Wort davon sagen. Leutnant Bredow solle aber bitte in Uniform kommen, mit seinem Eisernen Kreuz.
Feldmarschall Rommel ist tot. Der Führer hat ein Staatsbegräbnis angeordnet. Ulrich sagte, es gehe das Gerücht um, dass Rommel ermordet wurde. Er wusste wohl von dem Attentat auf den Führer und hat geschwiegen. In Ostpreußen gibt es schwere Abwehrkämpfe. Aachen ist von den Amerikanern erobert worden.
Ich habe weder Ulrich noch Felix von meinem Gespräch mit Papa erzählt.

Die Schlinge um Auerbachs Hals zog sich langsam zu. Die sechs kostbaren Eier, die mein Onkel Horst auf Anweisung seiner Mutter nach Lichterfelde brachte, sollten die Geschwister wieder versöhnen. Aber meine Mutter hatte den Verdacht, dass ihr Bruder Horst hauptsächlich aufgetaucht war, um sie nach Leutnant Bredow auszufragen. Wurde mein Vater misstrauisch, als Auerbach versehentlich «Du» zu meiner Mutter sagte? Oder wusste er längst, was sich zwischen Auerbach und meiner Mutter abspielte? Und hatte er gute Gründe, vorläufig noch nichts zu unternehmen? Warum denke ich automatisch *vorläufig noch* nichts?

31

Mittwoch, 8. November 1989

Ohne Make-up, mit Brille und im hellen Neonlicht des Badezimmers sehe ich aus wie *Mitte* vierzig. Flüchtig geschminkt, aber immer noch mit Brille, sehe ich aus wie *Anfang* vierzig. Mit dem ganzen Programm (Eyeliner, Wimperntusche, Lippenstift, plus ein diskreter Hauch Rouge) und ohne Brille, sondern mit Kontaktlinsen, komme ich auf Mitte dreißig. Zehn Jahre unter den Tisch fallen zu lassen ist Betrug, aber Singer sagt mir auch nicht alles.

Ich trage die dunkelblaue Kostümjacke meiner Mutter, meine Jeans sind frisch gewaschen und sitzen, die Haare werde ich lasziv verwuschelt tragen. Ich rechne damit, dass Singers Besuch in einen gemeinsamen Abend münden wird. Dass sein Ausflug nach München viel ergeben hat, kann ich mir nicht vorstellen. Die Wahrscheinlichkeit, nach beinahe einem halben Jahrhundert einen ehemaligen Kollegen von Auerbach aufzutreiben, liegt realistischerweise bei null.

Meinen Plan, vor dem Treffen mit Singer noch ein paar Einträge aus dem Tagebuch zu entziffern, habe ich nach den beiden ersten Sätzen wieder aufgegeben. *Die Russen sind in Ostpreußen eingedrungen. Felix und Ulrich hören ständig BBC und markieren die Front auf der Karte*, notierte meine Mutter im Oktober 1944. Ihre Schrift sieht unproblematisch aus, aber heute sind Russen in Ostpreußen nicht das Passende für mich. Außerdem geht mir, immer wenn ich den Namen *Felix* lese, sofort Singer durch den Kopf. Dann ist es mit meiner Konzentration aus, und ich hänge meinen Gedanken nach.

Ich denke, es reicht, wenn ich mich heute Abend wieder an das Tagebuch setze, oder falls der Besuch Singers in einen gemeinsamen Abend münden sollte, morgen früh.

Gegen drei Uhr verlasse ich das Haus. Das Thermometer am Küchenfenster zeigt dreizehn Grad an, der Himmel ist leicht bedeckt, aber es sieht nicht nach Regen aus. Das ist gut, denn ich möchte Singer den Garten zeigen, in dem im Juni 1939 das Bild von meiner Mutter und seinem Onkel gemacht wurde. Vorsichtshalber nehme ich meinen neuen Trenchcoat mit. Falls wir anschließend zu einem Restaurant aufbrechen.

Auf dem Weg nach Lichterfelde kaufe ich zwei Stück Sachertorte und ein Dutzend Petits Fours. Im Haus decke ich den großen Tisch im Esszimmer. Ich entscheide mich für das Streublumen-Service meiner Mutter, das sie benutzt hat, als 1943 Standartenführer Axmann und seine Frau zu Besuch kamen. Wie deckt man einen Kaffeetisch? Wo liegen die Kuchengabeln? Nimmt man auch zum Kuchenessen Servietten? Bin ich noch bei Trost, mir darüber den Kopf zu zerbrechen?

Kurz nach vier hält Singers Taxi vor dem Haus. Bevor er klingelt, betrachtet er die efeubewachsene Fassade und staunt. Das geht allen so, die zum ersten Mal vor dem Haus stehen. Er hat einen großen Strauß gelber Gladiolen mitgebracht. Seitdem ich als Kind *Der verzauberte Garten* gelesen habe, kenne ich die Blumensprache. Gelbe Gladiolen bedeuten: *Sei bitte nicht so stolz.*

Singer begrüßt mich mit Küsschen auf beide Wangen. Vielleicht hat er gelesen, dass die Franzosen das so machen, und denkt, das ist in Europa überall Sitte. Aber es gefällt mir, weil es mich an meine Bikinizeit erinnert. Er verweilt einen Augenblick länger an meiner Schläfe als nötig, und sein Aftershave steigt mir in die Nase. Er riecht gut, allerdings frage ich mich, was er damit bezweckt.

Im Garten haben die Birken ihre Blätter verloren, aber noch hat die Rotbuchenhecke vor dem hinteren Zaun zum Nachbargrundstück ihr Laub nicht abgeworfen, erst im Februar kann man den Wirtschaftshof der städtischen Gärtnerei sehen. Meinen Vater hatte dieser Anblick immer gestört, obwohl er den Garten im Winter selten betrat und überhaupt eine Abneigung gegen den Garten hatte. Vielleicht lag das an der Toilette, die er dort mit Auerbach gebaut hat? Die Bank, auf der das Foto von Auerbach und meiner Mutter entstanden ist, gibt es nicht mehr, und vom Springbrunnen ist nur noch ein beschädigtes, rundes Becken geblieben, in dem sich Regenwasser und Laub gesammelt haben.

An der Stelle, an der mein Vater gestanden haben muss, als er Auerbach und meine Mutter fotografierte, zieht Singer das Bild aus seinem Jackett, und wir betrachten es einen Moment lang schweigend. Die enge Bluse, und die neckisch aufgesetzte Offiziersmütze, den Blick. Ich hätte gerne gewusst, was mein Vater sich damals gedacht hat.

Im Haus bewundert Singer die Empire-Kommode im Vestibül, bestaunt die hohen, wasserfleckigen Stuckdecken, die Löwenfüße der Plüschsessel und die Bilder an den Wänden. Ich muss ihm jedes einzelne Porträt erläutern. Am längsten betrachtet er das Bild, das über dem Buffet im Esszimmer hängt. Es ist ein Ölbildnis des Rittmeisters Otto zur Linde vom Sohr'schen Husarenregiment. Ich erkläre Singer, dass Otto zur Linde 1813 bei Großgörschen ein Karree gesprengt und dafür den *Pour le Mérite* erhalten hat. Was ein Karree ist, will er zu meiner Erleichterung nicht so genau wissen, das weiß ich nämlich auch nicht. Das Haus würde sich gut als *location* für einen Film eignen, sagt er schließlich. Da hat er recht. Das Haus wäre eine perfekte *location* für einen *film noir* mit Alan Ladd, Veronica Lake und einem raffinierten Mord.

Die passende Vase für die Gladiolen suchen wir gemein-

sam aus. Im Buffet steht ein Dutzend Vasen, und Singer guckt sich jede genau an. Ich überlasse ihm die Wahl, und er entscheidet sich für eine große Meißener Vase. Ein fauchender Ming-Drache mit einem schuppigen Schwanz ist darauf zu sehen. Singer schlägt vor, sie auf den Flügel zu stellen.

«Die Frau im Siemens-Archiv war sehr freundlich zu mir», sagt er, nachdem ich Kaffee gemacht habe und wir am Tisch sitzen.

Das überrascht mich nicht. Zu einem Mann wie Singer sind alle Frauen sehr freundlich.

«Als ich ihr gesagt habe», fährt er fort, «dass Leutnant Bredow in Wahrheit ein untergetauchter jüdischer Journalist war und mein Onkel ist, wurde sie noch freundlicher.» Er sieht mich an. «Ihr Vater hat im Juni 1943 ganze Arbeit geleistet.»

Was er mit «ganze Arbeit» meint, verstehe ich nicht. Aber er klingt weder ironisch noch zynisch. Dann spricht er weiter, ohne auf eine Nachfrage zu warten.

«Joachim Bredow ist in den Personalpapieren als deaktivierter Fliegerleutnant geführt worden. Deaktiviert heißt, dass er Invalide war, sonst hätte man ihn wieder an die Front geschickt. Wie Ihr Vater und mein Onkel das damals gemacht haben, weiß ich nicht. Irgendein Militärarzt muss ein Attest ausgestellt haben, oder Ihr Vater hat Unterschriften gefälscht. Das muss für ihn ziemlich riskant gewesen sein.»

Singer lädt sich ein Stück Sachertorte auf seine Kuchengabel, bevor er weiterspricht. «Und für Ihre Mutter dürfte es auch riskant gewesen sein, Erika.»

Dass er mich mit meinem Vornamen anredet, gefällt mir. Ich weiß zwar, dass sich in Amerika alle mit Vornamen ansprechen, aber ich nehme es trotzdem persönlich. Dann stelle ich die Frage, die er erwartet. «Warum für meine Mutter?»

«Weil Fliegerleutnant Bredow hier in diesem Haus ge-

wohnt hat. Seine Adresse stand in der Personalakte. Vermutlich haben mein Onkel und Ihre Mutter zusammen an diesem Tisch gesessen, so wie wir jetzt.»

Er verspeist ein weiteres Stück Torte, und das mache ich ebenfalls. Einmal, weil mir die Sachertorte schmeckt, aber auch, um zu demonstrieren, dass ich mir wegen meiner Figur keine Sorgen mache. «Wie endet die Akte Ihres Onkels?»

«Sie hat nur einen Anfang», antwortet Singer. «Fliegerleutnant Bredow wurde am 30. Juni 1943 als Fremdsprachenkorrespondent eingestellt.»

«Sonst gibt es keine weiteren Einträge?»

«Nur, dass er nicht in der Partei war.»

«Über sein Ausscheiden gibt es nichts?»

Singer schüttelt den Kopf. «Absolut nichts. Die Frau aus dem Archiv war Historikerin. Sie konnte mir nur sagen, dass der Betrieb in Spandau im April 1945 schrittweise eingestellt wurde. Sie vermutet, dass mein Onkel irgendwann im April umgekommen ist, als die Russen nach Berlin kamen. So wie viele andere.»

«Haben Sie Kollegen von ihm gefunden?»

Singer schüttelt den Kopf. «Seine ganze Abteilung bestand nur aus ihm selbst und seiner Sekretärin.»

Bei dem Wort *Sekretärin* fällt mir sofort die Frau mit der *Zopfkuchenfrisur* ein, die mit Auerbach bei meiner Taufe war und auch beinahe in unserem Luftschutzkeller gestorben wäre.

«Wissen Sie, wie die Frau hieß?»

«Sie heißt Helly Preiswerk», antwortet Singer. «Bis vor kurzem hat sie noch bei Siemens in Berlin-Spandau gearbeitet. Offenbar war sie nie verheiratet, denn sie hat ihren Namen behalten. Sie stand im Telefonbuch, und ich habe sie noch aus München angerufen.»

Er unterbricht sich und sieht mich amüsiert an. «Als ich

ihr sagte, dass ich der Neffe von Leutnant Bredow bin, war sie ziemlich überrascht.»

Das bin ich jetzt auch. Die Sekretärin ist die dritte Person aus dem Tagebuch meiner Mutter, die noch lebt und völlig unerwartet in meinem Leben auftaucht. Erst Sarah Spielrein, dann mein Onkel Horst Bonnet, und nun diese Helly Preiswerk.

«Aber Sie werden die Frau doch treffen, oder?»

Singer nickt. «Ich besuche sie übermorgen. Vielleicht kann sie mir ja sagen, was mit meinem Onkel im April 1945 passiert ist. Ob es die Russen waren oder ob ihn jemand denunziert hat.»

Singer trinkt noch einen Schluck Kaffee. Dann zieht er etwas aus der Innentasche seines Jacketts und sagt in beiläufigem Ton: «Hier ist das Foto, das ich Ihnen noch zeigen wollte. Es wurde im Winter 1938 in der Wohnung meines Onkels gemacht, als meine Mutter und Onkel Felix bereits beschlossen hatten zu emigrieren.»

Ich habe Singer am Esstisch so platziert, dass er durch die geöffnete Flügeltür ins Wohnzimmer sehen kann. Er hat den Bechstein mit dem hochgeklappten Deckel über der Tastatur und die Drachenvase mit den Gladiolen direkt im Blick, während ich den Kopf ein wenig nach links drehen muss, um das zu sehen, was er sieht. Und das mache ich jetzt, nachdem ich das Bild betrachtet habe, das er mir mitgebracht hat.

Das Foto zeigt Auerbach in seiner Steglitzer Wohnung auf einem Klavierschemel vor der geöffneten Tastatur seines Bechsteins. Das Bild ist so scharf, dass nicht nur der Name *Bechstein* auf der Innenseite des geöffneten Deckels lesbar ist, man kann auch die Vase, die auf dem Flügel steht, deutlich erkennen. Es handelt sich unübersehbar um die Vase mit dem Ming-Drachen, seinem grimmigen Gesicht und dem schuppigen Schwanz.

Ein paar Sekunden lang, in denen ich Singers Blick auf meinem Gesicht spüre, bin ich unfähig, einen klaren Gedanken zu fassen. Ich lege das Foto, ohne ein Wort zu sagen, auf den Tisch zurück. Singer ist ebenfalls still. Schließlich frage ich ihn, ob ihm die Petits Fours geschmeckt haben.

Zwei Stunden später stehe ich unter der heißen Dusche und spüre, wie alles an mir herunterläuft – Mascara, Rouge, Eyeliner und Lippenstift. Das heiße Wasser tröstet mich, es vertreibt die Spannung aus meinen Gliedern und das unangenehme Gefühl aus meinem Magen. Dann ziehe ich mir den Bademantel an, lege mich auf die Couch und versuche zu rekonstruieren, was in Lichterfelde passiert ist. Ich weiß nicht, was ich jetzt machen soll und wie es mit mir und Singer weitergehen soll – falls es überhaupt mit uns weitergeht. Ich habe zweimal vergeblich versucht, ihn in seinem Hotel anzurufen, aber er war nicht in seinem Zimmer. Vielleicht war es ja besser so, denn was hätte ich ihm sagen können? Sorry, aber mir ist leider erst nachträglich aufgefallen, dass es kein Zufall sein kann, dass hier in Lichterfelde ein Flügel und eine Drachenvase stehen, die Auerbachs Flügel und der Drachenvase aufs Haar gleichen?

Was hat sich in Singers Kopf abgespielt, als er im Buffet auf die Vase gestoßen ist? Hat er sie mit Absicht ausgewählt und vorgeschlagen, sie auf den Flügel zu stellen? Oder ist ihm die Ähnlichkeit mit dem Foto seines Onkels erst danach aufgefallen? Vermutlich hat er darauf gewartet, dass ich das Offensichtliche ausspreche. Aber das habe ich nicht getan, und das war ein Fehler.

Wie lange ist Singer danach noch geblieben? Vielleicht zehn, zwanzig Minuten. Er ist nicht sofort gegangen, sondern hat mir noch erzählt, dass er morgen in Ostberlin eine wichtige Pressekonferenz besucht. Auerbachs Manuskript hat er mit keinem Wort erwähnt. Im Moment kann ich nur abwarten. Er hat versprochen, mich nach seinem Gespräch mit Helly Preiswerk anzurufen.

Wieder habe ich das Gefühl, dass die Zeit knapp wird. Ich mache mir einen starken Kaffee und setze mich noch im Bademantel an das Tagebuch meiner Mutter. Ich schätze, dass ich noch vier oder fünf Tage brauche, bis ich fertig bin. Den Fernseher schalte ich nur kurz ein, um ihn gleich wieder auszumachen. Was es mit dieser Pressekonferenz auf sich hat, von der Singer gesprochen hat, werde ich morgen erfahren.

---

27. Oktober 1944

Die Russen sind in Ostpreußen eingedrungen. Felix und Ulrich hören ständig BBC und markieren die Front auf der Karte. Ulrich sagt, unsere Raketen richten in London großen Schaden an. Er glaubt, dass bald ein englischer Vergeltungsschlag erfolgen wird. Dass es mit den Luftangriffen noch schlimmer wird, kann man sich kaum vorstellen.
Über der ganzen Stadt liegt ein Gasgeruch, vermischt mit Schwaden von schwelendem Schutt. Meine Haare werden gar nicht mehr sauber. Ich trage inzwischen nur noch einen Turban aus Baumwolle, mit dem ich zehn Jahre älter aussehe. Von Erikas Gesicht wische ich jeden Abend eine

graue Schmutzschicht ab. Eine schwarze Monatsfleischkarte kostet achtzig Mark.
Felix behandelt mich jetzt immer formeller, so als hätten wir uns gerade erst kennengelernt. Ich frage mich, ob uns das nicht erst recht verdächtig macht. Aber Ulrich hat noch nicht einmal andeutungsweise etwas dazu gesagt. Entweder ist er blind, oder er verschiebt alles auf die Zeit nach dem Krieg.

5. November 1944

Nach dem Essen bei Papa und Mama sind Ulrich und ich noch in den Botanischen Garten gegangen, für November war es erstaunlich warm. Aus Zehlendorf kam Flakfeuer, obwohl kein Flugzeug zu sehen war. Der Himmel war ein paar Viertelstunden lang blau und sauber wie im Frieden. Alle Tropenhäuser sind abgebrannt. Der japanische Pavillon ist bis auf ein paar dicke Balken verschwunden.
Papa sieht immer schlechter aus, zum ersten Mal in meinem Leben tut er mir leid. Ihm ist klar, dass alles nicht mehr lange halten kann. An die Wunderwaffe glaubt er nicht. Horst sieht er nur noch dienstlich. Er glaubt nicht, dass Horst hinter seinem Rücken weiter Nachforschungen über Leutnant Bredow anstellt. Papa sagt immer «Leutnant Bredow».

26. Dezember 1944

Ich schreibe beim Schein einer Petroleumlampe, da wir seit heute Mittag keinen Strom haben. Erika hat gut getrunken und schläft friedlich in ihrer Wiege. Sie ist ordentlich gewachsen und kann sich schon alleine auf den Bauch

drehen. Ich bin froh, dass ich sie habe, weil sie mich von allem ablenkt.
Ulrich und Felix sind unten und reden über Ulrichs Roman. Felix hat in den letzten Tagen zehn Seiten geschrieben, die ich für Ulrich abgetippt habe. Ulrich treibt Felix jetzt regelrecht an, so als würde die Zeit knapp werden, und natürlich hat Felix allen Grund, ihn bei Laune zu halten.
Horst war Heiligabend nicht dabei, er hat mit seiner Flamme gefeiert, was allen außer Mama ganz recht war. Wir hatten Gans mit Rotkohl. Um sieben gab es Voralarm, aber eine halbe Stunde später kam Entwarnung. Papa meint, wir sollten einen Ausgleich mit Stalin suchen, aber Ulrich bezweifelt, dass die Russen sich auf einen Separatfrieden einlassen würden. Unser Angriff in den Ardennen ist steckengeblieben. Der Führer wollte zur Kanalküste vorstoßen und die Häfen von Antwerpen erobern.
Einen Weihnachtsbaum gibt es nur noch für Kinderreiche. Die weihnachtliche Sonderzuteilung besteht aus 250 Gramm Fleisch und zwei Eiern.

Mein Vater scheint allmählich begriffen zu haben, was sich zwischen Auerbach und meiner Mutter abgespielt hat. Jetzt spekuliert sie darüber, welche Folgen das haben könnte. *Entweder ist er blind, oder er verschiebt alles auf die Zeit nach dem Krieg*, schreibt meine Mutter. Woran hat sie dabei gedacht? *Was* soll mein Vater verschoben haben? Die Abrechnung mit Auerbach? Hat mein Vater ihn deswegen angetrieben, schneller zu schreiben, weil er es nicht erwarten konnte, ihn aus dem Weg zu räumen?

32

Donnerstag, 9. November 1989

Singer knöpft seinen Macintosh gar nicht erst zu, als er am späten Nachmittag vor dem Checkpoint Charlie aus dem Taxi steigt. Für einen Tag in der ersten Novemberhälfte ist es definitiv zu warm. Auch passt, wie bei seinem letzten Besuch, der milde Sonnenschein überhaupt nicht ins Bild. Die Flaggen – die amerikanische und die russische auf der anderen Seite der Mauer – haben im Sonnenlicht etwas Fröhliches, Singer findet, sie sehen richtig *nett* aus. Was würde passieren, überlegt er kurz, wenn irgendein Verrückter versuchte, mit einem überraschenden Sprint durch die Grenzanlagen nach Westberlin zu kommen? Die Grenzsoldaten würden ihn aus allen möglichen Lautsprechern zum Stehenbleiben auffordern, aber schießen würden sie nicht. Sie würden noch nicht einmal Warnschüsse abgeben.

Singer gefällt diese Vorstellung, und zugleich gefällt sie ihm nicht. Denn sie nimmt den *thrill* aus dem Checkpoint Charlie, macht den Übergang harmlos und ungeeignet als *set* für einen spannenden, in Schwarzweiß gedrehten Spionage-Thriller. Er ist, sagt sich Singer resigniert, einfach fünfzehn Jahre zu spät hierhergekommen, und daran kann auch der Anblick der übereinandergestapelten Sandsäcke vor der amerikanischen Wachbaracke nichts ändern. Wer, zum Teufel, *braucht* die heute noch? Singer kommen sie wie bloße Theaterrequisiten vor.

Entsprechend verhält sich auch der Volkspolizist, der ihn auf der anderen Seite kontrolliert. Beim letzten Mal hat er

noch einen Blick in seinen Pass geworfen und sein Gesicht mit seinem Passbild verglichen. Jetzt winkt er ab, als Singer ihm den Pass zeigen will. Das dürfte so kaum in den Dienstvorschriften stehen, ebenso wenig wie das Lächeln, die einladende Handbewegung und der gemurmelte Satz, den Singer bis auf das Wort *Aufenthalt* nicht ganz verstanden hat. Vermutlich hat ihm der Mann einen *angenehmen Aufenthalt* gewünscht.

Seit seinem letzten Besuch in Ostberlin sind fünf Tage vergangen. Vorgestern ist die DDR-Regierung zurückgetreten, gestern das gesamte Politbüro, und jeden Tag strömen immer noch Tausende DDR-Bürger über die offene Grenze der Tschechoslowakei nach Westdeutschland. Vor zwei Wochen hätte sich das niemand vorstellen können. Für Singers Geschmack geht das alles beängstigend schnell, so als hätte irgendjemand im Hintergrund einen verrückten Zeitraffer angeworfen.

Hinter dem Checkpoint ist der typische Ostberliner Geruch wieder da. Daran sind wohl auch die kleinen Autos schuld, deren Karosserien angeblich aus Kunststoff gefertigt sind und deren Auspuffe bläuliche Wolken ausstoßen. Sie heißen *Trabant*, ein Wort, das Singer nicht kennt und das, denkt er, sicherlich eine Bedeutung hat. Wie bei seinem letzten Besuch in Ostberlin kommen ihm die Straßen im Vergleich mit Westberliner Straßen relativ unbelebt vor. Wenn es stimmt, dass europäische Großstädte ein lebendiges Zentrum haben, denkt Singer, muss das Ostberliner Zentrum woanders sein. Seine kurzfristige Heiterkeit beim Anblick der *netten* amerikanischen und russischen Flaggen ist verflogen. Der Himmel hat sich bedeckt, alles sieht auf einmal deprimierend grau aus, auch die Gesichter der wenigen Passanten, die ihm begegnen. Es sind, denkt Singer, entweder Parteimitglieder, die um ihre Privilegien bangen, oder Leute,

die keine Hoffnung mehr haben, dass sich in ihrem Land etwas ändert. Kein Wunder, dass die Menschen in Scharen das Weite suchen. Außerdem soll die DDR pleite sein.

Den Weg zum *Internationalen Pressezentrum* in der Mohrenstraße hat er ohne Schwierigkeiten gefunden. Journalisten stehen in kleinen Gruppen vor dem Haus und rauchen, direkt neben ihnen parkt ein Polizeiwagen mit zwei uniformierten Volkspolizisten. In einer der Gruppen entdeckt Singer eine Kollegin von der *New York Times.* Als sich ihre Blicke begegnen, nickt sie ihm zu, und Singer hebt lächelnd die Hand. Hinter dem Eingang zum Pressezentrum liegt ein großes Foyer, vor dem Schalter, an dem die Registrierungen der Journalisten überprüft werden, hat sich eine lange Schlange gebildet. Singer stellt sich geduldig an, und dann dauert es zwanzig Minuten, bis er endlich den Raum betritt, in dem die Pressekonferenz schon begonnen hat.

Der Raum erinnert ihn an einen plüschigen Kinosaal und ist brechend voll. Die Journalisten stehen in den Gängen zwischen den Sitzreihen und stauen sich am Eingang. Singer drängt sich hinter der letzten Sitzreihe zwischen einen französischen und einen dänischen Kollegen. Er fühlt sich unbehaglich und hat nicht vor, um jeden Preis bis zum Ende der Pressekonferenz zu bleiben. Wenn etwas Wichtiges bekannt gegeben wird, wird er es aus den Abendnachrichten erfahren. Es ist ohnehin nicht sein Stil, für einen Bericht vor Ort zu sein. Und da der Mann, der die Pressekonferenz leitet – er heißt Schabowski und ist *Sekretär des ZK der SED für Informationswesen* – im Augenblick nichts Interessantes erzählt (außer, dass sie alle eingesehen hätten, dass sich einiges ändern müsse), denkt Singer über die Streublumentasse seiner Mutter nach.

Er kennt die genauen Umstände nicht, unter denen seine Eltern im März 1940 Berlin verlassen haben. Die luxuriöse

Überfahrt mit dem italienischen Dampfer wurde gelegentlich erwähnt, und dass es in Shanghai weniger luxuriös zuging. Nur die wirklich Reichen konnten beim Verlassen Deutschlands so viel mitnehmen, dass sie in der Emigration ihr gewohntes Leben weiterführen konnten. Seine Eltern haben nicht zu diesem Personenkreis gehört. Auch der wohlhabende Teil des jüdischen Mittelstandes konnte froh sein, wenn es überhaupt gelang, Deutschland rechtzeitig zu verlassen. Mit jedem Ortswechsel war das ursprüngliche Gepäck ein wenig geschrumpft. Wie oft mussten sie in Shanghai umziehen, und wie viel konnten sie 1946 nach Amerika mitnehmen? Was am Ende übrig blieb, war nur das, was ins Handgepäck passte. Bei Singers Mutter waren es Briefe, Fotos, ein fleckiges Poesiealbum und eine «Meißener» Tasse mit «Streublumenmuster» – ein Wort, mit dem Singer als Kind ebenso wenig anfangen konnte wie mit dem Wort «Meißen». Die Tasse, deren Untertasse verlorengegangen war, diente seiner Mutter zum Aufbewahren von Rabattmarken, Münzen und Büroklammern. Sie stand für ein Leben, das sie vor sehr langer Zeit auf einem anderen Kontinent geführt hatte, bevor Ereignisse eingetreten waren, die er als Kind nie recht verstanden hatte.

Hatte er gestern auf dem Weg nach Lichterfelde die Gladiolen gekauft, weil er dabei an das Foto dachte, das er Erika zur Linde zeigen wollte? Nein, es war ebenso unbewusst geschehen wie die Auswahl der Vase und sein Vorschlag, sie auf den Flügel zu stellen. Im Grunde war alles mehr oder weniger ein Zufall gewesen. Er hatte zuerst nicht einmal registriert, dass es sich bei dem Flügel um einen Bechstein handelte, obwohl der Deckel über den Tasten nach oben geklappt war. Dass sich daraus ein Bild ergab, das bis in die Details hinein der Fotografie glich, war ihm erst aufgefallen, als das Gespräch mit Erika zur Linde plötzlich ins Stocken geriet. Wie lange hatte

sie kein Wort gesagt, nachdem sie offenbar dasselbe gesehen hatte wie er? Jedenfalls zu lange, um ihr Schweigen als eine normale Gesprächspause zu klassifizieren. Er hatte sie kalt erwischt, ohne dass er das vorher geplant hatte.

Anschließend war die Unterhaltung flüssig weitergegangen. Erika zur Linde hatte sich Mühe gegeben und er ebenfalls. Nachdem der Augenblick verpasst war, über diesen interessanten Anblick zu reden, ging es nur noch darum, sich zivilisiert zu verabschieden, um in Ruhe über alles nachzudenken.

Aber der Flügel, das Porzellan, die Vase – spielt das alles eine Rolle? Ulrich zur Linde hat Auerbach falsche Papiere besorgt, und als er in Lichterfelde wohnte, haben die zur Lindes für seinen Onkel ihr Leben riskiert. Ist es da nicht kleinlich, wegen ein paar Tassen, einer Vase und einem Flügel an eine hinterlistige «Arisierung» zu denken? Ja sicher, aber trotzdem bleiben ein paar Fragen. Warum hat Ulrich zur Linde seiner Mutter geschrieben, Auerbach wäre deportiert worden? Warum hat er die Frage nach dem Manuskript nicht persönlich beantwortet, sondern seinen Anwalt vorgeschoben? Und warum hat er sich an seinem Schreibtisch erschossen? Und schließlich: Was weiß Erika zur Linde darüber?

Vielleicht hat sie ja doch gelogen, als sie sagte, ihre Eltern hätten nie über seinen Onkel gesprochen. Oder sie hat die Wahrheit gesagt, aber nach dem Tod ihres Vaters Auerbachs Manuskript entdeckt und festgestellt, dass es verdächtige Ähnlichkeiten mit dem Roman ihres Vaters aufwies, dass der Roman ihres Vaters vielleicht sogar ein Plagiat war. Da war es wieder, dieses wohlklingende Wort Plagiat, das sich nach Geld anhörte.

Doch warum hatte Erika zur Linde ihm vorgeschlagen, sie in Lichterfelde zu besuchen? Um herauszufinden, was er gewusst hatte, als er ihren Vater besuchen wollte? Und war

es Absicht, dass sie anders aussah als bei ihrer ersten Begegnung im Hotel? Keine Frau in ihrem Alter überlässt ihr Aussehen dem Zufall. Erika zur Linde ist genau der Typ, bei dem jeder Mann sofort ein *candlelight dinner* im Kopf hat. Auch er hat sie bereits bei ihrer ersten Begegnung im Hotel attraktiv gefunden. Ohne Brille, mit offenen Haaren und Jeans findet er sie *äußerst* attraktiv. Je länger er über diese ganze Geschichte nachdenkt, desto mehr ist er davon überzeugt, dass sie etwas weiß, das sie ihm verschweigt, und dass sein Besuch in Lichterfelde den Zweck hatte, ihn gesprächig zu machen. Erika zur Linde – das *kleine Biest.*

Singer unterbricht diese Überlegungen, weil er eine plötzliche Bewegung im Raum spürt. Ein italienischer Journalist hat eine Frage gestellt, die er nur halb verstanden hat. Offenbar geht es um einen *Reisegesetzentwurf.* Schabowski ist ins Stottern geraten und kramt in seinen Papieren. Es dauert ziemlich lange, bis er das findet, wonach er gesucht hat. Er erklärt, dass es eine Regelung gibt, *die es jedem Bürger der DDR möglich macht, über Grenzübergangspunkte der DDR auszureisen.*

Nach einigem Hin und Her, aus dem noch immer niemand schlau wird, kommt eine Nachfrage von einem deutschen Journalisten. Der will wissen, wann die neue Regelung in Kraft tritt: *Ab sofort?*

Schabowski, der jetzt so verwirrt ist, dass er die Journalisten als *Genossen* anspricht, sagt: *Das trifft ... nach meiner Erkenntnis ... ist das sofort ... unverzüglich.*

Doch die meisten Kollegen trauen dem Braten nicht. Auch Singer glaubt es erst, als er es kurz vor elf im Fernsehen hört. Joachim Friedrich heißt der Kollege, der es ausspricht: *Die Tore der Mauer stehen weit offen.*

Für meinen Geschmack passiert momentan zu viel, und außerdem bin ich extrem nervös. Kein Wunder nach einem Dutzend Tassen Kaffee, einem Mittagessen aus einem vertrockneten Toast mit Butter und einem Tagebuch, in dem sich alles mit rasender Geschwindigkeit auf ein böses Ende zubewegt. Ich bin jetzt im Frühjahr 1945 angelangt. Die Schrift meiner Mutter hat einen neuen Tiefpunkt erreicht. Warum muss sie ausgerechnet jetzt nur noch diesen dicken Bleistift nehmen? Warum benutzt sie immer mehr Abkürzungen? Und warum tue ich mir das alles überhaupt an? Ich war immer der Meinung, dass man nicht alles wissen muss, schon gar nicht um jeden Preis.

Bevor ich mich heute Morgen an das Tagebuch setzte, habe ich endlich den Brief an die Schulleitung geschrieben – per Einschreiben. Darin erkläre ich, dass ich aus dem Staatsdienst ausscheide. Falls es komplizierte Nachfragen geben sollte, wird Elst sich darum kümmern. Danach habe ich kurz mit dem Gedanken gespielt, meinen Koffer zu packen, ein Taxi nach Tegel zu rufen und den nächsten Flug nach Paris zu nehmen. Ich könnte morgen in einem Café im Marais sitzen, anstatt auf einen Anruf von Singer zu warten, der von dieser Sekretärin vielleicht etwas erfahren hat, was alles nur noch komplizierter macht.

---

14. Januar 1945

Das sonntägliche Mittagessen bei Papa und Mama wird immer quälender. Ulrich ist heute nicht mitgekommen. Es gab Kartoffelsuppe ohne Einlage so wie am letzten Sonntag. Dieses Essen ist Papas Art, uns mitzuteilen, dass es zu Ende geht. Er sah grau und abgemagert aus.
Horst kam überraschend und hat kaum etwas gesagt. Er hat sich nur nach Leutnant Bredow erkundigt. Soll das bedeuten, dass er immer noch an der Sache dran ist und mich das wissen lassen wollte? Zutrauen würde ich es ihm. Aber bei jedem neuen Angriff verbrennen Akten, und Nachforschungen werden immer schwieriger.
Auf dem Flur hat mir Papa einen Satz Fettkarten zugesteckt, was ich rührend fand. Seine Quellen fließen spärlicher, seitdem sein Büro ausgebombt ist und er die Parteigeschäfte aus einer Schule in Friedenau führen muss. Er rät mir immer dringender, zu seinem Parteifreund nach Marburg zu gehen.
Vor den Schaufenstern sind jetzt Holzverschalungen mit Sehschlitzen, durch die man erkennen kann, was es gibt. In vielen Geschäften bekommt man Waren nur im Austausch gegen Zigaretten, das Geld ist ja wertlos. Papa sagt, dass die Koksreserven in Berlin nur noch vierzehn Tage reichen. Omnibusse fahren nicht mehr, weil jeder Tropfen Benzin für Militärfahrzeuge gebraucht wird.
Erika schläft jedes Mal sofort ein, wenn wir sie die Treppe hinunter in den Luftschutzkeller tragen. Wenn es kracht und die Erde bebt, nimmt Ulrich sie auf den Arm. Ulrich ist immer ganz ruhig. Ich gerate meist in Panik, und ich will nicht, dass sich das auf das Kind überträgt.
Täusche ich mich, oder gehen Ulrich und Felix jetzt immer formeller miteinander um? Irgendetwas ist zwischen den

beiden vorgefallen. Ich glaube, dass sie inzwischen nur noch reden, wenn es um den Roman geht. Felix sehe ich praktisch nie mehr unter vier Augen. Ich habe ein ganz schlechtes Gefühl.

6. Februar 1945

Am Sonnabend hatten wir einen Einflug von mindestens tausend Bombern. Die Reichskanzlei liegt in Trümmern, aber Hitler lebt. Schwer getroffen wurde der Volksgerichtshof in Schöneberg. Freisler ist tot. Über der ganzen Innenstadt lag in der Nacht ein rötlicher Schein, und morgens war hier alles von einer Schicht aus Ruß überzogen. Papa hat mit seinem Freund in Marburg telefoniert und mir die Anschrift gegeben. Ich kann jederzeit kommen.
Ulrich will, dass ich fahre. Und nicht nur, wie mir scheint, weil er mich und Erika auf dem Land in Sicherheit haben will, sondern auch aus anderen Gründen. Es herrscht eine unangenehme Stimmung im Haus, so wie in einem Kessel, der kurz davor ist, zu explodieren.

8. Februar 1945

Papa und Mama sind heute auf dem Bergfriedhof beerdigt worden. Goebbels hat angeordnet, dass Bombenopfer als «Gefallene» gelten und mit militärischen Ehren bestattet werden. Irgendjemand von der Partei, den ich nicht kannte, hat eine Ansprache gehalten, aber ich habe nicht zugehört. Eine Hitlerjugend-Spielschar hat für einen militärischen Trommelwirbel gesorgt. Das alles fand bei minus zehn Grad statt, sodass sich alle beeilt haben.
Mama war vorgestern Nachmittag in Papas Büro, um ihm Brote und Tee zu bringen. Als Alarm kam, gingen sie sofort

in den Luftschutzkeller. Eine Sprengbombe hat die Schule direkt getroffen und den Eingang zum Keller verschüttet. Die Bergungstrupps fanden acht Stunden später nur noch Tote. Kohlendioxid war in den Keller geströmt und hat außer Papa und Mama noch weitere sechs Personen erstickt. Papa und Mama wirkten wie friedlich entschlafen, sagt Ulrich, der die Leichen gesehen hat. Ob er gelogen hat, weiß ich nicht. Ich will es auch nicht wissen.
Die Russen nähern sich der Oder, und es werden die ersten Straßensperren aus Trümmern errichtet. Ulrich hört unten im Wohnzimmer BBC, und Felix ist unterwegs. Meine Hände zittern seit Tagen so, dass ich kaum schreiben kann. Ich brauche einen Flüchtlingsausweis, aber im Polizeipräsidium am Alexanderplatz gibt es endlose Schlangen, weil dort auch Bombenschäden bescheinigt werden. Papa hätte das alles für mich regeln können. Horst zieht mit seiner Flamme in die Wohnung von Papa und Mama. Soll er doch.

33

Freitag, 10. November 1989

Der verrückte Zeitraffer hat sein Tempo noch einmal gesteigert, und jetzt ist es wirklich passiert. Die Mauer ist zwar immer noch da, aber sie hat jetzt Löcher wie ein Schweizer Käse. Es ist, denkt Singer, nur eine Frage der Zeit, bis sie auch aus dem Berliner Stadtbild verschwindet und Filme wie *Der Spion, der aus der Kälte kam* historisch wirken. An allen Grenzübergängen zur Bundesrepublik und nach Westberlin haben sich lange Schlangen gebildet. Da die Grenztruppen keine klaren Befehle haben, finden kaum Kontrollen statt, und die Leute können ungehindert ausreisen und wieder zurückkehren. Das alles hat etwas Unwirkliches. Angeblich ist in vielen Ostberliner Betrieben die Arbeit eingestellt worden, und die Belegschaften sind geschlossen nach Westberlin gefahren. Hunderte Menschen sind auf die Mauer vor dem Brandenburger Tor geklettert und haben sich von den Wasserwerfern nicht vertreiben lassen. Singer hat sein Hotel einmal kurz verlassen und ist die paar Schritte zum Kurfürstendamm gelaufen. Der war voller knatternder Trabants, blaue Abgaswolken waberten über die Straße, es roch nach Ostberlin. Dann hat er bei laufendem Fernseher sechshundert Wörter geschrieben und sie anschließend an seine Redaktion gefaxt.

Eigentlich sind das alles gute Nachrichten, aber er hat trotzdem ein mulmiges Gefühl. Die Genugtuung, die er als anständiger Amerikaner jetzt empfinden sollte, stellt sich nicht ein. Er fragt sich, ob vielleicht etwas mit ihm nicht in

Ordnung ist, hat aber keine Lust, darüber nachzudenken. Es ist kurz vor zwei, als er sich in ein Taxi setzt, um nach Frohnau zu Helly Preiswerk zu fahren.

Die wohnt in einem Doppelhaus aus gelblichem Backstein, das den Klingelschildern zufolge in vier Wohnungen aufgeteilt ist. Das Gebäude steht in einem penibel gepflegten Garten, ein von gestutzten Koniferen gesäumter Plattenweg führt zur Haustür. Im zweiten Stock bewegt sich ein Vorhang, Helly Preiswerk hält offenbar bereits nach ihrem Besucher Ausschau.

Bevor Singer an der Wohnungstür klingelt, rekapituliert er die Geschichte, die er am Telefon erzählt hat: Leutnant Bredow war der Bruder seiner Mutter, die 1940 mit ihrer ganzen Familie nach Amerika ausgewandert ist. Der Briefwechsel brach 1943 ab, und man wisse nur, dass der Leutnant nach seiner Kriegsbeschädigung für Siemens gearbeitet hat. Seine Mutter hätte vergeblich versucht, etwas über die Umstände seines Todes zu erfahren. Die Idee, im Siemens-Archiv nach Kollegen seines Onkels zu forschen, sei ihm gekommen, als er beruflich in München war. Er wird Helly Preiswerk nicht verraten, dass Leutnant Bredow (und er selber) Jude ist. Ihm gefällt es, in die Schuhe seines Onkels zu schlüpfen.

Die Leute sind selten so, wie man sie sich am Telefon vorstellt, aber das Aussehen der Frau, die ihm die Tür öffnet, entspricht ihrer spröden Telefonstimme. Helly Preiswerk trägt ein graues Bürokleid, das wie frisch gebügelt aussieht, und dazu passt ihre Dauerwellenfrisur, in der jede einzelne Welle durch ein unsichtbares Netz von Haarspray unverrückbar an ihren Platz betoniert ist. Sie hat nicht nur die gleiche Frisur wie Margaret Thatcher, sondern auch das leicht spitzige Gesicht und diesen Mund, den man entweder verhärmt oder energisch nennen kann.

Im Wohnzimmer stehen ein prall gepolstertes Sofa aus

grünlichem Samt und ein Couchtisch aus poliertem Holz, auf dem schon alles vorbereit ist: Teller, Tassen, Untertassen, Kuchengabeln, in der Mitte eine Sahnetorte, die einen Diabetiker auf der Stelle ins Grab befördern würde. Als Helly Preiswerk mit der Kaffeekanne ins Wohnzimmer zurückkehrt, entdeckt Singer am Ausguss der Kanne einen Tropfenfänger aus rosa Schaumstoff, wie ihn seine Mutter immer benutzt hat.

«Wir haben uns sofort gut verstanden, als ich Anfang Juli 1944 in seine Abteilung kam», sagt Helly Preiswerk, nachdem sie Kaffee eingeschenkt hat. «Anfangs hatten wir noch reichlich Arbeit. Aber nachdem wir Frankreich räumen mussten, wurde es immer weniger. Wir haben dann viel miteinander geredet.»

Die Wendung *Frankreich räumen* findet er bemerkenswert. Vielleicht fragt er deshalb: «Haben Sie auch über Politik gesprochen?»

Helly Preiswerk nickt. «Ja, sicher.» Dann hat sie offenbar bemerkt, wie missverständlich ihre Formulierung war, und sie fügt hinzu: «Wir waren beide keine Nazis, falls Sie das wissen wollten.»

Singer lächelt. «Hat mein Onkel auch über seine Familie gesprochen?»

Helly Preiswerk schüttelt den Kopf. «Überhaupt nicht. Dass Ihr Onkel in Amerika Familie hatte, sollte offenbar niemand wissen. Auch ich nicht. Amerika war ja damals ...» Sie nippt an ihrem Kaffee, überlegt einen Augenblick und sagt dann: «Amerika war ja damals noch unser Feind.»

«Wir würden gerne wissen», sagt Singer, «was aus Onkel Joachim geworden ist.»

Die Bezeichnung *Onkel Joachim* ist Singer spontan eingefallen. Sie gefällt ihm, denn sie gibt der Unterhaltung eine familiäre Note. Helly Preiswerk soll schließlich alles ganz

zwanglos ausplaudern. Singer kann die Frau nicht einschätzen. Eigentlich mag er Frauen nicht, die ihn an Margaret Thatcher erinnern. Er sieht, wie Helly Preiswerk Luft holt und kurz zögert. Dann atmet sie aus und sagt:

«Er ist am 18. April 1945 im Büro verhaftet worden. Ich war dabei. Es war der Tag nach meinem Geburtstag.»

«Weshalb verhaftet? Aus politischen Gründen?»

Helly Preiswerk nickt. «Ja, das könnte sein.» Dann fährt sie ein wenig unklar fort: «In gewisser Weise schon. Er hat nicht viel darüber geredet. Ich musste es mir anschließend zusammenreimen.»

Wieder macht sie eine Pause, diesmal, um ein Stück Sahnetorte zu essen und einen Schluck Kaffee zu trinken. Singer hat das absurde Gefühl, dass sie ihm gleich etwas Tragisches erzählen wird, das ihr aber zugleich eine gewisse Befriedigung bereitet.

«Leutnant Bredow hat damals in Lichterfelde gewohnt», sagt sie. «In einer großen Bruchbude als Untermieter eines Majors. Der war Ritterkreuzträger und überzeugter Nazi. Ich bin ihm einmal begegnet.»

«Woher wussten Sie, dass der Major ein überzeugter Nazi war?»

«Weil Leutnant Bredow ein paar Bemerkungen über ihn gemacht hat und weil ich den Major selber einmal erlebt habe.»

«Wann denn?»

«Ich war im Juli 1944 auf der Taufe seiner Tochter. Mit Leutnant Bredow zusammen. Der hatte mich gebeten mitzukommen.»

«Sie hatten eine private Beziehung?»

Helly Preiswerk lacht. «Nein, nicht, was Sie denken. Wir sind ein paar Mal zusammen ins Kino gegangen. Aber eine Beziehung hatten wir nie.»

Sie stößt ein geziertes Lachen aus. Die Vorstellung, sie könnte etwas mit Leutnant Bredow gehabt haben, scheint ihr zu schmeicheln.

«Und wieso hat er Sie dann zu der Taufe mitgenommen?»

«Die Begründung hörte sich ein bisschen albern an. Sein Vermieter, der Major, war wohl eifersüchtig auf ihn. Leutnant Bredow und die Frau des Majors haben ja eine Zeitlang zu zweit in dem Haus zusammengelebt, als der Major an der Front war. Da hat sich der Major wohl etwas eingebildet.»

«Sie meinen, die beiden könnten ...?»

Helly Preiswerk nickt. «Leutnant Bredow dachte, wenn er zusammen mit einer Frau auftaucht, würde sich der Major beruhigen. Also bin ich mitgekommen. Vor der Taufe hat der Major eine kurze Ansprache gehalten und uns allen erklärt, dass der Endsieg zum Greifen nahe sei. Der Mann war völlig verrückt. Er hat uns weismachen wollen, dass der Führer die Alliierten in die Normandie gelockt hätte, um sie dort zu vernichten. Und dann sind wir alle fast umgekommen.»

Helly Preiswerk unterbricht sich, um Singers Tasse aufzufüllen.

«Während der Taufe», fährt sie fort, «gab es einen Luftangriff, und wir mussten in den Luftschutzkeller. Das waren amerikanische Bomber, die kamen auch tagsüber. Sie haben das Haus gegenüber mit einem Volltreffer erwischt. Wir hatten einfach Glück.»

«Hat sich die Eifersucht des Majors nach Ihrem Erscheinen mit meinem Onkel gelegt?»

Helly Preiswerk schüttelt den Kopf. «Nein, leider nicht. Er hat Leutnant Bredow weiter gedroht, ihn wegen Defätismus und Hören von Feindsendern anzuzeigen. Er scheint seine Drohungen wahr gemacht zu haben.»

«Mein Onkel ist verhaftet worden, weil ihn dieser Major angezeigt hat?»

«Irgendjemand muss ihn denunziert haben. Und für mich kommt nur der Major in Frage. Alle wussten, dass die Russen bald in Berlin sein würden, und das war die letzte Gelegenheit für den Major.» Sie trinkt einen Schluck und verschüttet etwas Kaffee auf die Tischdecke, merkt es aber nicht.

«Und wie ging es nach der Verhaftung weiter?»

«Ich habe einen Tag später, am 19. April, den ganzen Vormittag über vergeblich versucht, in Lichterfelde anzurufen, und bekam dann gegen Mittag einen überraschenden Anruf. Der Major war am Telefon und wollte wissen, was mit Leutnant Bredow los sei. Er sei gestern Abend nicht nach Hause gekommen, und er mache sich Sorgen. Es hätte ja auch alles Mögliche passiert sein können. Ein Luftangriff auf Siemens oder auf dem Weg.»

«Glauben Sie, dass der Major Ihnen etwas vorgespielt hat?»

«Vermutlich wollte er sich für die Zeit nach dem Krieg absichern.» Wieder verschüttet Helly Preiswerk Kaffee, diesmal auf ihr Kleid.

«Was haben Sie ihm gesagt?»

«Dass Leutnant Bredow von der Gestapo verhaftet wurde.»

«Und wie hat er reagiert?»

«Er sagte, er würde sofort nachforschen und sich mit der Gestapo in Verbindung setzen. Und mich noch am selben Tag oder am nächsten anrufen.»

«Hat er Sie zurückgerufen?»

«Nein. Vielleicht hat er es probiert. Aber das Telefonnetz hat in diesen Tagen nur noch sporadisch funktioniert. Ich bin dann am nächsten Tag mit dem Fahrrad nach Lichterfelde gefahren. Das hat drei Stunden gedauert, denn die meisten Straßen waren inzwischen voller Bombenkrater und Trümmer. Aber in Lichterfelde wusste man auch nicht viel. Leutnant Bredow war noch immer verschwunden. Der Major hatte wohl mit der Prinz-Albrecht-Straße telefoniert. Da war

nichts über eine Verhaftung bekannt. Ich habe auch den Major selber nicht gesprochen. Es war nur ein Standartenführer da, den ich von der Taufe her kannte.»

«Was hat der im Haus gemacht?»

«Der hat da seit Februar gewohnt. Ist wohl ausgebombt worden.»

«Haben Sie darüber gesprochen, wer Leutnant Bredow denunziert haben könnte?»

«Nein. Aber wenn es der Major war, dann hatte der Standartenführer nichts damit zu tun. Nicht alle SS-Leute waren Nazis. Und das war ein netter Mann. Thorwald Axmann.»

«Woher wussten Sie, dass er kein Nazi war?»

«Leute, die keine Nazis waren, haben sich damals sofort erkannt. Die sagten nicht ‹Führer›, sondern nur ‹Hitler›.»

«Und Herr Axmann wusste also auch nichts?»

«Nein. Ich bin dann zurückgeradelt. Hätte Leutnant Bredow die Verhaftung überlebt, wäre er früher oder später bei mir aufgetaucht. Ich hatte etwas Wichtiges für ihn aufgehoben.»

«Was denn?»

«Durchschläge», sagt Helly Preiswerk.

Wieder macht sie eine theatralische Pause, die aber ihre Wirkung verfehlt, weil Singer nicht weiß, was das Wort «Durchschläge» bedeutet.

«Ihr Onkel», fährt Helly Preiswerk schließlich fort, «hat damals an einem Roman über seine Kriegserlebnisse gearbeitet. Teile davon hat er mir im Büro diktiert. Ihr Onkel wollte nicht, dass das Manuskript verlorengeht. Deshalb hat er mich gebeten, immer einen Durchschlag zu mir nach Hause mitzunehmen und gut aufzubewahren.»

«Haben Sie diese Durchschläge noch?»

Singer spürt auf einmal, wie sich sein Herzschlag beschleunigt. Möglicherweise hat er sich eben verhört. Wenn

er sich *nicht* verhört hat, wäre alles viel leichter gegangen, als er es erwartet hatte.

Helly Preiswerk nickt. «Selbstverständlich.»

Sie geht wortlos zu ihrer Schrankwand und kommt mit einer Pappschachtel zurück. Darin liegt ein Stapel Durchschlagpapier, dünne, gelblich verfärbte Blätter. Helly Preiswerk deponiert die Schachtel zwischen der Kaffeekanne mit dem rosa Tropfenfänger und Singers Teller, auf dem noch ein halbes Stück Sahnetorte zerfließt.

Und dann erklärt sie: «Wenn Sie möchten, können Sie die Durchschläge mitnehmen.»

Auf einmal versteht Singer die Reaktion der Leute, die plötzlich erfahren haben, dass die Mauer offen ist. Eigentlich war die Botschaft klar, aber viele dachten zuerst, es wäre ein Missverständnis, und irgendjemand hätte etwas falsch verstanden. Und als sie schließlich begriffen, dass es kein Missverständnis war, dachten sie immer noch, sie würden träumen. Singer beschränkt seine Reaktion auf ein mäßig erstauntes Nicken. Er weiß, dass er alles vermasseln könnte, wenn er jetzt aufspringt und schreit.

Singer hatte sich noch in Amerika *Die Verlorenen* gekauft. Er hat das Buch mit nach Berlin gebracht. Als er eine Stunde später die Durchschläge im Hotel sichtet, kommen ihm schon die ersten Zeilen bekannt vor. Im Karton finden sich auch handschriftliche Notizen. Es sind Vorarbeiten zu den *Verlorenen*, Dutzende eng beschriebener Seiten in zwei verschiedenen Handschriften – vermutlich in der seines Onkels und in der von Ulrich zur Linde.

Ulrich zur Lindes Notizen bestehen nie aus vollständigen Sätzen. Manchmal steht nur ein einziges Wort da, eine Farbe ist notiert, ein Geruch, ein Geräusch. Aber bereits dieses Rohmaterial ist ungeheuer lebendig. Auerbach hingegen hat erfundene Ereignisse aufgeschrieben: Dreimal abgeschossen und dreimal aus der Nordsee gefischt, zwei Tage im Wasser getrieben, weil eine Signalpistole nicht funktionierte, schließlich von einem Fischer aus Cabourg gerettet. Das alles liest sich blass und heroisch zugleich.

Singer stellt fest, dass sein Onkel die erste Fassung seines Romans aus seinen eigenen Notizen und denen Ulrich zur Lindes zusammengefügt hat. Der hat dann für *Die Verlorenen* den ganzen heroischen Bombast und die erfundenen Geschichten entfernt. Sonst wäre der Roman ungenießbar geblieben. Allerdings gäbe es keinen Roman, wenn sein Onkel aus den Notizen keinen lesbaren Text gemacht hätte.

Hat Ulrich zur Linde befürchtet, als Plagiator entlarvt zu werden, als sich seine Mutter 1965 nach einem Romanmanuskript ihres Bruders erkundigte? Wusste er, dass Auerbach seine Sekretärin für das Tippen des Manuskripts eingespannt hatte und dass es Durchschläge gab? Ja, vielleicht. Aber was hätten die Durchschläge bewiesen? Doch nur, dass er aus einem schwülstigen Originalmanuskript einen guten Roman gemacht hatte. Vielleicht steckte ja mehr dahinter? Aber was?

Um einen Plagiatsvorwurf kann es nicht gegangen sein. Aber das bedeutet nicht, dass die Geschichte damit zu Ende ist. Es gibt noch viele offene Fragen. Aus welchem Grund hat Ulrich zur Linde behauptet, Auerbach wäre im Februar 1943 deportiert worden? Hat Helly Preiswerk womöglich recht? Hat Ulrich zur Linde Auerbach denunziert, nachdem er herausgefunden hatte, dass Auerbach und seine Frau eine Affäre hatten, als er an der Front war?

Singer steht auf und öffnet das Fenster. In der Herbstluft

ist eine Spur Ostberlin zu riechen, denn auf dem Rückweg zum Hotel war der Kurfürstendamm immer noch voller hupender Trabants. Der Himmel über der Stadt, der heute Morgen noch ein wenig Blau aufwies, ist jetzt hellgrau, ein paar Wolkenfetzen bilden längliche, dunkelgraue Schlieren, die sich an den Rändern auflösen.

Falls es Erika zur Linde um Fragen des Urheberrechts ging, kann er sie jetzt beruhigen oder das verschwundene Manuskript nicht wieder erwähnen. Aber vielleicht ging es ja von Anfang an um mehr. Was weiß Erika zur Linde, und wie kann er sie zum Reden bringen? Er könnte sie zum Abendessen einladen, doch als er den Hörer bereits in der Hand hält, legt er wieder auf. Er hat sich den Namen des Standartenführers gemerkt, mit dem Helly Preiswerk damals in Lichterfelde gesprochen hat. Er findet einen Thorwald Axmann im Telefonbuch und wählt die Nummer. Nachdem es viermal geklingelt hat, hebt jemand ab und sagt: «Axmann.»

Er erklärt dem Mann, er sei der Neffe von Leutnant Bredow und habe erfahren, dass er, Thorwald Axmann, im April 1945 zusammen mit seinem Onkel im selben Lichterfelder Haus gewohnt habe. Er wolle herausfinden, was damals mit seinem Onkel passiert sei. Er wisse von einer ehemaligen Kollegin, dass dieser von der Gestapo verhaftet worden sei, und würde gern mehr darüber erfahren.

Einen Moment lang schweigt Axmann. Schließlich sagt er mit einer Stimme, die so gelassen klingt, als würde er eine harmlose Bemerkung über das Wetter machen: «Dann sind Sie also der Neffe von Felix Auerbach.»

Sie verabreden sich für den nächsten Tag in Axmanns Haus. Singer kennt SS-Leute nur aus dem Kino. Unwillkürlich stellt er sich den ehemaligen Standartenführer in einer schwarzen Uniform vor, mit SS-Runen auf dem Kragenspiegel und einem Totenkopf auf der Mütze.

Singer hat sich nicht bei mir gemeldet, und ich habe es mit viel Selbstdisziplin geschafft, ihn nicht in seinem Hotel anzurufen. Den Fernseher habe ich heute nur kurz eingeschaltet, denn ich arbeite wie verrückt am Tagebuch. Die Öffnung der Mauer war keine Falschmeldung. Jetzt ist in der Westberliner Innenstadt das Chaos ausgebrochen. Angeblich sollen sich auf dem Kurfürstendamm die Fußgänger stauen und vor allen Banken soll es Warteschlangen geben, weil gegen Vorlage des Ausweises jedem DDR-Bürger ein *Begrüßungsgeld* ausgezahlt wird.

Vielleicht ist das ja der Grund, aus dem ich nichts von Singer höre. Weil er sich für eine Reportage unter die Ostberliner gemischt hat, oder weil er von dieser Sekretärin alles erfahren hat, was er wissen wollte, und mich nicht mehr braucht.

Mit dem Tagebuch bin ich weiter gekommen, als ich erwartet hatte. Meine Mutter und ich haben Berlin am 14. Februar 1945 verlassen und sind in einem Dorf in der Nähe von Marburg gelandet.

---

14. Februar 1945

Mein Zug nach Kassel fährt morgen Abend vom Lehrter Bahnhof ab. Züge fahren nur noch im Schutz der Dunkelheit. Standartenführer Axmann wird uns mit einem Wagen der SS-Fahrbereitschaft zum Bahnhof bringen. Mein Gepäck besteht aus einem Rucksack und dem Kinderwagen.

Ich werde den Pelz anziehen und zwei Hosen übereinander tragen. Wenn alles gutgeht, bin ich morgen in Kassel. Wie ich von dort aus weiterkomme, weiß ich nicht. Als Proviant habe ich vier Flaschen Milch, Fliegerschokolade und Knäckebrot mitgenommen, daran kann Erika mit ihren drei Zähnchen lange knabbern. Das Kind ist unruhig. Sie spürt, dass eine große Veränderung ansteht. Meine Nervosität überträgt sich natürlich auf sie.
Eben kam eine Luftwarnung, danach Sirenen und Flakfeuer aus der Zehlendorfer Richtung. Die letzte Nacht in Berlin werde ich wohl im Luftschutzkeller verbringen.

15. Februar 1945

Ich habe ein blitzsauberes Zimmer im Erdgeschoss eines zur Hälfte zerstörten Hotels, das eigentlich vom Militär requiriert ist. Standartenführer Axmann hat das noch telefonisch für mich organisiert. Das Hotel ist bis zum Dach mit Offizieren einer SS-Panzerdivision belegt. Ein freundlicher Hauptsturmführer sagte mir, dass vor dem Bahnhof Holzgasbusse nach Marburg abfahren. Er will morgen einen Mann abstellen, der mir den Rucksack zum Bahnhof trägt. Kassel ist völlig zerstört, die Straßen sind menschenleer, ein paar Ruinen schwelen noch. Es wird nicht gefegt, und den Kinderwagen durch den Schnee zu ziehen, war kein Vergnügen.
Beim Abschied in Berlin war Ulrich völlig aufgelöst. Er macht sich schreckliche Sorgen um mich und Erika. Aber er hält es für besser, wenn ich den Rest des Krieges auf dem Land verbringe. Jedes Mal, wenn ich sehe, wie sehr er mich liebt, möchte ich am liebsten im Boden versinken.
Ein paar Minuten, bevor wir eintrafen, war auf der Königgrätzer Straße ein Blindgänger explodiert, und in der

Eingangshalle des Bahnhofs lagen Tote und Verwundete. In Hannover kamen wir gegen Mittag nach vielen Stopps auf freier Strecke an, und ich kriegte durch schieres Glück einen Anschlusszug nach Kassel. Weil wieder dichter Schnee fiel, gab es keine Luftangriffe. In Kassel waren wir kurz vor sechs. Erika hat wunderbar mitgemacht und im Zug das ganze Abteil aufgeheitert.
Ich bin gespannt auf den Parteifreund von Papa. Wenn er ein echter Parteigenosse ist, kann ich keine Feindsender mehr hören. Meine Fliegerschokolade ist fast alle, weil ich in der Eisenbahn hemmungslos gefuttert habe. Dresden soll in der letzten Nacht völlig zerstört worden sein.

18. Februar 1945

Gisselberg ist ein dreckiges kleines Nest, und Herr Bürklin hat mich mit dem Deutschen Gruß empfangen. Er wollte gleich wissen, warum ich mein Parteiabzeichen nicht trage. Ich sagte, das Abzeichen sei mein heiligster Besitz und ich wolle es nicht verlieren.
Im Flur hängt ein Bild des Führers. Herr Bürklin ist Ortsgruppenleiter und örtlicher Bauernführer. Er ist vom Endsieg überzeugt und schimpft bei jeder Gelegenheit auf die «Junker», die den Führer «meucheln» wollten. Seine Frau macht kaum den Mund auf.
Ich muss beim Ausmisten des Stalles und beim Schweinefüttern helfen. Mit den drei polnischen Kriegsgefangenen, die auf dem Hof arbeiten, darf ich nicht sprechen. Ich werde eine Kammer über dem Stall bewohnen. Marburg ist sieben Kilometer entfernt. Das Dorf liegt direkt an der Lahn.

8. März 1945

Vorgestern gab es einen schweren Angriff auf Marburg. Altstadt und Universität liegen in Trümmern, es hängen noch Rauchschwaden über der Stadt. Gisselberg ist jetzt voller Flüchtlinge aus Marburg. Alle Scheunen sind belegt, die Leute schlafen auf Strohschütten oder dem nackten Boden. Das Marburger Wehrkommando hat zwei Feldküchen aufgebaut.
Auf der anderen Seite der Lahnbrücke ist jetzt ein Splittergraben zur Verteidigung des Dorfes. Der örtliche Volkssturm besteht aus einem Dutzend älterer Männer und ein paar Hitlerjungen. Die angeforderten Panzerfäuste sind heute Mittag gekommen. Herr Bürklin hat sie im Flur gestapelt.
Heute Mittag haben Feldjäger auf der Suche nach Deserteuren zwei junge Burschen mitgenommen, die keine Marschbefehle vorweisen konnten. Ein Redakteur aus Marburg, der mit seiner Frau in unserem Hühnerstall schläft, sagte mir, dass die Amerikaner den Rhein überquert haben.
Ich habe keine Waage, aber ich glaube, Erika hat gut zugenommen. Man sagt, unsere Erinnerungen setzen erst ein, wenn wir anfangen zu sprechen. Dann wird sich Erika an alles das nicht erinnern können.
Es wird wärmer. Seit einigen Tagen wasche ich wie die anderen Frauen die Windeln direkt in der Lahn. Im Garten sprießen die ersten Krokusse. Der Reichsfunk meldet Angriffe auf Schweinfurt und Berlin.

13. März 1945

Heute habe ich wieder einen Brief an Ulrich geschrieben, der sich seit unserer Abreise nicht mehr gemeldet hat. Aber es geht viel Post bei Luftangriffen verloren. Trotzdem mache ich mir Sorgen.
Am Nachmittag gab es Luftalarm, und eine halbe Stunde später fing es im Norden an zu brummen. Es waren ungefähr hundert Flugzeuge in Paradeformation, die Marburg ignorierten. Vermutlich waren sie auf dem Weg nach Gießen oder nach Frankfurt. Wir hörten schwaches Flakfeuer, aber von unseren Jägern war keiner am Himmel zu sehen.

Abends tun mir die Augen weh. Der Fernseher bleibt heute ausgeschaltet. Was an diesem 10. November 1989 in Berlin passiert ist, dem ersten Tag nach dem Fall der Mauer, erfahre ich erst am nächsten Tag.

34

Sonnabend, 11. November 1989

Wieder eine Straße in einem Vorort, diesmal gediegener als bei Helly Preiswerk, eine Straße mit großen Häusern zwischen alten Bäumen, kaum Neubauten, offenbar hat der Krieg diese Ecke Berlins verschont. Hinter Axmanns Haus stehen herbstlich verfärbte Eichen, zwischen den Stämmen ist der See zu erkennen, an dem das Grundstück liegt. Von hier aus gesehen sind der Alexanderplatz, die Berliner Mauer und der Checkpoint Charlie auf einem anderen Planeten. Ein Namensschild gibt es nicht, nur eine Hausnummer. Die Klingel ist an einem der beiden gemauerten Pfosten, zwischen denen sich ein großes, schmiedeeisernes Tor befindet. Nach dem zweiten Klingeln meldet sich eine männliche Stimme, Singer nennt seinen Namen, dann schwingt das Tor mit leisem Surren auf, und er betritt den breiten Kiesweg, der zum Haus führt.

«Herr Axmann erwartet Sie im Wintergarten», sagt der jüngere Mann, der seine Ankunft von der Haustür aus beobachtet hat, vielleicht Axmanns Privatsekretär. Singer folgt ihm in ein zweigeschossiges Vestibül, von dem eine Flügeltür zu einem riesigen Wohnraum führt. Sie passieren einen Konzertflügel, und Singer fällt unwillkürlich das Adjektiv «arisiert» ein. Dann bleibt der Mann vor einer kleinen Tür auf der rechten Seite des Wohnraums stehen, öffnet sie und tritt beiseite.

Der Wintergarten ist ein hohes Gewächshaus voller Palmen und tropischem Grünzeug, in dem es intensiv nach Erde

riecht. Es ist so feucht und warm, dass Singer unwillkürlich nach Luft schnappt. Auf der anderen Seite des Gewächshauses, vor einer Glasfront, die den Blick auf eine Rasenfläche und den dahinterliegenden See frei gibt, sitzt der Mann, der ihn gestern eingeladen hat. Singer ist zuerst irritiert, als der Standartenführer sich nicht von seinem Sessel erhebt, doch dann entdeckt er unter den Zweigen einer Palme den Rollstuhl.

Axmann trägt einen Hausmantel aus gestepptem Samt und um den Hals einen Schal, so als würde er trotz der tropischen Temperaturen im Gewächshaus frieren. Knapp achtzig, schätzt Singer. Vollständig kahler Schädel, dunkle, tief in den Höhlen liegende Augen, ein schmaler, zu einem höflichen Lächeln geschürzter Mund. Auf einem kleinen Tischchen neben seinem Sessel liegt eine Sauerstoffmaske. Die Hand, die er Singer zur Begrüßung entgegenstreckt, ist voller Altersflecken.

«Es freut mich, dass Sie kommen konnten», sagt Axmann.

Ein höflicher Satz, denn es war Singer, der um dieses Gespräch gebeten hat. Sich Axmann in einer SS-Uniform vorzustellen, findet er inzwischen schwierig. Eine Viertelstunde reden sie über Singers Arbeit als Journalist – er hat den Eindruck, dass Axmann die Entwicklungen auf der anderen Seite der Mauer nicht geheuer sind – und kommen dann auf das, was ihn zu Axmann geführt hat.

Fünf Minuten später ertappt sich Singer dabei, dass er einen regelrechten Bericht abliefert, so als habe der Standartenführer ihn zum Rapport bestellt. Aber er berichtet nicht ungern. Axmann hört genau zu, seine Aufmerksamkeit zwingt Singer, seine Gedanken in eine gewisse Ordnung zu bringen, was ihm zumeist nur dann gelingt, wenn er darüber reden oder schreiben muss. Erika zur Linde klammert er aus – zu kompliziert. Jetzt will er herausfinden, was in

diesen letzten Apriltagen des Jahres 1945 mit seinem Onkel passiert ist. Und Axmann – damals noch Standartenführer und ebenfalls Untermieter in Lichterfelde – war vor Ort und ist offenbar bereit zu reden, sonst hätte er ihn nicht eingeladen. Singer glaubt nicht, dass der Mann ihn belügen wird. Die Geschichte mit dem Roman erzählt er gar nicht erst, die hat er abgehakt.

«Helly Preiswerk», sagt Axmann, «kam mittags mit dem Fahrrad und hatte drei Stunden nach Lichterfelde gebraucht. Das war ziemlich mutig von ihr. Die Russen schossen schon mit Fernartillerie in die Stadt. Da hörte man vorher kein Brummen am Himmel und konnte nicht mehr in Deckung gehen.»

«Sie sagt, Sie hätten sich auf der Taufe von Erika zur Linde kennengelernt. Als Ulrich zur Linde diese linientreue Rede gehalten hat.»

Axmann lacht. «Daran erinnert sie sich also noch. Der Schwiegervater von Ulrich zur Linde hatte ein paar Parteigenossen eingeladen, und da hat Ulrich den Nazi gegeben. Immerhin war sein Untermieter ein Jude, dem er einen falschen Wehrpass besorgt hatte. Helly Preiswerk wusste ja nicht, wer ihr Leutnant in Wirklichkeit war.»

«Sie ist davon überzeugt», sagt Singer, «dass es Ulrich zur Linde gewesen ist, der meinen Onkel denunziert hat. Sie sagt, er habe geglaubt, dass seine Frau mit ihm eine Affäre gehabt hätte, als er selbst an der Front war, und habe gedroht, Auerbach wegen Defätismus und Hören von Feindsendern anzuzeigen.»

Axmann lacht amüsiert, so als habe er gerade einen Witz gehört. «Das ist lächerlich. Und das soll Auerbach ihr damals erzählt haben?»

«Aber wenn Ulrich zur Linde nicht der Denunziant war, wer könnte es sonst gewesen sein?»

«Das haben wir uns auch gefragt. Und es gibt eigentlich nur eine Person, die es gewesen sein könnte.»

«Und wer ist das?»

«Horst Bonnet, der Bruder von Sophie zur Linde. Das war ein fanatischer Nazi, der seinen Schwager immer gehasst hat. Denn der hat nie einen Hehl daraus gemacht, dass Horst Bonnet für ihn ein Drückeberger und Feigling war. Ulrich zur Linde war der Kriegsheld der Familie, der Ritterkreuzträger. Das hat Horst Bonnet immer gewurmt. Er hat nicht nur seinen Schwager gehasst, sondern auch Leutnant Bredow, den anderen Kriegshelden.»

Axmann hat seinen Kopf ein wenig gedreht und betrachtet einen Augenblick lang die Rasenfläche zwischen dem Gewächshaus und dem See. Singer findet, er hört sich so an, als würde er diesem Horst Bonnet alles Mögliche zutrauen.

«Horst Bonnet wusste wohl», sagt Axmann schließlich, «dass irgendetwas mit Leutnant Bredow nicht gestimmt hat. Anfang Februar 1945 kam er in mein Büro, da ging es um die Belegung eines Luftschutzbunkers, und bei der Gelegenheit hat er mir ein paar Fragen zu Ihrem Onkel gestellt. Er wollte wissen, in welcher Einheit er gedient hat, wo er vor dem Krieg gemeldet war und in welchem Militärkrankenhaus er nach seiner Verwundung behandelt worden ist. Aber eigentlich konnte Horst Bonnet nicht viel machen. Auf Militärakten hatte nicht einmal die Gestapo Zugriff, und schon gar nicht die Partei.»

«Und wie ging es weiter?»

«Nach der Verhaftung dachten wir immer noch, Ihr Onkel würde wieder auftauchen. Aber als Anfang Mai die Russen in Berlin waren, haben wir die Hoffnung aufgegeben. Er hätte es fast geschafft. Er hat immer geglaubt, er könne sich mit seinem nordischen Aussehen irgendwie durchmogeln.»

«Hat er es deshalb nicht für nötig gehalten, Deutschland zu verlassen?»

Axmann schüttelt den Kopf. «Nein, so war es nicht. Als Ihre Mutter im Frühjahr 1940 von Genua mit dem Schiff nach Shanghai ging, wollte er ursprünglich mitkommen. Aber dann hat er seine Abreise verschoben, und als Italien im Krieg war, konnte er nicht mehr über Genua ausreisen. Er hätte den Landweg nach Shanghai nehmen können, aber daraus wurde nichts. Irgendetwas hielt ihn in Deutschland fest. Ich weiß nicht, was das gewesen ist. Ich habe nie verstanden, was in ihm vorging.»

Einen Moment lang betrachtet Axmann die Altersflecken auf seinem Handrücken. «Hat Ihre Mutter nie über ihren Bruder gesprochen?»

«Bei uns ist kaum über die Vergangenheit geredet worden. Weder über die Zeit in Shanghai noch über die Zeit in Berlin. Und über ihren Bruder hat meine Mutter kaum gesprochen. Ich hatte immer das Gefühl, dass sie ihn nicht mochte.»

«Vermutlich hat sie seine politische Einstellung nicht gebilligt. Ihr Onkel hat sich nie als Jude gefühlt, sondern als Deutscher. Sein Vater war Oberstabsarzt, und das große Thema im Hause Auerbach war die Niederlage im Herbst 1918. Die hat sein Vater nie verwunden, und Auerbach ging es auch so. Und dann hielt sich, obwohl er Jude war, seine Abscheu vor den Nazis in Grenzen. Die Wiederaufrüstung, der Anschluss Österreichs und der schnelle Sieg über Frankreich – das alles hat ihn begeistert.»

«Wo haben Sie meinen Onkel kennengelernt?»

«1930 auf der Universität. Durch Ulrich zur Linde, die beiden waren Schulfreunde. Mir hat Ihr Onkel nie verheimlicht, dass er Jude war.»

«Was hat er nach 1933 gemacht, als die Nazis an die Macht kamen?»

«Da wurde es unangenehm für die Juden. Aber viele haben sich damals eingeredet, dass die Lage sich wieder beruhigen würde, also blieben sie. Damals lebte Auerbachs Mutter noch, und die Geschwister hätten sie nie in Deutschland zurückgelassen. Auerbach hatte nach seiner Promotion eine Assistentenstelle an der Universität in Aussicht, aber daraus wurde natürlich nichts. Er hat dann für alle möglichen Zeitungen gearbeitet, anfangs unter seinem eigenen Namen, später unter verschiedenen Pseudonymen.»

«Und wie sind Sie später zur SS gekommen?»

«Ich war Prokurist in einem deutschnationalen Verlag, der 1938 von der SS übernommen wurde. Zur SS gehörte auch ein riesiger Wirtschaftsbetrieb, mit allen möglichen Buch- und Zeitschriftenverlagen. Ich hätte kündigen können, aber die SS hat gut bezahlt, man wurde zügig befördert und durfte Uniform tragen. Uniformen waren damals Mode. Auerbach hat immer von einer Wehrmachtsuniform geträumt. Offizier zu werden war ja sein ursprüngliches Berufsziel. Erst als Ulrich zur Linde ihm dann eine falsche Identität als Leutnant besorgt hat, bekam er endlich seine Uniform. Er hat seine Rolle als Fliegerleutnant regelrecht genossen.»

«Das ist verrückt», sagt Singer.

«Wir waren damals alle verrückt.»

«Wann sind Sie in das Haus in Lichterfelde gezogen?»

«Ende Februar 1945. Ich war ausgebombt. Da hatte Sophie zur Linde mit ihrer Tochter Berlin bereits wegen der Luftangriffe verlassen.»

«Wissen Sie, was nach dem Krieg aus dem Schwager von Ulrich zur Linde wurde?»

«Horst Bonnet war nach Auerbachs Verhaftung nicht mehr erreichbar», sagt Axmann. «Angeblich hat er im Volkssturm am Teltowkanal gegen die Russen gekämpft. Wir haben nach dem Krieg nie wieder etwas von ihm gehört. Vielleicht ist er

gefallen oder in Gefangenschaft geraten. Erika zur Linde sollte das wissen. Sie könnten sie anrufen und sich nach ihrem Onkel erkundigen.»

Singer weiß, dass Erika zur Linde ihm einiges verschwiegen hat – er denkt an den Flügel, das Kaffeeservice und die Vase. Was hat sie ihm noch verschwiegen? Dass es dieser Horst Bonnet war, der seinen Onkel damals denunziert hat? Wenn der Mann noch lebt und Erika zur Linde mit ihm Kontakt haben sollte, könnte sie ihm ein paar Fragen stellen.

«Vielleicht rufe ich Erika zur Linde heute Abend noch an», sagt er.

Das Telefon klingelt kurz vor sechs. Ich zähle langsam bis zehn, um nicht sofort abzuheben. Es ist tatsächlich Singer. Helly Preiswerk hat ihm erzählt, dass Auerbach am 18. April 1945 in seinem Büro von der Gestapo verhaftet worden ist. Und sie hat ihn auf einen gewissen Thorwald Axmann hingewiesen, einen Standartenführer der SS, der Anfang 1945 bei meinem Vater und Auerbach eingezogen war. Singer hat den Namen im Telefonbuch gefunden und ihn angerufen. Der Standartenführer lebt also noch. Singer sagt, Axmann vermute, dass es mein Onkel Horst gewesen ist, der Auerbach denunziert hat. Er möchte wissen, ob Horst noch lebt, und will, dass ich mit ihm rede. Ich sage ihm, dass mein Onkel in Ostberlin wohnt und dass ich ihn morgen besuchen könnte.

Axmanns Theorie gefällt mir. Onkel Horst als Denunziant wäre der Idealfall. Mein Vater könnte später alles erfahren und mit Rücksicht auf meine Mutter geschwiegen haben. Das würde erklären, warum er Anna Singer 1947 nicht die Wahr-

heit geschrieben hat. Ein im Februar 1943 deportierter Auerbach konnte nicht im April 1945 von Horst Bonnet denunziert worden sein. Singer hat mich nicht gefragt, ob ich heute Abend etwas vorhabe. Wir verabreden, dass ich mich nach meinem Besuch bei Onkel Horst bei ihm melde.

---

19. März 1945

Felix hat geschrieben. Der Brief war fast zwei Wochen unterwegs. Er glaubt, dass Ulrich alles erfahren hat. Ulrich ist am 5. März zu einer Nachuntersuchung im Krankenhaus gewesen, und als er zurückkam, war er völlig erstarrt. Felix schreibt, er habe Angst vor Ulrich. Ich weiß nicht, wie das alles enden soll.
Der Sohn von Herrn Bürklin ist im Warthegau gefallen. Die Familie hat es heute Nachmittag erfahren. Frau Bürklin hat das Hitlerbild von der Flurwand heruntergerissen und wollte es zertreten. Offenbar gab es heftigen Streit. Als ich zurückkam, hing das Bild wieder an der Wand, ohne Glas und mit einem Knick in der Mitte. Beide haben versteinerte Gesichter.

30. März 1945

Herr Bürklin ist tot. Er war seit gestern Abend verschwunden, und heute Morgen hat man ihn am Lahnufer gefunden. Offenbar hat er sich erschossen. Der Tod des Sohnes hat Frau Bürklin schwer getroffen, die Trauer um den Gatten hält sich in Grenzen. Die Ehe war wohl nicht besonders

glücklich. Die Leiche ist im Stall aufgebahrt worden. Frau Bürklin will sich morgen um einen Sarg kümmern. Das Hitlerbild hat sie im Garten verbrannt.
Marburg ist vorgestern kampflos übergeben worden. Die Lahnbrücken wurden nicht gesprengt, der Volkssturm hatte sich verkrümelt. Von Osten ist schwaches Artilleriefeuer zu hören. Angeblich gibt es noch Abwehrkämpfe. Wir rechnen damit, dass spätestens morgen amerikanische Panzer bei uns auftauchen werden. Die Panzerfäuste aus dem Flur haben wir in der Lahn versenkt. Im Dorf hängen weiße Fahnen aus den Fenstern.
Abends um sechs habe ich seit langem wieder einmal die deutschen Nachrichten der BBC gehört. Die Russen rüsten sich zum Sturm auf Berlin. Seit einer Woche gibt es keine Post mehr. Auch telefonieren ist nicht mehr möglich. Dass ich nicht weiß, was in Berlin passiert ist, macht mich verrückt.

3. April 1945

Die Amerikaner sind seit vorgestern im Dorf. Sie kamen nachmittags mit vier Jeeps und einem Lastwagen, von dem ein Dutzend Soldaten geklettert sind. Vorher hatten sie die Brücke mit Panzern gesichert. Sie haben den Gasthof räumen lassen, und ein Major mit ein paar Offizieren ist eingezogen. Jetzt gibt es von sechs Uhr abends bis acht Uhr morgens eine Ausgangssperre. Herr Schwabe, der ehemalige stellvertretende Ortsgruppenleiter, ist zum provisorischen Bürgermeister ernannt worden, weil er ein paar Brocken Englisch kann.
Ich habe zum ersten Mal Neger aus der Nähe gesehen. Einer von ihnen wollte Feuerholz, wobei es ziemlich lange dauerte, bis ich ihn verstanden habe. Er war freundlich

und hat mit Erika geschäkert. Leider habe ich ihn nicht nach Zigaretten gefragt. Frau Schneider hat einem Captain zwei Hemden und eine Uniform gewaschen und dafür Seife bekommen. Eigentlich mussten wir alle Radios abliefern, aber wir haben unseres einfach behalten.
Nachts wurden wir durch Hundegebell geweckt. Auf dem Hof standen zwei deutsche Soldaten in abgerissenen Uniformen. Sie waren höchstens achtzehn und hatten sich im Wald versteckt, weil sie weder unseren Feldjägern noch amerikanischen Soldaten in die Hände fallen wollten. Frau Bürklin hat ihnen Zivilkleidung von ihrem Sohn gegeben. Sie wollen sich nach Frankfurt durchschlagen.

35

Sonntag, 12. November 1989

Heute Morgen ist am Potsdamer Platz ein neuer Übergang eröffnet worden, es ist der fünfte seit der Öffnung der Mauer. Die Eröffnung wurde kurz vor zehn im Fernsehen übertragen. Bürgermeister Momper (West) und Bürgermeister Krack (Ost) hielten kurze Reden, und ich musste an Singer denken, der in seinem Hotelzimmer vermutlich dieselben Bilder gesehen hat. Vor einer Woche hätte ich noch einen Passierschein beantragen müssen, um nach Ostberlin zu fahren.

Um drei gehe ich aus dem Haus, lasse mein Auto stehen und nehme den Bus. Das Ladenschlussgesetz ist aus aktuellem Anlass außer Kraft gesetzt, und vom Oberdeck des Busses aus sehe ich geöffnete Geschäfte, in denen die Ostberliner ihr Begrüßungsgeld ausgeben. An der Philharmonie steige ich aus und laufe die paar Schritte bis zum Übergang am Potsdamer Platz. Wieder trage ich, wie bei meinem letzten Treffen mit Onkel Horst, meine alte Schulkleidung – dunkelbrauner Blazer, Cordjeans, robuste Schnürschuhe. Auch auf meine Kontaktlinsen habe ich heute verzichtet. Der Andrang am Übergang ist groß, es herrscht eine Stimmung wie auf einem Volksfest. Auf beiden Seiten der Mauer haben sich lange Schlangen gebildet, aber die Abfertigung geht schnell. Der Grenzsoldat beschränkt sich darauf, einen kurzen Blick auf meinen Personalausweis zu werfen.

Vom Potsdamer Platz aus sind es höchstens dreihundert Meter zu dem Haus, in dem Onkel Horst wohnt. Ich gehe langsam, lasse mir Zeit, denn ich weiß immer noch nicht, was

ich sagen soll, wenn ich plötzlich vor seiner Tür stehe. Dass mich die Freude über den Fall der Mauer überwältigt hat und ich spontan beschlossen habe, ihn zu besuchen? Nein, das ist albern, das geht nicht. Ich muss an das Parteiabzeichen denken, das er bei unserer letzten Begegnung getragen hat. Vermutlich passt ihm überhaupt nicht, was sich im Moment in seiner DDR abspielt. Was sage ich, wenn er die Tür öffnet?

Onkel Horst bewohnt einen Plattenbau in der Voßstraße, in der früher Hitlers Reichskanzlei lag. Hundert Meter vor mir sehe ich eine aus Betonteilen zusammengefügte Mauer, dahinter liegt der Todesstreifen, der an der eigentlichen, ein wenig höheren Mauer endet. Fünf Geschosse, zehn Klingelschilder, Onkel Horst wohnt im vierten Stock. Als ich auf den Knopf neben seinem Namen drücke, weiß ich, was ich ihm erzählen werde. Einen Moment später summt es, und ich stoße die Tür auf.

Im Treppenhaus riecht es nach Farbe. Anstelle eines Schildes neben der Klingel hat Onkel Horst seinen Namen auf ein Stück Pappe geschrieben und mit Klebefilm an der Tür befestigt. Noch bevor ich klingeln kann, geht die Tür auf, und ich sehe sofort, dass Onkel Horst in seinem Zustand eigentlich in ein Krankenhaus gehört. Ich schätze, dass er seit unserem letzten Zusammentreffen noch ein paar Kilo abgenommen hat. Seine Lippen sehen schmal und nach innen gezogen aus, was daran liegen mag, dass er sein Gebiss nicht eingesetzt hat. Er trägt ein bräunliches Oberhemd und eine fleckige Sporthose, die von einer Kordel gehalten wird.

«Gratuliere», sagt er schließlich, nachdem er mich einen Moment lang angestarrt hat.

Es ist nicht ganz klar, was er damit meint. «Wofür gratulierst du mir?»

«Dafür, dass ihr es geschafft habt», sagt er.

Ohne das Gebiss klingen seine Konsonanten ein wenig

verschliffen. Ich vermute, dass er damit den Fall der Mauer meint und mit «ihr» den Westen. Ich könnte nachfragen, aber eine politische Diskussion ist das Letzte, woran mir liegt. Also gehe ich nicht darauf ein, sondern sage: «Willst du mich vor der Tür stehen lassen?»

Er zuckt mit den Achseln, dann lacht er, ohne dabei den Mund aufzumachen, tritt zurück und lässt mich eintreten.

Schmaler, dunkler Flur, orangefarbene Tapete mit einem großen Muster, auf jeder Seite des Flurs zwei Türen. Es riecht nach Desinfektionsmittel und kaltem Rauch. An der Wand, undeutlich zu erkennen, ein Foto, das meinen Onkel Horst in der Uniform eines NVA-Offiziers zeigt. Offenbar hat es immer Uniformen in seinem Leben gegeben.

Er geht voraus, öffnet die erste Tür auf der linken Seite und bittet mich, einen Moment zu warten. Sein Wohnzimmer geht nach Westen. Fleckiger Teppichboden, eine VEB-Schrankwand mit Eichenfurnier, eine zweisitzige Couch, ein Tischchen davor, auf der anderen Seite ein schöner Biedermeiersessel. Als ich an eines der beiden Fenster trete, nimmt mir die Aussicht fast den Atem. Drei Stockwerke unter mir liegen die Mauer und der Todesstreifen, dahinter die Bäume des Tiergartens mit der Siegessäule, auf der rechten Seite das Brandenburger Tor. Onkel Horst hatte es nicht nötig, die Leute, die auf die Mauer vor dem Brandenburger Tor geklettert sind, in den Nachrichten zu sehen. Er musste nur aus seinem Fenster gucken.

Als er zurückkommt, trägt er ein weißes Hemd und eine Hose mit Bügelfalte. Er hat auch sein Gebiss eingesetzt. Ich nehme auf der Couch Platz, er lässt sich auf dem Biedermeiersessel nieder, der nicht ganz zu seiner *Zweiraumwohnung* passt. Vielleicht stammt der Sessel ja aus dem Besitz eines Republikflüchtlings. Nachdem er sich gesetzt hat, steckt er sich eine Zigarette an – eine Marlboro aus dem Intershop.

Wenn Axmann mit seiner Vermutung recht hat, dass es mein Onkel Horst Bonnet gewesen ist, der Auerbach damals denunziert hat, dann war seine Schnüffelei, von der meine Mutter im Tagebuch berichtet, am Ende erfolgreich. Aber was hatte er herausgefunden? Dass Leutnant Bredow ein untergetauchter Jude war? Nein, das glaube ich nicht. Vielleicht hatte er nur eine Kleinigkeit gefunden, aber die konnte damals schon gereicht haben. Er wusste, dass mein Vater mit Leutnant Bredow befreundet war, und hat die letzte Gelegenheit ergriffen, ihm zu schaden.

Zehn Minuten lang unterhalten wir uns über alles Mögliche, aber dann stockt das Gespräch. Über Politik wollen wir beide nicht reden. Vielleicht fragt er mich deshalb unverblümt, warum ich ihn besucht habe. Er bildet sich offenbar nicht ein, dass mich familiäre Verbundenheit dazu gebracht hat, bei ihm zu klingeln.

«Was kann ich für dich tun, Erika?»

Er sieht mich an, und irgendetwas in seinem Ton sagt mir, dass die Frage ernst gemeint ist. Die Hand, mit der er seine Zigarette hält, zittert. Wie er meinen Namen ausspricht, berührt mich. Auf einmal tut er mir leid. In spätestens zwei Wochen wird er in der Charité liegen, angeschlossen an medizinische Geräte, die in der Sowjetunion fabriziert wurden.

Ich sage: «Es geht um einen Brief, den mein Vater kurz vor seinem Tod erhalten hat und den er nicht mehr beantworten konnte.»

Seine Augen werden schmal. «Was für einen Brief?»

«Ein gewisser Leutnant Bredow war im Frühjahr 1945 Untermieter in Lichterfelde. Im April 1945 ist er unter merkwürdigen Umständen von der Gestapo verhaftet worden und nie wieder aufgetaucht. Sein Neffe hat meinem Vater geschrieben und sich nach dem Leutnant erkundigt. Jetzt ist er in Berlin und hat mich vor ein paar Tagen angerufen. Bredow war ein

invalider Fliegerleutnant. Der Neffe würde gerne wissen, was damals passiert ist. Und wie er umgekommen ist.»

Ich weiß nicht, was jetzt im Kopf von Onkel Horst vorgeht. Vermutlich überlegt er, ob er sich auf dieses Gespräch einlassen soll. Doch dann sagt er: «An Leutnant Bredow erinnere ich mich. Aber wie er umgekommen ist, kann ich dir nicht sagen.»

«Was weißt du über ihn?»

«Ich bin ihm zum ersten Mal in der S-Bahn begegnet. Da war er mit deiner Mutter unterwegs und hatte ein Parteiabzeichen am Revers. Deiner Mutter war diese Begegnung sichtlich unangenehm, sie hat uns auch nicht vorgestellt. Später hat sie behauptet, sie kenne den Mann nicht und sie wären zufällig in der S-Bahn ins Gespräch gekommen.»

«Und dann?»

«Ein paar Jahre später ist er als invalider Fliegerleutnant aufgetaucht und war plötzlich ihr Untermieter. Dein Vater war damals an der Front. Das muss im Sommer 1943 gewesen sein.»

«Hast du ihn oft gesehen?»

«Ein oder zwei Mal bei deinen Großeltern. Und bei deiner Taufe, als wir bombardiert wurden. Er war mit deinem Vater befreundet und genauso arrogant wie der. Schneidige Luftwaffenuniform, Eisernes Kreuz, Verwundetenabzeichen. Der Mann hatte eine Knieverletzung und hinkte. Hat mich immer von oben herab behandelt. Dabei sehr höflich, was es noch schlimmer machte.»

«Hast du ihn auf die Begegnung in der S-Bahn angesprochen?»

«Nein, ich habe ihn noch nicht einmal gefragt, ob er in der Partei ist. Das war er auch nicht, wie sich herausgestellt hat. Im März 1945 ist auch noch ein ausgebombter Standartenführer bei deinen Eltern eingezogen. Dem habe ich ein paar Fragen nach Leutnant Bredow gestellt, aber er konnte mir

nicht viel sagen. Oder er wollte nicht. Aber irgendetwas war an diesem Bredow faul.»

«Die Sache hat dich also nicht losgelassen.»

«Nein, hat sie nicht. Anfang 1945 stand uns das Wasser bis zum Hals. Und in meinen Augen waren solche Leute wie dein Vater und dieser Leutnant Bredow daran schuld, dass die Russen über die Weichsel kamen und die Amerikaner über den Rhein.»

«Die verräterische Offiziersclique?»

«So habe ich das gesehen. Dieselben Leute, die im Juli 1944 versucht hatten, den Führer in der Wolfsschanze zu töten.»

«Und du wolltest unbedingt noch einen von denen erwischen.»

Onkel Horst nickt. «Am liebsten deinen Vater, aber an den kam ich nicht heran. Insofern war ich hocherfreut, als im April 1945, ein paar Tage vor dem Führergeburtstag, dieser Anruf kam.»

«Welcher Anruf?»

«Ein Bekannter von mir, ein Gestapobeamter, rief mich morgens in der Ortsgruppe an. Da hatte jemand nachts eine anonyme Anzeige in den Briefkasten des Steglitzer Gestapobüros gesteckt. Darin wurde behauptet, dass Leutnant Bredow ein Simulant sei und sein Kniegelenk völlig in Ordnung.»

«Warum hat er dich angerufen? Was hatte die Ortsgruppe damit zu tun?»

«Die Ortsgruppe hatte nichts damit zu tun, aber ich. Denn Leutnant Bredow war der Untermieter und Freund meines Schwagers. Der Gestapobeamte wollte wissen, ob er die anonyme Anzeige ignorieren sollte.»

«Und du hast ihm gesagt, er solle sie nicht ignorieren.»

«So ist es.»

«Hast du eine Vermutung, wer Bredow angezeigt haben könnte?»

«Das hat mich überhaupt nicht interessiert.»

«Und wie ging es weiter?»

«Ich habe gesagt, sie sollten Leutnant Bredow unbedingt verhaften. Und ihn befragen. Und dass die Verhaftung nicht in Lichterfelde erfolgen sollte, sondern in seinem Büro bei Siemens.»

«Weil es problematisch gewesen wäre, den Freund eines Ritterkreuzträgers festzunehmen?»

«Ja, sicher. Dein Vater hätte Schwierigkeiten gemacht. Bredow ist einen Tag später in seinem Büro festgenommen worden. Der Beamte hat mich angerufen. Bredow sollte so schnell wie möglich untersucht werden. Ein paar Straßen weiter war ja das SS-Krankenhaus.»

«Und was hat die Untersuchung ergeben?»

«Das kann ich dir nicht sagen. Wir hatten in der nächsten Nacht einen Treffer auf das Haus, in dem das Büro der Ortsgruppe war. Niemand konnte mich mehr erreichen. Und dann musste ich am 20. April, am Führergeburtstag, mit einer Volkssturmeinheit zum Teltowkanal.»

«Wo du in russische Kriegsgefangenschaft gekommen bist? Das sagtest du, als wir uns das letzte Mal gesehen haben.»

Onkel Horst nickt. «Ich kam erst 1952 wieder zurück und ging dann sofort nach Ostberlin. Ich habe auch niemanden wiedergesehen. Weder deine Mutter noch deinen Vater.»

«Auch nicht den Gestapomann, der Leutnant Bredow damals verhaftet hat?»

«Nein. Ich habe ein paar Jahre später zufällig erfahren, dass er Anwalt wurde und eine Kanzlei am Kurfürstendamm hat. Aber wir hatten nach dem Krieg keinen Kontakt mehr.»

«Erinnerst du dich an den Namen?»

«Ja, sicher», sagt er, ohne lange nachzudenken. «Der hieß Friedrich Elst.»

Eine halbe Stunde später bin ich wieder auf dem Weg zum Potsdamer Platz und bewundere mich dafür, dass es mir gelungen ist, die Fassung zu bewahren. Ich glaube, Onkel Horst hat nicht gemerkt, dass der Name Friedrich Elst bei mir eingeschlagen ist wie eine Bombe.

Ich habe Elst vertraut. Für mich ist er der Inbegriff eines seriösen Anwalts gewesen. Seinen Erinnerungslücken habe ich keine große Bedeutung beigemessen. Jetzt weiß ich, dass ich mich getäuscht habe. Elst hat mich vom ersten Tag an belogen. Kein Wunder, dass er sich nicht an jüdische Bekannte meines Vaters erinnern wollte. Er selber ist es gewesen, der Felix Auerbach damals verhaftet hat. Und natürlich war ihm klar, was mit Auerbach geschehen würde.

Mit Simulanten machte man damals kurzen Prozess. Ich vermute, dass Leutnant Bredow einen Tag nach seiner Verhaftung erschossen wurde. Ob sich dann zusätzlich noch herausgestellt hatte, um wen es sich bei dem Leutnant wirklich handelte, dürfte keine Rolle gespielt haben. Zweimal konnte man ihn nicht erschießen. Ich gehe aber davon aus, dass Elst die wahre Identität von Leutnant Bredow erfahren hat.

Ist Elst ein Mörder? Er wird Felix Auerbach nicht persönlich erschossen haben. Das war damals Aufgabe der unzähligen «Fliegenden Standgerichte». Aber Elst hätte die anonyme Anzeige im Papierkorb verschwinden lassen können, und er hat es nicht getan. Ich kann mir jetzt schon vorstellen, was er sagt, wenn ich ihn morgen zur Rede stelle. Er wird mir erklären, dass er «nur seine Pflicht getan hat». Auf dem Weg vom Potsdamer Platz zur Bushaltestelle an der Philharmonie kommen mir vor Wut die Tränen.

Als ich mich am Nachmittag wieder an das Tagebuch

meiner Mutter setze, steckt noch so viel Wut in mir, dass ich keinen Kaffee brauche, um in Gang zu kommen. Hat meine Mutter das alles noch erfahren? Ich muss versuchen, möglichst weit zu kommen, bevor ich morgen mit Elst rede.

---

11. April 1945

Da ich inzwischen sowohl von der Dorfbevölkerung als auch den Amerikanern als Dolmetscherin eingesetzt werde, habe ich viel mit Major Hamilton zu tun. Er ist ungefähr vierzig Jahre alt und sehr höflich. Sein Englisch ist ein weicher Singsang und schwer zu verstehen. Er kommt aus der Nähe von Atlanta. Dass ich Atlanta kenne, hat ihn überrascht. Das Buch Vom Winde verweht *hat er nicht gelesen, und auch den Film hat er nicht gesehen.*
Für ein Parteiabzeichen bekommt man von den Amerikanern ein Pfund Bohnenkaffee oder drei Päckchen Chesterfield. Ein Eisernes Kreuz soll eine ganze Stange bringen. Die Amerikaner sind ganz wild auf solche Souvenirs. Frau Bürklin ärgert sich darüber, dass sie das Hitlerbild verbrannt hat. Das hätte sie jetzt gut verkaufen können.

20. April 1945

Heute vor genau sechs Jahren habe ich nach der Militärparade Felix kennengelernt. Damals hätte niemand geglaubt, dass es ein halbes Jahr später Krieg geben würde. Auch Ulrich nicht, der es vielleicht hätte besser wissen können. Wir sind ja so naiv gewesen.

Der Sturm auf Berlin hat jetzt begonnen, die Russen haben die Oder bereits überquert. Von der Oder bis nach Berlin sind es kaum hundert Kilometer, es kann nicht mehr lange dauern. Gestern kam noch die traditionelle Rundfunkansprache von Goebbels am Vorabend von Hitlers Geburtstag. Major Hamilton sagte, dass Hitler Berlin verlassen wird, um sich in die «Alpenfestung» zu flüchten. Von ihm habe ich auch erfahren, dass Berlin in vier Sektoren aufgeteilt wird. Wann die Aufteilung stattfindet, ob noch in diesem Jahr oder später, ist unklar. Hoffentlich kommt Lichterfelde in den amerikanischen Sektor.
Ich habe jetzt ein Fahrrad und brauche damit eine knappe halbe Stunde nach Marburg. Vor der Elisabethkirche ist ein Schwarzmarkt. Leider habe ich nichts, was ich tauschen könnte. Das Parteiabzeichen will ich behalten. Unsere Hitlerbüste hätte zwei Stangen Chesterfield eingebracht.
Heute Nacht habe ich von Berlin geträumt. Ich bin unsere Straße entlanggelaufen, und als ich zu unserem Haus kam, stand nur noch eine rauchende Ruine mit Blockwart Fabeck davor, der mir sagte, dass ich nicht mehr verdunkeln müsse. Es wäre alles leichter, wenn ich wüsste, was mit Felix und Ulrich geschehen ist. Als Ulrich im Feld war, habe ich mir nie solche Sorgen gemacht.
In Marburg gibt es jetzt einen Friseur, direkt gegenüber vom zerstörten Bahnhof. Ich bin es leid, mir die Haare selber zu schneiden oder Frau Bürklin zu bitten, die mich das letzte Mal völlig verschnitten hat. Ich sehe furchtbar aus. Normalerweise würde ein Mann wie Major Hamilton mit mir flirten.
Ich denke viel an den Sommer 1939, als wir über die Havel nach Kladow gefahren sind. Eigentlich war auch die Parade zum Führergeburtstag schön. Manchmal frage ich

mich, was die Russen wohl mit Hitler machen, ob sie ihn gleich erschießen oder ob sie ihn gefangen nehmen.

10. Mai 1945

Der Krieg ist aus. Am 8. Mai hat Admiral Dönitz die bedingungslose Kapitulation verkündet. Hitler ist tot, und im Garten der Reichskanzlei hat man die Leichen von Goebbels, seiner Frau und seinen Kindern gefunden.
Hitlers Tod ist den Leuten hier völlig gleichgültig. Sie sind damit beschäftigt, über die Runden zu kommen, und Politik interessiert sie nicht mehr. Als die Nachricht kam, musste ich daran denken, wie ich Hitler im April 1939 zum ersten Mal auf der Ehrentribüne gesehen habe.
Major Hamilton wird mit seiner Einheit nach Mannheim verlegt. Ich habe es heute Morgen von ihm erfahren. Aber er hat mich einem Colonel in Marburg als Putzhilfe vermittelt. Wenn das klappt, könnte ich nach Marburg ziehen.
Die Verbindung nach Berlin ist völlig abgebrochen. Dass es bald wieder Postverkehr gibt oder Züge fahren, glaubt hier niemand.

8. Juni 1945

Vor drei Wochen habe ich mich von Frau Bürklin verabschiedet und bin nach Marburg gezogen. Ich habe jetzt ein Zimmer bei einer Offizierswitwe, Frau Teuchert, die ein Haus unterhalb der Burg bewohnt. Sie wird hier Frau Ogruff genannt, weil ihr Mann ein Obergruppenführer war. Mein Zimmer ist groß und hat zwei Fenster zur Stadt hin. Früher muss der Blick von oben auf die Altstadt hinab sehr schön gewesen sein, nur liegt heute die Hälfte der Stadt in Trümmern.

Die Arbeit bei Colonel Frankfurter ist angenehm. Er ist verheiratet, und Annäherungsversuche hat er keine gemacht. Das würde mich auch in eine unangenehme Lage bringen, denn er versorgt mich großzügig mit Lebensmitteln. Ich bekomme Erdnussbutter, Corned Beef und Chesterfields, mit denen ich den Friseur bezahle. Allmählich sehe ich wieder wie ein Mensch aus.
Das Haus ist nur zwei Minuten von Frau Teuchert entfernt, und ich kann zwischendurch nach Erika sehen. Sie sitzt sehr brav in ihrem Laufställchen, wenn ich weg bin. Ab und zu nimmt Frau Teuchert sie zu sich. Die Arbeit ist in ein paar Stunden erledigt. Amerikanische Uniformhemden bügeln sich leichter als die von Ulrich.
Ich frage mich, ob der Colonel ein Jude ist. Er war im Zivilberuf Architekt, kommt aus Boston und hat die Invasion mitgemacht. Seine Familie ist aus Deutschland ausgewandert. Er spricht wenig Deutsch, aber er versteht es. Umgekehrt verstehe ich sein Englisch. Wie erkennt man einen Juden?
Radio Luxemburg bringt ständig neue Berichte über fürchterliche Entdeckungen der alliierten Truppen auf deutschem oder polnischem Boden, auch über ein «Lager Auschwitz», von dem ich noch nie gehört habe. Churchill sagt, was da ans Licht käme, überschreite jedes Vorstellungsvermögen. Frau Teuchert hält das alles für alliierte Propaganda. Eigentlich müsste sie es besser wissen, denn ihr Mann war lange genug in Russland. Aber vielleicht hat er ihr verschwiegen, was er gesehen hat. Ulrich ist auch nicht sofort damit herausgerückt.
Frau Teuchert kümmert sich rührend um Erika, und eigentlich ist sie eine sympathische Frau. Ich könnte wetten, dass sie in der Partei war, habe sie allerdings nicht danach gefragt. Dass ich auch in der Partei war, weiß sie nicht.

20. Juni 1945

Felix ist verschwunden. Ulrich glaubt, dass er tot ist. Er wurde am 18. April von der Gestapo verhaftet, und Ulrich hat nicht herausfinden können, wohin er gebracht worden ist. Horst ist am Teltowkanal in Gefangenschaft geraten. Er soll in einem Lager bei Oranienburg sein.
Der Brief von Ulrich kam heute an. Ein Offizier aus Ulrichs ehemaliger Einheit hat ihn heute Morgen bei Frau Teuchert abgegeben, als ich gerade in der Stadt war. Der Mann war zuerst in Gisselberg und wurde von Frau Bürklin hierher weitergeschickt. Leider konnte er nicht auf mich warten. Er war vier Tage per Anhalter unterwegs und will zu seiner Familie nach Gießen. Mir zitterten die Hände, als ich den Umschlag öffnete.
Ulrichs Brief war kurz, er hat ihn offenbar in großer Eile geschrieben. Ich überlege, ob ich versuchen sollte, mich irgendwie nach Berlin durchzuschlagen. Ich muss wissen, was da passiert ist. Für zwei Wochen könnte sich Frau Teuchert um Erika kümmern. Ich will morgen mit Colonel Frankfurter sprechen.

36

Montag, 13. November 1989

Was soll ich von einem Traum halten, in dem ich in einem leeren Keller auf dem Boden sitze und nicht in der Lage bin aufzustehen, obwohl ich es immer wieder versuche? Irgendetwas im Luftschutzkeller des Lichterfelder Hauses – denn dahin hat mich mein Traum versetzt – macht mir Angst, so viel Angst, dass ich kaum Atem holen kann und überzeugt bin, jeden Moment zu ersticken. Aber was ist das für ein Traum, in dem *nichts passiert*? Da ist kein lauter werdendes Motorengeräusch am Himmel, keine *Liberators* im Anflug, keine Sirenen und keine hektischen Schreie, sondern nur Totenstille. Was, zum Teufel, hat das zu bedeuten? Hat es überhaupt etwas zu bedeuten? Und warum ist das alles ein ausgesprochener *Albtraum*?

Als ich erwache, ist mein Hals steif, mein Kopf in einem unbequemen Winkel zur Seite geneigt, die Beine sind linkisch umeinander verwickelt, und ich schwitze. Wie mir die beleuchteten Zahlen auf meinem Wecker mitteilen, ist es kurz nach fünf. Dann schlafe ich wieder ein, träume nichts, und werde vier Stunden später von dem Lastwagen geweckt, der den vollen Müllcontainer des Aldi-Markts unter meinem Schlafzimmer gegen einen leeren Container austauscht. Ich stehe auf, stolpere zum Fenster und ziehe den Vorhang zurück. Am Himmel steht eine matte Sonne, die gleich wieder hinter Wolken verschwinden wird. Es sieht nach Regen aus. Ich habe leichte Kopfschmerzen, und vor dem Spiegel im Badezimmer brauche ich heute ziemlich lange, bis ich gute

fünf Jahre jünger aussehe und mich gerüstet fühle, Elst anzurufen. Dass ich inzwischen ohne Make-up keine wichtigen Telefonate mehr führen kann, ist völlig verrückt, das weiß ich auch.

Um zehn rufe ich in der Kanzlei an, und seine Sekretärin stellt mich sofort durch. Ich berichte Elst, dass ich mit meinem Onkel Horst gesprochen habe, und warte kurz, um ihm die Gelegenheit zu geben, etwas zu sagen. Aber er zieht es vor zu schweigen.

«Wir haben über die letzten Kriegstage geredet», sage ich. «Mein Onkel hat Auerbach gekannt. Der nannte sich damals Bredow und hat bei meinen Eltern gewohnt.» Ich mache eine Pause, bevor ich sage: «Bis Sie ihn am 18. April 1945 verhaftet haben.»

Einen Moment lang scheint die Leitung tot zu sein. Dann sagt Elst: «Können Sie in die Kanzlei kommen?»

Als ich mich eine Stunde später im Spiegel des Fahrstuhls betrachte, muss ich an meinen ersten Auftritt in der Kanzlei denken – im Parka, in robusten Schnürschuhen, mit meiner klobigen Brille und mausgrauen Haaren. Die Sekretärin erkennt mich nicht wieder. Als sie mir die Tür zu Elsts Büro öffnet, kommt er mir bereits entgegen. Wieder nehmen wir an seinem imposanten Schreibtisch Platz.

«Dass Bonnet noch lebt, wusste ich nicht», sagt Elst ruhig. Er macht nicht den Eindruck, als müsse er sich für irgendetwas bei mir entschuldigen.

«Ich wusste es auch nicht», sage ich. «Er hat mich nach dem Tod meines Vaters angerufen, und wir haben uns getroffen. Er war in Kriegsgefangenschaft und ist dann nach Ostberlin gegangen.»

«Was wollte er von Ihnen?»

«Nur ein wenig über alte Zeiten plaudern. Aber das zweite Treffen mit ihm war sehr aufschlussreich.»

Als ich Elst das letzte Mal gesprochen habe, war Singer noch nicht einmal auf dem Weg, die Mauer stand noch, und ich war noch «die Linde». Es geht alles so rasend schnell, dass es mir jetzt fast natürlich vorkommt, die Ereignisse der letzten Tage in wenige Sätze zu packen: Singers Ankunft in Berlin, wie er Helly Preiswerk ausfindig machte, ihr Hinweis auf Axmann, Singers Gespräch mit Axmann, der meinen Onkel Horst im Verdacht hatte, Auerbach denunziert zu haben, dann mein zweites Gespräch mit Onkel Horst und die Eröffnung, dass Elst bei der Gestapo war und Auerbach damals verhaftet hat.

«Mein Onkel behauptet», beende ich meinen Bericht, «dass Sie ihn ein paar Tage vor Hitlers Geburtstag im April 1945 in der Ortsgruppe angerufen hätten. Sie wollten wissen, sagt er, was Sie mit einer anonymen Anzeige machen sollten, die bei Ihnen in der Dienststelle eingegangen war. Es ging um den Untermieter meines Vaters, den kriegsbeschädigten Leutnant Bredow.»

Ich mache eine Pause, um Elst die Gelegenheit zu geben, etwas zu sagen, aber der sieht mich nur schweigend an.

«Mein Onkel», fahre ich fort, «hat Sie dann gedrängt, den Leutnant zu verhaften. Was Sie einen Tag später auch getan haben. Am 18. April 1945 in seinem Büro.»

Elst hat mir die ganze Zeit zugehört, ohne mich zu unterbrechen. Er hat sich eine Zigarette angesteckt und dabei das gleiche teure Dunhill-Feuerzeug benutzt, das ich mir vor zwei Wochen selber gekauft habe. Schließlich fragt er mich: «Hat Ihnen Ihr Onkel Horst Bonnet gesagt, wie ich zur Gestapo gekommen bin?»

Ich schüttele den Kopf.

«Im Sommer 1943 gab es Pläne, Teile der Berliner Polizei einzuziehen und an die Ostfront zu schicken», erläutert Elst. «Davon wusste Ihr Onkel, und er hat mir damals den Rat

gegeben, zur Gestapo zu wechseln. Was ich glücklicherweise getan habe. So gesehen könnte er mir das Leben gerettet haben.»

Das kann stimmen oder auch nicht. Vielleicht hat Elst diese Geschichte ja schon öfter erzählt. Jedenfalls hört sie sich plausibel an.

«Wollen Sie damit sagen, dass Sie sich ihm verpflichtet gefühlt haben?»

Elst nickt. «Ihr Onkel hatte mich zuvor schon einmal gebeten, Leutnant Bredow unter die Lupe zu nehmen. Er hatte das Gefühl, dass mit ihm etwas nicht stimmt. Aber ich konnte nicht viel machen. Bredows zuständiges Einwohnermeldeamt war ausgebombt, und auf Unterlagen der Wehrmacht hatte die Gestapo keinen Zugriff. Aber dann flatterte uns nachts diese Anzeige in den Briefkasten. Leutnant Bredow habe seine Kriegsverletzung nur simuliert, stand darin.»

«Kann es sein, dass mein Onkel selber sie in den Briefkasten gesteckt hat?»

Elst macht eine vage Geste über den Tisch hinweg. «Auszuschließen ist es nicht. Ihr Onkel hat ja Leutnant Bredow immer gehasst. Allerdings frage ich mich, wie er wissen konnte, dass der seine Verletzung nur vortäuschte. Am nächsten Tag bin ich jedenfalls zum Kabelwerk gefahren, um ihn zu verhaften. Alleine, ohne einen Kollegen. Normalerweise wurden Verhaftungen von zwei Beamten vorgenommen.»

Elst zieht an seiner Zigarette und schließt einen Moment lang die Augen. «Haben Sie überhaupt eine Vorstellung davon, wie es Ende April 1945 in Berlin aussah?»

Ja, die habe ich. Die Rote Armee hat am 16. April die Oder überquert und war auf dem Weg nach Berlin. Hitler saß im Bunker unter der Reichskanzlei und kommandierte Armeen, die nicht mehr existierten. Es gab kein Wasser, keinen Strom, keine Lebensmittel, aber fliegende Standgerichte, die jeden

aufhängten, der nicht mehr kämpfen wollte. Berlin war die Hölle auf Erden. Ich beschränke meine Antwort auf ein stummes Nicken.

«Der Rückweg nach Steglitz», fährt Elst fort, «hat vier Stunden gedauert. Die Straßen waren voller Bombenkrater, und wir mussten ständig Umwege fahren. Überall gab es Barrikaden aus Straßenbahnwaggons, dahinter steckten Hitlerjungen mit Panzerfäusten. Die Russen haben mit schwerer Artillerie in die Stadt hineingefeuert, über den Häusern lag eine dichte Glocke aus Staub und Ruß, sodass die Sonne kaum durchdrang. Aber wir hatten Zeit, miteinander zu reden. Wir waren uns einig, dass die Russen höchstens noch zwei Wochen bis zum Stadtzentrum brauchen würden.»

Ich versuche mir vorzustellen, wie Elst am 18. April 1945 am Steuer eines Kübelwagens sitzt und durch ein Berlin fährt, das unter russischem Artilleriebeschuss liegt. Aber es gelingt mir nicht, den eleganten älteren Herrn auf der anderen Seite des Schreibtisches mit dem jungen Gestapobeamten zusammenzubringen.

«Auf der Dienststelle», sagt Elst, «hat Leutnant Bredow dann alles auf eine Karte gesetzt.»

Er lächelt dünn und sieht mich erwartungsvoll an, so als müsse ich wissen, was er damit meint.

«Was soll das heißen?», frage ich.

«Er hat mir gestanden, dass er weder Leutnant noch Arier ist, sondern ein jüdischer Journalist, der im Februar 1943 bei den Lindes untertauchen konnte. Eine völlig verrückte Geschichte. Er hat mir auch seinen richtigen Namen genannt. Dr. Felix Auerbach.»

«Wie haben Sie auf sein Geständnis reagiert?»

«So wie er es erwartet hatte. Er hatte mich richtig eingeschätzt. Ich wollte nicht kurz vor dem Zusammenbruch für einen persönlichen Rachefeldzug Ihres Onkels benutzt wer-

den. Auerbach hat dann die Nacht in einer Zelle der Dienststelle verbracht. Was ich mit ihm anstellen sollte, wusste ich noch nicht.»

«Und am nächsten Tag?»

«Ich hielt es für das Klügste, die ganze Sache erst mal in die Länge zu ziehen. Ich habe Ihren Onkel angerufen und ihm mitgeteilt, dass ich Leutnant Bredow verhaftet hätte und versuchen würde, eine ärztliche Untersuchung zu organisieren. Aber das SS-Lazarett am Botanischen Garten wollte keinen Arzt abstellen, um herauszufinden, ob ein dekorierter Fliegerleutnant ein Simulant ist. Die hatten das Lazarett voller Verwundeter und haben mich für verrückt erklärt. In der Nacht des Führergeburtstags ist das Haus zerstört worden, in dem die Ortsgruppe ihr Büro hatte, und Ihr Onkel war nicht mehr zu erreichen. Also habe ich Auerbach einen Tag später gegen Abend nach Lichterfelde gefahren. Ihr Vater war nicht im Haus, sondern nur ein gewisser Axmann, der damals sein Untermieter war.»

Der Name Axmann versetzt mir einen regelrechten Stromschlag. «Der Standartenführer?»

Elst nickt. «Der Mann, mit dem Ihr Freund Singer sich unterhalten hat.»

«Aber Axmann hat uns eine andere Geschichte erzählt», wende ich ein. «Er hat Singer verschwiegen, dass Auerbach wieder frei gelassen wurde. Hat sich mein Vater Ihnen gegenüber dazu geäußert?»

«Ich habe Ihren Vater erst im Sommer 1946 kennengelernt. Und da hat er mir gesagt, dass Auerbach Anfang Mai von den Russen verschleppt wurde.»

«Aber warum hat er dann Auerbachs Schwester 1947 geschrieben, ihr Bruder wäre 1943 deportiert worden?»

Elst zuckt mit den Achseln. «Ich weiß es nicht. Ihr Vater wollte nie darüber reden. Nachdem Auerbach wieder in

Lichterfelde gewesen ist, könnte irgendetwas geschehen sein, was seine Schwester nicht erfahren durfte. Reden Sie mit Axmann. Der sollte wissen, was damals passiert ist. Und was er Singer nicht sagen wollte, erzählt er vielleicht Ihnen.»

Eine Stunde später bin ich zurück in meiner Wohnung. Ich suche Axmanns Telefonnummer heraus und rufe ihn an. Ein Mann ist am Telefon und bittet mich, einen Moment zu warten. Dann spreche ich mit dem Standartenführer persönlich und sage ihm, warum ich ihn anrufe. Er scheint meinen Anruf bereits erwartet zu haben. Die Stimme kommt mir bekannt vor. Wir verabreden uns für morgen Nachmittag in seinem Haus.

Vom Tagebuch sind noch drei Seiten übrig, relativ kurze Eintragungen, die mit dem 10. Juli 1945 beginnen und mit dem 24. Juli 1945 enden. Meine Mutter hat sie auf karierte Seiten im Oktavheftformat gekritzelt und nachträglich in das Tagebuchheft eingeklebt. Dabei hat sie abwechselnd einen stumpfen Bleistift und einen roten Kopierstift benutzt. Ihre Schrift ist kleiner und flüchtiger als normalerweise, eine Seite ist nass geworden, der rote Kopierstift ist verlaufen und hat blasse Flecken auf dem Papier hinterlassen. Das Unangenehmste sind die vielen Abkürzungen, die sie in ihren letzten Eintragungen benutzt. Ich brauche gute drei Stunden für die erste und die Hälfte der zweiten Eintragung. Ich möchte die Entzifferung des Tagebuches unbedingt abschließen, bevor ich morgen Nachmittag mit Axmann rede.

Um acht Uhr unterbreche ich die Arbeit für die Tagesschau. Gestern hat das Ministerium für Nationale Verteidigung die Sperrgebiete entlang der innerdeutschen Grenze aufgehoben. Den Todesstreifen vor dem Fenster von Onkel Horst gibt es nicht mehr, albernerweise tut er mir deswegen leid. In Leipzig sind gestern zweihunderttausend Leute auf

die Straße gegangen, in Dresden hunderttausend, in Karl-Marx-Stadt fünfzigtausend. Dann wird eine Sequenz aus der gestrigen Sitzung der Volkskammer gezeigt. Erich Mielke, der Chef der Staatssicherheit, nimmt mit sichtbarer Verwunderung die Unmutsäußerungen der Abgeordneten über seine verharmlosende Darstellung der Staatssicherheit zur Kenntnis und ruft schließlich verwirrt aus: *Aber ich liebe euch doch, ich liebe doch alle Menschen.*

---

10. Juli 1945

Ich habe beschlossen, mich nach Berlin durchzuschlagen. Colonel Frankfurter stellt mir einen Passierschein nach Helmstedt aus, denn Privatreisen sind immer noch nicht gestattet. Frau Teuchert kümmert sich um Erika. Außer Marschverpflegung und zwei großen Würsten nehme ich nichts mit. Personenzüge gibt es nicht. Man fährt in Güterwagen, notfalls auf dem Dach. Ich will mich von Helmstedt zur Elbe durchschlagen. Bei Magdeburg gibt es einen illegalen Fährverkehr. Bezahlt wird mit Tabak oder Kaffee. Wenn man Pech hat, wird man am anderen Ufer von den Russen erwischt und muss wieder zurück. Übermorgen breche ich auf. Vielleicht ist Felix ja wiedergekommen. Ich will nur ein paar Tage in Berlin bleiben. Es wird schon alles gutgehen. Es muss gutgehen, schon wegen Erika.

18. Juli 1945

Ulrich war nicht zu Hause, als ich vorgestern Mittag ankam. Stattdessen war Axmann im Garten und stand mit einer Gießkanne am ehemaligen Springbrunnen. Ulrich, dem unser Garten immer egal war, hat Sommerblumen ausgesät, sodass das runde Marmorbecken jetzt von zwei breiten Ringen aus Levkojen und Reseden umgeben ist. Der Standartenführer ist ausgebombt und wohnt seit März hier, seine Frau und das Kind sind in Prag. Ulrich kam gegen sieben und war schockiert, mich zu sehen. Felix ist nicht wieder aufgetaucht. Er ist angeblich von der Straße weg von den Russen verhaftet worden. Das hat Ulrich von der Parteigenossin gehört, die früher am Bahnhof den Kiosk betrieben hat, aber die sei inzwischen auch verschwunden. Was Ulrich mir nicht geschrieben hat, ist, dass Felix am 18. April von der Gestapo verhaftet wurde und nach drei Tagen wieder entlassen worden ist. Sie hätten ihn zweimal verhört, ihm aber nicht gesagt, aus welchem Grund er verhaftet wurde. Dass er Jude ist, hätten sie nicht gewusst. Die Russen waren dann am 27. April in Lichterfelde, und eine Woche später ist Felix aus dem Haus gegangen und nicht zurückgekehrt.
Nach Erika hat Ulrich sich kaum erkundigt. Er wollte wissen, wie lange ich bleibe, und ich sagte, dass ich dann fahre, wenn ich weiß, was mit Horst und mit Felix geschehen ist.
Im Haus sieht es grauenhaft aus. Die Russen haben alle Waschbecken zerschlagen und die Armaturen abgebaut. Ulrich sagt, sie hätten hier so gehaust wie die Deutschen in Russland. Sämtliche Fensterscheiben sind kaputt, und Glas ist nirgendwo zu bekommen. Nur der Flügel von Felix hat alles überstanden. Als ich ihn sah, musste ich heulen.
Ich notiere dies in meinem alten Zimmer. Ulrich schläft

unten im Wohnzimmer. Es herrscht brütende Hitze, Strom gibt es nicht, nur eine Kerze.

19. Juli 1945

Heute Nacht habe ich geträumt, dass zwei SS-Leute Felix in Handschellen aus dem Haus geführt haben und Ulrich unterdessen am Fenster stand und grinste. Der Traum war dermaßen intensiv, dass ich schweißgebadet aufgewacht bin. Felix hat einmal gesagt, dass man oft etwas träumt, das man sich wünscht, aber im richtigen Leben nicht bekommt. Aber ich wünsche mir nicht, dass Ulrich Felix denunziert hat.
Das Haus von Mama und Papa ist am 26. April beschossen worden, als ein paar verrückte Hitlerjungen aus dem Keller heraus auf einen T-34 gefeuert haben. Die Fassade ist ganz durchlöchert. Ich bin heute Nachmittag hingelaufen, um herauszufinden, was mit Horst ist. An Mamas und Papas alter Wohnungstür klebte ein Schild, auf dem «Korsch» stand. Als ich geklingelt habe, hat niemand geöffnet.
Am Abend sagte Axmann mir, Ulrich und Felix hätten sich in letzter Zeit nicht mehr so gut verstanden. Felix wollte angeblich ausziehen.
Gestern Nacht bin ich von einem Brummen am Himmel geweckt worden. Ich dachte automatisch, es wären Lancasters, *und ich hätte eine Luftwarnung überhört. Aber es war nur ein amerikanischer Hubschrauber. An Berlin ohne Luftangriffe muss ich mich erst wieder gewöhnen.*

20\. Juli 1945

Die Rationen sind in Berlin noch magerer als im Krieg, und was auf den Karten steht, wird nie vollständig ausgegeben. Für die 100-Gramm-Fleischkarte gab es heute nur 60 Gramm, entweder Brühwurst oder offenes Corned Beef. Von den 24 Pfund Kartoffeln, die Ulrich für den Juli zustehen, hat er nur 8 Pfund bekommen, und 400 Gramm Kartoffelschnitz. Auf dem Schwarzmarkt kann man alles kriegen, aber da kostet eine Kilodose Schweineschmalz 500 Reichsmark.
Axmann durchwühlt jeden Vormittag im Grunewald die Müllkippe der amerikanischen Kantine. Gestern hat er Hühnerknochen gefunden, aus denen ich noch eine gute Suppe herauskochen konnte. Er findet auch oft Papiere von Butter- und Margarinepaketen, die ausgekocht ein Näpfchen mit Fett ergeben.
In der Wohnung von Horst war wieder niemand. Ich will es morgen noch einmal versuchen.

22\. Juli 1945

Heute war ich in der alten Wohnung von Mama und Papa. Horsts Freundin wohnt noch dort, die Schuhverkäuferin von Salamander, die Korsch heißt, was ich nicht wusste. Sie ist schlank geworden und sah erstaunlich gut aus. Außer ihr war ein amerikanischer Sergeant in der Wohnung, ihr Beschützer, mit dem sie wohl eine Beziehung unterhält. Sie spricht kein Wort Englisch, die beiden verständigen sich durch Handzeichen. Überraschenderweise hat sie sich gefreut, mich zu sehen.
Horst soll mit seiner Volkssturmeinheit am Teltowkanal in russische Gefangenschaft geraten sein. Was er in den

letzten beiden Kriegswochen gemacht hat, wusste Fräulein Korsch nicht so genau. Aber er hat wohl gesagt, dass er vor Kriegsende noch mit ein paar Leuten abrechnen wird.
Ich bezweifle, dass die Korsch Horst nachtrauert. Sie sagte noch, am Kurfürstendamm gebe es inzwischen wieder ein Tanzcafé und eine Bar neben der anderen, abends sei dort alles voller Fräuleins und amerikanischer Soldaten. Dort hätte sie auch den Sergeant kennengelernt. Wir waren uns darüber einig, dass die Amerikaner oft gutaussehende und sympathische Leute sind. Sie hat mir noch den Rat gegeben, ebenfalls einen amerikanischen Beschützer an Land zu ziehen. Mit ein paar neuen Kleidern und ein bisschen Schminke, meint sie, wäre ich ein schickes Fräulein. Wahrscheinlich denkt sie, dass Ulrich gefallen ist.

23. Juli 1945

Heute Nachmittag stand Herr Fabeck mit einem großen Strauß Rittersporn vor der Tür, was ich furchtbar nett fand. Er hat jetzt erst erfahren, dass ich in Lichterfelde bin. Herr Fabeck ist unser Straßenbeauftragter (vor dem Krieg hieß das Blockwart) und führt die Listen der Anwohner, die zum Bezug von Lebensmittelkarten berechtigt sind. Er schreibt auch Fahrräder, Radios und Schreibmaschinen auf und organisiert die Straßenreinigung. Eigentlich müsste er mich melden, aber das hat er natürlich nicht gemacht, immerhin sind wir alte Parteigenossen. Wir haben dann ein wenig geplaudert, und zum Schluss hat er mich noch gefragt, ob Ulrich die Sache inzwischen verdaut hat.
«Welche Sache denn?», habe ich ihn gefragt. Ich war völlig ahnungslos.
«Na, die Geschichte mit dem Russen.» Herr Fabeck warf

mir einen erstaunten Blick zu. «Hat Ihnen Ihr Mann nichts davon erzählt?»

Ich konnte nur den Kopf schütteln. Dann stellte sich heraus, dass am Tag, bevor Felix verschwunden ist, ein junger Russe bei uns eingebrochen war und Ulrich mit einer Pistole bedroht hat. Das alles spielte sich unten im Luftschutzkeller ab.

«Ihr Mann», sagte Herr Fabeck, «wollte dem Russen die Pistole wegnehmen, und es gab ein Handgemenge. Er hat den Mann dann in Notwehr erschossen und war gezwungen, die Leiche so schnell wie möglich zu beseitigen. Sonst hätte er den Rest seines Lebens in Sibirien verbracht. Oder die Russen hätten ihn sofort erledigt.»

Ich war wie vom Donner gerührt, als ich das hörte. «Woher wissen Sie das alles?»

«Weil ich mitten in der Nacht austreten musste. Ich stand da, wo früher der Gartenzaun war, und entdeckte eine Person in Ihrem Garten. Als ich näher kam, sah ich, dass es Ihr Mann war. Der war gerade dabei, etwas Großes, in einen Teppich Gewickeltes in eine Grube zu zerren. Ihr Mann war über mein plötzliches Auftauchen zu Tode erschrocken. Er hat mir dann gesagt, was passiert ist, und wir haben die Leiche zusammen vergraben.»

Ich frage mich natürlich, warum mir Ulrich kein Wort davon gesagt hat. Axmann wusste auch nichts von der Geschichte mit dem Russen. Ulrich hatte ihm nichts davon erzählt. Axmann war nicht in Lichterfelde, als es passierte. Er musste drei Tage lang für die Russen im Olympiastadion Trümmerschutt beseitigen. Aber er hatte mir schon erzählt, kurz bevor ihn die Russen mitgenommen hätten, sei es zu einem fürchterlichen Streit zwischen Felix und Ulrich gekommen.

Ich habe dann abends noch einmal bei Herrn Fabeck

geklingelt und ihn gefragt, ob er das Gesicht des Mannes gesehen habe, den er mit Ulrich im Garten vergraben hat. Aber das hatte er nicht. Am Tag darauf hat Ulrich den Garten umgegraben, die Erde geglättet und Blumen ausgesät.

24. Juli 1945

Dass Felix von den Russen verhaftet worden ist, kann stimmen. Verhaftungen passieren völlig willkürlich. Ein Trupp Russen marschiert mit einer bestimmten Anzahl von Zivilgefangenen zu einem Lager. Ist einer entkommen, greift man sich einfach irgendeinen Zivilisten, damit die Zahl wieder stimmt. So könnte es Felix ergangen sein. Mit Ulrich habe ich über den Russen gesprochen. Er sagt, er habe zum ersten Mal einen unbewaffneten Mann aus nächster Nähe erschossen. Er komme sich vor wie ein Mörder und könne kaum darüber sprechen. Das sei der Grund, aus dem er mir die Sache verschwiegen hat. Ich glaube ihm nicht.

37

Dienstag, 14. November 1989

Ich bin fertig. Das Entziffern und das Abschreiben des Tagebuchs meiner Mutter hat einen Monat gedauert – vier Wochen, in denen ich meinen Job gekündigt und reich geerbt habe, optisch mindestens fünf Jahre jünger geworden bin und einen gewissen Paul Singer kennengelernt habe. Und dann ist noch auf der anderen Seite der Mauer ein ganzer Staat kollabiert. So viel ist in meinem Leben noch nie in so kurzer Zeit passiert.

Das Transkript des Tagebuches besteht aus achtzig Seiten, die ich in einen gelben Schnellhefter eingeheftet habe. Aber obwohl ich jetzt das ganze Tagebuch meiner Mutter kenne, weiß ich immer noch nicht, was mit Auerbach passiert ist. *Ich glaube ihm nicht.* Mit diesem Satz endet das Tagebuch. Was *ich* glauben soll, weiß ich nicht. Ich blättere zurück. Am 19. März 1945 schrieb meine Mutter, nachdem sie endlich eine Nachricht von Auerbach aus Berlin erhalten hatte: *Felix glaubt, dass Ulrich alles erfahren hat. Ulrich ist am 5. März zu einer Nachuntersuchung im Krankenhaus gewesen, und als er zurückkam, war er völlig erstarrt. Felix schreibt, er hat Angst vor Ulrich.* Was hat diese Nachuntersuchung ergeben? War sie der Grund dafür, dass es in den Tagen vor Auerbachs Verschwinden *mehrmals Streit zwischen Felix und Ulrich gegeben* hat, wie Axmann behauptete?

Die Geschichte meines Vaters mit dem russischen Soldaten klingt nicht besonders plausibel. Doch was hätte meine Mutter unternehmen können, um die Wahrheit her-

auszufinden? Darauf bestehen, dass die Leiche, die mein Vater im Garten vergraben hatte, exhumiert wird? Nein, das war undenkbar. Noch undenkbarer war, selber zum Spaten zu greifen und den Toten persönlich auszugraben. Also hat meine Mutter aufgegeben, Berlin wieder verlassen und auch kein Tagebuch mehr geführt. Wollte sie nicht aufschreiben, dass es mein Vater gewesen sein könnte, der Felix Auerbach getötet und im Garten vergraben hat? Darüber kann ich nur spekulieren. Aber jetzt verstehe ich ihre wilde Zeit in Marburg besser, vielleicht war es ein Versuch, alles zu vergessen. Meine Mutter ist damals nur ungern nach Berlin zurückgegangen. Jetzt ist mir auch klar, warum meine Eltern den hinter dem Haus gelegenen Teil des Gartens immer gemieden haben.

An den letzten Seiten des Tagebuchs habe ich bis zum Morgengrauen gearbeitet. Als vor dem Haus der Berufsverkehr einsetzt, trinke ich einen großen *Single Malt* und schlafe sofort ein.

Um zwei Uhr nachmittags wache ich mit Kopfschmerzen auf und fühle mich so, als hätte ich die ganze Flasche geleert. Vor dem Spiegel im Bad brauche ich eine ganze Stunde. Axmann erwartet mich gegen vier. Wenn es mir bis dahin bessergeht, werde ich kein Taxi nehmen, sondern mit dem Auto fahren. Axmann könnte wissen, was damals wirklich passiert ist. Die Frage ist, ob er reden will. Aber ich denke, das wird er. Sonst hätte er es abgelehnt, sich mit mir zu treffen. Ich bin auch gespannt auf Axmanns Villa am Waldsee. Singer sagte am Telefon, das Haus sei riesig und stünde in einem Park.

Singer hat nicht übertrieben. Im Vergleich mit Axmanns Villa ist das Lichterfelder Haus eine Hutschachtel. Sie sieht aus wie ein Schlösschen und steht dreißig Meter von der Straße entfernt auf einem Grundstück, das vermutlich zehnmal so groß ist wie der Garten in Lichterfelde. Zum Haus

führt eine breite, kiesbedeckte Auffahrt, auf beiden Seiten breitet sich ein Rasen aus, der so wirkt, als wäre er mit der Nagelschere gepflegt worden. Ich hätte meinen alten Golf auf der Straße parken können, fahre dann aber durch das geöffnete Tor und halte direkt vor dem Eingang. Die Haustür liegt oberhalb einer fächerförmigen Granittreppe, die von zwei Kandelabern flankiert wird. Als ich aussteige und zur Treppe gehe, knirscht der Kies unter meinen Füßen. Ich trage Jeans und meinen neuen Missoni-Pullover. Im Mittelspiegel habe ich noch einmal mein Make-up überprüft. Ich will einen guten Eindruck machen.

Das Klingeln kann ich mir schenken, denn in dem Moment, als ich die oberste Treppenstufe betrete, geht die Tür auf, und ich stehe vor einer Frau in einem schwarzen Kleid mit weißer Schürze. Sie bittet mich, ihr zu folgen, und wir durchqueren ein riesiges, hallendes Vestibül mit schwarz-weißen Marmorfliesen. Das alles sieht nach viel Geld aus, und mir fallen unwillkürlich die letzten Eintragungen im Tagebuch meiner Mutter ein. Im Sommer 1945 hat Axmann noch die Müllkippe der amerikanischen Kantine nach Essbarem durchwühlt.

Im riesigen Wohnzimmer ein venezianischer Kronleuchter, ein Bösendorfer Konzertflügel mit aufgeklappter Tastatur, zwei Sofas, dazwischen ein Tischchen, auf der anderen Seite des Raumes bis zum Boden reichende Fenster, die den Blick auf einen See frei geben. Die Frau mit dem schwarzen Kleid und der weißen Schürze (wohl eine gehobene Version der Kehl) bittet mich, auf einem der Sofas Platz zu nehmen, Herr Axmann käme gleich.

Als ich ein paar Minuten später ein lauter werdendes Surren aus dem Vestibül höre, weiß ich auf einmal, dass der Mann, mit dem ich auf der Beerdigung meines Vaters gesprochen habe, Standartenführer Axmann gewesen ist. Dann rollt er in den Raum, hinter ihm seine Frau mit den

slawischen Gesichtszügen, schlank, elegant und scheinbar alterslos. Dass die beiden damals nur heiraten durften, weil der Reichsführer der SS persönlich seine Erlaubnis erteilt hatte, würde ihnen heute niemand glauben. Vielleicht bin ich der einzige Mensch, der diese Geschichte noch kennt.

Eigentlich müsste Axmann inmitten seines angehäuften Reichtums an Statur gewinnen, stattdessen kommt er mir hier noch zerbrechlicher vor als bei unserer ersten Begegnung auf dem Friedhof. Aber vielleicht rede ich mir das nur ein, um mich nicht einschüchtern zu lassen. Nachdem wir uns zur Begrüßung die Hände geschüttelt haben, erkundigt sich Axmann, ob ich einen Kaffee möchte, und wieder überrascht mich seine kraftvolle, sonore Stimme. Seine Frau verlässt den Raum, und dann ist es nicht die Haushälterin, die den Kaffee bringt, sondern die Hausherrin selbst. Sie wirft mir einen besorgen Blick zu, als sie uns wieder allein lässt.

Dann kann ich es nicht vermeiden, einen bewundernden Blick auf Axmanns luxuriösen Wohnraum zu werfen. Ich frage mich, wie der ehemalige Standartenführer zu seinem Reichtum gekommen ist.

«Zeitungen, Druckereien und alles Mögliche», sagt Axmann amüsiert, als habe er eben meine Gedanken gelesen.

Er hat mein verändertes Aussehen nicht kommentiert. Nur einen Augenblick lang sind seine Augen an meinem Pullover hängengeblieben, und sein Mund hat sich zu einem grashalmfeinen Lächeln verzogen.

Als ich an meinem Kaffee nippe, fragt er: «Hat Ihnen Singer alles berichtet? Warum ich der Meinung war, dass einer von Ihnen mit Horst Bonnet reden sollte?»

Ich nicke, und dann erzähle ich ihm, wie ich von meinem Treffen mit meinem Onkel Horst auf Elst gekommen bin. Axmann scheint das alles nicht zu überraschen – so als wäre das eingetreten, was er erwartet hatte.

«Elst hat Auerbach aber nach zwei Nächten wieder frei gelassen und nach Lichterfelde gebracht», fahre ich fort. «Da hat er dann Sie getroffen. Warum haben Sie Paul Singer nichts davon gesagt?»

Axmann mustert mich schweigend. Ich habe nicht den Eindruck, dass er ein schlechtes Gewissen hat.

«Weil ich bis heute nicht genau weiß, was damals passiert ist, nachdem Auerbach wieder in Lichterfelde war», sagt er. «Und weil das, was ich weiß, nur für Ihre Ohren bestimmt ist.»

Was ist nur für meine Ohren bestimmt? Wie soll ich das verstehen?

«Als Ihre Mutter im Juli 1945 aus Marburg nach Berlin kam, wollte sie wissen, was mit Auerbach passiert war. Ihr Vater hatte ihr nur geschrieben, dass die Gestapo ihn verhaftet hatte. Dass er wieder freikam und dann von den Russen verschleppt wurde, hat sie erst in Lichterfelde erfahren. Aber sie hat Ihrem Vater nicht geglaubt.»

Axmann betrachtet einen Moment lang den venezianischen Kronleuchter an der Decke. Dann spricht er weiter.

«Ihr Vater hatte in Notwehr einen russischen Soldaten erschossen und dessen Leiche im Garten vergraben. Das hat Ihre Mutter leider erst vom Nachbarn erfahren. Ihr Vater hatte ihr die Geschichte verschwiegen, und das war ein Fehler. Für die Sache mit dem Russen gab es nämlich keine Zeugen. Auerbach war nicht im Haus, weil ihn die Russen an diesem Nachmittag am Botanischen Garten verschleppt haben. Und ich war in der Nacht auch nicht in Lichterfelde.»

«Was hat der Nachbar meiner Mutter gesagt?»

«Dass er Ihrem Vater geholfen hat, den Russen im Garten zu vergraben. Den Toten selbst hat er nicht gesehen. Die Leiche war in einen Teppich eingewickelt.»

Axmann überlegt kurz. «Ihre Mutter könnte daraus einen

falschen Schluss gezogen haben. Sie könnte damals gedacht haben, dass ...»

Er lässt das Ende des Satzes in der Luft hängen. Er spricht nicht aus, dass meine Mutter geglaubt haben könnte, dass es Auerbach war, den mein Vater in dieser Nacht erschossen hatte. Und dass die Geschichte mit dem Russen ein Märchen war.

Stattdessen sagt er: «Es gab Spannungen zwischen Ihrem Vater und Auerbach. Sie hatten am Tag zuvor einen Streit. Es ging um etwas, das ich an Ort und Stelle nicht verstanden habe.»

«Aber später haben Sie es verstanden?»

Axmann nickt. «Ich habe damals nur verstanden, was sich im Kopf Ihrer Mutter abgespielt haben könnte. Das bedeutet nicht, dass ich weiß, was damals tatsächlich in dieser Nacht passiert ist. Darum habe ich Singer auch nicht gesagt, dass Auerbach wieder freikam.»

«Und was könnte passiert sein?»

«Ihr Vater könnte eine Rechnung beglichen haben.»

«Welche Rechnung?»

«Ihr Vater und Felix Auerbach», sagt Axmann, «hatten bereits Anfang März 1945 einen erbitterten Streit in der Küche. An diesem Tag war Ihr Vater im SS-Krankenhaus am Botanischen Garten gewesen. Danach haben die beiden kaum noch miteinander geredet. Worum es bei diesem Streit ging, habe ich erst viel später verstanden.»

Axmann sieht mich nicht an. Seine Kiefermuskeln bewegen sich, als würde er versuchen, seine Backenzähne genau aufeinanderzusetzen. Dann kneift er die Augen zusammen, bevor er weiterspricht.

«Im September 1943», sagt er langsam, «hat es Ihren Vater in der Nähe von Salerno bei einem amerikanischen Luftangriff erwischt. Er lag sechs Wochen im Lazarett und wurde mehrmals operiert.»

Er unterbricht sich, um einen unsichtbaren Krümel von seinem Knie zu wischen. Auf einmal kommt er mir völlig erschöpft vor. Im Vestibül sind Schritte zu hören, und aus den Augenwinkeln sehe ich Axmanns Frau in der halb geöffneten Tür stehen.

«In Berlin», fährt er fort, «musste Ihr Vater hin und wieder zur Nachuntersuchung. Im März 1945 haben sie ihm seine Krankenakte mitgegeben. Darunter war auch der Operationsbericht aus dem September 1943. Mit einem lateinischen Fachausdruck, den er wahrscheinlich nachschlagen musste. Im Lazarett hatte man versehentlich den *ductus deferrens* durchtrennt. Ihrem Vater hatte man das verschwiegen.»

Meine Lateinkenntnisse sind immer noch passabel. «*Deferre* heißt überbringen.»

Axmann nickt. «Der *ductus deferrens* ist der Samenleiter. Wenn der durchtrennt wird, merkt man nichts. Es sei denn, man will Kinder. Die kann man dann nicht mehr zeugen.»

«Woher wissen Sie das?»

«Von meinem Bruder. Der war Chirurg und hat Ihren Vater in Hohenlychen operiert. Er geriet dann in britische Gefangenschaft und kam im Frühjahr 1946 nach Berlin zurück. Und da hat er mir alles erzählt.»

Axmann sieht mich an. «Sie sind Jahrgang 1944?»

Ich nicke stumm.

«Wann haben Sie Geburtstag?»

Seine Frage hört sich an wie ein Befehl.

«Im Juni.»

Axmann sitzt regungslos in seinem Rollstuhl. Er scheint nicht einmal zu atmen. Dann sagt er: «Rechnen Sie neun Monate zurück.»

Es dauert ein wenig, bis mir der Eintrag meiner Mutter aus dem Oktober 1943 einfällt: *Mitternacht gab es Alarm. Ich hatte schreckliche Angst. Felix hat mich in den Arm genommen*

und festgehalten ... Kurz danach kam mein Vater nach seinem Aufenthalt in Hohenlychen nach Berlin und reiste eine Woche später wieder ab.

Ich wurde ein paar Tage *vor* seiner Ankunft gezeugt.

Ich schließe die Augen, ziehe die Luft scharf durch die Nase hoch, atme sie langsam wieder aus und zähle bis drei. Das ist meine Standardreaktion auf grobe Fehlleistungen auf dem Gebiet der französischen Grammatik. Mein Vater hat so reagiert, wenn ich irgendetwas angestellt hatte.

Mein Vater hatte meine Mutter im Januar 1939 geheiratet, weil er sie liebte. Meine Mutter hatte ihn geheiratet, weil er mit ihren journalistischen Ambitionen einverstanden war. Mein Vater hatte Auerbach im Sommer 1943 falsche Papiere besorgt. Mein Vater hat sich ein Kind gewünscht und den Krieg gehasst. Am Ende haben ihn alle hintergangen und sind ihm in den Rücken gefallen.

Bei den Axmanns wird nicht geraucht, aber das ist mir egal. Ich krame die Zigaretten und das Feuerzeug heraus. Frau Axmann kommt ins Zimmer und stellt einen Aschenbecher auf den Couchtisch. Als ich mir eine Zigarette anstecken will, fange ich an zu weinen, nicht laut, sondern mit fest geschlossenen Augen und zitternden Lippen. Niemand sagt etwas, und ein paar Minuten bin ich nicht bei mir. Frau Axmann hat sich auf die Seitenlehne der Couch gesetzt und ihren rechten Arm um meine Schultern gelegt. Mit der linken Hand reicht sie mir Papiertaschentücher. Die ganze Situation ist ziemlich sonderbar.

Schließlich sitze ich wieder im Auto. Als Axmann mich gefragt hat, ob mich sein Chauffeur nach Hause bringen soll, habe ich den Kopf geschüttelt. Die Straßen sind noch nass, aber der Regen hat aufgehört. Der Himmel ist schwer und bedeckt, es ist kein schöner Tag. Ausweis und Kreditkarte stecken in meiner Handtasche. Ich könnte nach Tegel fahren und den nächsten Flug nach Paris nehmen. Ich könnte zwei Wochen (oder für immer) in der Stadt bleiben, wo der Mann, der nicht mein Vater ist, das Frühjahr 1944 verbracht hat, bevor er nach Berlin kam, um an meiner Taufe teilzunehmen.

Als ich an der Kanzlei von Elst vorbeifahre, frage ich mich, ob er mir alles gesagt hat, was er weiß. Vielleicht nicht, und vielleicht hatte er damit sogar recht gehabt. Was haben wir davon, wenn wir die Wahrheit kennen? Eine Stelle aus Madame Bovary fällt mir ein. *Aus Achtung für seine verstorbene Frau hatte Charles das geheime Fach des Schreibtisches, das Emma benutzt hatte, noch nicht geöffnet.* Ach, Charles. Du hättest es nicht öffnen sollen. Denn was hat es dir genützt, Léons Liebesbriefe zu lesen? Es hat dich nur noch mehr deprimiert. Aber du hast es nicht fertiggebracht, die Briefe einfach zu verbrennen. So wie ich es nicht fertiggebracht habe, das Tagebuch meiner Mutter *nicht* zu lesen.

Im Autoradio höre ich, dass die Bundesregierung die Mittel zur Auszahlung des Begrüßungsgeldes für DDR-Besucher auf 779 Millionen erhöht hat. Der illegale Umtauschkurs der DDR-Währung in Westberliner Wechselstuben ist auf ein Verhältnis von eins zu zwanzig abgesackt. So komme ich mir jetzt auch vor – abgesackt. Als ich aussteige, ist mir kalt, und ich habe Hunger. Bei Aldi im Erdgeschoss kaufe ich eine Tiefkühlpizza. Oben in der Wohnung vertausche ich die Kontaktlinsen mit meiner alten Brille. Das Gesicht im Spiegel ist vertraut und beruhigend.

Die Pizza schmeckt so grauenhaft, dass ich sie in den Müll-

eimer werfe. Dann öffne ich die Flasche, die auf dem Fensterbrett in der Küche steht. Das Zeug heißt *Buck Mulligan Sienna Highland Single Malt Whisky.* Ich habe ihn letzte Woche im KaDeWe gekauft, weil mir der Name und der astronomische Preis gefielen. Die Flüssigkeit ist hellbraun und bildet ölige Schlieren am Rand des Glases. Der erste Schluck nimmt mir den Atem, aber dann steigt eine warme Welle in mir auf. Ich trinke einen zweiten Schluck.

Aus jüdischer Sicht bin ich keine Jüdin. Ich habe keine jüdische Mutter. Da aber Felix Auerbach meine arische Mutter geschwängert hat, bin ich Halbjüdin. Sehe ich jüdisch aus? Ist da ein Schuss Barbra Streisand in meiner Physiognomie? Aber bin ich überhaupt noch bei Trost, solche Fragen zu stellen?

Ich denke über meine Familie nach. Da sind die Bonnets, das waren Hugenotten. Kamen vor zweihundert Jahren als Flüchtlinge nach Berlin und sprachen zwei Generationen später nur noch rudimentär Französisch. Waren vollständig assimiliert. Haben es dann zweihundert Jahre nach ihrer Ankunft aus Frankreich mit dem Deutschtum eindeutig übertrieben. Und die Auerbachs? Die Familie meines neuen Vaters? Woher kommen die? Familiennamen gab es bei Juden nicht. Die kriegten sie erst Anfang des letzten Jahrhunderts zusammen mit den bürgerlichen Rechten. Da mussten sie sich einen Familiennamen zulegen und suchten sich gerne etwas Wohlklingendes aus. Wiesengrund, Blumenthal, Blumenberg. Oder Auerbach. Die Auerbachs kamen vermutlich irgendwann aus einem galizischen Kaff nach Berlin und mutierten im Laufe mehrerer Generationen zu Westjuden. Und fanden dann Ostjuden nur noch peinlich.

Die Flasche *Single Malt* nehme ich mit ins Wohnzimmer. Auf der Couch trinke ich noch einen kräftigen Schluck, bevor ich das Tagebuch meiner Mutter aufschlage. Was habe ich bei der Lektüre übersehen? Wer hat hier wen verführt? War

Auerbach ein Nazi, oder wollte er nur überleben? Und was für eine Rolle hat mein Vater (ich nenne ihn hier einfach mal weiter so) gespielt?

Meine Mutter hat im Sommer 1938 ihr Abitur gemacht. Sie wollte unbedingt Journalistin werden, aber mein Großvater war strikt dagegen. Den obligatorischen Pflichtdienst absolvierte sie bei einem Offizier der Leibstandarte, der hatte vier Kinder und Anspruch auf eine Haushaltshilfe. Die Vorstellung, anschließend wieder bei ihrer Familie zu leben, war ihr unerträglich.

Aber noch während des Pflichtdienstes begegnete meine Mutter im Herbst 1938 auf einem Ball der Leibstandarte meinem Vater. Der war damals ein unauffälliger junger Leutnant, kein Mann, der etwas «hermachte». Hat er meine Mutter zum Foxtrott aufgefordert? Kann man sich meinen Vater locker und charmant vorstellen? Nein, aber vielleicht ist er an diesem Abend im Gespräch mit meiner Mutter in Schwung geraten.

Meine Mutter mochte meinen Vater, weil er Verständnis für ihren Wunsch hatte, Journalistin zu werden. Vermutlich hätte er auch Verständnis signalisiert, wenn sie die Absicht geäußert hätte, Zirkusartistin zu werden. Meine Mutter war neunzehn Jahre alt und so leuchtend und appetitlich wie Erdbeeren mit Schlagsahne. Meine Eltern verlobten sich im Dezember 1938 und heirateten im Januar 1939.

Für meine Mutter war es eine Vernunftehe. Sie sah darin keinen Betrug, denn sie konnte meinem Vater eine Menge bieten. Der war ungeheuer stolz auf seine junge Frau und zeigte sie gerne herum. Meine Mutter fand, dass sie ihren Teil des Ehevertrags korrekt erfüllte – wenn auch nicht mit der gleichen Leidenschaft wie mein Vater.

Ich glaube, meine Mutter wollte mehr, als mein Vater ihr bieten konnte, aber sie wusste nicht, dass es daran lag.

Dafür hatte sie keine Worte. Am 20. April 1939 kam es dann zur ersten Begegnung mit Auerbach. Dass es meinem Vater schmeichelte, wie attraktiv Auerbach sie fand, spürte sie sofort. Und was sprach gegen einen Sommerflirt? Auerbach würde Deutschland spätestens Anfang 1940 verlassen. Ein Flirt würde folgenlos bleiben.

Nur verließ Auerbach Deutschland Anfang 1940 *nicht*. Und anschließend betrieb er seine Emigration dermaßen nachlässig (und mit merkwürdiger Sympathie für das Regime), dass er schließlich in Berlin festsaß und man sich um ihn kümmern musste. Diese Aufgabe fiel Mutter zu, denn mein Vater war im Feld. Auerbach und meine Mutter machten Spaziergänge Arm in Arm. Es knisterte immer mehr zwischen ihnen.

Nach einem weiteren Schluck *Single Malt* stelle ich fest, dass mir bei der ersten Lektüre des Tagebuches nicht aufgefallen ist, wie orientierungslos meine Mutter schon im Herbst 1939 war. Ihre Einträge hätten auch von einem verwirrten Teenager stammen können. Der sie im Grunde ja noch war. Merkte Auerbach nicht, was mit meiner Mutter los war? Er hätte mit ihr reden müssen. Das war er meinem Vater schuldig. Er war *kein* verwirrter Teenager. Aber er redete nicht mit ihr, sondern wartete ab und lag auf der Lauer.

Im Februar 1943 tauchte Auerbach in Lichterfelde unter, zog als Untermieter bei meiner Mutter ein, und in einer Bombennacht passierte es dann: *Mitternacht gab es Alarm, eine halbe Stunde später kam das Brummen der Motoren und dann die Bomben, zuerst das Pfeifen und danach die Einschläge. Es rumste jedes Mal so, als würde Erde festgestampft. Felix hat mich in den Arm genommen und festgehalten. Schließlich lagen wir beide auf der Matratze. Als es immer schlimmer wurde, haben wir uns die Decke über den Kopf gezogen, und ich hatte keine Angst mehr.*

Ein paar Tage später schrieb meine Mutter: *Felix rechnet*

mit weiteren Luftangriffen. Ist *Luftangriffe* das Codewort für ihre Zusammenkünfte? Wie ging es weiter? Hier ist die Selbstzensur meiner Mutter total.

Ich glaube, es *ging* weiter. Ich glaube auch, dass Auerbach kein schlechtes Gewissen hatte. Mein Vater besaß alles, was das Leben Auerbach versagt hatte: die Majorsuniform und das Ritterkreuz. Meine Mutter war ein Stück vom großen Kuchen meines Vaters, das ihm *angeboten* wurde. Der einzige Grund, dieses Angebot abzulehnen, wäre sentimentale Loyalität gegenüber meinem Vater gewesen. Aber passen sentimentale Anwandlungen zu einem Mann, der noch im Herbst 1944 mit dem *Führer* sympathisierte? Zu einem Rassisten, für den das Gesetz des Stärkeren galt?

Ich nehme, um nicht die Übersicht zu verlieren, noch einen Schluck *Single Malt* und markiere Auerbachs entsprechende Bemerkungen im Tagebuch meiner Mutter mit einem gelben Filzstift: *Italiener klauen. Chinesen sind primitiv. Ostjuden sind an allem schuld.* Ich markiere Auerbachs Rat, in die Partei einzutreten. Seine Begeisterung beim Anblick des *Führers* nach dem Frankreichfeldzug. Sein Desinteresse an den «Ausmordungen» im Osten. Seine Verwandlung in einen Luftwaffenoffizier. Und seine erfundenen Heldentaten, an die er am Ende vermutlich selbst geglaubt hat.

Die Vorstellung, diesen Mann zum Vater zu haben, bereitet mir Übelkeit. Der *Single Malt* schmeckt jetzt nach Vanille. Er hat seine Schärfe verloren und erzeugt eine große Klarheit in meinem Kopf.

Nicht die Gene entscheiden, wessen Kind man ist. Mein Vater ist und bleibt Ulrich zur Linde. Der Mann, der im Krieg zum Krüppel geschossen und übel betrogen wurde. Der Mann, der mich trotz allem fair behandelt hat. Dem es später leidtat, dass er mich auf ein Internat verfrachtet hatte. Der irgendwann bestimmt mit mir geredet hätte.

Mein biologischer Vater war ein Nazi, ein blonder Herrenmensch, ein Angeber, ein Irrer. Ein Rassist, der am liebsten eine SS-Uniform getragen hätte. Jemand, der die Verwirrung meiner Mutter ausgenutzt hat. Ich vermute, dass Sarah Spielrein mir nicht alles verraten hat, was sie über Auerbach weiß.

Auf dem Weg zum Telefon stolpere ich über den Flokati. Ich stehe wieder auf und schaffe es, ihre Nummer einzutippen. Nachdem es dreimal geklingelt hat, ist Sarah Spielrein am Apparat. Nach zwei Ansätzen gelingt es mir, meinen Namen zu artikulieren. Ich sage ihr, dass ich sie dringend sprechen muss. Es gehe um Felix Auerbach. Sie will wissen, wo ich bin, ich gebe ihr die Adresse, und sie verspricht, sofort vorbeizukommen. Als ich auflege, wird mir auf einmal schwindelig. Ich schaffe es bis zum Sofa, dann heule ich noch ein bisschen und schlafe ein.

38

Dienstag, 14. November, abends

Als es klingelt, wird mir beim Aufstehen schlecht. Auf dem Weg zur Wohnungstür muss ich mich an der Wand abstützen, um nicht zu stolpern. Sarah Spielrein steht im Treppenhaus und hält einen tropfenden Schirm in der Hand. Ich lasse sie herein, und sie schickt mich sofort ins Badezimmer. Ich muss mich waschen und eine frische Bluse anziehen. Sie brüht starken Kaffee für mich auf, und dann liege ich auf der Couch, trinke den Kaffee, heule und berichte ihr, was in den letzten sechsunddreißig Stunden passiert ist. Ich weiß nicht, ob ich in der Lage bin, mich verständlich auszudrücken, wahrscheinlich nicht. Ich rede über meine Besuche bei Horst Bonnet, bei Elst und bei Axmann. Vermutlich lasse ich Wichtiges aus und verweile bei Nebensächlichkeiten. Aber ich rede ziemlich lange, minutenlang sprudelt es regelrecht aus mir heraus. Schließlich sage ich ihr, wo der gelbe Schnellhefter mit dem Tagebuch meiner Mutter liegt. Vielleicht hat sie mir etwas gegen meine Kopfschmerzen in den Kaffee getan, das eine einschläfernde Wirkung hat, denn ich schlafe wieder ein.

Dann werde ich zum zweiten Mal an diesem Abend wach. Sarah Spielrein sitzt an meinem Esstisch, vor ihr liegt das Tagebuch. Wie lange ich geschlafen habe, weiß ich nicht. Meine Kopfschmerzen haben nachgelassen. Ich schaffe es, mich aufzurichten, ohne dass mir schwindlig wird. Im Zimmer ist ein Rauschen zu hören. Erst denke ich, dass es aus meinem Kopf kommt, aber es sind die Regentropfen, die der Wind gegen die Fensterscheiben treibt.

«Ich war wohl ziemlich hinüber», sage ich. «Was habe ich Ihnen erzählt?»

«Sie haben mir ziemlich viel erzählt», sagt Sarah Spielrein lächelnd. «Aber alles habe ich nicht verstanden.» Plötzlich ist sie ernst. «Es ging jedenfalls um den Tod von Auerbach.»

Ich nicke. «Und darum, was mein Vater damit zu tun hatte. Haben Sie das ganze Tagebuch gelesen?»

«Vom ersten bis zum letzten Wort», sagt sie.

Das hatte ich nicht anders erwartet.

«Mein Vater», beginne ich, «hat Auerbach blind vertraut. Das war sein erster Fehler. Sein zweiter Fehler war, auch meiner Mutter blind zu vertrauen. Die war jung, naiv und hat Auerbach Avancen gemacht. Nur hätte der sich nie darauf einlassen dürfen. Das war er meinem Vater schuldig. Aber dann ist doch etwas passiert. Und zwar am 4. Oktober 1943.»

Während ich spreche, stelle ich fest, dass meine Empörung über Auerbach langsam schwindet. Schließlich würde ich ohne ihn nicht hier sitzen. Die Frage ist nur, ob ich Grund habe, ihm dafür dankbar zu sein.

«Der nächtliche Luftangriff», nickt Sarah Spielrein.

«Und diese Nacht im Luftschutzkeller», fahre ich fort, «hatte Folgen. Meine Mutter wurde schwanger.»

Sarah Spielrein hat mich sofort verstanden. «Wollen Sie damit sagen, dass ...»

Ich nicke. «Mein Vater hat es erst im März 1945 erfahren, weil man ihm im Krankenhaus seine Krankenakte mitgegeben hat. Darin stand, dass er wegen einer Operation im September 1943 zeugungsunfähig war. Das hatte man ihm verschwiegen.»

«Woher wissen Sie das?»

«Von Axmann. Sein Bruder war der Chirurg, der meinen Vater operiert hat. Der hat es Axmann nach dem Krieg erzählt.»

«Konnte Axmann sagen, wie Auerbach gestorben ist?»

Ich schüttele den Kopf. «Nein, das weiß er auch nicht.»

«Und was glauben Sie?»

Sarah Spielrein will wissen, ob ich glaube, dass mein Vater, der nicht mein Vater ist, meinen Vater getötet haben könnte. Das sind komplizierte Verhältnisse.

«Mein Vater hatte sich ein Kind gewünscht», sage ich langsam. «Er hat dann eins bekommen, nur um später festzustellen, dass es das Kind eines anderen Mannes ist. Ich kann verstehen, dass er außer sich war.»

Allerdings verstehe ich auch, was in der Nacht vom 4. Oktober 1943 passiert ist – die Einschläge der Bomben, vielleicht die Gewissheit zu sterben, dann der Liebesakt am Rande der Besinnungslosigkeit. Was kam danach? Ging es weiter? Ich weiß es nicht. Aber ich glaube jetzt, es ging *nicht* weiter. Und ich denke, was geschehen ist, war gut. Ein wenig steif sage ich: «Allerdings war diese Nacht im Oktober 1943 wohl eher eine einmalige Angelegenheit.»

Sarah Spielrein blättert im Tagebuch, bis sie den Eintrag findet. Dann sagt sie etwas Überraschendes. «Von dieser Nacht im Luftschutzkeller habe ich gewusst.»

«Wie bitte?»

Auf einmal bin ich müde und brauche eine Pause. Mein Kopf sinkt auf die Lehne der Couch. Ich schließe die Augen und höre, wie Sarah Spielrein vom Tisch aufsteht. Dann kommt ihre Stimme halblaut vom Fenster.

«Im Tagebuch», sagt sie, «steht nur die halbe Geschichte. Und Ihnen habe ich nicht alles über Auerbach erzählt.»

Sie hat mir den Rücken zugekehrt und spricht in den Regen hinaus, den der Wind gegen das Fenster treibt.

«Bei unserer zufälligen Begegnung auf der Straße im Herbst 1943 ist es nicht geblieben. Wir haben uns bis zum Januar 1945 regelmäßig getroffen.»

Ich richte mich so schnell auf, dass mir beinahe wieder schlecht wird. «Soll das bedeuten, dass Sie ...» Ich lasse den Rest des Satzes in der Luft hängen.

Sarah Spielrein dreht sich um. «Nicht das, was Sie denken», sagt sie. «Ich war in Auerbach verliebt. Aber er hat es nie bemerkt, obwohl wir über vieles offen gesprochen haben.» Sie überlegt kurz. «Ist Ihnen, als Sie das Tagebuch gelesen haben, nie aufgefallen, wie unglaubwürdig er war? Im Juli 1940 erklärt Auerbach, je größer Deutschlands militärische Erfolge seien, desto nachsichtiger würden die Behörden mit den Juden umgehen. Und dass er keinen Grund habe, die Ausreise zu überstürzen.»

Sie lacht kurz auf und zuckt resigniert die Schultern. «Aber das ist Unsinn, und Auerbach hat es natürlich gewusst. Im Sommer 1940 hätte er noch die Transsibirische Eisenbahn nehmen können, um nach Shanghai zu kommen. Aber das hat er nie gewollt, und deshalb hat er Ihrer Mutter Märchen erzählt.»

Sarah Spielrein setzt sich wieder an den Tisch. Das Licht der Lampe scheint auf ihr Gesicht und den gelben Schnellhefter mit dem Tagebuch. Erst jetzt fällt mir auf, dass sie beim Lesen eine Brille mit dicken Gläsern trägt. An einem anderen Tag hätte mich das amüsiert.

«Den wahren Grund, warum er in Deutschland bleiben wollte», fährt sie fort, «hat Auerbach nie ausgesprochen. Er hat immer nur gesagt, dass er Ihre Mutter nicht allein in Berlin zurücklassen will. Er hielt sie für leichtsinnig und kindisch. Sie hat ja auch für ihn geschwärmt wie für einen Filmstar. Auerbach ist nie auf ihre Avancen eingegangen, aber sie hat ihn in einen ständigen Konflikt mit sich selber gestürzt.»

«Wäre das nicht ein zusätzlicher Grund für ihn gewesen, Deutschland zu verlassen?»

Sarah Spielrein nickt. «Das war ihm auch völlig klar. Aber

als er Ihrer Mutter im April 1939 zum ersten Mal begegnet ist, ist etwas mit ihm passiert, gegen das sein Verstand nicht ankam.»

Ich brauche eine Weile, um zu begreifen, was Sarah Spielrein eben gesagt hat. Ich komme mir vor wie in einem verrückten Kaleidoskop, das mit jeder Drehung ein neues Bild zeigt. «Sie meinen, Auerbach hat sich in meine Mutter ...»

Sarah Spielrein lächelt müde. «Rettungslos und bis über beide Ohren. Deshalb wollte er nicht weg. Aber eine Affäre mit der Frau seines besten Freundes kam für ihn nie in Frage. Was am 4. Oktober 1943 passiert ist, hat er sich nie verziehen. Er hat einmal in Andeutungen darüber gesprochen. Aber es war deutlich genug.»

Plötzlich hat es aufgehört zu regnen. Sarah Spielrein steht wieder auf und geht zum Fenster. Als sie es öffnet, weht ein Schwall feuchter Herbstluft ins Zimmer. Der Nachtbus hält vor dem Haus und fährt gleich wieder weiter. Es ist spät geworden.

«Ihr Vater», sagt Sarah Spielrein, «hatte ein Motiv und eine Gelegenheit.» Auf einmal redet sie wie eine Anwältin, die das Schlussplädoyer hält. «Aber das beweist nicht, dass er Auerbach getötet hat.» Sie sieht mich forschend an. «Liegt Ihnen etwas an Singer?»

Wir beide wissen, dass diese Frage überflüssig ist. Ich nicke stumm.

«Dann treffen Sie ihn», sagt sie in demselben strengen Ton, in dem sie mich vor ein paar Stunden angewiesen hat, ins Bad zu gehen und mich zu waschen. «Erzählen Sie ihm alles, was Sie wissen. Lassen Sie ihn das Tagebuch Ihrer Mutter lesen. Wenn Sie ihn nicht im Hotel erreichen, schreiben Sie ihm ein paar Zeilen. Schreiben Sie auch über Ihre Gefühle.»

39

Mittwoch, 15. November 1989

Ich erwache vom Rasseln der Aldi-Müllcontainer, die unter meinem Schlafzimmerfenster über den Hof geschoben werden. Normalerweise hasse ich diese Geräusche ebenso wie das laute Gegurre der Tauben, aber heute empfinde ich sie als tröstlich. Sie sind ein Stück Normalität in diesem Herbst, in dem sonst nichts normal ist. Ich stehe auf, gehe ins Bad, sehe im Spiegel eine Frau von Anfang fünfzig und nehme die Brille (die ich morgens meist trage) sofort wieder ab. Dann sitze ich an einem unabgewischten Küchentisch, trinke Kaffee, verspeise Toast mit einem Rest von Marmelade, entdecke einen abgebrochenen Fingernagel und habe Kopfschmerzen. Es hat wieder angefangen zu regnen, das Licht draußen ist gleichmäßig grau. Es passt alles zusammen.

Schreiben Sie auch über Ihre Gefühle hat Sarah Spielrein gesagt. Mir schwebt eine kurze, sachliche Schilderung meiner Gefühle vor – eine Seite, handschriftlich. Aber als ich mich an meinen Schreibtisch setze, ist schon die erste Zeile ein Problem. Wie rede ich Singer an? *Sehr geehrter Herr Singer*? Bestimmt nicht. Oder: *Lieber Herr Singer*? Nein, ist zu salopp. Oder: *Lieber Paul*? Nein, denn wir duzen uns nicht. Oder gleich: *Lieber Cousin*? Nein, auf keinen Fall. Ich will ja nicht mit der Tür ins Haus fallen. Also lasse ich die Anrede vorläufig weg, komme aber trotzdem nicht weiter. Ich schreibe Sätze, formuliere sie um, streiche sie aus, und beginne wieder von vorne. Als ich nach anderthalb Stunden meine eigene Schrift nicht mehr lesen kann, gebe ich auf.

Dann geschieht kurz vor zwölf etwas, womit kein vernünftiger Mensch gerechnet hätte. Es klingelt, und der junge Mann an der Tür ist ein von Elst geschickter Bote, der mir einen braunen Umschlag aushändigt. Darin stecken ein weiterer Umschlag und eine kurze Notiz von Elst, in der er mir mitteilt, dass mein Vater kurz vor seinem Tod einen für mich bestimmten Brief an die Kanzlei geschickt hat. Ich falte den Brief auseinander und lese ihn. Dann staune ich über die präzise Vorstellungskraft meines Vaters. Wieder hat sich das verrückte Kaleidoskop ein Stück weitergedreht.

Liebe Erika,
ich weiß nicht, wann Du diese Zeilen liest. Sechs Wochen nach meinem Tod? Acht Wochen? Deine Nachforschungen haben mit dem Fund des Tagebuchs begonnen, und Du hast Dich gefragt, wie Felix gestorben ist, ob ich ihn auf dem Gewissen habe, und warum ich gute vierzig Jahre später meinem Leben ein Ende gesetzt habe.
Mein Tod hatte medizinische Gründe. Die Krankenakten sind bei Elst, falls Du sie lesen willst. Bei unseren Zusammenkünften in Lichterfelde hast Du nie das geringste Interesse an meinem Leben gezeigt. Ich konnte nicht ausschließen, dass Du meinen Tod achselzuckend zur Kenntnis nehmen würdest, um das Haus nach flüchtiger Durchsicht zu verkaufen. Bevor Du diesen Brief erhieltst, wollte ich sicher sein, dass Dich die ganze Angelegenheit (wenn dieses Wort dafür passt) überhaupt interessiert.

Elst behielt Dich die ganze Zeit im Auge. Er hatte den Auftrag festzustellen, ob Du das machst, was Du offenbar getan hast, denn sonst würdest Du diesen Brief nicht lesen.
Ich hatte ja angekündigt, einen neuen Roman zu schreiben. Du hast also nach Manuskripten gesucht und bist auf das Tagebuch Deiner Mutter gestoßen - und darin auf Deinen Onkel Horst. Ich wusste, dass er noch lebt, und Du wirst ihn schließlich "drüben" aufgetrieben haben. Er wird seinen Freund Elst erwähnt haben, und Elst hat Dir dann von seiner Begegnung mit Axmann in Lichterfelde berichtet. Woraufhin Du Dich mit Axmann getroffen hast.
Was Dir Axmann von dem Streit erzählt haben wird, den ich Anfang März 1945 mit Felix hatte, war falsch. Dass ich kein Kind zeugen konnte, wusste ich. Damit, dass Du das Kind von Felix warst, hatte ich kein Problem. Ja, Du hast richtig gelesen. Ich wollte unbedingt ein Kind, und als mir Deine Mutter im November 1943 schrieb, dass sie schwanger ist, war ich glücklich.
Bei dem Streit ging es um den Roman. Felix hat immer öfter darauf bestanden, heroischen Kitsch einzubauen, und das konnte ich nicht hinnehmen. Ich wusste, dass er Teile des Romans seiner Sekretärin bei Siemens diktiert hat und es davon

Durchschläge gab. Als Anna Singer sich im Sommer 1965 nach einem Romanmanuskript ihres Bruders erkundigt hat, bin ich törichterweise in Panik geraten. Ich habe mir ausgemalt, sie könne nach Berlin kommen und es würde ihr womöglich gelingen, die Sekretärin samt Durchschlägen aufzutreiben. Ich sah mich schon als Plagiator entlarvt. Das war der Grund für meinen plötzlichen Rückzug in diesem Sommer.

Ich habe keine Ahnung, was Paul Singer gewusst hat, als er mir schrieb. Felix hatte seiner Schwester vermutlich nach Shanghai geschrieben, dass er an einem Roman arbeitet. Das mag der Grund dafür gewesen sein, dass sie sich im Sommer 1965 nach einem Manuskript von ihm erkundigt hat. Vielleicht wollte Singer noch einmal bei mir nachhaken, weil er meine Antwort nicht geglaubt hat. Oder er wollte wissen, warum ich seiner Mutter 1947 verschwiegen habe, dass Felix im Februar 1943 untertauchen konnte.

Die Antwort ist einfach. Wenn Felix im Februar 1943 deportiert worden wäre, dann wäre er in irgendeinem Lager einen sinnlosen Tod gestorben. Aber sein Tod Anfang Mai 1945 war noch sinnloser. Er hatte es den ganzen Krieg hindurch geschafft, nur um kurz nach Kriegsende von den Russen verschleppt zu werden. Vielleicht haben die ihn wegen seines

Aussehens sogar für einen SS-Mann gehalten. Damit wollte ich Anna Singer nicht belasten.
Und auch Deine Mutter nicht. Deshalb hatte ich ihr nach Marburg nur geschrieben, dass die Gestapo Felix abgeholt hat und seine Freilassung und die Verschleppung durch die Russen verschwiegen. Aber dann stand sie im Juli 1945 vor der Tür, und jetzt musste ich es ihr sagen. Weshalb sie mir nicht geglaubt hat, habe ich erst aus dem Tagebuch erfahren. Felix hatte ihr geschrieben, dass ich im Krankenhaus war und dass ich "jetzt alles wüsste". Ich stand unter Verdacht, und deshalb hat sie mir die Geschichte mit dem russischen Soldaten nicht abgenommen.
Lass mich jetzt ein wenig fabulieren.
Der Vater von Felix war ein stattlicher, blonder Herr (alle Auerbachs waren blond), und wenn Paul Singer nicht aus der Art geschlagen ist, müsste er ein gutaussehender Mann sein. Ihr werdet Euch getroffen haben, und vermutlich wird er Dir nicht geglaubt haben, dass Du nie von Felix gehört hast. Vielleicht bist Du nach der Lektüre des Tagebuchs zu dem Schluss gekommen, dass "Die Verlorenen" aus der Feder von Felix Auerbach stammen. Du könntest befürchten, dass sich daraus eine juristische Auseinandersetzung um die Rechte ergeben könnte, und Du und Paul Singer werdet euch misstrauisch belauern.

Falls das noch so ist, solltest Du jetzt
die Karten auf den Tisch legen.
Erika, ich bezweifle, dass ich in dem
Moment, in dem Du diese Zeilen liest, von
irgendeinem "Oben" auf Dich herabblicke.
An ein "Oben" habe ich nie geglaubt.
Aber weißt Du, was das einzig Schöne im
Berlin der Kriegsjahre gewesen ist, als
strikte Verdunkelung angeordnet war? Das
war in klaren Nächten dieser gestochen
scharfe Sternenhimmel - die großartigen
Sternenbilder der Antike, die Planeten und
die Milchstraße. Es ist unglaublich, dass
es dies alles gibt.
Ich würde gerne wissen, was Du jetzt mit
Deinem Leben anfängst. Ich bin sicher,
dass Du alles richtig machst.
Dein Vater

Als ich den Brief aus der Hand lege, fange ich an zu heulen. *Dein Vater.* Ich erkenne seine präzise, gut lesbare Handschrift und sein Briefpapier. Je öfter ich den Brief lese, desto mehr glaube ich meinem Vater jedes Wort.

Bevor ich zum Hörer greifen kann, um Elst anzurufen, klingelt das Telefon. Nein, es ist nicht Singer (ich hatte knappe drei Sekunden lang die törichte Hoffnung), sondern Elst.

Er klingt forciert munter, wie jemand, der nach einer komplizierten Operation einen Patienten im Krankenhaus besucht. Aber er klingt auch besorgt. «Wie geht es Ihnen?»

«Ihr Bote hat den Umschlag vorhin abgegeben», sage ich. Und setze hinzu: «Aber das Wichtigste hatte mir ja Axmann gestern Abend schon erzählt.»

«Und das wäre?»

Ein persönliches Gespräch will ich jetzt nicht führen. Ich gebe ihm eine knappe Antwort. «Mir geht es wie jemandem, der plötzlich erfahren hat, dass er zwei Väter hat. Das hat mich ein wenig irritiert.»

«Ich habe gestern Abend noch mit Axmann telefoniert», sagt Elst. «Er und seine Frau haben sich Sorgen gemacht.»

«Sagen Sie ihm, dass es mir gutgeht.»

Elst ist mir noch eine Erklärung schuldig. Als er spricht, klingt er nicht mehr ganz so munter wie zu Beginn unserer Unterhaltung.

«Ich hätte den Brief Ihres Vaters auch vernichten können», sagt er. «Aber dann sind Sie mit Singers Brief bei mir aufgetaucht und haben sich nach jüdischen Bekannten Ihres Vaters erkundigt. Da war mir klar, dass Sie sich so verhalten würden, wie Ihr Vater es vorhergesehen hatte.»

«Und Sie haben mitgespielt», sage ich. Das ist kein Vorwurf, und ich hoffe, dass Elst es nicht so versteht.

Einen Moment lang bleibt es am anderen Ende der Leitung still. «Das war ich Ihrem Vater schuldig», sagt Elst schließlich.

«Welche Krankheit hatte mein Vater?»

«Akute Lymphatische Leukämie. Das ist eine Krankheit mit einem schnellen und tödlichen Verlauf. Ihr Vater ist noch sechs Wochen vor seinem Tod in der Kanzlei gewesen, und da war ihm nichts anzumerken. Die Diagnose hat er kurz danach bekommen.»

Sechs Wochen vor seinem Tod. Also hatten wir uns danach noch einmal in Lichterfelde zum Essen getroffen, und mein Vater hatte seine Diagnose mit keinem Wort erwähnt. Ob er bei dieser letzten Begegnung kurz davor gewesen ist, mir zu sagen, dass er nicht mehr lange zu leben hatte? Ich weiß es nicht. Ich erinnere mich nicht einmal daran, worüber wir an diesem Tag geredet haben. Vielleicht ist dieser Brief auch

der Versuch gewesen, vieles nachzuholen, was wir beide versäumt hatten. Aber nun ist es zu spät.

Dann höre ich wieder die Stimme von Elst am Telefon. «Was machen Sie jetzt mit Singer? Werden Sie dem Rat Ihres Vaters folgen und Ihre Karten auf den Tisch legen?»

Er hat jetzt den sachlichen Ton eines Anwalts angeschlagen, der sich auf eine eventuelle Urheberrechtsklage einstellt. Vielleicht muss ich ja damit rechnen.

«Was schreibt Ihre Mutter in ihrem Tagebuch?», fragt Elst, als ich nicht antworte.

«Meine Mutter scheint die Geschichte mit dem russischen Soldaten nicht geglaubt zu haben», antworte ich.

«Und was denken Sie?»

«Ich verstehe ihre Zweifel. Aber ich denke, mein Vater hat mir die Wahrheit geschrieben. Die Frage ist, ob Singer das auch so sieht.»

Elst argumentiert wie ein Jurist, das ist sein Beruf. «Wenn Sie Singer den Brief Ihres Vaters und das Tagebuch Ihrer Mutter zu lesen geben», sagt er, «steht Aussage gegen Aussage. Singer muss sich dann zwischen zwei Versionen entscheiden.»

«An welche Version glauben Sie?»

Ich höre das Klicken eines Feuerzeuges und danach, wie Elst einatmet und den Rauch wieder ausstößt.

«Ein Gericht würde Ihren Vater vermutlich aus Mangel an Beweisen freisprechen. Aber das heißt nicht viel.»

Als ich den Hörer auflege, kommt es mir auf einmal so vor, als hätte ich mich die letzten Wochen wie eine Marionette an unsichtbaren Fäden bewegt. Elst hatte alles gewusst, die Berechnungen meines Vaters sind mit bizarrer Genauigkeit eingetroffen, und die Aufzeichnungen meiner Mutter haben auf ihre Weise Regie geführt. Dann setze ich mich hin und schreibe in einem Zug eine halbe Seite an Singer. *Schreiben Sie auch über Ihre Gefühle*, hat Sarah Spielrein gesagt.

Lieber Paul Singer,
ich nehme an, Sie lesen diese Zeilen,
bevor Sie sich dem Brief meines Vaters
und dem kleinen Konvolut mit dem Tagebuch
meiner Mutter zuwenden. Darum handelt es
sich nämlich - um ein Tagebuch, das meine
Mutter vom April 1939 bis zum Juli 1945
geführt hat. Den Brief hat mir mein
Vater zwei Tage vor seinem Tod geschrieben.
Das Tagebuch beginnt an dem Tag, an dem
meine Mutter und Ihr Onkel Felix Auerbach
sich zum ersten Mal begegnet sind. Was ist
in diesem Augenblick geschehen? Ich will
es Ihnen verraten. Die Franzosen nennen es
"coup de foudre" - ein Blitzschlag, den man
nicht unbedingt sogleich bemerkt. Sonst
hätte meine Mutter schon gleich nach ihrem
ersten Zusammentreffen mit Ihrem Onkel
mehr als nur ein paar dürre Worte über
diese Begegnung notiert.
Ganz ähnlich ging es mir auch, als wir
uns in der Lobby Ihres Hotels zum ersten
Mal begegnet sind. Auch bei mir hat es ein
wenig gedauert, bis ich verstanden hatte,
dass ich mich auf den ersten Blick in
Sie ...

Mein Gott, ich bin wirklich nicht mehr bei Trost. So geht das nicht. Ich zerreiße den Brief. Wenn ich Singer das Tagebuch meiner Mutter und den Brief meines Vaters zu lesen gebe, sagt das bereits genug über meine Gefühle. Der Brief, den ich stattdessen verfasse, ist kurz und neutral. Der Sachlichkeit wegen benutze ich meine Schreibmaschine.

Sehr geehrter Herr Singer!
Bezugnehmend auf die Angelegenheiten Ihres Onkels und meiner Mutter übersende ich Ihnen hiermit als Anlage eine Fotokopie des Briefs, den mein Vater kurz vor seinem Tod an mich geschrieben hat. Ebenfalls als Anlage füge ich die Kopie des Tagebuchs hinzu, das meine Mutter während des Krieges geführt hat. Gern erwarte ich Ihre zeitnahe Antwort.
Mit freundlichen Grüßen
Erika zur Linde

40

Freitag, 17. November 1989

Singer hat die letzten sechsunddreißig Stunden damit verbracht, über den Brief Erika zur Lindes, das Tagebuch ihrer Mutter und den Brief ihres Vater nachzudenken. Nebenbei hat er achthundert Wörter für die Los Angeles Times geschrieben, eine hastig zusammengeschusterte Kompilation aus Artikeln der deutschen Presse, angereichert mit persönlichen Beobachtungen, für die er glücklicherweise nur vor die Tür gehen musste. Da roch es zeitweilig so süßlich-ölig wie auf der anderen Seite der Mauer.

Den Anruf bei seiner *Cousine* hat er vor sich hergeschoben. Er hat auch keine Ahnung, warum ihm bei dem Wort *Cousine* immer ein dickliches Mädchen mit Raffzähnen und Zöpfen einfällt. Er vermutet, dass diese Gedankenverbindung auf einen Film zurückgeht, den er vor langer Zeit irgendwo gesehen hat. *Seine* Cousine jedenfalls (über deren Alter er jetzt nicht mehr spekulieren muss) hat weder Raffzähne noch Zöpfe. Sie ist auch kein Mädchen und nicht dicklich, sondern schlank, ohne mager zu sein. Er findet sie ausgesprochen attraktiv, wobei offenbleibt, was daraus folgt und ob überhaupt etwas daraus folgt.

Aber *ist* Erika zur Linde überhaupt seine Cousine? Die ganze Geschichte kommt ihm immer noch reichlich unwahrscheinlich vor, beinahe wie ein plumper Drehbuchplot, bei dem jeder Produzent sofort abwinken würde. Andererseits lässt sich nicht abstreiten, dass in den letzten zwei Wochen eine ganze Menge passiert ist, was niemand für möglich ge-

halten hätte. Wenn jemand vor vier Wochen den Fall der Mauer vorausgesagt hätte, würde man ihn für verrückt erklärt haben. Was Ulrich zur Linde vorausgesagt hat, ist jedenfalls eingetreten, Erika zur Linde hat bei ihren Nachforschungen jede Station ihres Weges brav absolviert. Sie hat das Tagebuch gefunden, mit ihrem Onkel Horst Bonnet gesprochen, dann mit Elst und schließlich mit Axmann, der dann die Katze aus dem Sack ließ.

Das Problem ist nur: Auch wenn der Ablauf, den Ulrich zur Linde vorausgesehen hat, tatsächlich eingetroffen ist – dann ist dies noch lange kein Beweis dafür, dass er nichts mit dem Tod von Felix Auerbach zu tun hatte. Ist es wirklich vorstellbar, dass Ulrich zur Linde *glücklich* war, als er von der Schwangerschaft seiner Frau erfuhr, obwohl er wusste, dass er nicht der Vater sein konnte? Oder hatte er nur gute Miene zum bösen Spiel gemacht, weil er Auerbach brauchte, um seinen Roman zu schreiben?

Die Frage ist, wie Erika zur Linde das sieht. Vor diesem Gespräch fürchtet sich Singer, denn eine Diskussion darüber wird sich nicht vermeiden lassen. Da steht Aussage gegen Aussage, der begründete Verdacht Sophies zur Linde gegen die Schilderung Ulrichs zur Linde, und er bezweifelt, dass man die Geschichte einfach ignorieren kann.

Singer legt den Brief Erika zur Lindes wieder auf den Schreibtisch des Hotels zurück. Er hat die paar Zeilen auch heute immer wieder gelesen und weiß nicht, was er davon zu halten hatte. Dass Erika zur Linde ihm das Tagebuch ihrer Mutter und den posthumen Brief ihres Vaters geschickt hat, ist ein Beweis ihres Vertrauens. Aber was soll dieser knappe, bürokratisch formulierte Brief, auch noch mit einem *Stempel* in der oberen rechten Ecke? Und warum redet sie ihn nicht mit «Lieber Cousin» an, sondern mit «Sehr geehrter Herr Singer»?

Will sie ihn auf Distanz halten? Hat sie einen Grund dafür? Gibt es da womöglich einen Mann in ihrem Leben, von dem er nichts weiß? Und noch etwas anderes könnte eine Rolle spielen. Dass die zur Lindes keine Antisemiten waren, bedeutete schließlich auch, dass sie von *Blut* und *Rasse* nicht viel hielten, aber offenbar sehr viel von Tradition. Wie anders sind die Bilder von Uniformträgern im Lichterfelder Haus zu erklären, das antiquierte Mobiliar aus Erbstücken, schließlich das Haus selber, diese efeubewachsene Burg? Alles das hat Erika zur Linde geprägt und nicht ein paar Gene, die man großzügig übersehen könnte. Sie ist die Tochter ihres Vaters, und der ist in ihren Augen immer noch Ulrich zur Linde. Das wäre eine Erklärung für den Ton ihres Briefes, der keineswegs unfreundlich ist, aber auch keine Spur familiär. In den Augen von Erika zur Linde gilt er nicht als ihr Cousin.

Singer steht auf und geht zum Telefon. Die Nummer kennt er auswendig. Er hat sie mindestens ein halbes Dutzend Mal eingetippt, allerdings immer wieder aufgelegt. Er wählt erneut, und nachdem es fünfmal geklingelt hat, meldet sich Erika zur Linde mit einem knappen «Ja».

Er nennt seinen Namen und entschuldigt sich mit dem Hinweis auf seine Arbeit dafür, dass er nicht schon vorgestern angerufen hat. Erika zur Linde quittiert seine Entschuldigung mit einem kurzen, atemlosen Laut, der so klingt, als hätte er sie gestört. Sie hört sich nicht so an, als hätte sie seinen Anruf sehnsüchtig erwartet.

Bereits in den ersten dreißig Sekunden wird ihm klar, dass sie nicht die Absicht hat, am Telefon ein längeres Gespräch mit ihm zu führen. Das erleichtert ihn, denn komplizierten Gesprächen fühlt er sich im Moment nicht gewachsen – jedenfalls nicht, solange er nicht weiß, wie er das unterdrückte Schnauben deuten soll. Allerdings wird man sich sehen müssen, nicht irgendwann, sondern bald. Also macht er ihr mit

einer Stimme, die ihm flach und hoch vorkommt, den Vorschlag, sich heute Abend im Hotel zu treffen.

«Wir könnten», sagt er, «zusammen im Hotelrestaurant essen.»

Schweigen, dann ein Geräusch, als würde sie in einem Terminkalender blättern. Dann wieder ein kurzer (genervter?) Laut, bevor sie in trockenem, fast barschem Ton ihr Einverständnis erklärt – die Reaktion einer Frau, deren Tanzkarte bereits voll ist, die aber gnädigerweise beschlossen hat, einem anderen Verehrer abzusagen.

Singer erwägt ernsthaft, sich einen kräftigen *Paul-Singer-Cocktail* zu genehmigen.

Plötzliches Herzrasen, Atemnot und Schweißausbrüche am Telefon können ein Anzeichen für eine organische Krankheit sein. Es kann aber auch ganz einfach so sein, dass sich eine Frau von Mitte vierzig in ein aufgeregtes Hühnchen verwandelt, wenn der Anruf endlich kommt, auf den sie seit sechsunddreißig Stunden (die ihr wie sechsunddreißig Jahre vorkommen) gewartet hat. Ist es albern, das Telefon sechsunddreißig Stunden lang regelrecht zu hassen, weil es keinen Mucks von sich gibt? Ist es albern, die Wohnung sechsunddreißig Stunden lang nicht zu verlassen, nur um ja keinen Anruf zu versäumen? Und ist es dann nicht verständlich, dass man, als das Telefon endlich klingelt und tatsächlich ER am Apparat ist, nicht in der Lage ist, ein vernünftiges Gespräch zu führen?

Als ich auflege, ist mir vor Aufregung regelrecht schlecht. An das Gespräch kann ich mich nur fragmentarisch erinnern,

eigentlich nur an meine Atemnot und meine nervöse Fummelei mit dem Notizblock. Ich glaube, dass wir sehr kurz miteinander geredet haben und dass noch nichts Wichtiges zur Sprache kam. Jedenfalls sind wir jetzt verabredet. In genau vier Stunden werden wir uns in der Lobby seines Hotels treffen, um im Hotelrestaurant zu essen. Und ich sehe furchtbar aus!

Diesmal brauche ich im Bad deutlich länger als eine Stunde, um mich aus einer Frau von Mitte vierzig in eine Frau von Ende dreißig zu verwandeln. Natürlich kann mir das Licht im Restaurant immer noch einen Strich durch die Rechnung machen. Warmes, möglichst gleichmäßiges Licht wäre am besten, ich muss darauf achten, dass wir den richtigen Tisch erwischen. Schließlich bleibt die Frage, wie ich meine Haare tragen soll. Offen, leicht zerzaust und das *Jugendliche* an meiner Person betonend? Oder streng nach hinten gekämmt, mein Lauren-Bacall-Profil zur Geltung bringend? Ich weiß absolut nicht, wie ich Singer einschätzen sollte. Dass ich mir alles Mögliche vorstellen kann, wenn ich an ihn denke, ist keine Einschätzung. Ich kann nur vermuten, dass ich gar nicht erst versuchen sollte, auf Hollywood zu machen, das würde ihn nur langweilen. Also keine zerzaust-jugendliche Frisur, keine figurbetonten Jeans, sondern das Nadelstreifenkostüm meiner Mutter, die Haare streng nach hinten gekämmt – kühl, unerreichbar, aber umso begehrenswerter! Die Tochter von Ulrich zur Linde, die *Offizierstochter.* Vielleicht macht mich ja genau das in Singers Augen attraktiv.

Ich bin mir ziemlich sicher, dass ihn der Brief meines Vaters ebenso überzeugt hat wie mich. Es passt einfach alles zusammen, wenn auch auf etwas verschlungenen Wegen. Dass in dieser Geschichte «Aussage gegen Aussage» steht, wie Elst angemerkt hat, ist rein juristisch betrachtet sicherlich richtig. Aber auch dann gilt immer noch: *In dubio pro reo*,

und kein Gericht würde meinen Vater verurteilen. Das muss Singer einfach einleuchten. Wenn er das anders sieht, werde ich es ihm geduldig erklären.

Das Taxi setzt mich kurz nach sieben vor dem Hotel ab. Zwei Trabants und ein Wartburg stehen im Parkverbot und erinnern mich an den Fall der Mauer. Auf den paar Schritten zum Eingang spüre ich auf einmal, wie mich eine Art Euphorie überfällt. Singer hat unter einem der großen Lüster auf mich gewartet und kommt mir mit einem Lächeln entgegen.

Dann stelle ich mit wohligem Entsetzen fest, dass etwas in mir zu schmelzen beginnt und dass ich dringend etwas dagegen unternehmen muss, um nicht die Kontrolle zu verlieren. Aber das Einzige, was ich im Moment dagegen tun kann, ist meine Begrüßung entsprechend zu dosieren. Das Lächeln, das ich ihm zurückgebe (während ich vielleicht ein paar Sekunden zu lange seine Hand halte), ist daher herzlich und zugleich kühl.

Wie viele Wörter werden im Laufe eines einstündigen Gesprächs gesagt? Tausende, vielleicht zehntausende – jedenfalls eine Menge. Wenn es hochkommt, hält die Erinnerung höchstens ein paar Sätze fest, und auch das nur kurz. Von meinem Gespräch mit Singer hat meine Erinnerung ziemlich viele Sätze festgehalten, aber die meisten davon würde ich gerne so schnell wie möglich vergessen.

Vermutlich lag es an der deutsch-französischen Speisekarte und Singers Vorstellung, dass in Europa «der Herr bestellt», wenn er eine Dame zum Essen ausführt. Warum er ausgerechnet die französische Version für seine Bestellung

benutzt hat, weiß nur der Himmel. Seine Aussprache war *vraiment* grauenhaft, und ich korrigierte ihn automatisch – ein in vielen Jahren als Französischlehrerin antrainierter Reflex. Das war taktlos und ein Fehler. Dass ich damit Singers männlichen Stolz verletzt hatte, wurde mir erst später klar.

Natürlich konnten wir nicht sofort über das Tagebuch meiner Mutter und den Brief meines Vaters reden, ohne vorher ein paar Höflichkeiten ausgetauscht zu haben. Lockerer *Smalltalk* mit Männern war nie meine Stärke, das erfordert Übung, und die habe ich nicht. Aber dann plauderte ich trotzdem wie geölt. Ich glaube, ich war in den ersten fünf Minuten tatsächlich charmant, jedenfalls auf meine eher kühle und zurückhaltende Art.

Doch während ich mich darauf einstellte, gleich auf die Geschichte zu kommen, die uns zusammengeführt hatte, stellte ich fest, dass mich das, was vor einem halben Jahrhundert geschehen oder nicht geschehen war, überhaupt nicht mehr interessierte. Ich beschloss, Singer eine kurze Zusammenfassung der Geschichte zu liefern, um dann zu den wirklich interessanten Themen überzugehen. Etwa zu der Frage (die ich beiläufig einstreuen würde), ob ihn jemand in Los Angeles vermisst, wie lange er noch in Berlin bleiben wird und ob es nicht eine nette Idee wäre, nach dem Essen in der Bar des Hotels einen Cocktail …

Doch stattdessen schlug unser Gespräch nach meiner Zusammenfassung einen ganz anderen Kurs ein. Ich glaube nicht, dass Singer das beabsichtigt hat. Vermutlich wollte er mir lediglich seinen Scharfsinn demonstrieren – eine Retourkutsche nach meiner Korrektur seiner Aussprache.

«Sie meinen also», sagte Singer, «wir wüssten jetzt durch den Brief Ihres Vaters und das Tagebuch Ihrer Mutter, was damals geschehen ist?»

An diesen Satz kann ich mich wörtlich erinnern und auch an den Ton, der mir nicht gefiel.

Ich nickte. «Im Großen und Ganzen schon.»

Er trank einen Schluck von seinem Wein. «Ich fürchte», sagte er langsam, «dass es da noch eine offene Frage gibt, die Sie übersehen haben.»

Auch an diese vier Wörter erinnere ich mich – *noch eine offene Frage.* Natürlich war mir klar, dass die Geschichte meines Vaters eine *offene Frage* enthielt, einen feinen Riss, über den nachzudenken ich immer vermieden hatte. Es gab drei Personen, die wussten, dass Leutnant Bredow kein Invalide war: mein Vater, meine Mutter und Axmann. Aber nur mein Vater könnte ein Motiv für eine anonyme Anzeige gehabt haben. Rein theoretisch könnte Folgendes passiert sein: Nachdem Auerbach nach seiner Verhaftung wieder freikam (was mein Vater nicht auf seiner Rechnung hatte), ergab sich eine zweite Gelegenheit, als die Russen Axmann für zwei Tage verschleppten und es keine Zeugen im Haus gab. Dann wäre der Tote, den er im Garten vergraben hatte, tatsächlich Felix Auerbach. Ja, so könnte es – rein theoretisch – gewesen sein. Aber ist es nicht klüger, gar nicht erst darüber nachzudenken? Und falls man doch darüber nachdächte, diesen heiklen Punkt auf keinen Fall zur Sprache zu bringen? Ich glaube nicht, dass Singer ursprünglich die Absicht gehabt hat, darüber zu reden, aber es kam anders.

Singer sagte: «Wer könnte noch davon gewusst haben, dass Felix Auerbach ...»

Er wurde durch die Kellnerin unterbrochen, die an den Tisch getreten war, um die Teller abzuräumen. Sie lächelte Singer an, und der hatte die Nerven, ihr Lächeln zu erwidern. Direkt vor meinen Augen! Das hätte er unterlassen sollen.

«Wer könnte noch davon gewusst haben», fuhr er fort, «dass mein Onkel kein Invalide war?»

Das Lächeln, das Singer der Kellnerin geschenkt hatte, ließ meine Antwort ein wenig zickig ausfallen. «Standartenführer Axmann natürlich», sagte ich. «Und rein theoretisch könnte auch ...» Ich brach den Satz ab. Ich hätte am liebsten die ganze Unterhaltung abgebrochen.

«Könnte wer was?»

«Mein Onkel Horst Bonnet könnte herausgefunden haben, dass der Leutnant kein Invalide gewesen ist», sagte ich. «Er könnte ...»

Singer lachte kurz auf. «Jedes zweite Wort bei Ihnen ist könnte.»

Langsam wurde ich wütend auf ihn. «Letzten Ende ist es eine Frage der Glaubwürdigkeit», sagte ich. «Und ich halte meinen Vater für glaubwürdig. Diesen Brief hat er kurz vor seinem Tod geschrieben. Es ist für mich völlig undenkbar, dass er mit einer Lüge auf den Lippen gestorben ist. Kein Vater belügt seine Tochter auf dem Totenbett.»

Singer musterte mich mit einem kühlen Blick. «Ulrich zur Linde ist nicht Ihr Vater. Wäre er Ihr Vater, dann wären wir nicht Cousin und Cousine.»

Ich trank ebenfalls einen großen Schluck Wein. «Offenbar gehen Ihnen Gene über alles», sagte ich.

Wir sahen uns an.

«Das sind biologische Tatsachen.»

«Es gibt auch familiäre Tatsachen», beharrte ich. «Und die haben nichts mit Genen oder mit Rasse zu tun.»

Singer schüttelte ungeduldig den Kopf. «Jedenfalls ist dieser Mann, den Sie Ihren Vater nennen, kein Blutsverwandter von Ihnen.»

Vermutlich war es die Betonung, mit der er das Wort «dieser» aussprach, die mich wütend werden ließ. «Blut ist so ziemlich das Letzte, was mich interessiert», sagte ich kalt. «Ich halte nichts von Blut-und-Boden.»

An Singers Kinn spannte sich ein Muskel. «Aber ich? Wollen Sie damit sagen, dass ich ein Nazi bin?»

«Ich wehre mich lediglich dagegen, dass Sie meinen Vater einen Lügner nennen.»

Er betrachtete mich mit ungerührter Miene. «Das habe ich gar nicht. Ich habe auf die Logik der Sache hingewiesen. In Ihrer kleinen Geschichte gibt es leider noch eine offene Frage.»

«Das sagten Sie bereits», erwiderte ich. «Außerdem reden Sie so, als hätten wir es hier mit einer Mathematikaufgabe zu tun.»

Die höchstens zwanzigjährige Kellnerin trat schon wieder an den Tisch, um nachzuschenken. Ich denke, das strahlende Lächeln, das Singer ihr widmete, war der Grund dafür, dass unser Gespräch an diesem Punkt unerfreulich wurde. Ich merkte, wie ich wieder in meinen strengen Lehrerinnen-Ton verfiel und nichts dagegen unternehmen konnte.

Schließlich gab, wie man so schön sagt, ein Wort das andere. Natürlich wurden wir nicht laut. Vom Nebentisch aus hätte man ein gutaussehendes Ehepaar mittleren Alters in einer anregenden Diskussion vermutet. Und man hätte ein wenig später gesehen, wie die Frau auf einmal aufbrach, um mit schnellen Schritten das Restaurant zu verlassen.

In der letzten Szene durchquere ich mühsam beherrscht die Lobby, den Rücken immer noch stolz und gerade, aber mit schlaff hängenden Armen. Drei Minuten später sitze ich wieder im Taxi. Als der Wagen das Haus passiert, in dem Elst seine Kanzlei hat, bricht meine Beherrschung zusammen. Es ist ein richtiger Weinkrampf, ein hysterischer Anfall, aber der Fahrer dreht nicht einmal den Kopf. Frauen am Rande eines Nervenzusammenbruchs sind in Berliner Taxis normal. Ich steige heulend aus dem Taxi, krame heulend nach dem Schlüssel, steige heulend die Stufen empor und schließe heulend meine Wohnungstür auf.

Den einzig möglichen Entschluss fasse ich eine Stunde später, als ich den Wasserhahn meiner Badewanne aufdrehe und ein ambraduftendes Tütchen in der Wanne auflöse, das meine Tränen in weißen Schaum verwandelt. Solange niemand wissen kann, was damals wirklich geschehen ist, (und es tief in meinem Herzen einen stockfinsteren Winkel gibt, der es gar nicht wissen *will*) – so lange wird es das Klügste sein, die ganze Geschichte gründlich zu vergessen.

Paris im Herbst? Fallende Blätter im Parc Monceau? Ich könnte dort auf einer Bank sitzen, eine Zigarette rauchen und an Tucholsky denken. Oder mir Wohnungen ansehen und sie in Gedanken einrichten. Oder Bekanntschaften machen. Ich beschließe, um gründlich zu vergessen, morgen oder übermorgen nach Paris zu fliegen und auf keinen Fall ans Telefon zu gehen. Soll das blöde Ding doch klingeln, bis es schwarz wird. Ich werde das Telefon selbstverständlich im Auge behalten, aber nur im äußersten Notfall abheben.

Singer steht im Fahrstuhl seines Hotels, schließt die Augen und sieht die Redaktionsräume der *Los Angeles Times* vor sich, die Teppichfliesen mit den Kaffeeflecken und den eingerollten Ecken, die Neonröhren an der Decke und die überladenen, viel zu eng stehenden Schreibtische. Man wird ihn freundlich begrüßen, seinen Instinkt für das richtige *timing* seiner Reise nach Berlin loben, und ihm dann erklären, dass die Nachrichten aus Berlin jetzt nicht mehr auf die *front-page* gehören. Zwei Wochen Ferien, denkt er, könnte er jetzt gut vertragen. Vielleicht sollte er über die Grenze nach Tijuana fahren? Er wird morgen einen Flug nach Los Angeles buchen,

wird wieder den Atlantik und das südliche Ende Grönlands unter sich sehen, und nachdem er in Heathrow einen *doppelten Paul-Singer-Cocktail* gekippt hat, erst wieder im Anflug auf Los Angeles aufwachen.

Er hat sich einfach zu viel von dem Gespräch erwartet. Er ist unsicher gewesen, was Erika zur Linde vermutlich sofort gespürt hat. Und dann ist es ihr aus irgendwelchen Gründen eingefallen, seine Aussprache zu korrigieren. Da konnte er nicht anders, als die Kellnerin anzulächeln und Erika zur Linde kleinkrämerisch auf den Webfehler in ihrer Geschichte hinzuweisen. Von da an lief alles in eine falsche Richtung. Ihm hatte ein anderer Ausgang des Abends vorgeschwebt. Ein Glas Champagner in der Bar, dort der Hinweis darauf, dass Cousin und Cousine nicht unbedingt «Sie» zueinander sagen müssen, und dann vielleicht ...

Er hätte über Erika zur Lindes Nachhilfe lachen können. Er hätte das charmante *Paul-Singer-Lächeln* über den Tisch schicken und sie nach ihrer Arbeit an der Schule befragen können, um vielleicht bei der Gelegenheit herauszufinden, ob es momentan einen Mann in ihrem Leben gibt. Was ihn weit mehr interessiert hätte als die Frage, was Anfang Mai 1945 in Berlin passiert ist. Stattdessen hat er es in den Sand gesetzt, indem er sich wie ein Sechsjähriger aufgeführt hat.

Der Gedanke kommt ihm, nachdem er sich einen großen Schluck Bourbon aus der Minibar genehmigt hat. Die Idee ist kurz aufgeblitzt, er hat sie allerdings sofort wieder verworfen, schon die reine Vorstellung ist grotesk und die praktische Durchführung möglicherweise sogar strafbar. Aber über juristische Fragen kann man immer noch später nachdenken. Die Eintragung im Tagebuch hätte ihm eigentlich sofort auffallen müssen. Offenbar hat Erika zur Linde die Stelle auch nicht genau genug gelesen, sonst wäre sie selber darauf gekommen. Die Kunst wird diesmal darin bestehen, die ganze

Angelegenheit rein sachlich zu betrachten. Und weder etwas zu erwarten noch zu erhoffen. Singer findet, dass es einen Versuch wert ist. Außerdem hat er nichts zu verlieren.

Er steht auf, leert den Rest des Bourbon und tippt die Nummer von Erika zur Linde ins Telefon. Er rechnet nicht damit, sie zu erreichen. Er vermutet, dass sie nach dem missglückten Abendessen direkt vom Hotel zu einem Freund gefahren ist. Aber sie hebt ab – erstaunlicherweise fast unmittelbar, nachdem es geklingelt hat. Und sein Vorschlag wird – erstaunlicherweise – sofort akzeptiert, obwohl es der bizarrste Vorschlag ist, den er je einer Frau gemacht hat. Sie verzichten auf Smalltalk, besprechen lediglich ein paar technische Einzelheiten und einigen sich auf eine Uhrzeit – morgen um halb elf im Lichterfelder Haus.

41

Sonnabend, 18. November 1989

Als ich gegen acht Uhr aufwache, nieselt es – kein kräftiger Herbstregen, aber offenbar ein trister Dauerregen, der aus einem gleichmäßig grauen Himmel fällt. Ich werde meine alte Schulkleidung wieder in Gebrauch nehmen müssen, die Cordjeans, den Blazer und die Wanderschuhe. Wie lange mein Make-up bei Nieselregen hält, weiß ich nicht. Es könnte klüger sein, gleich darauf zu verzichten. Denn es wird sich kaum vermeiden lassen, dass ich mich selber an dem Unternehmen beteilige und dabei ins Schwitzen gerate. Ich kann nicht alles Singer überlassen, obwohl es seine Idee war. Dass ich das Telefon gestern Abend *noch* beim ersten Klingeln abgenommen und Singers Vorschlag praktisch sofort akzeptiert habe, war vielleicht ein Fehler. Andererseits wollte ich um jeden Preis vermeiden, dass Singer es sich noch anders überlegt.

Ich verlasse meine Wohnung um halb zehn und erledige auf dem Weg nach Lichterfelde noch die Einkäufe für unser Frühstück. Im Esszimmer decke ich den Tisch mit dem weißen KPM-Service und kann nur hoffen, dass nicht auch *das* aus dem Besitz der Auerbachs stammt. Ich habe weder einen Blick in den hinteren Teil des Gartens noch in den Spiegel geworfen. Es nieselt immer noch. Wenn wir fertig sind, werden wir aussehen wie zwei Schweine. Plötzlich muss ich lachen.

Singer klingelt kurz vor elf und steht in einem grünen Overall vor der Tür, den er sich noch in einem Baumarkt gekauft hat. Er sieht so komisch darin aus, dass ich zum zwei-

ten Mal an diesem Morgen lachen muss. Ein paar Minuten später sitzen wir im Esszimmer, und ich freue mich darüber, dass ihm die Croissants und der Kaffee schmecken. Ich muss daran denken, dass meine Mutter, Auerbach, Axmann und seine Frau an diesem Tisch gesessen haben. Und dass meine Mutter vielleicht auch an diesem Tisch Eintragungen in ihr Tagebuch vorgenommen hat.

Ich weiß nicht, was wir finden werden, ob wir überhaupt etwas finden, und wenn, ob wir das ganze Unternehmen anschließend nicht bereuen. Aber darüber reden wir ebenso wenig wie über unser missglücktes Abendessen. Stattdessen sprechen wir über uns. Ich erzähle Singer von der Zeit, in der ich «die Linde» mit den Wanderschuhen war. Ich rede über meine Ehe, meine Jahre an der Schule, den Tod meiner Mutter, und darüber, dass ich mit meinem Vater nur über Belanglosigkeiten gesprochen habe. Singer erzählt mir, dass er seit seiner Scheidung allein lebt (mein Herz macht einen kleinen, törichten Sprung), seit zehn Jahren für die *Los Angeles Times* arbeitet, ihm die Stadt aber immer mehr auf die Nerven geht und er die Küste hoch nach Santa Barbara ziehen möchte. Wir unterhalten uns wie zwei Reisende, die sich in einer Flughafen-Lounge getroffen haben und eine flüchtige Sympathie füreinander empfinden. Und das reicht mir im Moment. Mehr will ich gar nicht. Mehr wäre viel zu gefährlich. Erst als auf der Straße die Sirene eines Polizeiwagens zu hören ist, erinnern wir uns daran, weshalb wir hier an diesem Tisch sitzen.

Singer hat die Kopie des Tagebuchs mitgebracht. Er liest mir die Eintragung meiner Mutter vom 18. Juli 1945 vor: *Stattdessen war Axmann im Garten und stand mit einer Gießkanne am ehemaligen Springbrunnen. Ulrich, dem unser Garten immer egal war, hat Sommerblumen ausgesät, sodass das runde Marmorbecken jetzt von zwei breiten Ringen aus Levkojen und Reseden umgeben ist.*

«Niemand, der bei Verstand war», sagt Singer, «wäre im Frühjahr 1945 darauf gekommen, Blumen im Garten auszusähen. Es wäre damals sinnvoller gewesen, Kartoffeln oder Gemüse anzubauen. Es sei denn, man hatte Gründe, eine bestimmte Stelle im Garten möglichst schnell zu glätten und zu bepflanzen.»

«Wir wissen also, wo wir graben müssen?»

Das ist keine der intelligentesten Fragen, die ich je gestellt habe. Fragen, aus denen hervorging, dass man dem Unterricht nicht gefolgt war, wurden von mir immer mit einem kurzen Herabziehen der Mundwinkel quittiert.

Singers Reaktion ist ein amüsiertes Lächeln. Dann steht er auf.

Meine Beine fühlen sich an wie aus Gummi, als ich versuche aufzustehen. Ich muss mich am Tisch abstützen, um hochzukommen. Jetzt bleiben mir nur noch ein paar Sekunden, um diesen Wahnsinn zu stoppen. Ich wünsche mir, dass sich der Nieselregen auf einmal in einen höllischen Platzregen verwandelt und es verbietet, vor die Tür zu treten, geschweige denn im Garten eine Grube auszuheben.

Aber als wir den hinteren Teil des Gartens betreten, bleibt der höllische Platzregen aus. Es sind feine, kalte Tropfen, die jetzt vom Himmel fallen, sich auf meiner Brille niederschlagen und bewirken, dass ich alles wie durch einen Schleier hindurch sehe. Ich muss einen furchtbaren Anblick bieten. Hoffentlich sieht mich Singer ebenso unscharf wie ich ihn.

Die große Rasenfläche hinter dem Haus ist von einer dichten Schicht aus Birken- und Ahornblättern bedeckt, unter der die Konturen des runden Beckens, in dem es früher den Springbrunnen gab, fast vollständig verschwinden. Da ich meine Handschuhe vergessen habe, bin ich gezwungen, den Stiel der Harke mit bloßen Händen anzufassen, und der ist sofort nass. Ich muss so fest zupacken, dass mir nach ein

paar Minuten die Finger weh tun. Wir haben uns darauf geeinigt, dass ich zuerst mit der Harke das Laub entferne und Singer danach zum Spaten greift, um eine ringförmige Grube um den ehemaligen Springbrunnen auszuheben. Also harke ich verbissen weiter, während ich abwechselnd an ein heißes Bad in einem Pariser Hotel denke und an das Foto, das mein Vater vor langer Zeit an dieser Stelle von meiner Muter und Auerbach gemacht hat.

An das, was wir finden könnten, denke ich nicht. Ich hoffe immer noch, dass unser Unternehmen auf einem Missverständnis beruht, und wir mit unserer Grabung nur auf schwarze, fruchtbare Gartenerde stoßen. Zehn Minuten später haben sich an zwei Fingern meiner linken Hand schmerzhafte Blasen gebildet und der Fingernagel des rechten Zeigefingers ist eingerissen. Schließlich habe ich das Laub um den Springbrunnen herum entfernt, und Singer kann damit beginnen, die Grube auszuheben.

Zuerst hat er Schwierigkeiten, die Grasnarbe zu durchstoßen, aber der Boden darunter scheint locker zu sein, und er kommt gut voran. Ich stehe zwei Schritte hinter ihm und sehe zu, wie er den Spaten kraftvoll in die Erde sticht und sich immer tiefer in den Boden schaufelt, während neben der Grube Erdhaufen wachsen. Dann steigt er in die inzwischen halbkreisförmige Grube hinab, um weiterzuschaufeln, während ich mich frage, ob das nicht alles ein schlechter Traum ist, aus dem ich gleich schreiend erwache. Dann sehe ich, wie Singer den Spaten an den Rand des Grabens lehnt, sich nach vorne beugt und ein paar Sekunden in dieser Haltung verharrt. Einen Moment später klettert er aus der Grube. Er sieht mich an, ohne ein Wort zu sagen, und winkt mich heran.

Als ich an seine Seite trete und in die Grube hinabblicke, kann ich außer brauner Erde nichts erkennen. Schließlich sehe ich am linken Rand der Grube, halb bedeckt von

feuchter Gartenerde, die mit ein wenig Sand vermischt ist, ein handgroßes Stück Stoff, vielleicht einen Ärmel. Rechts daneben hebt sich eine helle, ovale Fläche vom Dunkelbraun der Erde ab, und es dauert einen Moment, bis ich den Schädel des Toten erkenne.

Die Augen hinter den geschlossenen Lidern sind tief eingesunken, die Lippen wie zu einem Fauchen verzerrt. Es ist der Rest des Gesichts eines Mannes, der sich in den ersten Maitagen des Jahres 1945 im Todeskampf verzweifelt zur Wehr gesetzt hat. Plötzlich wird mir schwarz vor Augen. Einen Moment lang schwebe ich im Nichts, bis Singers Hand meinen linken Oberarm packt und im letzten Moment verhindert, dass ich das Gleichgewicht verliere und kopfüber in die Grube stürze. Ich klammere mich an ihn wie jemand, dessen Boot in der Mitte eines großes Sees plötzlich gekentert ist und der nicht schwimmen kann. Es ist ein gutes Gefühl, Singers Körper so dicht an meinem zu spüren.

Als ich die Augen wieder öffne, ist der Kopf des Toten verschwunden. Das Einzige, was ich sehe, sind zwei nebeneinanderliegende, rundliche Steine von der Größe einer Walnuss, darunter ein Fetzen Stoff, den ich für einen Mund gehalten hatte.

«Ich glaube, es reicht jetzt», sagt Singer, der mich immer noch im Arm hält.

Ja, das finde ich auch. Und ich finde, dass er mich fester im Arm hält, als es erforderlich ist.

«Es gibt keinen Grund», fährt Singer fort, «ihn vollständig auszugraben. Das hatten wir ja auch nie vor.»

An wen er bei dem Wort «ihn» denkt, ist mir im Moment völlig egal. Auf dem Weg zurück zum Haus stützt er mich. Es kann gut sein, dass ich meine Gebrechlichkeit ein wenig übertreibe.

Die Polizei, die ich angerufen habe, trifft zwanzig Minuten

später ein. Zwei uniformierte Beamte steigen aus dem Auto. Ich behaupte, dass wir beim Ausheben eines Pflanzloches auf Knochen gestoßen seien. Dass jemand bei kaltem Nieselregen Pflanzlöcher aushebt, ist ungewöhnlich, aber die beiden Beamten sagen nichts dazu und stellen auch keine Fragen. Sie werfen nur einen Blick in die Grube, notieren unsere Personalien und erklären uns, dass in einer Stunde ein «forensisches Team» vorbeikäme, um die «Knochen mitzunehmen». Wir wissen nicht, was ein «forensisches Team» ist, aber es hört sich gut an.

Das «forensische Team» kommt kurz vor vier – ein weißer Van ohne Aufschrift, aus dem drei Leute steigen, eine Frau und zwei Männer. Davor habe ich eine Stunde lang Erika zur Linde und Paul Singer durch das umgekehrte Ende eines Fernrohrs betrachtet. Die beiden sitzen im Esszimmer und reden. Die weiße Tischdecke ist voller Flecken aus Schlamm und Erde, denn sie haben noch keine Gelegenheit gehabt, ein Bad zu nehmen, aber das scheint sie nicht zu stören. Erika zur Linde hat die Brille abgesetzt. Sie sieht jetzt alles ein wenig verschwommen, eigentlich erkennt sie nur Konturen und ein paar Farben, aber das ist ihr vielleicht ganz recht. So wie sie da sitzt, redet und zuhört, gefällt sie mir. Ich finde, diese Nicht-Frisur mit den immer noch nassen, an den Schläfen klebenden Haaren steht ihr merkwürdig gut. Und vielleicht, denke ich, ist es überhaupt das Wichtigste, dass sie sich auch gefällt – so wie sie ist. Und nicht immer darüber nachdenkt, was Singer von ihrem Aussehen hält. Dass sie auch ihm gefällt, will ich nicht ausschließen, auch wenn er

in diesem Augenblick nie daran denken würde, ihr ein Kompliment zu machen. So wie sie miteinander reden, wirken sie wie zwei Leute, die sich schon sehr lange kennen. Über das, was in ihren Köpfen vorgeht, kann ich nur spekulieren. In Singers Kopf kann ich überhaupt nicht hineinblicken. In Erika zur Lindes Kopf erkenne ich ein paar Gedanken, aber die sind unklar und diffus. Was erwartet sie von dem Mann, der ihr gegenübersitzt? Und was erwartet sie von sich selber? Die Antwort lautet: Sie weiß es nicht so recht. Ich glaube, sie bemüht sich, jetzt auf keinen Fall ein falsches Wort zu sagen. Sie wird einfach abwarten, was geschieht. Dabei hilft ihr die Gewissheit, dass sie übermorgen mit Air France nach Paris fliegen wird.

Die Frau vom Gerichtsmedizinischen Institut stellt sich als Dr. Ines Rodde vor. Sie trägt eine Brille wie ich, ist höchstens dreißig und «noch nicht lange dabei», wie sie uns sofort mitteilt. Obwohl ich ihr gesagt habe, dass ich die Eigentümerin des Hauses bin, redet sie mit Singer. Die Angelegenheit ist in ihren Augen vermutlich eine «Männersache», und außerdem reden Frauen gerne mit Singer. Das kann ich gut verstehen. Mir geht es ja genauso.

Dann sehen wir vom Küchenfenster aus, wie die beiden Männer, inzwischen in weiße Overalls gekleidet und von Dr. Ines Rodde beaufsichtigt, ihre Arbeit aufnehmen. Der Nieselregen hat aufgehört, aber der Himmel ist immer noch lückenlos grau. Neben die Grube haben die Männer einen länglichen schwarzen Behälter aus Kunststoff gestellt. Während sie die Arbeit fortsetzen, die wir begonnen haben, macht

Dr. Ines Rodde alle sechzig Sekunden ein Foto. Vor jedem Bild verändert sie die Position eines orangefarbenen Stabes mit Zentimetermarkierungen. Es kann sein, dass sie dabei mehrmals an der Stelle steht, an der mein Vater im Sommer 1939 das Bild von Felix Auerbach und meiner Mutter gemacht hatte – im Juni 1939, als es sich niemand vorstellen konnte, dass vier Monate später ein Krieg ausbrechen würde. Schließlich wendet Singer sich ab, und wir verlassen die Küche, um ins Esszimmer zu gehen. Wir müssen uns das nicht bis zum Ende ansehen. Wir wollen auch nicht darüber nachdenken, wen die Männer in den weißen Overalls dort ausgraben. Vor allen Dingen wollen wir nicht darüber reden.

Vielleicht liegt es daran, dass sie beim Ausgraben von Leichen eine gewisse Routine haben. Oder daran, dass lockere Gartenerde die Toten weniger festhält als verdichteter, betonähnlicher Sandboden. Jedenfalls brauchen sie nicht so lange, wie ich erwartet habe. Es ist trotzdem beinahe dunkel, als die Pathologin klingelt und uns mitteilt, dass sie fertig sind. Wieder wendet sie sich sofort an Singer.

«Ein Kriegsgrab», sagt sie. «Im April 1945 sind in Berlin die Toten nicht auf Friedhöfen bestattet worden. Sie wurden provisorisch begraben, und die Stelle wurde meist durch ein Kreuz aus Holz markiert. Aber das ist nicht immer geschehen. Vielleicht ist der Mann in Ihrem Garten einfach nur verscharrt worden.»

«Wird sich das Alter des Toten und die Todesursache feststellen lassen?», fragt Singer.

Sie nickt sofort. «Ja, sicher.»

«Und wie lange werden Sie dafür brauchen?»

Jetzt überlegt sie einen Moment. «Höchstens eine Woche. Altersbestimmungen sind einfach, und die meisten Todesursachen in diesem Zeitraum waren mechanisch.»

«Was soll das heißen?»

Die Pathologin zuckt die Achseln. «Schussverletzungen, Granatsplitter, Schläge.»

Bevor sie sich von uns verabschiedet, gibt sie mir noch ihre Visitenkarte. Dann tragen die beiden Beamten den schwarzen Behälter mit der Leiche durch die Gartenpforte, laden ihn in den Van und fahren los.

Natürlich frage ich mich, wer der Mann gewesen ist, dessen sterbliche Überreste eben durch die Gartenpforte getragen worden sind, aber darüber reden möchte ich nicht. Ich vermute, Singer geht es genauso, und daher wissen wir nicht, was wir sagen sollen. Die lockere Stimmung, in der wir uns vor dem Ausgraben unterhalten haben, ist verflogen. Auf einmal bricht der Schock über das, was wir vorhin getan haben, über uns herein und steht wie eine Mauer zwischen uns.

Zehn Minuten später sind wir im Vestibül und sehen durch die geöffnete Haustür, wie das Taxi, das Singer gerufen hat, vor dem Haus hält. Das gummiartige Gefühl in meinen Knien ist wieder da. Ich könnte jetzt ohnmächtig werden, und Singer müsste mich auffangen. Stattdessen strecke ich ihm meine Hand entgegen.

«Um welche Zeit geht Ihr Flug?», erkundigt er sich mit tonloser Stimme, als wir uns zum Abschied die Hand geben. Ich habe erwähnt, dass ich am Montag nach Paris fliege.

«Kurz vor zwei», sage ich.

«Und wie lange bleiben Sie in Paris?»

Er hätte mich auch fragen können, ob ich heute Abend etwas vorhabe. Aber diese Frage stellt er nicht. Wie lange ich in Paris bleibe, kann ich ihm nicht sagen. Ich weiß noch nicht einmal, ob ich nach Berlin zurückkehren werde.

Ohne zu überlegen, nenne ich ihm den Namen meines Hotels am Quai d'Orléans. Er denkt kurz nach, dann teilt er mir mit, dass sein Flug nach London eine Stunde später geht. Und fügt nach einer weiteren Pause hinzu, dass er kurzfristig

gezwungen sein könnte, aus beruflichen Gründen über Paris zu fliegen.

Dann sitzt er im Taxi, und das Letzte, was ich von ihm sehe, ist seine Hand, die er hinter der Scheibe zu einem stummen Gruß erhebt. Es hat wieder heftig angefangen zu regnen.

42

Nachdem ich auf dem Apparat im Vestibül die Nummer gewählt habe, meldet sich nicht der Anrufbeantworter, den ich erwartet habe, stattdessen höre ich nur ein endloses, nervtötendes Tuten. Erst, nachdem es mindestens zehnmal getutet hat, wird der Hörer endlich abgenommen.

«Spielrein», sagt eine knappe Stimme.

Aber bevor ich meinen Namen nennen kann, ist meine Selbstbeherrschung ebenso verschwunden wie vor ein paar Minuten Singers Taxi. Ich weiß nicht, an welchen Geräuschen mich Sarah Spielrein schließlich erkennt, aber ein paar Sekunden später fragt sie: «Sind Sie es?»

Ich stoße einen Laut aus, der sich wohl wie ein «Ja» anhört.

«Wo sind Sie jetzt? In Ihrer Wohnung?» Sarah Spielreins Stimme klingt besorgt.

«Nein, im Haus meines Vaters.» Und dann ohne Pause weiter: «Wir haben im Garten ... gegraben.»

«Sie haben *was*?»

«Das war Singers Idee», sage ich hastig. «Das Abendessen gestern im Hotel war eine Katastrophe. Aber dann hat er mich später noch angerufen, um mir diesen Vorschlag zu machen. Zuerst hielt ich das für völlig verrückt, was er wollte. Es war ja auch verrückt.»

«Ich verstehe kein Wort von dem, was Sie sagen. Was ist passiert?»

Als ich ihren strengen Ton höre, geht es mir sofort besser.

Ich brauche fünf Minuten, um die Ereignisse der letzten vier Tage zusammenzufassen. Ich berichte ihr von dem posthumen Brief meines Vaters, und dass ich den Brief zusammen mit dem Tagebuch meiner Mutter in Auerbachs Hotel geschickt habe. Dass unser Abendessen im Hotel fürchterlich schiefging, mich Singer aber noch am selben Abend angerufen hat, um mir diesen Vorschlag zu machen.

«*Welchen* Vorschlag?»

Ich sage ihr, was mir Singer vorgeschlagen hatte. Danach ist es einen Moment lang still. «Und heute waren Sie im Garten und haben gegraben?»

«Ja, und wir hatten auch Erfolg.»

«Was heißt das?»

«Wir sind auf ein paar Knochen und ein paar Fetzen Stoff gestoßen. Fünfzig Zentimeter unter dem Rasen neben einem alten Springbrunnen.»

«Konnte man erkennen, um wen es sich ...»

«Nein, konnte man nicht. Wir haben sofort aufgehört zu graben, als wir darauf gestoßen sind, und haben die Polizei angerufen. Dann sind die Überreste ausgegraben und in die Gerichtsmedizin gebracht worden.»

«Wie soll es jetzt weitergehen? Wann sehen Sie Singer wieder?»

«Ich weiß es nicht. Es ging am Ende alles so schnell. Wir sind beide völlig erschöpft gewesen. Ich glaube, ich konnte keinen klaren Gedanken mehr fassen. Vermutlich ging es Singer ebenso. Da hing auf einmal ein richtiger Vorhang zwischen uns. Wir haben nichts verabredet.»

«Aber irgendetwas müssen Sie doch gesagt haben, als Sie sich verabschiedet haben?»

«Ich habe Singer nur mitgeteilt, dass ich Montag nach Paris fliege.»

«Und wie hat er reagiert?»

«Er hat sich erkundigt, um welche Zeit ich fliege und wie lange ich in Paris bleibe.»

«Und das haben Sie ihm gesagt?»

«Ja, sicher. Ich habe ihm sogar mein Hotel genannt. Und da hat er mir gesagt, dass es sein kann, dass er auf dem Weg zurück aus beruflichen Gründen einen Stopp in Paris einlegen muss.»

«Das war alles?»

«Ja, das war alles. Was soll ich jetzt machen?»

Auf einmal höre ich, wie Sarah Spielrein am anderen Ende der Leitung lacht. Ihr Lachen klingt so ansteckend, dass ich automatisch mitlache. Warum, weiß ich nicht. Mir ist eher nach Heulen zumute.

«Sie machen überhaupt nichts», sagt Sarah Spielrein. Sie hat wieder ihren strengen Ton angeschlagen. «Sie packen morgen Ihre Sachen und fliegen am Montag nach Paris. Wann ist mit dem Bericht des Gerichtsmedizinischen Institutes zu rechnen?»

«Die Ärztin sagt, sie brauchen höchstens eine Woche für einen vorläufigen Bericht.»

«Dann rufen Sie die Frau am Montag vor Ihrem Abflug nach Paris an und bitten darum, den Bericht an Ihr Pariser Hotel zu schicken.»

«Ich weiß nicht, ob ich den Bericht überhaupt lesen will», sage ich.

«Es wird Ihnen nichts anderes übrigbleiben. Immerhin wird Singer das Ergebnis wissen wollen.» Und dann nach eine Pause: «Was glauben Sie denn?»

«Ich glaube nicht, dass mein Vater in seinem Brief gelogen hat. Aber Singer sieht das anders.»

«Aber er weiß auch, dass das alles lange her ist», sagt Sarah Spielrein. «Er wird in Paris sein. Vielleicht nimmt er sogar denselben Flug wie Sie. Dann wird er Ihnen vermutlich

ein Märchen über seine berufliche Verpflichtung erzählen, und Sie werden brav nicken und so tun, als würden Sie ihm glauben.»

Beinahe hätte ich jetzt gelacht, aber dann fällt mir wieder der Bericht ein. «Und was ist, wenn ...» Ich traue mich nicht, den Satz zu Ende zu sprechen. Ich möchte nicht einmal darüber nachdenken.

«Das Risiko müssen Sie eingehen. Aber der Bericht wird nicht gleich am Anfang der Woche in Paris eintreffen. Sie haben ein paar Tage Zeit, sich darauf vorzubereiten. Aber überstürzen Sie nichts.»

Was Sarah Spielrein mit «vorbereiten» und mit «darauf» meint, bleibt unklar, und ich frage auch nicht nach. Jedenfalls bin ich keine Frau, die dazu neigt, irgendetwas zu überstürzen. Aber Singer könnte auch zu den Menschen gehören, die nichts überstürzen. Und was mache ich dann? Ich frage mich, wie viele Tage uns in Paris bleiben werden.

43

Montag, 27. November 1989

Wollen Sie ihn öffnen? Es ist *Ihr* Brief.»

Singer hat den Umschlag mit dem Bericht des Gerichtsmedizinischen Instituts auf den runden Metalltisch zwischen uns gelegt. Er meint es ernst. In der letzten halben Stunde haben wir uns Mut angetrunken.

Wir sitzen in der Hotelbar und trinken *Pastis Ricard.* Es ist die dritte Runde, und ich spüre die Wirkung. Eigentlich brauchen wir jetzt einen klaren Kopf. Woran Singer denkt, weiß ich nicht. Ich jedenfalls schweife ständig zu der Vorstellung ab, dass ich den gutaussehenden Mann auf der anderen Seite des Tisches erst heute Nachmittag kennengelernt habe und wir voneinander nur wissen, dass unsere Zimmer auf derselben Etage liegen.

Formal gesehen hat Singer recht. Auf dem Umschlag steht mein Name, und es geht um einen Toten, den mein Vater im Mai 1945 erschossen hat. Es wäre meine Aufgabe, den Umschlag zu öffnen. Aber das will ich nicht. Ich will gar nicht wissen, was in dem Bericht steht – nicht jetzt, nicht in diesem Moment.

Die Hotelbar ist klein, ein Tresen mit Barstühlen, zehn Tische, von denen die Hälfte besetzt ist. Unser Tisch steht direkt am Fenster, es ist dunkel geworden, und auf der anderen Seite des Wassers sind die Lichter der Île de la Cité zu erkennen. Es könnte alles wunderbar sein, wenn es diesen Brief und diese Geschichte nicht gäbe.

Ich schüttele den Kopf. Ich will den Brief nicht einmal an-

fassen. «Machen Sie ihn auf und sagen Sie mir, was sie herausgefunden haben.»

Singer antwortet nicht. Er zieht nur die Augenbrauen in die Höhe, trinkt noch einen Schluck *Ricard* und schweigt. Einen Moment lang bilde ich mir ein, dass er mir gleich vorschlagen wird, den Brief erst morgen zu öffnen. Aber er hat sich anders entschieden. Er nimmt den Umschlag vom Tisch, reißt ihn auf, faltet das Blatt auseinander und beginnt zu lesen. Er liest ihn ein Mal, dann ein zweites Mal, danach ein drittes Mal.

Schließlich legt er den Bogen auf den Tisch zurück. Er fordert mich nicht auf, ihn ebenfalls zu lesen. Das will ich auch nicht. Ich möchte es von Singer hören. Der aber starrt auf die beiden Eiswürfel, die in seinem *Ricard* schmelzen, und schweigt. Diesmal kann er keine Geschichte erfinden, denn die steht in dem Bericht, und den kann ich nachlesen.

Die Geschichte, die er mir vor fünf Tagen im Flugzeug erzählt hat, als er «zufällig» denselben Flug nach Paris gebucht hatte, war nicht besonders glaubwürdig. Er hatte noch kein Zimmer gebucht, und ich habe ihm das Hotel empfohlen, in dem ich absteigen wollte. Dass unsere Zimmer auf derselben Etage liegen, war wirklich ein Zufall. Seine «beruflichen Gründe» für einen Zwischenstopp in Paris sind nie ganz deutlich geworden, und ich habe mich gehütet nachzufragen.

Nach zwei Tagen beschließt er, dann erst zurück nach Los Angeles zu fliegen, wenn uns der Bericht des Gerichtsmedizinischen Institutes erreicht hat. Das gibt uns eine Frist. Singer kennt Paris nicht. Ich zeige ihm den Buchladen von Sylvia Beach, die Cafés, in denen Hemingway gesessen hat, und das Haus, in dem Gertrude Stein gewohnt hat. Singer saugt alles auf wie ein Schwamm. Er ist ein guter Schüler. Aber wir umkreisen uns mit vorsichtigen Schritten, niemand will einen Fehler machen. Es ist wie in dem Kinderspiel, bei dem der-

jenige verliert, der sich als Erster bewegt. Nur irgendwann müssen wir uns bewegen. Für mich wird der Bericht nichts ändern – was immer sie in Berlin herausgefunden haben.

«Das entscheidende Wort», sagt Singer, «steht am Ende des ersten Absatzes.» Er schiebt den Bogen mit einer ungeduldigen Bewegung über den Tisch.

Zwei Absätze, jeder höchstens zehn Zeilen lang, darunter eine flüchtige Unterschrift. Meine Kontaktlinsen eignen sich nicht zum Lesen, und ich muss die Augen zusammenkneifen, um das Wort am Ende des ersten Absatzes zu entziffern. Das erste Mal lese ich das Wort stumm, beim zweiten Mal spreche ich es aus. Ich will sicher sein, dass ich nichts Falsches gelesen habe.

Die Erkenntnis trifft mich nicht mit der Wucht, die ich erwartet habe. Ich bin weder überrascht, noch bin ich es nicht. Und Singer? Der nimmt es zum Schluss noch einmal genau, obwohl wir beide wissen, dass bei solchen Geschichten immer ein Rest zurückbleibt, eine kleine, dunkle Ecke. Doch die kann man ignorieren, und irgendwann wird man sie vergessen haben.

«Ich frage mich immer noch», sagt er, «wer diese anonyme Anzeige in den Briefkasten der Gestapo geworfen hat, wenn nur Axmann und Ihr Vater gewusst haben, dass Felix Auerbach kein Invalide gewesen ist.»

«Horst Bonnet?»

«Das würde bedeuten, dass er Sie belogen hat», sagt Singer.

«Ist das immer noch wichtig?»

Ohne zu überlegen schüttelt Singer den Kopf. «Nein, ich glaube nicht.»

Und das finde ich auch. Mein Onkel Horst Bonnet war Auerbach auf der Spur, aber er wird nicht entdeckt haben, dass Leutnant Bredow ein Simulant war. Also bleibt nur mein Vater. Hat er aus einem spontanen Impuls heraus gehandelt,

als er die Anzeige in den Briefkasten der Gestapo warf? War er dann heilfroh, als Auerbach wieder freikam? Ja, so könnte es gewesen sein. Aber darüber will ich nicht nachdenken. Alles das ist lange her, und das entscheidende Wort steht schwarz auf weiß am Ende des ersten Absatzes: *Stahlgebiss.* Solche Gebisse gab es nur bei Soldaten der Roten Armee.

Doch wenn mein Vater die Wahrheit geschrieben hat – wie ist Auerbach gestorben? Die Russen haben ihn «am Botanischen Garten verschleppt» hat Axmann gesagt. War jemand aus einem Gefangenentransport entkommen, schnappte man sich einen Passanten, und die Zahl stimmte wieder. Auerbach, der Jude, wird protestiert haben, und natürlich hat ihm niemand geglaubt. Er sah aus wie einer der blonden Herrenmenschen, die Russland überfallen hatten.

Ist er auf der Flucht erschossen worden? Starb er an Typhus oder an Unterernährung in irgendeinem Lager? Und musste Anna Singer wissen, dass es die Russen waren, die ihren Bruder damals verschleppt hatten? Mein Vater fand, dass sie es nicht wissen musste.

«Wollen Sie noch einen *Ricard*?», fragt Singer.

Ich nicke und lege den Bericht auf den Tisch zurück. Dann frage ich: «Buchen Sie morgen Ihren Flug?»

Singer antwortet mit einer Gegenfrage: «Wie lange bleibst du noch in Paris?»

Wie bitte? Hat er eben «Du» gesagt? Liegt das an mir, an dem *Ricard*, oder daran, dass wir hier in Paris sind und er ein Mann ist und ich eine Frau bin? Mein Herz klopft auf einmal wie verrückt.

«So lange, wie ich will», sage ich.

«Wir könnten ...»

Hat er gesagt, *wir* könnten?

«Du fliegst nicht?»

Jetzt habe ich auch «Du» gesagt.

Singer schüttelt den Kopf. «Es hat sich noch etwas ...» Er unterbricht sich.

Ich weiß, was er sagen will, und beende den Satz für ihn. «Es hat sich etwas Berufliches ergeben?»

Singer bringt es fertig, völlig ernsthaft zu nicken. Ich bringe es fertig, nicht zu lachen.

«Und was machen wir jetzt?»

Singer sagt: «Wir könnten ...»

Eine vierte Runde *Ricard* bestellen? Uns über den Tisch hinweg küssen? Mir fallen die nächtlichen Spaziergänge ein, die meine Mutter und Felix Auerbach im nächtlichen Regen hinter dem Bahnhof Lichterfelde-Ost unternommen haben.

Ich sage: «Wir könnten einen Spaziergang machen.»

An der Rezeption lassen wir uns einen Schirm geben. Singer spannt ihn auf, als wir auf den Quai d'Orléans hinaustreten. Er hält ihn in der linken Hand, den rechten Arm hat er um meine Schultern gelegt.

Eigentlich brauchen wir den Schirm nicht. Es ist nur ein feiner Sprühregen in der Luft, der sich wie Tau auf mein Gesicht legt. Ich glaube nicht, dass mein Make-up darunter leidet.

MIX
Papier aus verantwortungsvollen Quellen
FSC® C014496
www.fsc.org

Das für dieses Buch verwendete Papier ist FSC®-zertifiziert.